Lisa Reardon ††† *Billy*

typic®
BUCHDESIGN+

Ekke Wolf
Währinger Gürtel 95/10
A-1180 Wien
Tel/Fax +43-1-968 54 82

Lisa Reardon

Billy

Roman

Aus dem Amerikanischen
von Christa Schuenke

Deuticke

Für Milan Stitt, der mir das Schreiben beigebracht hat.

Ich danke:

Jennifer Rudolph Walsh dafür, daß sie trotz allem ja gesagt hat zu diesem Buch.

Courtney Hodell dafür, daß sie das Manuskript so intelligent und elegant lektoriert hat.

Todd Komarnicki und Julia Mueller dafür, daß sie sich so wundersam als Hebammen betätigt haben.

Ian Grey dafür, daß er die ersten acht Seiten gut fand.

Simon Fill, Julie Hamberg, Angela Hicks, Shawn Hirabayashi, Stephanie Lehmann, Michael Ornstein und Liz Ross dafür, daß sie so positiv reagiert und mir in jeder Hinsicht den Rücken gestärkt haben.

Ellen Grasso und der Zweiten Schicht bei Paine Webber dafür, daß sie weder die Geduld noch den Humor verloren haben.

Ivy und allen anderen im DTUT für zwei Jahre Kaffee, Kekse und eine Atmosphäre, die jeden Tag von neuem die Schreiblust angefacht hat.

Pat Walter dafür, daß sie auch in den schlimmsten Phasen zu mir gehalten hat.

Vor allem aber liebe und danke ich Mick Weber für den Ring und alles, was dazu gehört.

EINS

Menschen verlieren Menschen. Ich weiß nicht, wieso wir alle so verdammt unbekümmert sind. Manche Leute verlieren ihre Kinder, Männer verlieren ihre Frauen, selbst Freunde gehn verloren, wenn man nicht aufpaßt. Durch die Windschutzscheibe seh ich Häuser vorüberhuschen. Jeder, der da in diesen Häusern sitzt, fernsieht oder 'n Schinkensandwich ißt, hat irgendwo irgendwen, der grübelt, wo und warum er ihn verloren hat. Und all diese verlorenen Menschen, sie leben einfach weiter ihr Leben, als ob die Luft nicht widerhallt vom Knacken und Pochen der brechenden, blutenden Herzen.

Ich fahre die Barkton Road rauf, im Autoradio brummt Johnny Cash seinen Folsom Prison Blues. Johnny Cash, der erinnert mich immer irgendwie an meinen Alten, weil die doch beide im Knast gewesen sind. Ich nicht. Ich war noch nie im Knast. Aber wenn ich Johnny Cash höre, muß ich jedesmal an meinen Alten denken. Ich schau rüber zu Sally, die neben mir sitzt. Wir waren gerade in der Dairy Queen, wir beide. Sie knispelt die bunten Sprenkel von ihrer Eistüte ab, einen nach dem andern, und steckt sie in den Mund, wie sie's immer macht. Wenn sie mal lieber endlich mit dem Vanilleeis anfangen würde, die Brühe läuft ihr ja schon den Arm runter, aber das schert sie überhaupt nicht.

»Wieso läßt du dir nicht einfach bloß 'ne Handvoll Sprenkel geben – ohne Eis?« frag ich sie.

Sie kuckt mich auf diese ganz bestimmte Art an, die sie hat. Wir biegen in den Hof ein, ich mit der linken Hand am Lenkrad, während ich mit der Rechten den Becher Root Beer mit

Vanilleeis festhalte, den ich auf dem Knie balanciere. Trete auf meiner Seite gegen die Tür, weil sie klemmt, dann raus, schwupp, steh ich im Sand. Bei uns im Vorgarten hat sich noch nie 'n Grashalm rausgetraut. Samson kommt bellend und knurrend hinterm Haus hervorgerannt, tut so, als ob er uns nicht kennt. Sieht Sally und bleibt stehn, und dann springt er an ihr hoch und leckt ihr das Eis vom Arm. Sie läßt ihn machen, wie immer.

»Kein sehr kluger Hund«, sagt sie.

»Der weiß schon, daß wir das sind. Der will bloß zeigen, wie gut er in Form ist.«

»Irgendwann kann er nicht mehr richtig sehn, und dann reißt er uns noch in Stücke.« Sie streichelt ihm das gute Ohr.

»Irgendwann kann er nicht mehr richtig sehn und rennt auf die Straße und wird überfahren, und dann haben wir 'ne Sorge weniger.« Ich hab sie mal wieder so weit, und das weiß sie auch.

Ich zerre die Riesentüte mit den Einkäufen vom Pickup runter, schmeiße Samson den Eisbecher hin, in dem noch 'n Rest drin ist, und geh zum Haus. Hab 'n Walkman auf und summe mit: *I Walk the Line*. Sally reagiert immer ziemlich genervt, wenn ich singe, also reiß ich mich zusammen und nehm Rücksicht auf sie. Aber Samson hör ich hinter mir mitbrummeln, und dabei schlabbert er das restliche Root Beer mit dem Eis drin auf.

Wie ich durch die Fliegentür komme, hör ich das Geheule. Hinten in der Küche heult wer. Da ich sowieso in die Küche will, schrei ich nicht gleich: »Wer ist denn da?« Werd's noch früh genug erfahren, sag ich mir. Ganz im Gegensatz zu Sally. Die hat's anscheinend draußen auf der Veranda mitgekriegt, denn ihre Stimme fliegt an mir vorbei, hoch und trocken: »Ginny Honey? Bis du das?«

»Sally?« kommt es schniefend, schnaufend, schluchzend aus der Küche.

Hab ihr Auto gar nicht draußen stehn sehn. Sie hat etwas seitlich vom Haus geparkt. Ich weiß sofort, daß ich überhaupt nicht wissen will, was los ist, aber ich hab nun mal die Einkaufstüte im Arm und merke, wie der Hamburger durchs Papier suppt, und da muß ich halt doch weitergehn. Dann holt Sally mich ein, und in dem Moment seh ich Ginny Honey am Tisch sitzen; sie starrt Löcher in die Luft und wischt sich mit dem Handrücken die Nase, die ganze Wimperntusche total verschmiert, rabenschwarz um die Augen. Ich bin noch nicht mal richtig durch die Tür, da hat Sally sie schon im Arm.

»Was ist denn, Ginny Honey? Was hast du denn?«

Ich sag gar nichts, stell einfach bloß die Tüte auf den Boden und mach die Kühlschranktür auf. Seit Ginny Honey mit meinem Bruder Billy verheiratet ist und ein Kind nach dem andern kriegt, sitzt sie alle Naselang bei irgendwem in der Küche und heult. Ich schaufle die Einkäufe um und zähl nach, wieviel Eier unterwegs kaputtgegangen sind. Drei.

Aber diesmal reckt Ginny Honey nicht das Kinn vor und spielt tapferes Mädchen. Keine blauen Flecke zu entdecken, und nach Schnaps riecht sie anscheinend auch nicht. Trotzdem, sie sieht schlecht aus, die Haut ist irgendwie ganz grau. Ich zieh den Hamburger unten aus der Tüte raus, total durchgeweicht, das Ding. Schöne Schweinerei.

»Billy ist tot.« Kein neues Gewinsel von Ginny Honey, auch von Sally kein Ton, nichts. Stille. Ich denk, ich hab mich verhört.

»Häh?«

Ginny Honey kuckt mich an, und da seh ich mitten in dem verschmierten Schwarz ihre Augen, und die sind feuerrot. Also hab ich mich wohl doch nicht verhört.

»Umgebracht.«

Ich weiß nicht, was ich sagen soll, und darum sag ich lieber gar nichts. Sally und Ginny Honey schaun zu mir rüber, als ob ich die Pointe kennen würde. Ich merke, wie sich meine Eingeweide 'n paarmal um die eigene Achse drehn, im ersten Moment denk ich, ich muß kotzen, muß ich aber nicht. Etwa in der Mitte der Küche trifft mich Sallys Stimme, höher denn je.

»Jetzt leg doch endlich den Hamburger weg! Du kleckerst ja alles voll!«

Ich kucke runter und seh, wie das wässrige Blut auf den Boden tropft, wo sich schon eine kleine Pfütze gebildet hat. *Ach, kuck doch bloß, Billy ist tot.* Als ob das beides irgendwie zusammengehört bei mir im Kopf.

Billy war 'n Schwein. Dem hab ich alles mögliche zugetraut, aber nicht, daß er sich umbringen läßt. Alles, aber nicht das. Der Typ, der Billy kaltgemacht hat, der muß noch mieser gewesen sein als er selber. Ich weiß nur einen, auf den das zutrifft. Der Gedanke macht mir Angst, ich steck mir eine an, schmeiß das Streichholz in den Ausguß und kauere mich hin. Hintern auf die Hacken, Rücken an die Schranktür, immer schön in Deckung gehn, wenn die Scheiße fliegt. Meine Taktik, schon von klein auf. Sally und Ginny Honey haben inzwischen aufgehört, mich anzuglotzen, ich kann wieder atmen, fast normal. Ich höre was, Gesprächsfetzen, kommt aber anscheinend von draußen, aus dem Garten, hinterm Fliederbusch.

»... ihn gefunden, heute früh. Schädel eingeschlagen. Die Geldbörse hat er noch bei sich gehabt, sonst hätten sie gar nicht gewußt, wer er ist. Und ich soll das Gemansche dann identifizieren, wie denn, bitte sehr? Und deine Mutter kuckt mich an, als ob ich ihn auf dem Gewissen hab. Die spinnt doch, die Alte. Echt mal, Ray. Erst zieht sie sich so 'n verdammten Mistkerl ran, und dann kuckt sie mich an, als ob ich dran schuld bin, daß einer Rührei aus ihm gemacht hat. Das vergeß ich mein Lebtag nicht, wie der ausgesehn hat. Warum haben die mich gezwungen, mir das anzukucken? Warum mußte ausgerechnet ich da hingehn und mir das ankucken?«

Jetzt weint sie und kann nichts mehr weiter sagen. Sally gibt tiefe, kehlige Töne von sich, wie 'ne Glucke, und tätschelt Ginny Honey die Schulter, wie ich's früher immer mit Mama gemacht hab. Und wie ich sehe, hat das ungefähr die gleiche wohltuende Wirkung. Ich merke, wie die Zigarette zwischen meinen Fingern runterbrennt, aber ich schmeiß sie trotzdem nicht weg. Die Hitze geht mir die Hand rauf, bis über den Ellbogen, wie 'n Blitzschlag. Als sie oben an der Schulter angekommen ist, fühl ich mich schon fast wieder okay, bin wieder hier in der Küche.

Ich rieche die versengte Haut an meinen Fingern und kucke verstohlen zu Sally rüber. Sie kennt den Geruch. Ich sage mir, das ist bestimmt nicht der passende Moment, um mich mit ihr anzulegen, also drück ich die Zigarette aus. Wenn sie nachher die Blasen sieht, macht sie mir wieder die Hölle heiß. Dabei läßt sie sich ansonsten ja 'ne ganze Menge bieten.

»Willst du vielleicht was trinken?« Das ist das einzige, was mir einfällt, aber noch eh ich's ausgesprochen hab, weiß ich, es war falsch. Sally sieht mich an, als ob mit mir gleich dasselbe passiert wie mit Billy. Ginny Honey antwortet nicht. Ich gieß mir 'n halbes Marmeladenglas voll Whiskey ein und laß die Flasche auf dem Tisch stehn. Falls die beiden doch noch möchten.

»Gibt's schon 'n Verdacht, wer's gewesen sein könnte?« Sally versucht Ginny Honey abzulenken, weil die doch immer noch dieses Bild mit dem Rührei vor Augen hat.

»Irgend 'n Stein haben sie wohl, den wollen sie nach Jackson schicken, haben sie gesagt, daß er untersucht wird, ob Fingerabdrücke dran sind.«

»Prima! Das ist doch schon mal was.«

»Und dann haben sie noch was gesagt von wegen Hautproben und Haarproben, aber ich hab ja bloß die Hälfte mitgekriegt von dem, was die alles gesagt haben, weil, ich doch gar nicht richtig da bin, ich hab die ganze Zeit das Gefühl, mein Kopf schwebt irgendwie drei Meter hinter mir her.«

Haar- und Hautproben. Als ich das höre, seh ich plötzlich alles ganz genau vor mir. Dreckige Steine, Blutlache, Knochensplitter und Billys Fingernägel mit Haut oder meinetwegen auch mit Haaren drunter und weiß der Himmel was noch alles, aber das will ich alles gar nicht wissen, und darum zwinker ich 'n paarmal, trink das Marmeladenglas leer und steck mir noch eine an. Mist.

Sally macht weiter, geduldig und unverdrossen, mit ihrer Lehrerinnenstimme.

»Du mußt dir einfach denken, daß er sofort tot war«, sagt sie. »Du mußt dir denken, daß er nicht erst noch lange leiden mußte.«

Ginny Honey öffnet den Mund und will was sagen. Sie bläht mehrmals die Wangen auf und läßt die Luft wieder entweichen, und dann kommt so 'n Laut aus ihr raus, als ob ihr was weh tut. Sally gießt noch 'n Schluck Whiskey in mein Marmeladenglas und schiebt es ihr hin, und sie nimmt's in beide Hände, zieht den Kopf ein und beugt sich ganz weit vor, als ob sie 'n kleines Lagerfeuer auf dem Schoß hat.

»Er muß sich wohl noch von der Ecke McGregor bis in die North Lake Road zum Dewey's geschleppt haben. Gefunden haben sie ihn im Graben, kurz vorm Parkplatz. Wenn er wirklich sofort – ich meine, die Blutspur hat sich den ganzen Seitenstreifen langgezogen. Also war er wohl doch nicht –« Ginny Honey spricht nicht weiter; sie starrt in ihren Whiskey und vergißt zu trinken.

Das hat erst mal nichts gebracht. Ich kuck zu Sally rüber und bin gespannt, was sie als nächstes probieren wird. Sie lehnt sich zurück, legt die nackten Füße auf den Tisch und kippelt auf zwei Stuhlbeinen.

»Hör doch mal auf zu kippeln, Mensch, du brichst dir ja noch die Ohren«, sag ich zu ihr.

»Bis jetzt ist nichts passiert.«

»Kann alles noch kommen.«

»Ruf doch mal Joe Lee an und sag ihm, er soll die Kinder herbringen.«

Ach. Stimmt ja. Billy ist tot. Ich hab sie angekuckt mit ihren nackten Füßen da auf dem Tisch und hab mich täuschen lassen und gedacht, es ist alles noch dasselbe wie gestern oder wie heute morgen. Oder wie vor einer halben Stunde. Ich schäme mich, weil ich schon vergessen hatte, daß Billy tot ist, aber dann überleg ich mir, ob das vielleicht der Schock ist oder so. Wenn Leute unter Schock stehn, machen sie manchmal den größten Scheiß. Ob die auch einfach alles vergessen? Ich ruf bei Joe Lee in der Werkstatt an; beim achten Klingeln geht er ran.

»Sunoco-Tankstellenservice, Joe Lee?«

»Hey, Joe Lee.«

»Hey.« Ich kann ihn kaum verstehen, weil fünf Meter neben seinem Telefon gerade bei 'nem Motor der Leerlauf eingestellt wird.

»Ginny Honey ist bei uns. Sie bleibt 'n paar Tage.« Ich versuche gegen den Lärm anzuschreien, aber da jault das Getriebe nur noch schriller.

»Sally meint, du sollst rüberkommen und die Kinder bringen.«

Joe Lee weiß sofort Bescheid. »Direkt nach Hause oder nach nebenan?« brüllt er.

Ich kucke Ginny Honey an. »Direkt nach Hause oder nach nebenan?«

»Nach Hause«, sagt Ginny Honey, ohne aufzublicken.

Zwecks Lärmbekämpfung halte ich den Hörer 'n Stück weg vom Ohr und brülle zurück: »Nach Hause!«

»Alles klar. Bis dann.« Er legt auf. Und dann fällt mir ein, daß ich ihn ja gar nicht gefragt habe, ob er schon Bescheid weiß wegen Billy. Joe Lee hat Billys Kinder schon so oft hier rausgebracht, daß er überhaupt nicht auf die Idee kommen würde, zu fragen, warum. Der denkt bestimmt, Ginny Honey ist mal wieder abgehauen und redet von Scheidung und einstweiliger Verfügung und geht mit den Kindern auf Tauchstation, bis ihr 'n bißchen einsam ums Herz wird, und dann tanzt Billy an und überredet sie, wieder heimzukommen. Geht Joe Lee ja auch nichts weiter an, schließlich ist er bloß 'n alter Freund, der Sally und mir 'n Gefallen tut. Kommt mir richtig komisch vor, daß ich mit dem so rede, als ob alles in Butter ist. Am liebsten möcht ich mir gleich noch eine anstecken, aber auf einmal kommt's mir sogar komisch und falsch vor, auch bloß 'n Streichholz anzumachen. Als wenn ich hier rumsitzen muß wie 'n Stein, bis einer sagt, ist okay, kannst weitermachen mit deinem Alltag, dein Bruder ist nicht mehr tot.

Ich sag zu Sally, Joe Lee macht sich gleich auf die Socken. Ginny Honey ist jetzt anscheinend komplett weggetreten, es hat überhaupt keinen Sinn, daß man der was erzählt. Sally kippelt mit ihrem Stuhl nach vorne, so daß er wieder auf allen vier

Beinen steht, dann springt sie auf, hebt Ginny Honey hoch wie so 'n Idiotenkind und schiebt sie aus der Küche. Als sie die Halle durchquert haben und im Schlafzimmer sind, krieg ich endlich mein Streichholz an. Die Salem liegen auf der Theke, wo ich sie hingelegt hatte, aber ich steh am Telefon und rühr mich nicht von der Stelle. Ich betrachte bloß die Flamme und zähl bis dreiundzwanzig, dann fängt mein Daumen an zu riechen, und ich drück sie aus.

Ich überlege: Heißt das, er ist nicht mehr mein Bruder, jetzt, wo er tot ist? »Er ist mein Bruder«, kann ich nicht mehr sagen. Muß eher sagen: »Er war mein Bruder.« Aber wenn er mein Bruder *war*, was ist er dann jetzt? Nicht mehr mein Bruder. Mein toter Bruder. »Ey, du weißt doch, der Billy, mein toter Bruder.« Oder ist er einfach weg? Bei dem Wort »weg« durchzuckt mich auf einmal so 'n wohliges Gefühl, das ich aber sofort wieder verscheuche. Stein mit Blut dran, Haarproben. Irgendwer hat Billy weggemacht. Irgend jemand hat das fiese Schwein genommen und hat's einfach weggemacht.

»Verdammt noch mal«, sag ich ganz laut zum huckeligen Fliesenfußboden. *Wer war das? Den will ich sehn! Dem will ich begegnen. Den will ich –*

Sally kommt zurück, um die Whiskeyflasche zu holen. Das Marmeladenglas hat Ginny Honey schon mit ins Schlafzimmer genommen.

»Und du? Alles okay?« Sie steht da und hat eine Hüfte so 'n bißchen nach vorne geschoben, wie immer, wenn sie mir ein und dieselbe Frage zwei-, dreimal hintereinander stellen muß. »Willst du noch einen?« Lieb von ihr, mir einen anzubieten, wo sie doch sonst immer meckert, ich trink zuviel. Sie sieht aus wie jedesmal, wenn Ginny Honey sich hier blicken läßt. Die Ruhe selber, total sachlich: Erst mal kümmern wir uns um das, was im Moment los ist, jammern und uns ärgern können wir später immer noch. Und das heißt: nicht jetzt. Und das heißt: nie. Und prompt kommt mir der Gedanke, daß Ginny Honey vielleicht bloß mal wieder hysterisch ist.

»Ist Billy echt tot?« Man wird ja noch mal fragen dürfen.

»Sieht ganz so aus«, sagt Sally und schnalzt zur Bestätigung und aus Mitgefühl einmal kurz mit der Zunge. »Tut mir leid, Ray.« Ich seh ihr's an, daß ich ihr leid tue, daß Ginny Honey ihr leid tut, daß ihr vielleicht sogar die Kinder leid tun. Alle tun wir ihr leid, bloß Billy nicht. Gibt ja auch absolut keinen Grund, warum Billy ihr leid tun sollte.

†††

In dem Sommer, als ich zehn bin, sammle ich Bierdosen, zusammen mit Randy Keilman, meinem Freund. Recycling und Sammelstellen und so was alles gibt's noch nicht. Er nimmt alle Sorten, ich dagegen nur Budweiser, weil mein Alter das trinkt. Wir haben immer 'n paar leere Müllsäcke dabei und fahren mit dem Rad die kleinen Seitenstraßen ab, und wenn wir abends heimkommen, sind die Säcke voll. Ich hab mein eigenes Zimmer, unten im Keller. Da ist zwar in der Ecke die Heizung mit drin und der Heißwasserkessel, aber es ist meins, und ich bin für mich. Ich nehm die ganzen Dosen und staple sie auf, so daß die eine Wand praktisch bloß aus lauter Budweiserdosen besteht. Eines Tages kommt Billy rein; er ist auf der Jagd nach der Katze, die andauernd bei mir drin ist, bei jeder sich bietenden Gelegenheit. Wahrscheinlich, weil sie sich da sicher fühlt. Genauso wie ich. Die Katze dreht sich rum und haut Billy die Krallen in die Hand, reißt ihm so richtig schön die Haut auf, den ganzen Daumen runter. Billy sagt alte Fotze zu ihr und schmeißt sie mit voller Wucht an die Wand, die Bierdosenwand. Schmeißt sie in so 'm blöden Winkel, daß sie irgendwie da dran langratscht und die scheiß Wand komplett zusammenkracht. Bierdosen fliegen durch die Gegend, es scheppert, die Katze faucht und kreischt, und als sie endlich auf dem Fußboden landet, kriegt sie die Hinterbeine nicht mehr hoch, diesmal hat sie sich nämlich das Rückgrat gebrochen. Billy findet das unheimlich komisch, fast so komisch wie damals bei unserm Connie-Mack-Tournier, als der kleine Bruder von Randy Keilman 'n verirrten Ball abgekriegt hat, direkt zwischen die Augen, und einfach hintenüber von der Tribüne gekippt ist. Drei Jahre alt, gerade sitzt er noch neben seiner Mama, und im nächsten Moment ist er weg vom Fenster, liegt platt auf der Erde, die Mama kreischt, und Billy lacht sich 'n Ast.

Die Katze muß mein Alter totmachen. Das wird ja doch nichts mehr mit der, die kann ja nicht mehr laufen. Er bringt sie nicht zum Tierarzt oder was. Geht einfach raus hintern Schuppen, klemmt sie sich untern Stiefel und schlägt ihr mit dem Spaten den Kopf ab. Ist 'ne nette Geschichte. Als ich Randy vormache, wie sich das angehört hat, als die Katze an der Wand langgeflogen ist, pißt er sich beinah in die Hose vor Lachen. Aber 'n paar Tage später schmeiß ich die Bierdosen weg. Die kullern so hohl auf dem Fußboden rum, und in manchen sind eh so 'ne ekligen ollen Zigarettenkippen drin.

†††

»Okay?« Sally sieht mich an; sie wartet auf eine Antwort. Ich krieg's plötzlich mit der Angst zu tun, hab so 'n Gefühl, als ob ich durch 'ne Prüfung falle.

»Klar. Okay.« Ich zieh schnell die Finger ein, damit sie nicht sieht, wie rot die sind, auch der Daumen.

»Dann bring ich sie jetzt ins Bett«, lautet Sallys letzter Satz, und was sie davor gesagt hat, hab ich echt verpaßt. Versuch ganz normal zu atmen, versuch durch die Nase zu atmen, wie du's von Randy gelernt hast. Die will dich nicht reinlegen. Frag sie einfach. Sag ihr, du hast nicht richtig zugehört. *Was ist okay? Was hast du gesagt?* Schön ruhig bleiben. Frag sie doch einfach.

»Sally?«

»Ja?« Sie ist schon halb durch die Halle und dreht sich noch mal um, in der einen Hand den Whiskey, die andre auf der schräg nach vorn geschobenen Hüfte.

»Ach, nichts weiter.« Ich lächle, daß sie sieht, es ist wirklich nichts. Sie lächelt zurück, wie sie's manchmal macht, so nach dem Motto, ich weiß schon Bescheid, aber ich bin dir nicht böse. Dann nur noch die leisen Stimmen im Schlafzimmer, und ich räum die restlichen Einkäufe weg. Das Wetter ist so, wie's hier in Michigan im August immer ist – heiß und saumäßig schwül. Wird alles schlecht, das ganze Essen, ob Billy nun tot ist oder nicht. Ich grab mich zur Salami durch (ins Fleischfach damit, ermahne ich mich), zu den Käsecrackern. Als ich bei der Büchse mit den Birnen angelangt bin, grüble ich schon wieder, ob ich das Ganze nicht einfach vergessen kann und Billy anrufen und mit ihm auf 'n paar Bier ins Dewey's gehn. Wie 'n Teufel die North Lake Road rauf fahren, und über die Blutspur auf dem Seitenstreifen wird bloß gelacht.

Billy würde sagen: »Herrgott noch mal, vergiß den Scheiß.« Und dann würde er die nächste Bierdose aufmachen.

Ich wähle seine Nummer, ich sag mir, probier's halt mal. Als keiner rangeht, leg ich wieder auf und stell die Büchse mit den Birnen aufs oberste Brett über der Spüle. Ganz nach hinten. Da klingelt das Telefon, und mir fliegt fast die Schädeldecke weg, und ich denke, das ist Billy, ist er aber nicht. Joe Lee brüllt in den Hörer, brüllt aus reiner Gewohnheit, obwohl er gar nicht mehr in der Werkstatt ist, sondern schon im Haus.

»Nicht da, die Kinder. Die Nachbarin sagt, Jean hat sie abgeholt.«

Ich schließ die Augen, lehn mich mit der Stirn an den Türrahmen. Stoße so 'n pfeifendes Geräusch aus, wie's bei den Walen aus dem Loch oben im Kopf rauskommt. Jean hat sie abgeholt. Das heißt, sie ist schon bei Billy mit rangefahren und hat gesehn, daß keiner da ist, und da hat sie sich gedacht, dass Ginny Honey nur bei uns sein kann. Das heißt, gleich wird ihr Truck in den Hof einbiegen, voll mit Kindern und voll mit Jean. Ich bedanke mich bei Joe Lee und lege auf. Vergleiche meine Armbanduhr mit der Uhr überm Kühlschrank. 11:36; meine Armbanduhr geht drei Minuten vor. Scheiße. Sally kommt in die Küche.

»Wer war denn dran?«

»Joe Lee. Jean hat die Kinder schon abgeholt.«

Sally zieht Mund und Kinn in die Breite, wie so 'n Frosch, die Lippen gehn an den Seiten ganz gerade runter. Sie ist nicht begeistert, sie denkt nach.

»Also wird sie gleich hier sein«, sagt sie, und ihre Falten werden noch tiefer.

»Tut mir leid«, sag ich, weil ich die Falten gerne wegradieren würde. »Ich hab sie nicht angerufen.«

Sally sieht mich nicht an.

»Warte, ich mach dir was auf deinen Finger.« Sie schiebt mich ins Bad, zu A&P, Arnika und Pflaster. Kleiner Scherz. Hab ich ihr noch gar nicht erzählt. Und jetzt ist auch nicht der rechte Augenblick.

Sally pflastert mir die verbrannten Stellen zu, und ich schau solange runter auf ihren Scheitel. Da sitzt ein einzelnes graues Haar und grinst mich an. Ich geb ihm 'n Kuß, dreh mich weg und kuck aus dem Fenster. Am schönsten ist es immer, Jean von weitem kommen zu sehn. Brise von Osten, so 'n süßer Geruch, bloß 'ne halbe Sekunde, als ob's regnen will, wie's an dem Nachmittag gerochen hat, vor vielen Jahren, als Jeans Stimme irgendwo über mir war und in regelmäßigen Abständen lauter kleine Füchse über die Bettücher gerannt sind. Mein Blick wandert über Sallys Kopf, ich habe Angst, sie weiß, an was ich denke. Hinten im Hof ist 'n Hase, der mümmelt gerade eine von Sallys Tomatenpflanzen. Wo steckt denn Samson? Ich seh den Hasen wie verrückt mümmeln und brauch 'n Moment, bis ich merke, der kuckt mir direkt in die Augen.

»Ich hab den Billy nie gesehn. Ich bin dem Billy nie begegnet. Mir hat der Billy nie ein Haar gekrümmt.« Der Hase spricht mit vollem Mund, man kann ihn kaum verstehn.

»Was sagst du«, flüstere ich, aber da läßt der Hase das Tomatenblatt fallen und schlägt 'n Haken, und weg ist er.

»Ich hab nichts gesagt.« Sallys Kopf beugt sich so vernünftig über meinen verbrannten Finger. »Pass auf mit den Streichhölzern, ja?« Sie liest mir nicht die Leviten. Sie zeigt mir, daß alles in Ordnung ist. Sie richtet sich auf, fährt mir geistesabwesend mit der Hand über den Rücken und kuckt aus dem Fenster. Ach, könnt ich doch bloß immer hier bleiben. In Sicherheit.

»Ich liebe dich«, sag ich zu ihr. Aber das war falsch, weil ihre Augen ganz traurig aussehn, und die Froschfalten sind auch wieder da. Ich kucke raus und seh Jeans Truck die Straße raufkommen. Er zieht 'ne Wolke aus Abgasen und Staub hinter sich her – 'n Raumschiff, das schräg von der Erde abhebt und direkt auf mich zukommt. Als ob die Worte »Ich liebe dich« sie wie durch ein Wunder plötzlich haben auftauchen lassen. Ich dreh mich um nach Sally und nach der Sicherheit, doch sie ist weg.

Der Truck hält, ich trete aus der Haustür; Staub wirbelt hoch, der Wagen spuckt hinten drei Kinder aus, wie wenn so 'n rostiger Suppenkessel überkocht.

»Gleich auf die Veranda mit dem ganzen Zeug. Und daß ihr mir ja nicht so weit wegrennt!« Jean scheucht sie in den Garten. Jedes Kind hat 'n Kopfkissenbezug mit Unterwäsche, Pyjama, Zahnbürste und Anziehsachen für zwei Tage. Für die ist das längst Routine. Trish, die schon elf ist, hat ihren immer gepackt unterm Bett liegen. Allzeit bereit und stets in froher Erwartung. Auf der Treppe wächst ein Haufen: Kopfkissenbezüge, Sweatshirts, Brottaschen, sogar ein Buch aus der Leihbücherei. *Die heimlichen Museumsgäste.*

»Das hab ich gelesen«, sag ich zu dem mit den roten Haaren, dessen Namen ich mir nie merken kann.

»Gar nicht.«

»Doch, wirklich.«

»Gar nicht, hast du gar nicht gelesen.« Der kleine Rothaarige kuckt mich an wie irgendwas, das er unter 'nem halbvermoderten Baumstamm gefunden hat. Sein ganzer Schopf schwappt trotzig vor und zurück.

»'n kleines Mädchen haut mit seinem Bruder von zu Hause ab, und dann wohnen sie im Museum bei irgendwelchen Mumien und klauen die Münzen aus dem Brunnen, damit sie sich was zu essen kaufen können.« Ich sag das ganz lässig, als ob ich jeden Vormittag meines Lebens damit zubringen würde, vorne auf der Veranda mit irgendwelchen kleinen Blagen über Bücher zu diskutieren.

Er zieht mißtrauisch die Nase kraus. »Und wie ist der Schluß?«

»Sag ich nicht.« Den Schluß hab ich, offen gestanden, vergessen. Aber ich hab schon recht, daß ich ihm nicht verrate, wie's ausgeht, und das weiß er auch. Wortlos schiebt er mit seinen Schwestern ab. Und ich bleib alleine auf der Veranda zurück, und keine drei Schritte vor mir steht Jean. Sie hat 'n blaues Halstuch um, aber zusammengerollt, als Stirnband. Dasselbe, das sie gestern umhatte, als wir draußen bei Billy waren, als wir alle zusammen bei ihm zur Grillparty waren. Gestern, als Billy noch gelebt hat. Ich kann die Sonne und den Staub auf ihren Sommersprossen riechen. Sally ist im Haus, sie stellt die Whiskeyflasche weg, ich hör's klappern.

»Was grinst du denn so?« fragt Jean unverblümt und nagelt mich mit ihrer Frage regelrecht am Türrahmen fest.

»Sally stellt den Whiskey weg.«

»Und wo ist Ginny Honey?«

»Hat sich hingelegt.«

»Hast du ihn gesehn?«

»Nein. Sie war mit Mama da.«

»Der Sheriff auch?«

»Nein.«

»Blödes Arschloch, hat mich geweckt, hat mir fast die Türe eingeschlagen. ›Tut uns leid, wenn wir stören, Ma'am.‹ – ›Dann laßt es doch bleiben!‹ sag ich. Poch, poch, poch. ›Hey, Miss, Ihr Bruder ist tot.‹ – ›Welcher?‹ – ›Billy.‹ – ›Hat er sich umgebracht?‹ Hoffentlich, denk ich. ›Nein. Ma'am. Das hat irgend jemand anders für ihn erledigt.‹ Dem sein scheiß Ma'am die ganze Zeit. Und ich noch im Bademantel und kneif die Augen zu und kucke, und er mit der Mütze in der Hand. Mann, hat der mir 'ne Menge Fragen gestellt, könnt man glatt denken, ich war's.«

»Warst du's?« Zwei kleine Worte, die zwischen uns im Staub hängen, wie von weither. Sie sieht mich an, als ob sie alles weiß, was ich jemals gedacht hab. Das geht ganz lange so, und ich fang schon an zu überlegen, ob ich nach Sally rufen soll, damit sie, verdammt noch mal, rauskommt auf die Veranda, aber jetzt ist Jean diejenige, die grinst.

»Nein. Ich hab ihn nicht umgebracht.«

Mein Herz sackt erleichtert in sich zusammen, rutscht richtig weg in meiner Brust, und ich muß ganz tief Luft holen, so wie mir's Randy immer gezeigt hat. Und da wird mir schwindlig, und ich plumpse auf die oberste Stufe.

»Mensch, Ray. Nimm's nicht so schwer.« Neben mir verschwimmen Jeans Stiefel zu einem schwarzen Klumpen, die Fliegentür knallt zweimal gegen den Holzrahmen, und ich höre ihre Stimme von den Sommerwänden der Veranda widerhallen.

»Hey, Sally, die Kinder sind draußen, aber ich hab ihnen versprochen, wenn wir hier sind, gibt's erst mal was zu essen, und –« Was sie sonst noch sagt, schluckt das schattige Hausinnere. Nur noch das Summen der Insekten in der Augustsonne ist zu hören und auf der andern Seite des Hauses, hundert Meilen weit weg, das Gebrüll der Kinder.

Jetzt ist sie in der Küche, aber ich seh immer noch ihre dunkle Silhouette vor mir, zum Greifen nah, als müßt ich bloß die Hand ausstrecken. Und ganz weit hinten in der Nase hab ich den Geruch von ihren Sommersprossen. Kein Wort, daß es ihr leid tut oder wie's mir geht. Hat nicht mit der Wimper gezuckt, wie ich sie gefragt hab, ob sie ihn umgebracht hat. Der einzige Mensch auf der Welt, vor dem ich noch mehr Angst habe als vor meinem Bruder Billy, ist meine kleine Schwester Jean.

ZWEI

In dem Frühling, als ich neun werde, gehn Billy und ich mit Jean hinter den Geräteschuppen und ziehn ihr das Hemd aus. Sie ist erst sieben, also nicht, daß es da irgendwas zu sehn gibt. Billy zwingt sie, den Mund aufzumachen, und steckt ihr seinen Schwanz rein. Er ist dreizehn und weiß schon, was er machen muß. Er hält ihren Kopf fest, so daß sie weder schreien noch sich wegdrehn kann. Ich höre, wie sie durch die Nase zu atmen versucht, aus der ihr der Rotz läuft. Ich hab Angst, sie erstickt oder würgt sich zu Tode, weil dann kriegen wir Dresche. Dann bin ich dran und mach's genauso, wie ich's bei Billy gesehn hab. Es passiert aber nicht viel. Ich mach sechs oder sieben schnelle Stöße und tu so, als ob ich gekommen bin. Billy sagt zu Jean, wenn sie uns verpetzt, steckt er ihr 'n glühenden Feuerhaken in den Arsch. Sie heult nicht und nichts. Sitzt bloß da und knöpft sich das zerrissene Hemd zu und wischt sich den Rotz und den Glibber aus dem Gesicht. Ich glaub, sie weiß gar nicht, was 'n glühender Feuerhaken ist, aber sie erzählt niemandem was. Zumindest kriegen wir nie Dresche. Was mich wundert, weil Jean ja eigentlich selber 'n gemeines kleines Luder ist.

†††

Den Arm ganz warm vom sonnenheißen Metall meiner Trucktür, fahre ich die North Lake Road rauf. In die Stadt, zur Polizei, ich nehm den langen Weg. Ich weiß, Billy ist im Leichenschauhaus, aber ich weiß auch, wenn ich ganz scharf hinkucke, dann seh ich ihn im Graben liegen, und sein Kopf ist Rührei. Wenn ich ganz scharf hinkucke, dann ist er plötzlich da. Ich kenn doch Billy. Ich halte an und geh ein Stück den Seitenstreifen lang. Ist ganz hart, der Boden hier, die Erde festgestampft, straff wie Seide, glatt. Und überall Steine. Manche flach und grau, andre wie Quarz und funkeln in der Sonne. Manche sind in der Erde begraben, wie Eisberge, wo man auch nur die Spitze sieht. Das sind die, wo man sich den Zeh bricht, wenn man so gedankenlos vor sich hin latscht und sie im Laufen wegkicken will. Die, wo man »Du blödes Mistding!« schreit und auf einem Bein hüpft, und die vorbeifahrenden Autos denken, man ist irgendwie durchgeknallt.

Und dann seh ich was im losen Sand, 'ne Kuhle, so was wie 'ne breite Bremsspur oder so oder wie von 'nem Schlitten. Blut seh ich keins. Er muß doch geblutet haben. Ich lauf direkt in der Spur. Ich weiß, daß ich jede Menge Fußabdrücke hinterlasse. Kann sein, daß ich sogar den polizeilichen Ermittlungen in die Quere komme. Die ganze Straßenseite von McGregor bis zum Dewey's, alles polizeiliche Ermittlungen. So 'ne Straßenseite kann man ja nicht mit in den Gerichtssaal nehmen. Fotos. Wahrscheinlich haben sie Fotos gemacht. Ob sie das Blut auch geknipst haben? Ich muß an den silbernen Ohrclip denken, den Billy getragen hat. Sah aus, als ob ihm da an der Seite so 'ne ganz kleine nackte Frau aus dem Ohr rausgekrabbelt kommt. Ich kuck, ob ich irgendwas Silbernes im Sand blinken sehe, oder Streifen oder Flecke oder sonst irgendwas von meinem Bruder. Wenn ich das Blut finde, find ich auch ihn. Vielleicht vier, fünf oder auch sechs Meter die Straße rauf, da liegt er dann, im Graben. Aber ich seh bloß lauter plattgedrückte Flaschendeckel; das einzige Silber ist 'n Fetzchen Kaugummipapier. Plötzlich springen mir ein paar rötlichbraune Glasscherben ins Auge. Ich weiß schon, daß das bloß 'ne kaputte Bierflasche ist, aber in der Sonne sieht die Farbe aus wie Blut. Und 'ne ausgeblichene Chipstüte und 'ne plattgedrückte Bierdose und 'n schwarzer Plastikkamm, der vom Regen schon ganz grau geworden ist.

Ich hebe eine Glasscherbe auf, fahr mit dem Finger die Kanten lang und fühle, ob sie scharf sind. *Wo bist du, Billy? Wo, zum Teufel?* Er ist nicht hier. Jemand hat ihn weggeschafft, irgendwohin, wo ich ihn nicht finden kann. Wer? Verdammt noch mal, das ist mein Bruder und nicht denen ihrer. Es fängt unten im Bauch an und drückt hoch in die Lunge. *So ein Wahnsinn. So ein Wahnsinn.* Ich will die Kerle finden und sie umlegen. Auf einmal ist mein ganzer Körper nur noch ein einziger langer Muskel, angespannt bis ins letzte, mit dem Verlangen zu töten, wie 'ne Schlange. Muß sie finden, diese Schweine, und sie 'n Kopf kürzer machen.

Die schartige Kante der Glasscherbe fährt an meiner Handfläche lang. Die Haut ist wie Butter oder Käse, will nachgeben, sich aufschlitzen lassen. Aber ich will nicht. Ich mach das nicht. Und dann hör ich hinter mir Reifen. Schmeiß die Scherbe weg, steck die Hand in die Tasche.

Es ist ein Wagen vom County, das heißt, der Sheriff. Wo ich gerade hin will. Ich war in den Truck eingestiegen und hatte Sally gesagt, ich fahr zum Sheriff. Damit mir mal einer sagt, was überhaupt los ist, zum Teufel noch mal. Türen knallen.

»Ray Johnson?«

»Ja«, sag ich strahlend, als ob ich mich freue, ihn zu sehn.

»Ich bin Sheriff McCutcheon. Keith McCutcheon.« Kein Hilfssheriff. Der Chef höchstpersönlich. Obwohl, mir macht der nichts vor. Setzt die Sonnenbrille ab und redet mit mir, richtig höflich. »Kann ich Ihnen mal ein paar Fragen stellen, Ray?« Ja, er ist höflich, aber Mr. Johnson sagt er nicht zu mir.

»Ich such gerade –« Ich halte inne. Was such ich eigentlich?

»Ach, Sie suchen was, ja?« fragt er.

»War gerade unterwegs zu Ihnen.« Ich merke selber, daß sich das total lahm anhört und schuldbewußt, wie so 'ne Rechtfertigung.

»Ja, das hat mir Ihre Freundin schon gesagt.«

»Meine Freundin?« Der meint wahrscheinlich Sally. Ich denk an Sally nie als meine Freundin, immer bloß als meine Sally.

»War nämlich schon bei Ihnen draußen«, sagt er in 'nem Ton, als ob's ihm leid tut. Bloß was? Was tut ihm leid? Ich denk an den Hof, wo kein Gras wächst, an die Gören von Ginny Honey, die hinterm Haus krakeelen, an Samson mit seinem schlingernden Gang. Und dann sieht mich der Sheriff so komisch an. »Sie sind doch bereits vor mehreren Stunden zu Hause losgefahren«, sagt er. »Ist das Ihr Truck, paar Meilen weiter vorne?« *Paar Meilen?*

»Der blaue Ford. Das ist meiner.«

»Soll ich Sie eben hinbringen? Dann können Sie hinter mir herfahren aufs Revier, ja?« Behandelt mich ja wie 'n rohes Ei, der Sheriff, weil ich 'n Hinterbliebener bin. *Vor mehreren Stunden?*

»Klar.« Ich folge ihm zu seinem Wagen und will gerade hinten einsteigen, da sagt er, ich soll mich ruhig vorne reinsetzen. Junge, Junge, ist dem das peinlich. Ich laß mich auf den Beifahrersitz fallen und konzentriere mich aufs Atmen. Während er wendet, glotze ich die drei leeren Taco-Bell-Tüten an, die unten auf dem Boden liegen. Und in dem Moment hör ich ganz deutlich 'ne Stimme aus dem Graben kommen.

»Warte doch mal, Ray.« Billys Stimme, eindeutig. Aber wo doch Sheriff McCutcheon neben mir sitzt, da ignoriere ich sie lieber, diese Stimme.

†††

Nehm 'n großen Schluck von dem Eistee, den ich auf dem Knie stehn hab. Instant, ohne Zitrone, ohne Zucker, vier Eiswürfel. Schlucke kräftig runter, damit ich die trockenen, staubigen Blätter weg kriege, die ich hinten in der Gurgel hab. Spüre das dunkle Pochen im Hinterkopf, wie immer, wenn ich zu schnell was trinke, das zu kalt ist. »Eiskopfschmerzen«, nennt Sally das. Ich knalle den Eistee aufs Verandageländer, daß die Eiswürfel klappern.

»Autsch«, sagt der Würfel am Boden des Glases und hält sich

den gezackten Sprung in der Mitte. Ich kucke weg, pack die Füße aufs Geländer und lehne mich zurück in meinem Gartenstuhl aus Aluminium. Schau hoch zu den Sternen überm schwarzen Umriß des Trafohäuschens auf der andern Straßenseite. Leise Stimmen in der Küche, und Ginny Honey brüllt eins von den Kinder an, es soll nicht so trödeln.

»Muß ich erst reinkommen?« ruft sie drohend. Unterdrücktes Gegacker aus dem Wohnzimmer, Sally sagt zu Ginny Honey, sie soll sich nicht aufregen, die beruhigen sich schon wieder. Ich hör das Radio auf dem Sims über der Spüle wimmern.

»Chet aus Bakersfield in Kalifornien, du bist auf Sendung. Na, was hast du uns zu sagen?«

»Hallo, Jim. Wie geht's denn so?«

Ich weiß, daß ich's eigentlich ausmachen müßte, aber ich mag mich gar nicht rühren.

»Danke, bestens.«

»Und was kann ich heute abend für dich tun, Chet?«

»Naja, weißt du, ich wollte bloß mal sagen …«

Das macht mich alle; davon werd ich so müde, daß ich die Augen gar nicht mehr aufkriege. Ich versuch nicht hinzuhören, aber Chet läßt sich nicht abwürgen.

»Ich wollte bloß mal sagen, also dieser ganze Quatsch von wegen, also von wegen Satanskult und kleine Kinder – ich meine, wer glaubt denn so 'n Mist?«

»Weiß ich nicht, Chet.«

»Diese Gören, die denken sich doch die verrücktesten Sachen aus, bloß, damit sie keinen Ärger kriegen zu Hause –«

»Schnauze, Chet«, knurr ich leise zu den Motten rüber, die lautlos an die Verandalampe flattern. Noch 'ne Viertelstunde, dann muß ich zur Arbeit. Zur Nachtschicht in die Metallfabrik. In der Küche Schritte, gehn immer hin und her. Sanfte, tröstlich klingende Stimmen. Wie früher, als Kind, wenn man gehört hat, wie sich die Erwachsenen im Nebenzimmer unterhalten, und dabei eingeschlafen ist. Kurzes leises Lachen. Kein Weinen, kein Gebrüll, kein Schlag in die Magengrube. In Sicherheit, für diese Nacht.

»So 'm Kind kann man doch alles mögliche einreden. Und diese Weiber, die wolln doch bloß ihrem Alten eine reinwürgen –« Volkes Stimme, Chet, dringt ein und stört das kleine bißchen Frieden, das die Veranda zu bieten hat. Umgehaun, am Boden, kalt erwischt, wie gelähmt. Lahmgelegt von Chet. Die vielen blöden Sachen, die Chet sagen kann, die vielen Chets, die's auf der Welt gibt, ja allein schon hier in der Stadt, all diese blöden, vernagelten Chets und – ich komm nicht hoch vom Stuhl. Ich kann mich nicht bewegen. Plötzlich hab ich die Vision von Billys Schädel, eingebeult, überall Blutspritzer, auf den Steinen, im Sand, und einen Moment lang wünsch ich mir, das Blut wäre meins. Daß mein Kopf zerspringt und diesen drängenden, drängenden Druck rausläßt, dieses Gefühl, als ob mir gleich die Schädeldecke wegfliegt. Der Stein kommt runter, noch mal und noch mal – ich krieg mich wieder ein. Dreh den Kopf rum und schreie durch die Fliegentür.

»Macht doch mal einer das scheiß Radio aus!«

Keine Antwort. Jim meint, der Anrufer hat vollkommen recht, und gibt auch seinen Senf dazu. Er quatscht genauso dämliches Zeug, aber mitten im Wort macht's plötzlich klick, und er ist weg. Danke. Danke. Immer wieder, gebetsmühlenartig, bei mir im Kopf drin. Danke für eine Minute Ruhe. Danke für eine Minute Ruhe.

Denke an den Besuch beim Sheriff, Sheriff Keith (nicht »Sheriff McCutcheon«, macht zuviel Angst), die Fragen, die er gestellt hat. Daß es Leute gibt, die's fertigbringen, sich mit dem Stellen von derartigen Fragen ihr Brot zu verdienen.

»Wo waren Sie heute nacht zwischen zehn und elf?« *Hast du Billy umgebracht?*

»Zu Hause.« *Nein, ich hab Billy nicht umgebracht.*

»Und was haben Sie da gemacht?« *Bist du sicher, daß du Billy nicht umgebracht hast?*

»Beim Truck das Öl gewechselt.« *Absolut sicher.*

»Abends um zehn?« *Du lügst.*

»Bevor ich zur Arbeit gegangen bin. Ich arbeite Nachtschicht.« *Nein, ich lüge nicht.*

»Samstags?« *Gib doch endlich zu, daß du ihn umgebracht hast.*

»Zusatzschicht.« *Nein, hab ich nicht.*

Wie ich da hinkomme, geben sie mir erst mal 'n Glas Wasser. Sehr höflich und zuvorkommend, aber sie schenken nicht noch mal nach. Als Sheriff Keith sich vorbeugt und was auf seinen schwarzen Notizblock schreibt, seh ich die dunklen Schweißflecke auf seiner Uniform. Dieser Notizblock, der enthält bestimmt 'ne ganze Menge Geheimnisse. Geheimnisse, die ihm die Leute über meinen Bruder erzählen. *Du lügst doch? Nein, Sir.* Und dann die Frage, von der ich wußte, daß sie kommt. Die Frage, die der Grund ist, wieso all die vielen Geheimnisse, oder jedenfalls der größte Teil davon, überhaupt auf dem Notizblock stehn.

»Wissen Sie, ob Billy irgendwelche Feinde gehabt hat?« *Wer kann ihn umgebracht haben?*

»Fragen sie mich mal lieber, wer ihn *nicht* umgebracht haben kann, das ist schneller zu beantworten.« Eh ich's mich versehe, sind die Wörter raus und hüpfen auf dem Tisch herum, und ich kann sie nicht wieder aufsaugen. Sheriff Keith kuckt 'n Augenblick zu, wie sie ihre Purzelbäume schlagen, dann wischt er sie runter wie Brotkrümel.

»Etwas genauer bitte.« Er will Namen.

»Den hat doch keiner leiden können.« Pause. Noch mal Pause.

»Erzählen Sie mal, wann Sie ihn zuletzt gesehn haben.« Sheriff Keith (je öfter ich ihn in Gedanken so nenne, desto sympathischer wird er mir) lächelt und lehnt sich auf seinem Stuhl zurück. Ganz und gar auf eine Antwort eingestellt, die länger ist als bloß drei Worte. Er will's wirklich wissen. Und da erzähl ich's ihm.

†††

Gestern, da war doch diese blöde Grillparty. Ich hasse Grillpartys. Den Gestank hat man noch ewig in der Nase. Und die ganzen Fliegen auf dem Essen. Die Würstchen sind total verkohlt an manchen Stellen. Die Hamburger knirschen, wenn man reinbeißt, als ob sie einer durch den Dreck geschleift und dann am Hosenboden abgewischt hat. Ich also mit Sally zu Billy gefahren und hinter in den Garten. Jean ist auch da, obwohl ich mir gar nicht vorstellen kann, wer die eingeladen hat. Ginny Honey redet ja kaum noch mit ihr, und Billy ist auch nicht gerade der Typ, der Einladungskarten verschickt.

Es ist so 'n richtig stickiger, schwüler Augusttag. Heiß und grau, als ob man Haferflocken einatmet. Draußen, hinter der Garage, prügeln sich Deena und der kleine Rotschopf um das Crossrad und wie viele Runden jeder fahren darf. Bloß Trish, die geht ihrer Mama nicht von der Pelle.

»Los, raus mit dir, kannst mit den andern Moped fahren«, sagt Ginny Honey. »Was ist denn bloß los mit dir?« Aber Trish will gar nicht fahren. Sie will auch kein Würstchen essen und keinen Hamburger, noch nicht mal 'n Kartoffelchip. Je länger sie dasitzt und vor sich hin brütet, die Mama immer im Auge, desto wütender versucht Ginny Honey sie loszuwerden. Ich sag mir, die Kleine wird sich den Magen verdorben haben, am besten, man läßt sie in Ruhe. Aber in Ruhe lassen will Ginny Honey sie nicht. Ist 'n Rabenaas, die Trish. Sie ist die älteste und verleitet die beiden andern immer, sonst was für Scheiße zu bauen. Aber heute gibt sie nicht mal Widerworte, als ihre Mutter sie vollabert. Sie will hierbleiben, murmelt sie bloß, sie ist müde. Und Ginny Honey: »Ach, du lieber Gott, von was bist du denn müde, du machst doch den ganzen Tag kein' Finger krumm.« Ich merke, wie Jean am andern Ende der Tafel sauer wird, aber sie sagt nichts. Noch nicht.

»Jetzt halt doch endlich die Schnauze, du blöde Kuh«, sagt Billy zu Ginny Honey. Aber Ginny Honey denkt gar nicht dran, die Schnauze zu halten. Sie kuckt zu Billy rüber, der am Grill steht und sein Bierchen trinkt und die Wiener wendet.

Und dann sagt sie zu Trish: »Bild dir bloß nicht soviel auf deine kleinen Titten ein, deswegen bist du noch lange nicht erwachsen. Du gehst jetzt mit den andern Kindern spielen.«

Ich glotze auf meinen Hamburger und tu so, als ob ich nichts gehört hab. Gott, ist mir das peinlich. Ich kucke rüber zu Billy, und der ist auf hundertachtzig. Buchstäblich auf hundertachtzig. Aber sein wütender Blick trifft nicht etwa Ginny Honey, nein, oben in den Kopf von Trish bohrt er sich rein. Und die steht da wie 'n Fragezeichen, hat die Schultern hochgezogen und läßt die Arme baumeln, als ob sie sie verstecken will, die beiden kümmerlichen Knubbelchen da unter ihrem Top, wo man schon ganz genau hinkucken muß, daß man sie überhaupt sieht. Das verrückte Geknatter von dem Crossrad dröhnt mir in den Ohren. Sally fragt Ginny Honey, wie sie den Kartoffelsalat gemacht hat, und sogar ich merke, daß sie einfach bloß das Thema wechseln will. Ich werf 'n verstohlenen Blick rüber zu Jean, und die kuckt Trish an, wie man mit dem Fernglas 'n Käfer beobachtet oder 'n Keim, als ob sie sie zum allerersten Mal sieht. Trish beugt den Kopf über den Teller, ihre strähnigen Haare hängen runter und verhängen ihr Gesicht. Aber in der halben Sekunde, wo ich hinschaue, krieg ich gerade noch mit, wie sie sich mit der Hand die Nase abwischt, damit keiner sieht, daß sie heult. Und ich schwöre bei Gott, da ist mein Herz mit einem Satz in der hintersten Ecke vom Brustkasten. Als ob sich's ganz, ganz weit hinten an die Gitterstäbe von seinem Rippenkäfig drückt. Und dann kracht Jeans Stimme dazwischen.

»Kannst du mal eben herkommen und mir zeigen, wo noch mehr Servietten sind, Trish?«

Und dann sind Jean und Trish verschwunden, und ich seh Billy beim Wienerwenden zu. Unsre Blicke begegnen sich, und er kuckt weg, trinkt sein Bier aus, wie Kerle das so machen, wenn sie wissen, sie haben was ausgefressen. Sally unterhält sich immer noch mit Ginny Honey. Mir kriecht die Panik außen am Gehirn lang und knabbert und pickt. Wenn ich doch bloß auf Arbeit sein könnte, lieber die üblichen Schulterschmerzen und die olle Schmiere im Gesicht. Wenn ich doch bloß meinen Ginch Littlefield in der Arschtasche stecken hätte. Herrgott noch mal, wenn's doch bloß nicht so verdammt heiß wäre und so schwül, daß man kaum Luft holen kann.

»Immer noch nicht fertig, die Würstchen?« hör ich mich zu Billy rüberrufen, der gerade das nächste Bier aufmacht.

»Doch, doch.« Er sticht mit der Gabel in eins von den Dingern und steckt's in ein Brötchen rein. »Eins oder zwei?«

»Gib mal gleich zwei.«

Macht er. Und brummt dabei vor sich hin: »Blöde Kuh, die.«

Ich frag nicht nach, wen er meint. Ich hoffe, er meint Ginny Honey. Oder auch Jean meinetwegen. Ich beiße in mein Würstchen, und kaum hat der erste Happen meinen Gaumen berührt, da zerbröselt die weiche Masse und wird zu Sand. Sally und ich beim Grillen mit Ginny Honey und Billy, ganz in Familie, so richtig nett. Ich stehe auf und gehe zur Garage, um die Kinder zum Essen zu holen. Und während ich sie rufe, stell ich mir das Gesicht von Ginny Honey vor, zusammengeschlagen, ein stinkender, blutiger Brei.

Ratzfatz liegt das Crossrad verlassen hinter der Garage, und die Kinder knallen sich auf die Decken, die auf dem braunen Rasen ausgebreitet sind, Pappteller randvoll mit Essen. Es gibt 'ne Menge Lachen und Gezeter, 'ne Menge Kindergekreisch. Warum machen die das? Zuviel Aufregung? Noch zu klein, um alles für sich zu behalten, also kreischen sie, lassen Dampf ab? In dem ganzen Lärm kann ich kaum verstehn, was Jean zu Billy sagt, als sie wieder nach draußen kommt – alleine. Ich würde auch gar nicht hinhören, aber sie steht da und kuckt ihn voll an, wo er doch sonst immer Luft für sie ist. Und der Blick, mit dem sie ihn ankuckt – ich krieg richtig Gänsehaut.

Schließlich kann er nicht mehr so tun, als ob er sie nicht sieht, und da schnappt er sich 'n Teller und sagt: »Willst du noch 'n Hamburger?« Aber in 'nem Ton, als ob er sagen würde: »Mach bloß, daß du wegkommst.« Und in dem Moment wird das Kindergekreische richtig laut, und ich seh nur, wie Jean die Lippen bewegt, und dann hör ich, wie Billy sie anschreit und sagt, sie muß ja wohl 'n Rad ab haben.

Jean ist dann auch ziemlich bald verschwunden. Und das war's. Das mit Trish hab ich Sheriff Keith aber nicht erzählt. Davon hab ich nichts gesagt. Bloß von dem Grillnachmittag, richtig nett, ganz in Familie.

DREI

Sally macht die Fliegentür auf und kommt raus auf die Veranda, setzt sich mit dem Hintern halb auf die Lehne von meinem Gartenstuhl. Einen Arm legt sie mir um die Schultern, ein Bein auf meinen Schoß.

»Ginny Honey ist ins Bett gegangen. Ich hab dir Brote zum Mitnehmen gemacht.« Ihre vernünftige Stimme ist ganz leise, und ich überlege, ob ich ohne sie verhungern würde. Wahrscheinlich ja. »Und du willst heute wirklich zur Arbeit gehn?«

»Ja klar.« Ich leg den Kopf in den Nacken, so daß er auf ihrem Arm ruht. Dreh mich zu ihr rum, versuch ihren Geruch einzuatmen, aber sie riecht nur ganz leicht nach Shampoo. Trotzdem schön.

»Deena schläft auf der Couch, und Trish liegt im Schlafsack neben dem langen Couchtisch.« Ihre Stimme ist wirklich leise, als ob wir schon beim Begräbnis sind. »Ich hab das Licht ausgemacht, paß auf, daß du nicht auf sie drauftrittst, wenn du reingehst.« Im Geiste seh ich ein Bild vor mir: Billys Kinder liegen überall bei mir im Wohnzimmer verstreut, wie die Arbeitsklamotten von gestern, einfach fallengelassen und dann vergessen.

»Was denken sie denn, wie lange sie bleiben?« Meinetwegen können sie so lange bleiben, wie sie wollen. Und das weiß Sally auch. Ich hab mich bloß gefragt, ob ich nicht vielleicht das Campingbett aus dem Keller raufholen soll.

»Keine Ahnung. Jean hat angeboten, sie können bei ihr wohnen, aber du weißt ja, wie das ausgegangen ist. Trish wollte, aber Ginny Honey hat's verboten.«

Wie fast immer, wenn Jeans Name fällt, tut sich zwischen uns beiden 'n paar Sekunden lang so 'n trauriges schwarzes Loch aus Schweigen auf. Aber nicht traurig, weil da was ist, wo wir noch nie drüber geredet haben oder wo wir nicht drüber reden können, das nicht. Traurig, weil da nichts mehr drüber zu sagen ist.

»Dann werd ich mich mal so langsam auf den Weg machen, was?« Aber ich rühr mich nicht von der Stelle und sie auch nicht. Da haben wir nun das ganze Haus voll, und trotzdem sitzen wir hier mutterseelenallein draußen auf der Veranda. Ich vergrab das Gesicht in ihrer Halsbeuge, schnüffle immer noch nach ihrem Geruch. Sie läßt ihre Lippen in winzig kleinen Schritten über mein Gesicht spazierengehn und küßt mich von den Augen bis runter zum Kinn. Ich weiß, wenn ich nicht in den nächsten fünf Minuten gehe, komm ich zu spät. Aber wenn ich heute zu spät komme, wird wohl keiner so richtig Krach schlagen. Für irgendwas muß so 'n neutoter Bruder ja gut sein. Ich stehe auf und faß nach Sallys Hand. Sie lächelt mich an wie früher immer, wenn wir bei ihren Eltern auf der Veranda gesessen haben. Wir schleichen uns hinter die Garage, ich zieh mein Hemd aus und leg's als Decke auf den Boden für uns. Aber es dauert gar nicht lange, mein Kopf liegt noch an ihrer Schulter, und ich heule, wie immer, wenn ich sie nicht so lieben kann, wie's eigentlich sein sollte. Wenn ich's nicht schaffe, mir das andre Gesicht aus dem Kopf zu schlagen.

»Das wird schon noch«, flüstert der Flieder über Sallys Kopf. Aber ich glaube ihm nicht.

Ein klein wenig später geh ich ganz vorsichtig durchs Wohnzimmer, weil ich mich für die Arbeit umziehn will. Als ich direkt neben dem Fernseher stehe, stoppt mich 'n dünnes Stimmchen, das durch das Kopfkissen gedämpft ist.

»Onkel Ray?« Von der Couch. Deena.

»Ich bin's bloß.« Ich weiß nicht, was ich diesen Kindern sagen soll.

»Ich weiß, wer Papa umgebracht hat.« Die Stimme immer noch gedämpft, als ob sie Angst hat, das Gesicht aus dem Kopfkissen zu nehmen.

»Sag bloß.« Ich steh da, und mir fällt einfach nichts ein, wie ich mich ganz unverfänglich wieder in Bewegung setzen kann. Ich mache behutsam einen Schritt, aber Deena merkt, daß ich mich von ihr entferne, und stoppt mich wieder.

»Aber ich sag nicht, wer's war.«

»Und warum nicht?« Plötzlich mach ich mir wirklich Sorgen, daß ich zu spät zur Arbeit komme. Ich will bloß noch weg.

»Weil ich nicht will, daß sie mich kriegen.«

»Und woher weißt du, wer's war?«

»Ich hab einfach so 'n Gefühl.«

»Weiß Trish es auch?« frage ich. Aber sie antwortet nicht. »Na gut. Wenn du's nicht sagen willst, dann sagst du's eben nicht.« Ich denk mir, daß die Sache damit erst mal erledigt ist. Und Deena geht's offenbar genauso, denn sie hebt den Kopf, und ich seh die beiden Kleinmädchenaugen, die mich unterm Pony, der mal wieder geschnitten werden müßte, anschaun.

»Wirklich?« Sie vertraut mir.

»Behalt's ruhig für dich, wenn du willst.«

Deena lächelt mich an und läßt den Kopf wieder ins Kissen sinken. Ich will ins Schlafzimmer gehn, aber als ich 'n paar Schritte durch die Halle bin, hör ich von neuem ihre gedämpfte Stimme.

»Ich hab dich lieb, Onkel Ray.«

Diesmal bleib ich nicht stehn und überlege nicht, was ich ihr darauf antworte. Sie weiß schon, daß ich sie verstanden hab.

†††

Die Metallfabrik O'Donnell's ist am südlichen Ende der Stadt, nicht weit weg von der Mühle und von der Eisenbahnlinie. Januar 1989 hab ich da angefangen, vorher war ich 'n paar Jahre außerhalb. Wie ich wieder zurück war, hab ich mir 'n Job gesucht und mich in Jackson ein Semester lang auf dem College rumgequält. Ich hab mir wohl vorgestellt, daß ich mir damit die

Ausbildung verdienen kann, immer 'n Semester studieren und dann 'n halbes Jahr arbeiten gehn, oder vielleicht, daß ich im Prinzip studiere und nebenbei arbeite. Herrgott noch mal, was weiß denn ich, was ich mir damals vorgestellt hab. Ein Semester hab ich durchgehalten. Englische und amerikanische Geschichte. Zu mehr hat's nicht gelangt.

Ich bring 'ne volle Wanne Stahlfedern weg und hol 'ne leere dafür und genieß das vertraute Reißen in Schultern und Armen, wenn ich die drei Zentner schwere Wanne von der offenen Ofentür wegziehe. Vor zwei Monaten hab ich in die Vergüterei gewechselt, als da 'ne Sommeraushilfe gebraucht wurde. In die Vergüterei kommt kein Mensch, die liegt ganz hinten auf dem Werkgelände. Jedenfalls keine Sommeraushilfe. Ich zieh die verdreckten Arbeitshandschuhe aus und nehm den Stift, den ich immer hinterm linken Ohr stecken hab. Ich vergleich die Uhr an meinem Handgelenk mit der hinter mir an der Wand; geht zwei Minuten vor. Schnell Nummer und Gewicht der Wanne und die Uhrzeit hinkritzeln. Dieser Haufen von blauschwarz glänzenden Stahlfedern – wie die Schamhaare von irgend so 'm Roboter. Ich muß grinsen, weil ich jedesmal dasselbe denke, bei jeder vollen Wanne, die ich rauszieh, fünf-, sechsmal die Stunde, acht Stunden pro Nacht, sechs Nächte die Woche. Den Partieschein in die Tasche an der Wannen schieben und den Ofen auf »EIN« schalten für die nächste Ladung.

Zehn Minuten warten vor 'nem zweieinhalb Meter hohen Ofen, und das im August. Ich hol mein Buch raus, das ich immer in der Arschtasche von meiner Arbeitshose stecken hab, umgeklappt, damit ich gleich da weiterlesen kann, wo ich letztes Mal aufgehört hab, und dann rück ich mir die Schutzbrille zurecht, zum achttausendsten Mal. Das Buch ist aus 'ner Reihe, die ich gerade lese. Der Held ist immer so 'n kleiner Ganove namens Gregory (genannt »Ginch«) Littlefield, der sein Leben lang vom Pech verfolgt ist. Und in jedem Buch will er 'n andres Ding drehn, das auch wieder schief geht. Neun sind's insgesamt. Drei hab ich noch nicht gelesen, mit dem hier. Ich laß mir immer gerne 'n bißchen Zeit dazwischen. Sechs Monate vergehn, die ganze Scheiße, die im wirklichen Leben passiert, und dann nimmt man sich das nächste Buch vor, und da ist noch alles beim alten. Wenn Ginch sich heute abend bei seiner Freundin duscht und sich am Duschkopf schneidet, wie immer, wenn er bei seiner Freundin duschen muß (ob ihr's glaubt oder nicht, sie heißt übrigens Sally), dann kann ich so tun, als ob alles noch genauso ist wie gestern nacht, als er die Metzgerei ausrauben wollte und sich aus Versehen im Kühlraum eingeschlossen hat. Gestern nacht, als Billy noch am Leben war. Während ich meine Wannen numeriert und immer abwechselnd auf den grünen EIN- und den roten AUS-Knopf vorne am Treibriemen von meinem Ofen gedrückt und von Ginchs Mißgeschicken gelesen hab, während ich das alles gemacht habe, hat Billy noch gelebt.

»Hey, Ray.« Randys Stimme in meinem Rücken, schreit durch die Ohrstöpsel hindurch. Vier Schritte hinter mir. Ich muß mich bloß umdrehn, da steht er. *Scheiße.* Randy arbeitet auch in der Metallfabrik, aber wir reden nicht mehr miteinander, nur wenn's unbedingt sein muß. Die ganze Schulzeit über war er mein bester Freund, bis zu dem Sommer (dem herrlichen, gräßlichen Sommer), als die Bombe geplatzt ist, als ich ihn totfahren wollte mit meinem alten roten Malibu. Das ist jetzt zehn Jahre her, und ich bin immer noch nicht drüber weg. Ich zieh mir den Schaumstoffstöpsel aus dem linken Ohr und dreh mich um und kucke. Randy Keilman hat die Arbeitshandschuhe unterm rechten Arm und sieht mich durch seine Schutzbrille an.

»Atmen, Mensch. Wie oft soll ich dir das denn noch sagen?« Ruft er in einem Ton, als ob er seit ewigen Zeiten immerzu nur diesen einen Satz sagen würde. Ich seh uns, wie wir als Jungs draußen auf der Veranda atmen geübt haben, schön langsam und ganz tief durch die Nase atmen. In diesen Comics über das Kriegshandwerk, die Ray hatte, stand nämlich immer, daß ein wahrer Krieger grundsätzlich durch die Nase atmet, besonders in schwierigen Situationen oder in der Schlacht. Und damals waren wir ja Krieger.

»Was willst du?« frag ich.

»Herzliches Beileid wegen Billy.« Er will noch 'n ganzen Haufen mehr sagen. Und ich weiß genau, was er mir vor allem andern sagen will.

»Ist gut.« *Nun mach schon. Mach, daß du wieder an die Arbeit kommst, und laß mich in Ruhe.*

»Ray –«

»Ich muß die Wanne hier wegbringen.« *Verdammt noch mal, sag's nicht. Nicht ihren Namen sagen.*

Ich dreh mich um und laß ihn stehn, aber seine Stimme kommt an und erwischt mich am rechten Ohr, und eh ich's schaffe, mir den Stöpsel wieder reinzustecken, ist sie auch schon drin.

»Mensch, Ray, das ist zehn Jahre her«, sagt er.

»Vergiß es, Randy.«

»Und wann vergißt du endlich das mit Jean? Ich hab mich doch damals schon bei dir entschuldigt.«

Mir ist klar, daß ihn jetzt, wo er mal angefangen hat, nichts mehr aufhalten kann, und darum schubs ich ihn weg. Zweimal, richtig hart, ramme ihm beide Hände in die Schultern, wie Kolben, so daß er auf den Zehenspitzen vor und zurück wippt und mit den Armen in der Luft rudert, um nicht das Gleichgewicht zu verlieren. Noch 'n Faustschlag in die Brust, damit ihm die Puste ausgeht, und dann sagt er nichts mehr. Hebt seine Arbeitshandschuhe vom Boden auf und humpelt wieder in die Schleiferei, und ich seh, wie sich 'n paar Typen abwenden und so tun, als ob sie nichts mitgekriegt haben, als ob sie nicht ganz genau Bescheid wissen würden, verdammt noch mal. Randy ist schwerer geworden. Ich hab mir anscheinend das Handgelenk verrenkt. Ich hau 'n halbes Dutzend mal mit dem Handballen gegen den Ofen, so lange, bis die Hand taub ist, dann hör ich auf. Keiner kommt nachsehn, was das für ein Lärm ist. *Jean. Jean. Jean.* Ihr Name, und aus seinem Munde, das hat die ganze Scheiße wieder aufgewühlt, die ich so lange zur Ruhe gelegt hatte. Ich mach die Augen zu, und ein Geruch nach Regen sickert in mich ein.

†††

Vier Jahre vergehn, und Jean sagt keinen Piep, was wir hinterm Geräteschuppen mit ihr gemacht haben. Dann krieg ich die Windpocken, in der neunten Klasse. Ich fühl mich sterbenselend und hab überall so Pusteln, und dieses Jucken, das macht mich reineweg verrückt. Ich bin allein zu Hause. Mama ist Heizöl holen gefahren. Und Dad und Billy, weiß der Henker, wo die sind. Jean kommt wie jeden Tag aus der Schule, kommt in mein Zimmer getrampelt und hat 'ne Schachtel Salem, die unser Alter neben seinem Fernsehsessel liegengelassen hat. Steckt sich eine an, als ob sie ihr Leben lang nichts anderes getan hat.

»Hey, Ray«, sagt sie und zieht ganz doll, so daß die rote Asche glimmt wie 'n Autorücklicht.

»Wenn das der Alte sieht, du mit 'ner Kippe, dann setzt's aber 'nen Tritt in den Arsch.«

»Na? Juckt's?« Jean beugt sich zu mir runter und betrachtet mit prüfendem Blick die Windpockenpusteln in meiner Ellbogenbeuge. Da riech ich zum erstenmal den warmen Staubgeruch von ihren Sommersprossen. Ein Geruch, wie's ihn auf der ganzen Welt kein zweites Mal gibt.

»Hau bloß ab, oder soll ich dir erst eine knallen?« Mir geht's nicht gut. Total schlapp und naßgeschwitzt und heiß, ich brauch keine Gesellschaft.

»Tut's dir eigentlich leid, daß du mir damals deinen Pimmel in den Mund gesteckt hast?« Jean kuckt immer noch auf die Haut in meiner Ellbogenbeuge. Paff, paff kommt der Rauch aus ihrem Mundwinkel.

»Was erzählst du denn da?« Ich tu mit aller Macht so, als ob das nie passiert ist, weil irgendwie hab ich's inzwischen auch total vergessen.

»Du und Billy. Wie ich euch den Pimmel lutschen mußte, hinterm Geräteschuppen.«

»Ach leck mich doch am Arsch!« Ich mag mich nicht dran erinnern, wie ich sie durch die verrotzte Nase hab atmen hören, und an ihr knallrotes Gesicht.

Da kommt die Zigarette runter wie so 'n Pfeil, zisch, auf eine von den Windpockenpusteln. Mir geht's durch den Arm wie 'n elektrischer Schlag, ich brülle auf und will sie wegstoßen.

»Tut's dir leid?« Jean betrachtet die weiße Brandwunde und wie die Haut so 'n ganz klein bißchen zuckt.

»Hey! Bist du verrückt geworden?« Aber ich kann mich nicht genug bewegen, um sie abzuwehren. Ich bin zu krank. Ich kann sie wegstoßen, aber ich kann nicht so doll zuschlagen, daß sie's mit der Angst kriegt und abhaut. Jedesmal, wenn die Zigarette auf 'ne andre Pustel runterkommt, fragt sie, ob's mir leid tut. Und mittlerweile tut's mir wirklich ganz höllisch leid, und das sag ich ihr auch. Und denk, nun wird sie ja wohl aufhören mit dieser verrückten Scheiße. Aber sie hört nicht auf. Drückt einfach weiter die Zigarette in meine Pusteln, immer schön eine nach der andern, und dabei fragt sie mich lauter Sachen.

»Liebst du mich?« *Zisch.*

»Ja. Scheiße, ja doch.« Ich mach alles, was sie will; zuerst tut's furchtbar weh. Dann fängt sie an und küßt mich immer wieder auf den Mund, so an der Seite.

»Liebst du mich?«

»Ja.« *Zisch.*

»Tut's dir leid?«

»Ja.« *Zisch.*

»Liebst du mich?«

Und nach 'ner Weile verschmilzt der Druck von der heißen Asche mit dem Druck von ihren Lippen auf meinem Mund, und ich sag nichts mehr und sie auch nicht. Das Kellerfenster steht 'n Spalt offen, gerade so weit, daß der Wind, der übers Bett streicht, die grünen Vorhänge rein- und wieder rauswehen kann. Jean zieht mir die Pyjamahose runter und nimmt meinen Schwanz in die Hand, und dabei küßt sie mich immer weiter auf den Mundwinkel und läßt die Lippen die ganze Zeit gespitzt. Es regnet. Ich höre, wie draußen auf der nassen Straße 'n Auto vorbeifährt, und ihre Hand geht immer rauf und runter. Als sie das letzte Mal zusticht, geht die Zigarette aus, und ich komme in ihrer Hand.

»Nicht weitersagen«, flüstert sie und wischt sich die Hand an meinem Pyjama ab. »Sonst steck ich *dir* 'n heißen Feuerhaken in 'n Arsch.« Sie richtet sich auf, und ich denke, sie will gehn, aber sie bleibt auf dem Bett sitzen. Ich hör den Rasensprenger, der immer noch im Hof an ist, weil ihn keiner ausgemacht hat, obwohl's doch regnet. Jean rührt sich nicht, ich auch nicht, ich beweg bloß so 'n bißchen die Hand, daß sie ihre berührt, und sie kuckt mich nicht an, aber sie hakt sich mit zwei Fingern bei mir ein. Und da schweben die Aschenbetonwände von meinem Keller plötzlich in den grauen Himmel, vorbei am Regen und an den Wolken und ins schwarze Weltall, wo niemand ist noch war, noch jemals sein wird, außer uns beiden. Die Füchse auf meiner Bettwäsche werden lebendig und flitzen mir an den Beinen runter, und ihr roter Pelz wogt im Luftzug. Wir bleiben fast zwanzig Jahre so sitzen, vollkommen reglos, bis wir ein ganz bestimmtes Reifenzischen hören und dieses Reifenzischen richtig laut wird und uns das Knallen einer Autotür zurückholt auf die Erde. Die Wände stürzen ein, die Füchse tauchen wieder im Muster der Bettwäsche unter, und Jean geht mit einem schiefen Lächeln aus dem Zimmer.

Mama fragt nicht, wie ich zu den Brandwunden komme. Einfach Windpockenpusteln, den ganzen Arm rauf, vom Handgelenk bis zum Bizeps. Bis heute heben sie sich weiß ab, wenn mich die Sonne verbrennt. Ich weiß nicht, was Jean zu Billy gesagt hat. Ich hab sie nie danach gefragt. Aber es war ganz gewiß nichts Nettes. So ist Jean halt.

VIER

Zur Pause geh ich raus vor die Lieferzufahrt von der Metallfabrik, wo die Luft schwarz und heiß flimmert, aber es ist nicht viel los. Da ist 'n Parkplatz mit so Picknicktischen an den Ecken, 'n Stück abseits vom Haupttor. Ich höre, wie Bierflaschen aufgemacht werden, und Gelächter und Stimmen, und hin und wieder raschelt Papier, wenn jemand 'n Sandwich auswickelt. Ich bleib, wo ich bin, und schau zu, wie die roten Punkte von den Zigaretten im Dunkeln hüpfen und schwanken. Der Himmel ist heut nacht vollkommen klar, der Drei-Uhr-Mond hell genug, daß er hinter den Müllcontainern Schatten wirft. Ich beiß 'n paarmal in das Sandwich mit kaltem Hackbraten, das mir Sally gemacht hat. Ein bißchen Frieden, ein bißchen Ruhe. Nicht viel, aber es langt.

Und dann seh ich ihn endlich, den Mistkerl. Weiß der Himmel, wie lange der schon so dasitzt und mich beobachtet. Der größte Waschbär, den ich je gesehn hab, zumindest hier in Michigan. Sitzt an dem Zaun zwischen der Metallfabrik und der Mühle und kuckt mich an. Ohne mit der Wimper zu zucken, ohne zu schnüffeln oder die Schnurrhaare zu bewegen. Der will anscheinend überhaupt nicht rauskriegen, wer oder was ich bin. Dieser Waschbär weiß schon, wer ich bin.

Aber irgendwas stimmt nicht mit dem. Sein Kopf, der ist auf einer Seite plattgedrückt und blutverkrustet. Er bleibt halb im Schatten, so daß ich nicht erkennen kann, was noch alles kaputt ist.

»Ich hab's gesehn«, sagt er. Seine Stimme ist ein grausiges

Röcheln. »Angst gerochen, Blut gerochen. Im Graben hat ein Mann geschrien. Ein Stein kam runter, immer wieder.«

Auf der andern Seite vom Lieferantentor hör ich Schritte, kommen die Treppe vom Pausenraum im Keller hoch, Gesprächsfetzen. Der Waschbär bleibt still sitzen, bis sie weg sind.

»Er ist gekrochen, hat an seinem Blut gewürgt.«

Ich beug mich vor. Versteh ihn kaum. Der Waschbär quält sich 'ne Minute lang, um Luft zu kriegen.

»Jemand ist ihm gefolgt, hat seine Hand gehalten. Gewartet.«

»Wer?« flüstere ich. Aber da dreht er sich schon zu den Schatten um.

»Dann hab ich das Blut und die Haare geleckt. Tot.« Er weicht zurück ins Dunkel und ist weg.

Mich schaudert nicht. Ich bin nicht verwirrt, und mir ist auch nicht irgendwie komisch. Ich rauch meine Zigarette zu Ende, dann geh ich wieder rein. Die Lichter sind leichenschauhausweiß und bohren sich direkt unter meine Haut, bis sich der Druck von der Hitze und den Eisenspänen auf dem Boden und dem Rotieren der ganzen Maschinen überall um mich herum dermaßen in mir angestaut hat, daß ich platzen könnte. Nichts will stillstehen. Die Maschinen bewegen sich einfach und dieses elektrische Sirren in der Luft, das Gleißen der Deckenbeleuchtung, bis ich's nicht mehr aushalte. Ich seh noch, wie die Decke sich aufbäumt, und dann knicken mir die Knie ein wie Klappmesser, und ich sacke weg.

Wie ich die Augen wieder aufmache, stehn über mir drei Typen aus der Wickelei und glotzen mich an; der eine hat 'n Pappbecher mit Kaffee in der Hand.

»Der braucht keinen Kaffee, der braucht 'n O-Saft oder so was.«

»Ach du liebe Scheiße, wo solln wir denn jetzt O-Saft herkriegen?«

»Meiner Schwägerin passiert das alle Naselang. Diabetes.«

»Diabetes, so 'n Quatsch. Das ist doch bloß der Ray.«

»Hol doch mal einer 'n Glas Wasser!«

»Hey, Ray. Alles klar?«

Ich muß an die Drei Stooges denken, und mir fällt ein, daß ich die eigentlich nie komisch gefunden habe, ganz im Gegensatz zu Jean und Billy. Ich kann ja schlecht so tun, als ob ich nicht vor den drei Jungs hier umgekippt bin, also muß ich da jetzt durch.

»Mir fehlt nichts weiter.« Die drei grinsen mich an, auf Stichwort sozusagen, und dann fangen sie alle auf einmal an zu reden.

»Ist aber auch echt zu heiß hier drin, verdammte Scheiße.«

»Scheiße, ey, die Jungs fallen ja um wie die Fliegen.«

Ich mach, daß ich wieder zu meinem Ofen komme, ich tu so, als ob ich nicht gehört hab, was ich gehört hab, ich laß sie einfach stehn.

»Was ist denn mit dem los?« Die Sommeraushilfe kommt auf die Gruppe zu. Blöde, blöde Sommeraushilfe. Der Typ, mit dem ich zusammen zur Schule gegangen bin, fährt dem Kerl übers Maul.

»Nichts ist mit Ray. Der, den sie umgenietet haben letzte Nacht, das war sein Bruder.«

»Hätten ruhig die Schwester auch gleich mit erledigen können, wo sie schon mal dabei waren«, sagt 'n andrer.

Verlegenes Schweigen, weil ich noch nicht ganz außer Hörweite bin. Dann Randys Stimme.

»Mann, ey, das ist doch nicht der ihre Schuld. Das ist überhaupt niemand seine Schuld.«

Sallys Froschmund und dieses traurige Verstummen, immer wenn Jeans Name fällt. Und wie Ginny Honey heute nachmittag gekreischt hat: »Schmeißt sie raus, das Miststück! Daß ihr mir die ja nicht an meine Kinder ranlaßt!« Jean steht draußen auf der Veranda und raucht 'ne Marlboro, hört jedes Wort, zupft sich 'n verirrten Tabakkrümel von der Zungenspitze und grinst mich durch das hysterische Geschrei aus dem Schlafzimmer hindurch an. Am liebsten möcht ich auf der Veranda bleiben, bei ihr, wo ich hingehöre, aber ich hab ja schließlich 'n Familienleben, und das will ich nicht verlieren, und darum geh ich rein und helfe Sally. Zum millonstenmal frag ich mich, was Jean wohl in diesem Moment tut. 3 Uhr 25. Ob sie auf ist? Ob sie am Fliegenfenster steht und in den schwarzen Himmel kuckt und sich denkt, wie leicht es doch ist, durch den leeren Raum zu schweben?

Ich denk, es wär vielleicht doch besser gewesen, wenn ich auf Sally gehört hätte und heute nacht zu Hause geblieben wär. Noch fünf Minuten, dann ist die Pause um. Ich hol mein Buch aus der Arschtasche, schlag's auf und stürz mich blindlings und wild entschlossen rein.

Nach der Schicht fahr ich vom Werkgelände, mitten rein in eine Weltvoll kaltem Morgen. Ich kurble das Fenster runter, kein Radio. Ich denk über Billy nach und über Sheriff Keith. Über Sally und Jean und Trish. Über den Waschbär. Unmittelbar vor der Brücke dreh ich um und fahr anstatt nach Hause in die Stadt. Bloß mal schnell vorbeischaun, horchen, ob's schon irgend 'n Verdacht gibt, irgendwas Neues, irgendwelche Hinweise.

Sheriff Keith ist noch nicht da, aber er soll in drei Minuten kommen, und ich kann ja so lange da drüben Platz nehmen, wenn ich will. Na schön, hab ich extra den Umweg gemacht, kann ich mich auch hinsetzen. Ich vergleich die Uhr an meinem Handgelenk mit der, die über der Tür hängt. Ich gehe volle fünf Minuten nach.

»Stimmt die Uhr da oben?« Das Mädchen am Schreibtisch kuckt verdutzt, als ob sie sich noch nie Gedanken darüber gemacht hat, ob ihre Wanduhr richtig geht.

»Keine Ahnung. Ich vermute mal.« Sie lächelt, um die Zu-früh-am-Morgen-Schärfe in ihrer Stimme abzumildern. Aber zu weiteren Diskussionen ermuntert einen dieses Lächeln ganz gewiß nicht. Ist 'n junges, mageres Ding mit 'ner Spange im Pferdeschwanz, so wie Sally sie manchmal trägt. Ich weiß nicht, ob sie Empfangsdame, Verwaltungsangestellte oder Hilfssheriff ist. Hübsche Schultern, obwohl sie so dürr ist. Sie blickt auf, und ich schau weg, damit sie nicht denkt, ich kuck zu ihr rüber, obwohl ich's natürlich getan hab. Ich nehm mein Basecap ab und leg's mir auf den Schoß, wie so 'ne Schutzschicht, die ich zwischen uns tue. Ich muß dran denken, wie Jean gelacht hat, als sie sagte, ich laß mich von Sally kastrieren. Zack, setz ich die Mütze wieder auf und zieh mir das Schild über die Augen, damit sie nicht sehn kann, ob ich kucke oder nicht. Aber ich fixier trotzdem die ganze Zeit bloß die Uhr an der Wand.

Es vergehn sieben Minuten. Ich versuch in meinem Buch zu lesen. Ginch Littlefield hat auf dem Ohio Turnpike 'n Platten und muß den Reifen wechseln, und die ganzen geklauten lebenden Nerze hinten in seinem Van, die kreischen in ihren Käfigen. Drei Streifenwagen kommen vorbei, und nicht einer hält und bietet ihm Hilfe an. Ginch ist bloß froh, daß die weiterfahren, aber andererseits, wozu bezahlt er eigentlich Steuern, verdammt noch mal? Das Mädchen am Schreibtisch telefoniert. Ich kann nicht sagen, ob sie 'ne Vermißtenanzeige aufnimmt oder sich mit 'ner weitläufigen Bekannten über 'ne geplatzte Beziehung unterhält.

»Wann haben Sie ihn denn zum letzten Mal gesehn? Hat er was gesagt? Und daß er vielleicht 'ne andre hat?«

Ich denk an Sally, die zu Hause sitzt und sich bestimmt schon wundert, wo ich bleibe. Die gerade aufgestanden ist und die Kaffeemaschine einschaltet. Sie macht immer schon abends Wasser rein und bereitet alles vor, damit sie morgens nicht mehr dran denken muß. Ich taste in meiner Hosentasche, ob ich 'n Vierteldollar habe, und bin gerade am Überlegen, ob ich sie anrufe und Bescheid sage, daß ich nicht verschütt gegangen bin, sondern bloß bei Sheriff Keith mit rangefahren, aber da seh ich ihn draußen am Fenster langgehn, und dann kommt er auch schon rein und begrüßt Sue (so nennt er sie: »Morgen, Sue.«)

Sheriff Keith scheint sich gar nicht zu wundern, daß ich da bin. Diesmal gehn wir in sein Büro und nicht in den Raum, wo wir gestern waren, weil das hier bloß 'n Höflichkeitsbesuch ist. Er hat 'ne Taco-Bell-Tüte bei sich, in der, wie ich rieche, 'n Bohnenburrito drin ist, vielleicht auch zwei. Ich sag zu ihm, er soll ruhig essen, überhaupt kein Problem, Mann, das ist immerhin sein Frühstück, tut mir echt leid, daß ich ihn dabei störe. Sue bringt ungebeten zwei Tassen Kaffee und fragt, ob ich Zucker will.

»Nein, danke.« Meine Stimme klingt aufgeregt und übertrieben freundlich, und darum beschließe ich, erst mal den Mund zu halten und bis zwanzig zu zählen, während Sue rausgeht und die Tür hinter sich zumacht. (Tatsache tolle Schultern. Breit und gerade wie die Schwimmerinnen bei der Olympiade.) Sheriff Keith sieht so aus, als ob er froh ist, daß endlich wieder Ruhe herrscht, also bin ich weiter still, bis er aufgegessen hat. Einen Bohnenburrito, eine Tostada einfach.

»Sie möchten gerne wissen, was wir bis jetzt haben?«

Ich nicke und fühl mich wie so 'n falscher Fuffziger, bin ich ja auch. Der besorgte nächste Angehörige, der darauf drängt, daß endlich was passiert.

»Fest steht, daß der Tod frühmorgens um 3 Uhr 30 eingetreten ist. Der Überfall kann natürlich schon eine oder auch drei Stunden vorher stattgefunden haben, wenn man bedenkt, was für eine Strecke das Opfer zurückgelegt hat.« Entschuldigender Blick. »Wir haben die Bestätigung, daß Sie von nachts um elf bis früh um sieben auf der Arbeit waren, Sie sind kein Tatverdächtiger mehr, falls das die Frage war, die Sie mir stellen wollten.«

»Ich könnt's ja getan haben, bevor ich zur Arbeit gegangen bin.« Nun red ihm mal noch selber ein, daß du schuldig bist. Ich muß doch wohl bescheuert sein. Ich seh ihm an, daß er dasselbe denkt wie ich.

»Wir haben einen Zeugen dafür, daß er um Mitternacht noch am Leben war. Und der Täter ist bis zum Ende der Vorstellung geblieben.«

Das ist nämlich der Punkt. Ganz genau. »Bis zum Ende der Vorstellung?« Beiläufig interessiert. *Hoppla, Sheriff Keith. Wie meinen Sie denn das?* Ich trink 'n Schluck Kaffee, und dabei verbrenn ich mir höllisch die Zunge. Ich beiß ganz fest die Zähne zusammen, damit ich nicht losbrülle, aber mir kommen richtig die Tränen.

Er zerknüllt die Taco-Bell-Tüte und zielt nach dem Papierkorb neben der Tür, aber als er mein Gesicht sieht, hält er inne. »Wollen Sie das wirklich wissen?«

»Na klar.«

»Das Schwein ist ihm die ganze North Lake Road rauf gefolgt.«

Im ersten Moment bin ich etwas ratlos, weil ich denke, mit dem »Schwein« meint er Billy.

Sheriff Keith sieht mein verdutztes Gesicht. »Der muß wohl Angst gehabt haben, Ihr Bruder schafft's tatsächlich noch bis ins Dewey's, da hat er ihm direkt vorm Parkplatz den Rest gegeben.« Kommt der Version, die ich gestern abend gehört hab, ziemlich nahe.

»Muß wirklich ein ganz mieses Schwein sein«, fährt Sheriff Keith fort, »sich da auch noch dran zu weiden. Zuzukucken, wie sich der arme Kerl weiter vorwärts schleppt und –« Er unterbricht sich, um schwungvoll die Tasse an den Mund zu heben und drei wütende Schlucke zu trinken. Ich zucke zusammen, warte darauf, daß der kochend heiße Kaffee explodiert, aber er wischt sich bloß mit dem Ärmel den Mund ab und grinst mich an mit seinen Zähnen, zwischen denen er Fetzchen von grünem Salat hängen hat. »Tut mir leid.«

Ich lächle schief zurück, und mein Blick richtet sich auf die Wand hinter seinem Rücken, wo 'n altes Filmplakat von *Die Glorreichen Sieben* hängt. Zwischen 'nem Kalender von der Allstate Versicherung und 'ner Schwarzweißaufnahme von 'nem kleinen Jungen, der neben einem riesigen Stier steht und 'n blaues Band in der Hand hat, das beinah so groß ist wie der Stier selber.

»Der große Sieger?« frage ich.

Sheriff Keiths Grinsen wird breiter; er kuckt sich um. »Vor zwei Jahren. Hier im County hat er den ersten Preis geholt, und auf Staatsebene hat er auch einen vorderen Platz belegt. Vierzehn ist er.«

»Wirklich toll.« Was soll ich sonst sagen?

»Die sind alle toll. Er hat noch zwei kleine Schwestern.«

»Ach ja?«

»Kommen ganz nach der Mutter, Gott sei Dank. Und wie viele haben Sie?«

Ich seh den Kleinen von Billy vor mir, den Rotschopf mit dem Buch und dem allmählich ins Gelbe übergehenden, von den Haaren halb verdeckten Bluterguß über dem einen Ohr. »Ist gegen die Autotür gerannt«, sagt Billy. Und Deena hat rote Striemen hinten an den Beinen, direkt unterhalb der Shorts. Wie sie meinen Blick sah, hat sie gesagt, das ist nichts weiter, hat aber auch nicht versucht, sie zu verstecken, die Striemen. Ich weiß noch, wie eins von den dreien als Baby mal von oben bis unten mit Blasen und Schorf übersät war. Billy hatte das arme Wurm einfach ausgesperrt, weil's soviel geschrien hat. Da hat's dann draußen im Garten gesessen und in der Sonne geschmort wie 'ne Speckschwarte, bis Ginny Honey zwei Stunden später heimkam und es gefunden hat.

Ich betrachte das Schwarzweißfoto an der Wand. Denk an meinen Alten. Und auf einmal kommt so 'n dünnes Lachen aus meinem Mundwinkel raus. Halb albern, halb höhnisch, das hört sich nicht gut an, und im selben Moment tut's mir auch schon leid. Sheriff Keiths Augenbrauen gehn einen halben Zentimeter nach unten. Ich reagiere, indem ich sage, was er ja eh schon weiß.

»Hab keine Kinder.«

»Aber ich hab doch 'ne ganze Horde gesehn, als ich gestern bei Ihnen draußen war. Hab gedacht, das sind Ihre.«

»Die sind von Billy.«

»Ach so. Naja.«

Im Grunde hat's keinen Sinn, daß ich noch weiter hier bleibe, aber ich tu's trotzdem.

»Also nichts Konkretes bis jetzt?«

»Jedenfalls kann ich Ihnen noch nichts Amtliches sagen, verstehen Sie?«

»Klar, hab ich mir schon gedacht.« Pause. Er denkt anscheinend, ich will noch irgendwas sagen und bin dabei, es im Kopf zu formulieren, darum wartet er. Er schmeißt mit der Taco-

Bell-Tüte nach dem Papierkorb, sie trifft die Wand, prallt ab und fällt rein. Dann holt er 'n Zahnstocher aus seiner Schublade und polkt sich damit seelenruhig zwischen den Zähnen rum, was ich erfreut zur Kenntnis nehme.

»Und auf dem Stein, sind da noch irgendwelche Fingerabdrücke drauf gewesen?«

»Etliche.«

»Ach ja? Von wem denn?«

»Das kann ich Ihnen nicht sagen.«

»Und wieso glauben Sie, der Kerl ist bis zum Schluß geblieben?«

»Weil jemand dabei war, als der Tod eingetreten ist, oder unmittelbar danach. Jemand, der sein Spielchen gespielt hat. Ich nehme mal ganz stark an, das war derselbe, der ihn überfallen hat.«

»Sein Spielchen gespielt? Was meinen Sie denn damit?«

»Dazu kann ich mich zum gegenwärtigen Zeitpunkt beim besten Willen nicht äußern.«

»Klar, kann ich mir schon denken.« Ich steh auf und will gehn.

»Hey, hätten Sie wohl mal 'ne Zigarette für mich? Ich gewöhn's mir nämlich gerade ab, aber Sie wissen ja, wie das ist.«

Ich hole meine Salem raus und biet ihm eine an. Ich seh, wie er den Blick auf der Packung ruhen läßt. Zu seiner Ehre muß gesagt sein, daß er, als ich ihm Feuer gebe, tatsächlich durchzieht. Ich steck mir auch eine an und überleg 'n Moment.

»Welche Sorte suchen Sie denn?«

Wieder grinst Sheriff Keith und kuckt mir voll in die Augen. »Vier frische Marlborokippen direkt neben dem Kopf des Opfers. Da hat einer lange gewartet, daß Ihr Bruder stirbt.«

Von dem Münzfernsprecher draußen vorm Revier ruf ich Sally an und sag ihr Bescheid, daß ich mich mit dem Sheriff unterhalte und nicht zu Hause sein werde, eh sie zur Arbeit geht, und daß ich sie liebe und, ja klar, alles okay. Ich sag ihr, sie kann ruhig arbeiten gehn, es ist alles in Butter. Ich weiß, sie wird gehn. Das Tolle an Sally ist nämlich, die glaubt mir, wenn ich ihr was sage.

Mein Truck parkt unmittelbar vor dem Wagen vom Sheriff. Ich dreh den Zündschlüssel rum und biege in die Hauptstraße ein. Dann fahr ich langsam durch die Stadt und zwinge mich, an nichts andres zu denken als daran, daß ich jedesmal ordentlich den Blinker setze und ja nicht die zulässige Höchstgeschwindigkeit überschreite und die Hände am Lenkrad immer schön in Zehn-vor-zwei-Stellung sind. Bei Carter's Diner rechts ab, dann die Sullivan Street raus aus der Stadt, bis sie zur Sullivan Road wird. Ich bin schon zigtausendmal hier langgefahren, hab aber nie angehalten, bin immer stur vorbei.

Jeans Garten ist so grün, wie meiner braun ist. Sally reißt sich 'n Bein aus, damit bei uns mal 'n bißchen Gemüse oder 'n paar Geranien wachsen. Aber Jeans Haus ist richtig tropisch mit dem ganzen duftenden Grün und Lila. Bei ihr hängen, kriechen, klettern, fließen die Blumen über die ganze Veranda und die Auffahrt runter, direkt bis zur Straße. Ihr Truck steht vorm Hintereingang. Ich halte auf dem Kiesweg und bleibe einfach sitzen. Ich sehe Jean. Sie arbeitet hinten im Garten. Atmen. Atmen. Ich hab hier überhaupt nichts zu suchen. Und das weiß ich auch. Irgendwie hab ich in mir auf einmal so 'n Druck gehabt, ich muß mit ihr reden. Bloß, bevor ich aussteige, will ich erst mal warten, bis ich nicht mehr ganz so weiche Knie habe. Aber Billys Gesicht schiebt sich die ganze Zeit durch meine geschlossenen Augenlider. Und dabei hab ich jahrelang nicht mehr an diesen Scheiß gedacht.

FÜNF

Ich bin zehn, da geht mein Alter mit Billy, Jean und mir auf den Rummel draußen auf dem Ausstellungsgelände von der Landjugend. Aber nicht so 'n Jahrmarkt wie der, wo der Junge von Sheriff Keith Sieger geworden ist. Keine lebenden Tiere, keine Zelte mit lauter Gemüsesorten, eingemachtem Obst, Handarbeiten, selbstgebackenem Kuchen und so weiter. Auf dem Rummel ist alles in grelles rotes oder gelbes Licht getaucht. Auf dem Rummel gibt's Platzmusik und Buden mit Schanklizenz, wo man Nachos und Bier kaufen kann. Auf dem Rummel gibt's Karusselle, die gefährlich und viel zu schnell aussehn, und ich kann's gar nicht erwarten, bis ich mit so 'm Ding fahre.

Jean und ich, wir sind total durch 'n Wind, wir freuen uns 'n Loch in 'n Bauch, weil unser Alter mal was mit uns macht. Billy ist still, aber mitkommen tut er auch. Mein Alter gibt uns jedem fünf Dollar, und dann haut er ab. Keine Ahnung, was er vorhat; wir also hinterher, immer die Hauptgasse runter. Wenn er stehnbleibt, bleiben wir auch stehn, starren die tätowierten, zigarettenrauchenden Männer in den Buden an, die uns zurufen: »Drei Schuß fünfundzwanzig Cent.« – »Dürfen wir, Dad? Dürfen wir?«

Aber er geht einfach weiter. Ich kuck immer wieder zurück zu den zuckenden Lichtern vom Hully Gully, von der Spinne und den Helikoptern. Aber wir gehn unserm Alten nicht von der Pelle. Außer Billy, der ist schon weg, als wir beim Zigarettenspiel sind. Dort macht mein Alter Halt und hebt Jean hoch, damit sie kucken kann. Er drückt ihr 'n Vierteldollar in die

Hand und sagt, sie soll sich eins von den ganzen verschiedenfarbigen Kästchen auf der Theke aussuchen. Jean legt den Vierteldollar in das pinke Kästchen, und ich zieh den Kopf ein und mach mich ganz klein. Jean und Pink? Die Bude ist von lauter Erwachsenen umringt, und alle knallen sie ihre Fünfundzwanzig-Cent-Münzen in die Kästchen auf der Theke. Der Mann in dieser Bude hier hat zwei Tattoos: 'n Piratenschiff auf dem linken Arm, und auf der rechten Hand, in der er das Mikrofon hält, oben 'n Kreuz.

»Und werfen, und werfen! Na, wo landet der Ball? Pink ist deine Farbe, und werfen! Nur fünfundzwanzig Cent. Sie dürfen sich 'ne Farbe aussuchen.« Dann hat jeder seinen Vierteldollar gesetzt, der Mann wechselt 'n Blick mit meinem Alten, und der nickt ihm zu. Der Mann schiebt den Ball in unsre Richtung und flötet ins Mikrofon: »Und los geht's, die Spannung nähert sich dem Höhepunkt!« Mein Alter fängt den Ball mit einer Hand. Das ist das erste Mal, daß ich ihn so was machen seh. Er gibt ihn mir und sagt, ich soll ihn in die Mitte von der Bude werfen. Da sind auch lauter kleine Kästchen, wie so 'n Karomuster, jedes in 'ner andern Farbe. Ich reich kaum über die Theke, aber ich schmeiß mit aller Kraft nach den Kästchen. Der Ball hüpft von Hellblau auf Braun, rollt über Schwarz drüberweg und landet haarscharf auf Pink.

»Die junge Dame hat gewonnen«, flötet der Mann. »Der Hauptgewinn geht an die junge Dame auf Pink.« Jean kuckt schnell aus dem Augenwinkel zu meinem Alten, ob das auch in Ordnung geht, daß sie die junge Dame auf Pink ist, die gewonnen hat. Er grient, und da klatscht sie in die Hände und lacht. Und der Mann in der Bude streicht die ganzen Vierteldollars von den andern Kästchen ein und stopft sie in die Bauchtasche von seiner Schürze.

»Salem, Camel oder Marlboro«, fragt er.

»Salem«, sagt mein Alter, und im nächsten Moment liegt 'ne Stange Salem vor Jean auf der Theke.

»Gut gemacht, Junge.« Das ist mein Alter, der das sagt, und er meint mich.

Er läßt uns noch rund zwanzig Minuten an der Zigarettenspielbude weitermachen, so lange, bis er drei Stangen Salem vor sich liegen hat. Jean sucht immer die Farbe aus, und beim vierten Gewinn sagt der Mann (der mit den Tattoos, Piratenschiff und Kreuz) zu meinem Alten, er kann die Zigaretten auch gegen 'n andern Preis eintauschen.

»Für vier Stangen kriegen Sie so 'n großen Hund da vorne«, sagt er. »Können Sie sich einen aussuchen für Ihre kleine Freundin hier.« Jean kuckt runter auf den Schorf, den sie am Knie hat. Sie preßt die Hände ganz fest hinten an die Oberschenkel.

»Wir haben Bernhardiner, Pudel, Collies. Alle Farben. Suchen Sie sich einen aus.« Der Mann flötet wieder ins Mikrofon, um noch mehr Leute anzulocken. Nun kostet 'ne Schachtel Zigaretten zu der Zeit zwar gerade mal fünfunddreißig Cent, aber mit vier Stangen hat mein Alter fürs erste ausgesorgt. Und darum denk ich so bei mir, das mit den Stoffviechern, das kann der Mann mit den Tattoos sich sparen; ich warte eh bloß, daß es weitergeht und ich wieder den Ball werfen kann. Ich seh, wie Jean immer noch auf ihren Schorf runterstarrt und nicht zu meinem Alten hochblickt und besonders nicht zu den Hunden. Mein Alter kuckt den Budenmann total wütend an, sagt aber nichts, schweigt sich aus, 'ne halbe Ewigkeit.

»Na los, welchen willst du haben?« fragt er schließlich. Jean strahlt wie 'n Honigkuchenpferd, sie reißt den sonnengebräunten, sommersprossigen Arm hoch. Ihr Zeigefinger schießt nach vorne wie die Pose, die wir immer zum Eisangeln nehmen. Der dritte von rechts, ein riesiger pinker Pudel mit glänzenden grünen Augen. Natürlich war sie auf den schon die ganze Zeit scharf gewesen. Der Mann holt ihn runter und reicht ihn meinem Alten, und der schiebt ihm dafür die vier Stangen Salem rüber. Er hebt Jean von der Theke runter und gibt ihr den Pudel. Jetzt strahlt sie wirklich über alle vier Backen und muß sich zusammennehmen, daß sie nicht anfängt zu hopsen, wie sie's sonst immer macht, wenn sie mal muß. Mein Alter sagt, wir solln Karussell fahren gehn. Er drückt mir noch 'n paar Dollar in die Hand. Entweder hat er vergessen, daß er uns vorhin schon Geld gegeben hat, oder er hat Angst, ich will plötzlich auch so 'n Hund.

Jean sagt irgendwas, und da beugt er sich runter, damit er sie bei der lauten Musik und dem ganzen Geschrei und Gebimmel ringsherum verstehn kann. Als er weit genug unten ist, packt Jean ihn am Hemd, gibt ihm 'n Kuß auf die knochige Wange, läßt los und macht schnell zwei Schritte zurück, wo ich stehe. Mein Alter lacht und wendet sich wieder dem Spiel zu, und Jean und ich, wir verziehn uns hinter eins der Kassenhäuschen und inspizieren erst mal in Ruhe den Hund. Wir schaun uns das Bauchfell an. Weiß. Die Pfoten auch. Plastikzehennägel. Schwarze Plastiknase, und in den Ohren drin das Fell ist ebenfalls weiß.

»Die sind aus Smaragd«, sagt Jean und puhlt mit ihren abgebrochenen, dreckigen Fingernägeln an den Augen rum.

»Echt?« Ich frag sie nicht, was Smaragd ist.

»Und heißen tut er Bojo«, fügt sie hinzu. Bojo ist okay als Name, nichts gegen zu sagen.

»Komm, wir gehn«, sag ich. Und dann stürzen wir uns alle drei ins grelle bunte Lichtermeer.

Später sitz ich mit Jean im Hully Gully, wir sind in unserm Wagen eingeschlossen und drücken uns mit dem Rücken stocksteif an die metallne Schale, die uns umgibt. Bojo sitzt zwischen uns beiden. Jeans Beine ragen gerade über die Sitzkante. Die Kanonenkugel haben wir schon hinter uns, die hat unheimlich laut gesurrt, wie so 'ne große graue Hornisse. Und beim Helikopter fliegt man richtig überm Fluß, wenn man ganz oben ist, und dann noch die Lawine, aber da spielen sie viel zu laute Rockmusik und noch dazu welche, die schon seit fünf Jahren out ist.

Jetzt sind wir also in unserm guten alten Hully Gully. Unser Wagen ist wie so 'ne Riesenmuschel, die an ihrem Kugelgelenk schaukelt und wo drei Perlen drin sind, zwei lebendige und eine aus Plüsch. Jean nimmt den Arm hoch und winkelt ihn an, als extra Sicherheitsriegel für den Pudel sozusagen. Seine grünen Plastikaugen glänzen wie die Augen von 'ner Schmeißfliege. Und dann setzen wir uns in Bewegung, und Bojo zuckt nicht mit der Wimper.

»Na, Bojo, Angst?« frag ich ihn.

»Nein«, sagt er und starrt stur geradeaus.

Jean lächelt erst mal den Stoffhund an, dann mich. Unser Wagen hebt ab, und schon geht's bergauf, und als die erste Biegung kommt, legt sich Jean so richtig schön in die Kurve. Ich mach's ihr nach, dadurch verlagern wir den Schwerpunkt, und der Wagen wirbelt im Kreis rum, und ich knalle mit dem Kopf hinten an die rostige Wand. Ich lache und nehm auch den Arm hoch und hak mich bei Jean ein, damit der Hund doppelt gesichert ist und nicht vom Platz geschleudert wird. Dann legen wir uns nach der andern Seite in die Kurve und kommen dadurch oben auf dem Kamm der zweiten Steigung fast völlig zum Stillstand. So können wir ideal Schwung holen für den dritten Berg. Aber in dem kurzen Moment, wo wir stillstehn, entdeck ich plötzlich Billy.

Ich bin ganz verdattert, als ich ihn da unten an dem provisorischen Metallzaun in der Menge erkenne, mitten zwischen den ganzen Müttern und jüngeren Geschwistern, die noch zu klein zum Mitfahren sind, und zwischen den Leuten, die schon ein Ticket haben und warten, daß unsre Tour zu Ende ist und die nächste anfängt. Ich bin so verdattert, daß ich, als der Wagen wieder sinkt, richtig in die Luft gehe und mit den Oberschenkeln an die eiserne Sicherheitstange donnere, die ich vorm Bauch hab. Er hat sein Lieblingshemd aus der Jeans rausgezogen, der karierte Baumwollstoff ist dünn wie 'ne Spinnwebe, und wegen der Sommerhitze, zu der noch die Wärme hier auf dem Rummel dazukommt, hat er alle Knöpfe offen. Und 'ne Zigarette im Mund. Wenn das der Alte sehn würde, da gäb's aber was mit dem Gürtel. Ist er also anscheinend nicht in Sichtweite, der Alte, denk ich so bei mir. Ist vielleicht noch an der Spielbude, wo wir vorhin mit ihm gewesen sind. Aber daß ich so komisch in die Luft gehe, das liegt daran, daß ich total verdattert bin, weil ich sehe, wie Billy zu uns hochkuckt. Der steht echt da und kuckt zu, wie Jean und ich Hully Gully fahren. Der quatscht nicht mit dem Mädel neben ihm, und der quatscht auch nicht mit dem Typ an den Schaltern, (der acht Tattoos hat, auf jedem Fingerknöchel eins, auf der einen Hand steht R-O-C-K, auf der andern R-O-L-L).

Billy macht überhaupt nichts. Steht einfach bloß da und qualmt seine Zigarette und kuckt uns zu. Jean sieht ihn eine Sekunde nach mir, weil sie noch doller als ich mit den Schenkeln an die Sicherheitsstange donnert. Aber das Verrückte ist, Jean winkt. Sie winkt, weil sie sich freut, als sie ihn da unten stehn sieht. Und das Allerunglaublichste ist, Billy winkt zurück. Der nickt nicht nur so 'n bißchen mit dem Kopf, und der zieht auch nicht bloß mal kurz die Schulter hoch, nein, der winkt richtig, und es ist ihm scheißegal, wer ihn dabei sieht. Und lächeln tut er auch. Ich schaue angestrengt runter, ob er vielleicht betrunken ist. Aber mit vierzehn geben sie dem doch noch gar keinen Alkohol. Der ist nüchtern. Und jetzt winkt er mir zu. Ich winke zurück, und ich lächle zurück, und da sackt die Muschelschale unter mir weg, und Billy wird beiseite gefegt und ist nicht mehr zu sehn, und die ganze Welt zerläuft zu lauter verschwommenen waagerechten Linien, die um mich rumschnurren – Grün Gold Blau Weiß Rotorangegelbschwarzgrüngoldblau, und da kneif ich schnell die Augen zu, daß mir nicht schwindlig wird.

Wir nähern uns dem Kamm der dritten Steigung und erwischen ihn super gut, wie Wellenreiten ist das. Wir lehnen uns zur Seite, Jean und ich, wir schwanken, werfen die Schultern erst nach links und dann nach rechts, stemmen uns gegen die Rückwand, als der Wagen rumgewirbelt wird. Und zwischen uns beiden balanciert Bojo, dem in der heißen, zischenden Luft schon 'n paar Flocken von seinem pinken Plüschfell ausgefallen sind.

So schnell wie bei Jean und mir hat sich den ganzen Abend noch kein andrer Wagen gedreht. Und zwischen den verschwommenen Lichtstreifen, die an mir vorüberjagen, seh ich

Billy, der uns beobachtet und zum erstenmal, so lange ich denken kann, so aussieht, als ob er glücklich ist, daß wir zu ihm gehören.

Als wir dann anhalten und der Mann mit dem R-O-C-K auf der einen und dem R-O-L-L auf der andern Hand kommt und die Bolzen aus den Schlössern von unsern Sicherheitsstangen rauszieht, haben wir so richtig Pudding in den Beinen. Wir wanken rüber zu Billy, der nach wie vor am Metallzaun steht. Jean schlenkert Bojo am Ohr rum, als ob der jetzt, wo er das Hully Gully überlebt hat, jede Grobheit wegstecken kann, die sie sonst noch für ihn auf Lager hat.

»Fertig?« sagt Billy, als wir, mit immer noch zitternden Knien, vor ihm stehn. Mit »fertig« meint er »wird Zeit, daß wir gehn«. Wir nicken. Das Hully Gully ist eh nicht mehr zu überbieten, wozu also noch länger hierbleiben? Er marschiert zum Ausgang Peterson Road, die erst mal zwei Meilen an Woodleys Maisfeld langgeht und dann in die Cutler Road einmündet. Unsre Straße. Unser Zuhause.

»Wo gehn wir denn hin?« fragt Jean, die sich bei jedem Schritt mit Bojo an die Hüfte haut.

»Nach Hause«, antwortet Billy.

Den Alten haben wir seit über 'ner Stunde nicht mehr gesehn. Ich muß gar nicht erst rüberkucken zum Parkplatz, ich weiß auch so, daß der goldne Pontiac nicht da ist. Und es ist ja auch nicht das erste Mal, daß unser Alter uns alleine läßt. Also stellen wir keine weiteren Fragen mehr, sondern überqueren mit Billy zusammen die Peterson Road. Dann bleiben wir 'n Augenblick auf dem Seitenstreifen stehn, und Billy kuckt die Straße rauf und runter und hat anscheinend irgendwie Orientierungsprobleme.

»Ich würde mal sagen, wir sind direkt auf der andern Seite von dem Maisfeld von hier aus, oder?« Billy wirkt zerstreut, aber die Frage ist eindeutig an mich gerichtet. Und ganz und gar nicht in dem Ton, wie man mit 'nem Kind spricht.

»Du meinst, unser Haus?«

»Hmhm.«

»Ich glaub schon. Jedenfalls so ziemlich.«

Und dann gehn wir los – vorne Billy und dahinter Jean mit Bojo und ich als Schlußlicht – mitten durchs Maisfeld. Wir sind gerade mal so anderthalb Meter weit drin, da sind die Musik und das Geschrei und Gebimmel schon viel, viel leiser zu hören, weil der Mais die Geräusche dämpft. Noch mal anderthalb Meter, und die Lichter vom Rummel sind aus, als ob einer 'ne riesige Batterie abgeschaltet hat. Nach fünfzehn Metern seh ich bloß noch Jeans Hinterkopf und Bojos grüne Augen, die mich über ihre Schulter hinweg anfunkeln. Ich schaue hoch, über mir blinken die Sterne und schielen angestrengt runter, was sich hier unten bewegt. Was haben denn diese Kinder da mitten in der Nacht im Maisfeld verloren? Müßten die nicht längst im Bett sein? Wo ist denn der Vater?

Um uns wachzuhalten, erzählen wir uns Gespenstergeschichten, immer abwechselnd, ich werd mir aber keine Angst einjagen lassen, schon wegen Jean nicht, und darum beiß ich ganz fest die Zähne zusammen und erzähl die blutrünstigste, gruseligste Geschichte, die ich kenne. Aber die von Billy sind noch schlimmer. Und Jean übertrumpft uns alle beide, denn ihre Geschichte spielt in 'nem Maisfeld. Natürlich verlaufen wir uns und kommen so ungefähr eine Meile neben unserm Haus raus. Fast zwei Stunden brauchen wir, bis wir daheim sind. Mama fragt, wo der Alte ist. Billy sagt nichts, bis Jean und ich aus dem Zimmer gehn, und dann sprechen die beiden so leise, daß wir nichts verstehn. Aber Jean meint, das macht nichts. Jedenfalls war's der schönste Abend, den wir je erlebt haben. Und als ich dann endlich in meinem sicheren Bett liege, kommt die ganze schlotternde Angst, die ich mir im Maisfeld so tapfer verbissen hab, noch mal zurück, und ich kann ewig nicht einschlafen. Zwei Wochen später wird unser Alter verhaftet, weil er in der Kneipe irgend so 'n Typ fast totgeschlagen hat.

»Das Genick hat er ihm gebrochen. Ich hab richtig gehört, wie's knacks gemacht hat!« erzählt mir Jean. Die war nämlich mit dabei, als es passiert ist. Da haben sie sie gleich mit aufs Revier genommen, im Streifenwagen, und dort hat sie verrückt gespielt, bis die Polizei Mama gefunden hat, und die ist dann hin und hat sie abgeholt. Und unser Alter hat dann wieder mal zwei Jahre im Knast gesessen.

SECHS

Ich höre Reifen über den Kies knirschen, und als ich in den Rückspiegel schaue, seh ich einen dunkelblauen Buick, der kurz hinter mir zum Stehen kommt. Jetzt sitz ich in der Falle. Jetzt kann ich nicht mehr runter vom Hof, außer, ich fahr durch Jeans Vorgarten und mach die ganzen blöden Blumen platt. In dem Buick sitzen Mama und Ed. Wieso steigen die nicht aus? Dann seh ich, wie Mama die Lippen bewegt. Ich kuck aus dem Fenster und seh Jean, die immer noch hinterm Haus ist. Entweder, sie hat nicht gehört, wie hier ein Auto nach dem andern bei ihr auf den Hof gefahren kommt, oder es ist ihr egal. Ich möchte am liebsten in meinem Truck bleiben und warten, bis der Buick wieder weg ist, aber nichts zu machen, die Sache ist nun mal so, wie sie ist.

Ich denk an Sally, die sich zu Hause für die Schule fertig macht, stell mir vor, ich lieg im Bett und kämpf gegen den Schlaf an, damit ich sehn kann, wie sie quer durchs Schlafzimmer zum Schrank geht, dann ins Bad, wieder reinkommt aus der Küche, noch mal ins Bad geht. Immer dasselbe. Montag Dienstag Mittwoch Donnerstag Freitag. Sie unterrichtet in der Sommerschule. Alle andern sind draußen, baden, fahren Rad oder sind unten an der Mühle und machen sonst was, und die armen Kinder müssen da im Klassenzimmer schwitzen. Das muß doch zum Gotterbarmen sein, sogar wenn man 'ne Lehrerin wie Sally hat.

Hinter mir geht zuerst die Beifahrertür und dann die Fahrertür auf. Die Köpfe kommen raus und gehn hoch, die Schultern, als ob dem Buick an jeder Seite 'n Riesenohr wächst. Ich tret gegen die Tür und springe aus dem Fahrerhäuschen von meinem Truck, lande mit beiden Füßen hart auf dem Boden und knalle sie zu, die Tür. Wahrscheinlich hat sie sich jetzt endgültig verklemmt und geht überhaupt nie wieder auf. Sally wird mich fragen, warum ich sie so zugeknallt hab, und ich werd ihr keine vernünftige Antwort darauf geben können.

Ich steh breitbeinig da, damit ich nicht das Gleichgewicht verliere und umkippe. Vorne ist Mama, und Ed hält sich 'n bißchen im Hintergrund und läßt sie vorgehn, wie immer, wenn wir Kinder dabei sind. Ich bin mal gespannt, was sie jetzt macht. Ob sie in Tränen ausbricht wie 'n kleines Mädchen und die Schultern hochzieht wie so 'n Häufchen Elend und bemitleidet werden will. Oder ob sie die Arme hochreißt und sie mir um den Hals legt und mich zu sich runterzieht, um mir ungeschickt ihre Liebe zu zeigen, ganz egal, ob ich will oder nicht. Ob sie 'n Flunsch zieht und sich bei Ed einhängt, ihn als Verstärkung benutzt sozusagen, weil ich sie nicht gleich angerufen hab, nachdem ich erfahren hatte, was los ist. Oder ob sie fragt, wieso ich mich eigentlich hier rumtreibe. Das wär ja eigentlich der natürlichste Impuls, denn schließlich weiß sie ganz genau Bescheid, auch wenn sie immer so tut, als ob sie nicht bis drei zählen kann. Aber dann kommt sie wortlos auf mich zu, faßt nach meiner Hand und gibt mir 'n Kuß auf die Wange.

»Geht's dir gut?« Das ist 'ne ernstgemeinte Frage. Und sie möchte meine Antwort hören, sie kuckt mir voll in die Augen. Braune Augen mit goldnen Sprenkeln drin.

»Ja, mir geht's gut.« Richtig zackig kommt das raus, wie so 'n Stück Melodie, wie die Posaunenmelodie beim Spielmannszug. Jawoll-ja-mir-geht's-gut-ha-ha! Aber mein Gesicht fühlt sich irgendwie so komisch an, und plötzlich hab ich den Nach-der-Schule-Geruch von ihren Schokokeksen Marke Ruckzuck Fertig Ohne Backen in der Nase. Und auf einmal bin ich das Häufchen Elend, und sie nimmt mich einfach in den Arm und sagt kein Wort. Und das ist genau das, was ich brauche. Verdammt noch mal, bei Mama weiß man echt nie, wie man dran ist. Eine

Minute später ist auch Ed da und reicht mir seine harte, gerötete Hand.

»Herzliches Beileid, mein Junge.«

»Danke, Ed.«

Sie gehn auf das Haus zu, und ich trotte hinterher. Jean schaut von ihrer Schubkarre voller Gehwegplatten hoch, mit der sie gerade aus der Scheune kommt. Sie wohnt auf 'ner alten Farm, von der allerdings nicht mehr viel übrig ist außer 'nem steinernen Wohnhaus und 'ner halben Scheune, auch aus Stein. Die Scheune hat sie sich so umgebaut, daß sie quasi Gewächshaus, Speicher und Möbelreparaturwerkstatt in einem ist. Jean blickt also von der Schubkarre hoch, und obwohl ich zu weit weg bin, als daß ich's tatsächlich sehn könnte, weiß ich, daß ihr Gesicht dabei vollkommen unbewegt bleibt. Sie kuckt, als ob wir Fremde sind, die nach dem Weg fragen wollen. Ich muß an mein eigenes Gesicht denken und was da alles drin geschrieben steht. Plötzlich wird mir ganz schlecht, weil ich denke, sie denkt vielleicht, ich bin mit Mama zusammen hergekommen. Daß wir uns irgendwie abgesprochen haben, sie zu besuchen. Aber so blöde ist Jean ja auch nicht. Trotzdem muß ich wahrscheinlich 'ne Weile warten, wenn ich unter vier Augen mit ihr reden will. Mama wird alles tun, damit ich's aufgebe, das macht sie immer. Sie läßt uns zwei nicht gern alleine. Jetzt, wo's zu spät ist.

»Jeannie! Ach, Jeannie-Baby!« Na bitte, also doch. Hat sich die Frau von neunundvierzig Jahren also doch noch in ein heulendes kleines Mädchen verwandelt. Das Braun mit den goldnen Sprenkeln drin ist bloß noch Mattglas und schwimmt in Tränen. An – Aus, wie so 'n Lichtschalter.

Jean steht, während Mama sie umarmt, im großen und ganzen genauso da, wie sie mit der Schubkarre dagestanden hat. Ed wartet – natürlich. Ich schau rüber zu dem steinernen Schuppen und stell mir vor, wie kühl und still es da drin ist. Alte Steine. Ich horche, aber sie sagen kein Wort, atmen bloß ganz ruhig. Ich kann mich einfach nicht überwinden, mich wieder umzukucken und die Menschen da hinter mir anzusehn. Sie ist doch nur deine Schwester, sag ich mir und zwinge mich, sie anzusehn. Aber das ist, als wenn mir einer die Faust in die Rippen rammt, weil sie mich über Mamas gesenkten Kopf hinweg ankuckt. Ein Blick, aus dem man nichts entnehmen kann, der bloß drei Sekunden länger dauert, als er dürfte. Dann bringt sie Mama ins Haus und bedankt sich bei Ed für sein ungeschicktes »Herzliches Beileid«. Ich hab sie immer zum Poker spielen überreden wollen, aber sie findet, Poker ist was für Arschlöcher.

Ich mache extra langsam und geh als letzter ins Haus. Latsch den andern notgedrungen hinterher, obwohl ich ja wegen ganz was anderem hier bin. Wegen was eigentlich noch mal? Was wollt ich ihr sagen? *Warst du dabei, als sie Billy …? Was ist denn los? Was war 'n das eben für 'n Blick?* Irgendwer drückt mir 'n Glas Limonade in die Hand, 'n weißes Glas mit roten Hühnern drauf. Mit zwei roten Hühnern, die sich ansehn. Ich kucke. Vier Eiswürfel, wie ich's gerne hab. Ich kucke hoch zu Jean, aber die steht mit dem Rücken zu mir und macht gerade die Kühlschranktür zu. Mama und Ed sitzen am Küchentisch. Wie Kinder, die auf ihre Zeugnisse warten. Ich bleib, wo ich bin, nämlich in der Tür.

»… alles geregelt, für Mittwoch, mittags um eins. Bei Snell's.« Wir haben zwei Beerdigungsinstitute in der Stadt. St. Joseph ist für die Katholiken, und alle andern gehen zu Snell's. Als ich elf war, ist mein Großvater gestorben, seitdem liebe ich Snell's. Da sieht alles noch genauso aus wie damals vor achtzehn Jahren. Der dicke cremefarbene Teppich, der den Schall im Raum schluckt, die dünnen, durchsichtigen Vorhänge, die schnurgerade runterhängen, exakt sechs Millimeter überm Boden. Sogar die Heizungsrohre mit den kleinen Plastikhauben drüber. Alles wie immer, ganz egal, wie viele Tote sie hier inzwischen rein- und wieder rausgekarrt haben. Jedesmal, wenn in der Stadt einer stirbt, der nicht katholisch ist, geh ich hin, mach 'ne Verbeugung vor dem Sarg und trage mich ins Kondolenzbuch ein. Bei der Mutter von 'nem Arbeitskollegen war ich, bei 'nem ehemaligen Lehrer, bei dem Mann, der in Grant's Supermarkt hinter der Backwarentheke gestanden hat.

»... ich möchte, daß ihr um Punkt sieben da seid, alle beide. Habt ihr gehört?« Mama sieht mich an. Jetzt reißt ihr gleich der Geduldsfaden.

»Tschuldigung.«

»Ihr müßt doch denken, ich bin Rockefeller!« Sie hat den Mund ganz, ganz fest zusammengekniffen und redet in dem Ton, den sie immer hat, wenn's um Geld geht. Und Ed betrachtet die Hühner auf seinem Glas. Sind alle gleich, die Gläser, bloß daß bei Jean Hähne drauf sind.

»Keine Versicherung, keine Ersparnisse.« So fest zusammengekniffen, daß man sie fast mit den Zähnen knirschen hört. »Ihr Jungen denkt immer, ihr könnt einfach abhaun und machen, was ihr wollt, aber früher oder später kommt für alles die Rechnung, und die muß dann irgend jemand bezahlen, und das bin jedesmal ich. Denn daß euer Vater auch mal einspringt und was rüberwachsen läßt, das glaubt ihr ja wohl selber nicht.« Als sie den Alten erwähnt, verkrampft sich ihr Mund noch mehr, und die Worte kommen piepsend raus wie lauter kleine Mäuse. Ed starrt wie gebannt die Hühner an.

Jean versucht's mit 'nem unschuldigen Augenaufschlag: »Hat ihm denn schon jemand Bescheid gegeben?«

»Der Sheriff, soweit ich weiß. Der kommt bestimmt besoffen an, falls er überhaupt aufkreuzt. Und wenn du glaubst, daß der sich an den Kosten beteiligt, das kannst du vergessen.«

Jean seufzt nachdenklich. Sie kuckt mich kurz an. Sie weiß ja, wie Sally ist, und bei mir – tja, fass mal 'm nackten Mann in die Tasche.

»Ich hab 'n bißchen was gespart«, sagt sie. »Dreitausend, aber nur, wenn du dann endlich aufhörst zu jammern.«

Ich bin gerade am Schlürfen, krieg vor lauter Schreck Limo in die Nase und greif schnell nach 'nem Papiertaschentuch. Aber die andern beachten mich gar nicht. Jean und Mama kucken sich an, Ed muß wohl mittlerweile schon die Federn von den Hühnern zählen. Mama versucht so 'n Gesicht zu machen, wie wenn sie das Geld ablehnen will, aber als sie merkt, daß sie das eh nicht hinkriegt, strengt sie sich nicht weiter an.

»Doch, das wär schon eine Hilfe. Danke, Jeannie.«

Und jetzt, wo der eigentliche Zweck des Besuchs erfüllt ist, steigt die Stimmung plötzlich, trotz Jeans Ton. Ich rechne zusammen, was der Buick und das Haus im Westend und die neuen Möbel für den Patio, die Mama neulich gekauft hat, und das Ferienhäuschen ein paar Meilen nördlich von der Stadt, das die beiden besitzen, was das alles gekostet hat. Plus das Wohnmobil.

»Das ist alles Eds Geld. Du weißt doch ganz genau, ich selber hab keinen Cent.« Das sagt sie, so lange ich denken kann. Neun Jahre sind die beiden jetzt verheiratet, und immer noch ist es Eds Geld. Ich bin auf einmal furchtbar müde. Und aus irgendeinem Grund muß ich an diesen komischen Chet aus Bakersfield denken.

»Die Todesanzeige kommt morgen in Jackson in der Lokalzeitung, für den *Chronicle* von dieser Woche war's schon zu spät. Ich hab hier 'ne Liste von Leuten, die telefonisch benachrichtigt werden müssen. Ray?«

»Ja?«

»Meinst du, ihr könntet vielleicht 'n paar davon anrufen, du und Sally?«

Ich nicke.

Mama reißt 'n Stück von der Liste ab, und gibt es mir, aber vorher schreibt sie noch die Zeiten drauf.

»Mittwoch um eins. Also übermorgen.« Auf einmal ist sie ganz forsch und richtig geschäftsmäßig. Wie 'ne Fünfjährige, die ihre Puppen rumkommandiert. Die Hosen an, total die Hosen an. Jean kuckt aus dem Fenster, rüber zu der Schubkarre mit den Gehwegplatten. Ich frag mich, ob sie mich genauso abgeschrieben hat wie die andern. Keiner hat gefragt, was ich hier will. Ich betrachte die Liste in meiner Hand. Der Alte an dritter Stelle von oben, seine Telefonnummer steht daneben. Unter Joe Lee Philips und über der alten Mrs. Barnes, die früher, als wir noch klein waren, immer auf uns aufgepaßt hat. Ich hab gedacht, die ist längst tot.

Ich schau hoch und sehe Mamas prüfenden Blick. Sie hat

Hummeln im Hintern, sie will weg, aber ich bin noch hier, und nun weiß sie nicht, was sie machen soll.

»Wie geht's Sally?« fragt sie in demselben scharfen Ton. Muß wohl noch so 'n Überhang vom Thema Geld sein, dieser Ton, oder er ist schon wieder neu da für die unvermeidliche Frage, wieso wir nicht endlich heiraten. »Also, ich versteh wirklich nicht, wieso ihr zwei nicht endlich mal heiratet.« O Mann.

»Weil's unnötig ist.« Ich heb das Glas zum Mund, um mich vor ihr zu schützen.

»Ich finde das aber durchaus nicht unnötig, im Gegenteil, ich finde das sogar sehr nötig.« Sie hat diese zwei schrecklichen Falten um den Mund, weil sie schon so lange raucht. Sieht aus wie die Gorillafrau in *Plane derAffen*. Zira? Zora? Das hab ich schon mal zu Jean gesagt, weil ich dachte, es bringt sie zum Lachen. Und so war's auch. Jetzt kuckt mich Mama an, wie wenn sie's mir übel nimmt, daß ich nicht besser bin, als ich bin. Daß ich nicht so tun kann, als wär ich bei Ed aufgewachsen, mit Buick und Patio und Wochenendhäuschen. Für Mama hat die Vergangenheit vor neun Jahren aufgehört, und zwar von einer Minute auf die andre. Das Problem ist nämlich, wer's irgendwie geschafft hat, sich zu retten, der hat meistens 'n verdammt strenges Urteil gegenüber denjenigen, die er in der Scheiße sitzengelassen hat und die alleine zusehn können, wie sie da rauskommen. Ich glaube, Mama kann echt nicht begreifen, wieso wir nicht alle drei unsern Doktor gemacht haben.

»Mensch, Mama, es muß doch auch noch 'n paar unverheiratete Leute geben«, sag ich ganz freundlich, aber ich seh schon, ich hab sie getroffen.

»Also, wenn du Sally laufen läßt, dann ist dir wirklich nicht mehr zu helfen.« Inzwischen redet sie blind, ihr Mund formt Worte, aber den Blick hat sie auf die Fliegentür geheftet. Ich weiß schon, was ihr in fünfundzwanzig Zentimeter hoher Neonschrift durchs Hirn zuckt: Flucht. *Du feige Sau, du feige Sau.* Aber ich bin mir nicht sicher, wen ich damit meine, Mama oder mich selber. Sie stehn auf, wolln endlich los, schlagen Jeans halbherzige Einladung aus, doch noch 'n bißchen zu bleiben, man könnte ja vielleicht nachher zusammen Mittag essen.

»Und vergiß mir nicht, die Leute auf der Liste anzurufen, okay?« Sie wühlt in ihrer Tasche nach den Autoschlüsseln, bis ihr wieder einfällt, daß Ed gefahren ist. »Und nicht, daß du wieder mal alles Sally überläßt.« Sie gibt mir 'n Kuß auf die Wange und hat den Blick noch immer auf die Fliegentür geheftet. Ed nickt uns verschämt zu. Als ob wir nicht wüßten, daß er Mama die Seele aus dem Leib prügelt, wenn wir nicht dabei sind. Aber das muß er auch, weil sie sonst nämlich eingehn würde wie 'ne Primel.

Jean bringt die beiden raus zum Wagen. Steht da und nickt geistesabwesend, während Mama noch aus dem Auto auf sie einredet und übertrieben unbeschwert zu Eds Abschiedsgehupe winkt, und dann sind sie weg. Ich bleib in der Küche, kuck durch die Fliegentür nach draußen. Jean dreht sich zum Haus um, kommt die Auffahrt hoch, wo mein Pickup steht. *Jetzt sind wir alleine, jetzt sind wir alleine.* Die Limonade brennt im Magen.

»Komm«, sagt sie und geht, ohne mich anzusehn, an der Tür vorbei. »Du kannst mir mit den Steinen helfen.«

Ich stürze den Rest Limo runter, spül das Glas aus und stell's in den Ausguß. Ich merke, wie mich bei dem Gedanken, daß ich mich von den roten Hühnern trennen soll, so 'n leichtes Angstgefühl ankriecht. Den Wunderhühnern. Den Zauberhühnern. Den Beschützerinnen, die mich vorm Untergang erretten.

Ich lade die dritte Karre Gehwegplatten ab, und mittlerweile hat sich der Tag schon richtig aufgeheizt. Jean macht die Hitze nichts aus, sie kniet da und buddelt Erde aus, prüft, ob die Platten auch richtig liegen, glättet den Boden mit 'ner Maurerkelle mit gelbem Griff. Und dabei beißt sie auf der Marlborokippe rum, die sie im Mundwinkel hat. Das macht sie immer. Wir legen von der hinteren Veranda bis rüber zum Schuppen einen Weg an. Ungefähr drei Meter haben wir schon, und in der ganzen Zeit haben wir noch nicht mal 'n Dutzend Worte miteinander gewechselt. »Hier?« – »Ja.« – »Eine kleinere?« – »Nein.« Zwischen uns beiden herrscht Ruhe. Eine Ruhe, die Mama in Panik versetzen würde, wenn sie jetzt hier wäre. Die schrille Fragerei von vorhin ist verstummt. Jetzt, in diesem Moment, wo ich mit freiem Oberkörper hier stehe und mir der Schweiß den Nacken runterrinnt und Jean mit ihren breiten, flachen Händen die Steine hinlegt und ihr unnützer goldgetigerter Kater sich rücklings im Gras räkelt und mich verkehrtrum ankuckt, sind alle Fragen verstummt. Weit und farblos dehnt sich der Himmel, und es ist mir egal, ob sie Billy umgebracht hat oder nicht. Ein Marienkäfer landet außen an meinem Daumen, und wenn sie Billy selbst die Hand gehalten haben sollte, als er gestorben ist, jetzt jedenfalls, bei mir, da ist sie ruhig.

Auf einmal hab ich so 'n Raum in meiner Brust, der ist ganz weit offen, richtig albern, und da strahlt die Sonne drin, und alles ist weiß von Gänseblümchen, und die Rotkehlchen singen und lauter so 'n Scheiß.

Ich will gerade wieder los mit der Schubkarre, aber ich knall gegen 'n Huckel im Gras, und da kommt so 'ne große Steinplatte, die ganz obenauf liegt, ins Rutschen und schlittert langsam auf mich zu. Ich reiß die Karre hoch, um die Platten zurechtzurütteln, aber die eine schlittert fröhlich weiter. Rumms, kommt sie an, und ich springe zurück, aber sie ist noch gar nicht ganz unten, da weiß ich schon, daß sie mich erwischen wird. Die wiegt locker ihre vierzig Pfund, denk ich noch, da donnert das Teil auch schon runter. Mit der unebenen Seite nach unten. Genau auf die Stelle, wo die Zehen aus dem Fuß rauskommen. Genau da, wo das mit dem Gleichgewicht passiert und die ganze Lauferei und alles. Knacks. Alle fünf Zehen auf einmal. Alle fünf machen sie gleichzeitig knacks.

»Scheiiiiiißeeeee!« Zack, bin ich zu Boden gegangen. Der unnütze Kater zuckt nicht mal mit den Ohren. Der legt bloß den Kopf 'n bißchen schräger, damit er mich besser sehn kann, wie ich da liege, wie's mich umgeschmissen hat.

»Leck mich am Arsch, du Kater!« denk ich.

»Leck dich doch selber, Ray!« sagt er.

»Ach du Scheiße, ist dir was passiert?« Ich höre, wie Jean die Kelle fallen läßt. »Zeig doch mal her.« Ich sage nichts. Ich versuch durch die Nase zu atmen, aber ich hab ein derartiges Dröhnen in den Ohren, daß der Lärm mir richtig die Nase verstopft.

»Scheiiiiiißeeeee!« kommt es wieder von irgendwoher.

»Um Gottes willen, Ray. Los, zieh den Stiefel aus, daß ich was sehn kann!«

»Neineineineineineinein! Scheiße!« So nach und nach verzieht sich der rote Nebel vor meinen Augen wieder, und ich erkenne Jean, die vor mir kauert und sich die dreckigen Hände an den Shorts abwischt. Jetzt wiege ich mich vor und zurück, und irgendwas Klebriges, Süßes macht, daß meine Stirn urplötzlich eiskalt wird. Der Sonnentag in meiner Brust ist weg. Jean zerrt an den Schnürsenkeln meiner Red Wings. Ich richte mich auf, stütz mich mit den Händen ab, verkrall mich mit den Fingern in der Erde und reiße unwillkürlich büschelweise Gras raus.

»Ist gebrochen«, sag ich.

»Wo denn?«

»Überall. Der ganze Fuß.«

Und Jean: »Aber die Stiefel haben doch Stahlkappen. Ist wahrscheinlich bloß verstaucht.« Okay, kann sein. Aber als sie mir den Schuh auszieht, kipp ich wieder rückwärts ins Gras und knalle mit dem Kopf auf was, das weich ist und warm. Es ist 'n Bauch mit Fell drüber. Und im nächsten Moment merk ich, wie mir was Scharfes die linke Braue aufschlitzt. Und dann kratzen und beharken wir uns beide gleichzeitig, der Kater und ich. Ungefähr sechs Meilen weit weg hör ich Jeans Lachen –

»Ha ha huch –«

–, das plötzlich abbricht, genau in dem Moment, wo ich im Eifer des Gefechts plötzlich das Bein hochreiße und mein armer gebrochener Fuß mit was Festem zusammenprallt, das sich als ihr Gesicht erweist. Da platzt die nächste rote Nebelknospe innen drin in meinen Augen. Und das Aua spielt Himmel und Hölle und hüpft mir am Bein hoch. Und mein gutes altes Hirn rennt im Kreis rum wie 'ne aufgescheuchte Ratte und kreischt in einem fort: »Blind und verkrüppelt, blind und verkrüppelt.« Atmen tu ich nicht. Jean lacht schon wieder. Als ich die Augen aufmache, seh ich, sie hat die Hand vorm Mund und Blut an den Fingern. Ich hab keine Ahnung, ist das nun ihr Blut oder meins oder dem Kater seins.

»Das Biest hat mir das Auge ausgekratzt«, sag ich. Ha ha ha.

»Quatsch, das ist bloß das Lid, ey. Wie das runterhängt!« Ho ho ho. Ich weiß nicht, wie lange wir so weitermachen, uns im Gras wälzen, jaulen und schreien.

»Du hast mir 'n Zahn ausgeschlagen.« Hi hi hi.

»Quatsch, du hast bloß 'ne aufgeplatzte Lippe.« Ogottogott, hu hu hu. Ogottogott, ogottogott, so prallen wir zusammen. Und dann liegen wir da, ganz nah beieinander, ihr nackter warmer Arm direkt an meinem. Hinterm aufgeschlitzten Augenlid steht hoch und grell die Sonne. Ich rühr mich nicht vor lauter Angst, daß sie verschwinden könnte. *Das Gras ist grün, der Himmel blau.* Ich versuch mich an den Fakten festzuhalten. Mit ihrer Hilfe auf dem Erdboden zu bleiben, damit ich nicht in den Himmel fliege. *Das Gras ist grün, der Himmel blau, und gelb der Hahnenfuß* ... Wo ist das bloß her? Jean hat einen langen Grashalm abgerupft und will mir damit in der Nase kitzeln. Ich schiebe ihre Hand weg, aber sie macht trotzdem weiter.

»Das Gras ist grün«, fängt sie an.

Und ich: »Der Himmel blau.«

»Und gelb der Hahnenfuß.«

»Weil ich dich lieben muß«, beende ich den Spruch.

Da verschwindet der Grashalm an meiner Nase, und Jean richtet sich auf.

»Quatsch, das geht ganz anders.« Ihre Stimme klingt tonlos und hart wie eine abgegriffene Münze, und ihr Hinterkopf starrt zu mir runter. Ich antworte nicht. So nah war ich ihr seit zehn Jahren nicht mehr; mein Herz klemmt irgendwo direkt unterm Kinn. Sie pflückt eine Butterblume ab und dreht sie auf ihrer Wange, wie wir's als Kinder immer gemacht haben. Bleibt ein gelber Fleck zurück, heiratet man seine große Liebe.

Nach ein paar Minuten faß ich rüber und streich ihr wirklich nur ganz leicht mit dem Finger übern Ellbogen. Sie zieht ihn nicht weg, aber sie sagt: »Du mußt jetzt nach Hause gehn.«

Nun richte ich mich auch auf, und der Abstand zwischen uns ist etwas größer, aber ich gehe nicht. Sie zeigt mir immer noch nur ihren Hinterkopf. Ich konzentriere mich auf das Brennen der zerrissenen Haut an meinem Augenlid, als ob mir der Schmerz irgend so 'n Zauberwort eingeben könnte, das ich zu ihr sagen kann.

Der getigerte Kater sitzt in der hintersten Ecke des Gartens und leckt sich das zerknautschte Fell und kuckt dabei von Zeit zu Zeit mit Killerblick zu mir her.

»Was willst du, Ray?« Es trifft mich wie ein Schlag ins Gesicht, als sie meinen Namen sagt. *Was will ich?* Ich zieh mich wie 'n Feigling aus der Affäre, tu einfach so, als hätt ich ihre Frage falsch verstanden.

»Ich wollt mal kucken, wie's dir geht«, sag ich zu ihr. Sie lacht höhnisch auf und schmeißt die Butterblume mit aller Kraft zum Geräteschuppen rüber, so daß der Kater abrupt aufhört, sich zu putzen, und hinterherspringt.

»Gut geht's mir«, sagt sie. »So, und jetzt zieh Leine.«

Aber ich kann nicht weg, ich kann einfach nicht. Und ich hasse sie, weil sie mich einfach so wegjagen will.

»Ist es dir denn ganz egal, daß er tot ist?« Das sollte eigentlich rausknallen wie so 'n Geschoß. Tut's aber nicht, und trotzdem hat's die Wirkung, die ich erzielen wollte.

»Ach, leck mich doch am Arsch!« sagt sie. Und dann marschiert sie rüber zum Haus. Ich hoch und humple ihr hinterher und will sie am Arm festhalten, damit sie stehnbleibt. Aber sie ist stärker als ich, sie reißt nicht nur den Arm weg, sondern schiebt mich auch noch zurück.

»Weißt du, was du bist, ey? Du bist der größte Idiot der Welt!« Sie geht weiter, und dabei dreht sie sich noch mal kurz nach mir um und ruft: »Ich möcht mal wissen, wieso ich mich überhaupt erst mit dir eingelassen hab.«

»Gute Frage«, schrei ich zurück. Und in dem Moment bleiben wir beide wie angewurzelt stehn, denn plötzlich ist uns klar, daß wir noch nie so dicht davor waren, über die Sache zu reden. Es rauscht und blubbert und rauscht und blubbert in meinem Kopf, bis ich ganz tief Luft hole.

»Weil ich was in dir gesehn hab, das du gar nicht bist«, sagt sie. Dann quietscht die Fliegentür und Jean ist verschwunden.

Da hab ich sie also, die Antwort. Jetzt brauch ich mich nicht mehr zu wundern und muß mich nicht mehr fragen, was eigentlich vorgeht in ihrem Kopf. Ich setz mich in den Truck, laß den Motor an und fahre los, weg von ihr.

SIEBEN

Bin dann mittags so gegen zwei zu Hause gewesen. Ein Glück, daß Sally noch in der Schule war. Hab mich hingelegt, mußte aber rechtzeitig wieder aufstehn, damit ich um sieben im Beerdigungsinstitut war, wo ich zwei qualvolle Stunden zugebracht hab. Zwei qualvolle Stunden, auch wenn's ansonsten mein Lieblingsort ist in der Stadt. Mamas selbstgerechtes Geschniefe, die ganzen Leute, die sich alle Mühe geben, irgendwas Nettes über Billy zu sagen, und die meisten bringen dann doch bloß die lahmarschigste Kacke raus, die ich je im Leben gehört hab.

»Jetzt ist er bei Jesus.« *Jesus?*

»Wenigstens war's keine lange schwere Krankheit.« Ich weiß nicht, wo ich lieber dran eingehn möchte, denk ich so bei mir, ob an Krebs oder daran, daß mir einer mit 'nem Stein den Schädel einschlägt, aber was soll's.

»Gut siehst du aus, Sherry.« Sherry ist meine Mutter. Und die sieht beschissen aus.

Am Anfang macht's sogar noch irgendwie Spaß, die Leute zu beobachten, wie sie Small talk machen und so tun, als ob hier gar kein Toter mit im Raum ist. Okay, der Sarg ist zu, aber trotzdem ist klar, daß da der tote Billy drin liegt. Und anderthalb Meter daneben steht Ed und läßt sich von Mrs. Norris (was die Organistin von der Methodistenkirche ist) 'n Film erzählen, der gestern abend im Fernsehn gelaufen ist. Über 'ne Familie mit dreizehn Pflegekindern.

»Und jedes Kind 'ne andre Hautfarbe. Und manche, die waren aber auch so was von süß.«

Nachdem ich mir den Mist 'ne halbe Stunde lang mit angekuckt hab, sag ich zu Sally, daß ich rasch mal runtergeh ins Raucherzimmer. Zum Teil, weil ich sterbe, wenn ich nicht endlich eine paffen kann, und zum Teil, weil ich neugierig bin, ob Jean doch noch gekommen ist, und weil ich mir denke, ich kann vielleicht so 'n bißchen rumschnüffeln.

Das Raucherzimmer ist unten, wo die Klos sind und die kleine Kaffeeküche und die Büros und weiß der Himmel, was noch alles. Dunkel getäfelte Wände, 'ne Uhr, die wie so 'n Steuerrad von 'nem Schiff aussieht, und Aschenbecher aus schwerem, flaschengrünem Glas. Ich hau mich in die Polsterecke und ziehe gierig eine durch; den Ascher hab ich auf dem Schoß. Zwei Frauen kommen rein, gießen sich Kaffee ein, gehn in die andre Ecke und fangen an, sich leise zu unterhalten. Schwierige Gratwanderung, einerseits möchte man nicht aufdringlich sein, aber andererseits kann man ja auch nicht so tun, als ob die Leute Luft sind. Ich also wieder die Treppe rauf, obwohl ich eigentlich gar nicht zurück will in den Raum, wo Billy ist. Jedenfalls noch nicht. Jean hab ich, seit wir hier sind, nicht gesehn; ich sag mir, vielleicht spaziert sie irgendwie durchs Haus, weil sie auch nicht da sein mag, wo Billys Sarg ist. Daß sie's genauso macht wie ich. Ich mache nämlich selber einen Bogen um Billys Raum und schau mich um, ob ich Jean sehe, und da steh ich doch plötzlich vor Elizabeth Rollins. Sie liegt aufgebahrt in der kleinen Kapelle, in der alles in Rosa gehalten ist und die irgendwie unheimlich kitschig aussieht. Ich hab immer Angst gehabt, die könnte nur für Kinder sein.

Elizabeth Rollins ist mindestens neunzig. Richtig nett sieht sie aus. Und so winzig. Ich kann sogar erkennen, daß man ihr die Lippen zugenäht hat, kann die Stiche sehn. Wahrscheinlich, weil sie schon so alt ist und ihre Haut nicht mehr soviel taugt. Die Kapelle ist ganz klein. Ich komm mir vor wie in 'nem Puppenhaus. Und Elizabeth Rollins ist ganz alleine hier drin, und ich hab entsetzliches Mitleid mit ihr. Wo sind denn die Angehörigen? Gibt's denn auf der ganzen Welt nicht einen, den das kümmert, daß die hier drin ist, tot und mutterseelenallein? Ich schau ins Kondolenzbuch. Sie ist am selben Tag wie Billy gestorben. Ich schleich mich noch mal an den Sarg ran, und obwohl ich weiß, daß das totaler Quatsch ist, was ich mache, kuck ich nach, ob sie vielleicht auch eins mit 'nem Stein auf die Birne gekriegt hat. Keine Anzeichen von Gewalteinwirkung. Sie hat 'n Rosenkranz in den Händen. Und vor dem Sarg ist so 'ne kleine Bank zum Draufknien wie in 'ner katholischen Kirche. Als Kind war ich 'n paarmal mit Randy und seiner Mutter in der Stadt in der katholischen Kirche, daher weiß ich, wie's bei denen aussieht. Aber eins wundert mich doch. Ich hab noch nie gesehn, daß bei Snell's jemand Katholisches aufgebahrt war. Wieso ist denn die nicht drüben in St. Joseph? Ob sie die vielleicht exkommuniziert haben, aus der Kirche verstoßen? Das machen die mit Leuten, die so böse sind, daß es selbst dem Papst über die Hutschnur geht, hat Randy mir erzählt. Ich trage mich ins Kondolenzbuch ein und verneige mich in Ehrfurcht. Sage Elizabeth Rollins Lebewohl und geh noch mal eben im Raucherzimmer vorbei. Keine Jean. Ich denk, ich könnte mich vielleicht bei ihr entschuldigen für heute morgen, obwohl ich immer noch nicht so richtig verstehe, was ich eigentlich gemacht hab und warum sie plötzlich so wütend war. Aber sie ist nicht da.

Als ich schließlich wieder in Billys Raum komme, steht da so 'n Typ neben meiner Mutter und redet auf sie ein. Und der benimmt sich wie so 'n total guter alter Kumpel, wo doch keine fünf Meter weiter ihr Sohn liegt und ist tot. Ich komm praktisch gerade dazu, wie dieses Arschloch sie in den Arm nimmt und ihr was ins Ohr flüstert. Sie senkt den Kopf und legt die Hand vor den Mund, und plötzlich sieht sie aus wie die Königin von England, wenn keiner sehn soll, daß sie lächelt. Wer ist denn dieses Arschloch? Ed steht auf der andern Seite neben meiner Mutter und redet mit jemand, den ich nicht kenne. Und auf einmal kichert Mama wie 'ne Jungfer und lehnt sich bei dem Kerl an. Ich schleich mich vorsichtig näher ran und versuch zu hören, was dieser Blödmann sagt.

»... und ganz häßliche Zehen hat sie gehabt«, sagt er zu ihr.

»Jetzt mach aber mal halblang.«

»Echt, du. So 'ne ollen knochigen langen Zehen, wie so 'n Affe, ich schwör's beim Herrn Jesus.«

Mama schüttelt den Kopf, aber ihre Augen blitzen richtig, genau wie früher, wenn mein Alter gute Laune hatte und sie angemacht hat.

»Und dann weiß ich da noch eine«, sagt dieser Scheißkerl. »Eine, die die allersüßesten Zehlein von der ganzen Welt hat.«

»Woher weißt du denn das?« Mamas Stimme hört sich gut fünfzehn Jahre jünger an. Die Zirafalten um ihren Mund sind weg.

»Weil du immer weiße Sandalen anhattest, mit –«

»Hach Gottchen, die weißen Sandalen!«

»... und rosa lackierte Zehennägel.«

Viel mehr krieg ich nicht mit, wie ich so dasteh und die zwei belausche. Ich also ran, atme noch mal tief ein und halt die Luft an, damit ich etwas größer wirke.

»Hey, Mama«, sag ich, ohne den Idioten eines Blicks zu würdigen.

»Hach, Junge«, erwidert sie ganz unschuldig. »Hier ist jemand, den muß ich dir unbedingt vorstellen.«

»Ach ja?« Ich kuck ihn an, wie man was ankuckt, das man gerade aus 'nem verstopften Badewannenabfluß rausgeholt hat. Er grient zurück.

Da fährt Mamas Stimme messerscharf dazwischen. »Darf ich vorstellen, Veilchen LaVonn.«

»Veilchen LaVonn?« sag ich lauter, als ich wollte. »Ach du lieber Himmel«, kreisch ich regelrecht. »Veilchen LaVonn!«

Er sieht Mama fragend an, so nach dem Motto »Herrgott noch mal, was hast du denn dem Jungen hier bloß alles erzählt?«, dann streckt er mir die Hand entgegen, und ich pack zu und drücke sie so fest, wie ich's bei keinem andern machen würde. Das ist also Veilchen LaVonn, du lieber Himmel.

»Du bist ja deinem Alten wie aus dem Gesicht geschnitten«, sagt er zu mir. »Aber hundert Prozent.«

»Verdammt«, sag ich. »Über dich hab ich schon so einiges gehört.«

Da wird sein Grienen noch breiter, und er legt Mama gleich wieder den Arm um die Schultern. »Lügen«, sagt er, »alles Lügen. Das war dein Alter, der hat andauernd Scheiße gebaut, und dann ist er nach Hause zu deiner Mama und hat immer mir die ganze Schuld in die Schuhe geschoben.«

Mama lacht über den gelungenen Witz, und dabei fallen noch mal fünf Jahre von ihrem Gesicht ab. Seine Kleider stinken nach kaltem Zigarettenrauch, und wenn er redet, riecht man seine leichte Fahne. Veilchen LaVonn ist echt 'ne lebende Legende, ich starre ihn an und kann mich gar nicht mehr losreißen.

Er schwört meiner Mutter bei allem, was ihm heilig ist, daß damals, als sie im Norden jagen gewesen sind, nicht er auf den Tisch gesprungen ist und dieser Joy, der Barfrau vom Watering Hole, 'n Heiratsantrag gemacht hat, sondern mein Alter. Aber das mit dem umgekippten Schneemobil beim Eisangeln drüben am Clark Lake, das war Veilchen. Hat einfach das Schneemobil genommen, wo hinten noch 'n Schlitten dran war, und ist damit 'n verschneiten Uferhang hoch, und dabei hat er das Ding umgekippt. Und dann sind sie alle beide aufs Eis runtergekullert, und der Eimer, wo die Köder drin waren, ist auch mit umgekippt und die ganzen Elritzen sind durch die Gegend geflogen, und dazwischen lauter Budweiserdosen, Angelrollen und Haken. Voll wie die Strandhaubitzen und haben sich bepißt vor Lachen.

Und das mit dem Knallfrosch in dieser Blechtonne, wo sie immer den Müll drin verbrannt haben, das war auch Veilchen. Oben in der Jagdhütte, und wie Abel Williams die Eingeweide von den Rehen rausgebracht hat und sie auf den Müll schmeißen wollte, da ist das ganze Ding dann hochgegangen. Abel hat fast 'n Herzinfarkt gekriegt, dabei war's doch bloß 'n Knallfrosch und 'n kleiner Sonnenstich.

Und bei dem großen Umzug zum vierten Juli, da ist Veilchen auf den Wagen vom Watering Hole gehüpft und hat mit den Go-go-Girls getanzt, halbnackt, nur in Bermudas und Gummilatschen und mit diesem lila Hippiefilzhut auf dem Kopf.

Mein Alter hat mal zu Mama gesagt, daß Veilchen in 'nem halben Jahr über fünfzig Frauen gehabt hat.

»Ich schwör's dir beim Herrn Jesus, Sherry«, sagt er. »Das war alles Bill.« Damit meint er meinen Alten.

Und Mama: »Also echt mal, du, das wär dem Bill doch überhaupt nicht eingefallen.«

»Ochochochoch!« lacht Veilchen. »Ochoch!«

Diese Lache hab ich meinen Alten so oft nachmachen hören, daß es mir fast so vorkommt, als ob ich was träume, was ich schon zigmal geträumt hab. Ich hab keine Ahnung, über was die zwei eigentlich reden, und trotzdem muß ich mitlachen. Ich brauch diesen Veilchen LaVonn nur ansehn, dann muß ich lachen. Die Leute kucken schon allmählich zu uns rüber, die wundern sich, wer die Unverschämtheit hat, in 'nem Bestattungsinstitut dermaßen laut zu lachen, aber dann sehn sie, daß es Mama ist, und da beruhigen sie sich wieder.

Veilchen war der beste Freund von meinem Alten, schon seit der Schulzeit. Die haben zusammen Football gespielt und sind in der elften Klasse Bezirksmeister geworden. Mein Alter war Quarterback, weil er so dürr war. Veilchen war dafür bekannt, daß er den Abwehrspielern immer die Faust aufs Auge gepflanzt hat, durch die Schutzmaske durch. Und dabei ist er nicht ein einziges Mal vom Schiri erwischt worden, obwohl nach jedem Match mindestens drei Leute 'n blaues Auge hatten. Daher auch der Name Veilchen. Eigentlich heißt er nämlich Bernard.

Ursprünglich ist ja Mama mit Veilchen gegangen, mein Alter hat sie ihm dann ausgespannt. Darum haben sich die zwei eines schönen Nachmittags hinter den Zuschauertribünen geprügelt, daß die Fetzen geflogen sind, aber danach waren sie wieder dicke Freunde. Obwohl Veilchen nie ganz aufgehört hat, Mama so 'n bißchen anzuhimmeln. Mein Alter hat regelmäßig seine Sauftour gehabt, jeweils drei Tage hintereinander, und in der Zeit hat er jede gevögelt, die ihm übern Weg gelaufen ist, und wenn er dann nach Hause kam, hat er immer behauptet, Mama ist fremdgegangen. Und daß sie's mit dem Gasmann getrieben hat und mit Dr. Summer, was unser Nachbar war, aber daß sie was mit Veilchen haben könnte, davon hat er nie 'n Ton gesagt, da konnt er noch so besoffen sein. Er wollte sie wohl nicht auf dumme Gedanken bringen. Veilchen hat dann geheiratet und ist nach Florida gezogen, aber ich war ja damals noch 'n kleiner Junge, und darum hatte ich den Typ total vergessen.

Und jetzt steht er plötzlich vor mir und schwadroniert hier rum und macht hier meine Mutter an, daß sie gar nicht mehr weiß, wo oben und unten ist. Die sieht schon richtig hübsch aus, ist sie ja eigentlich auch. Beinah hätt ich den als Vater gehabt statt meinem Alten. Und jetzt hat Ed sich endlich dazu durchgerungen, zu Mama zu kommen und zu kucken, was sie da eigentlich anstellt, so direkt vor seiner Nase.

»Na, bist du wieder mal hinter meiner Frau her, du alter Sack?« Aber er lächelt.

»Irgendwann krieg ich sie schon noch«, sagt Veilchen und tätschelt meiner Mutter ganz frech den Hintern. »Wir warten bloß 'n günstigen Moment ab, stimmt's, Sherry?«

Mama kuckt Veilchen mit so 'm lasziven Lächeln an, und da kann ich auf einmal verstehn, warum sie ihm mein Alter ausgespannt hat, damals auf der Highschool, und ich ahne, daß meine Mama früher 'n verdammt geiles Geschoß gewesen sein muß.

Ich geh Sally suchen, damit ich ihr Veilchen LaVonn vorstellen kann, und in dem Moment hör ich plötzlich hinter mir die Stimme von Randy, der leise mit irgendwem spricht.

»Der Billy ist 'n Schwein gewesen«, sagt er, »aber das hat er trotz allem nicht verdient.«

Und dann ihre Stimme ihre Stimme ihre Stimme, die fremd klingt, weil sie ganz normal durch den Raum hallt und nicht mir was ins Ohr flüstert, wie's eigentlich sein müßte. Und ihr Lachen. Die würde wirklich lachen – in so 'nem Augenblick. Die würde da echt drüber lachen. Ich krieg nicht mal richtig mit, was sie sagt. Plötzlich steht Sally neben mir, und ich spüre, daß sie's auch gehört hat. Ich seh sie an, aber sie lächelt, als ob sie sagen will, ist schon okay.

Jetzt, wo Jean hier ist (ich hab nämlich schon Angst gehabt, sie taucht vielleicht gar nicht, sie taucht vielleicht gar nicht mehr auf), jetzt komm ich mir richtig nackt vor. Auf einmal kucken alle zu mir rüber. Nicht, daß sie mich anstarren, nur so 'ne kurzen Blicke sind das. Wie wenn sich 'n Mückenschwarm auf dich stürzt. Blicke, die sich ganz kurz an mir festsaugen, mich aussaugen. Eigentlich uns beide, Jean und mich. Also ob sie drauf warten, daß ich anfange, mir büschelweise die Haare auszureißen und kreischend durch die Gegend zu hopsen wie so 'n Gorilla. Und genau das würde ich am liebsten tun.

Ich atme durch die Nase und senke ein ganz klein wenig den Kopf und kratze mir den Riß überm Auge, damit die andern nicht merken, wie ich schnell noch mal hinkucke. Tatsache, ey, verdammte Scheiße, Randy steht *direkt neben ihr.* Und an ihm dran klebt so 'ne Aschblonde. Ich hatte schon gehört, daß er mit einer zusammenwohnt. Sieht ganz gut aus. Aber blond oder nicht blond, er steht *direkt neben ihr.* Und da vergeß ich vor lauter Schreck, daß ich mir ja eigentlich vorgenommen hatte, mich zu entschuldigen.

Sally faßt nach meiner Hand und zieht mich weg. Drüben in der Ecke hat sie 'n paar freie Stühle entdeckt, und ich merke richtig, wie sie krampfhaft überlegt, welcher Weg der sicherste ist. Aber plötzlich kommt Mama von rechts auf uns zu, und obwohl sie, seit wir hier sind, schon ein paarmal mit Sally gesprochen hat, stürzt sie sich jetzt regelrecht auf sie und fängt an, sie zu umarmen und abzuküssen. Ich verkriech mich hinter Sallys Rücken, so daß ich außer Reichweite bin, und warte, denn ich weiß schon im voraus, was nun gleich passieren wird. Ich weiß es, seit ich heute früh den dunkelblauen Buick hinter mir auf Jeans Auffahrt rollen sah. Ich schau mich um, aber Ed und Veilchen LaVonn stehn drüben auf der andern Seite. Die können mir nicht helfen.

Mama läßt Sally gar nicht mehr los, sie hat den Arm angewinkelt und Sallys Kopf zu sich rangezogen und klammert sich regelrecht an ihr fest. Sehr ungemütliche Haltung, weil man dabei fast umkippt. Mamas Spezialgriff.

»Jean hat versprochen, daß sie um Punkt sieben hier sein wollte, und jetzt kuck dir an, wie spät es ist.« Mamas Eingeschnapptes-kleines-Mädchen-Ton. Sie hängt immer noch wie 'ne Klette an Sally, schiebt sie aber gleichzeitig 'n bißchen beiseite, damit sie mich mit einbeziehen kann. »Das hast du doch auch gehört, nicht wahr, Ray? Du hast doch gehört, was sie gesagt hat.«

»Ja doch, Mama.« Ich will, daß sie Ruhe gibt, bloß darum geb ich ihr Recht, damit sie die Klappe hält.

»Wie wir bei ihr gewesen sind heute früh, bei ihr in der Küche, du hast doch gehört, wie ich da zu euch beiden gesagt habe, ihr sollt um Punkt sieben hier sein.«

»Ist ja gut, Mama.« Ich versuch mir meinen Ärger nicht anmerken zu lassen, aber ich bin stinksauer.

»Und da hat sie gesagt, sie ist pünktlich. Das hat sie gesagt. Und dann kommt sie eine Stunde zu spät hier angetanzt und spricht kein Wort mit mir. Das macht die doch mit Absicht –«

»Ach was, wahrscheinlich hat sie's einfach nicht rechtzeitig geschafft und –«

»Die nutzt doch jede Gelegenheit, um mir weh zu tun.«

Ich weiß, wenn ich Sally nicht auf der Stelle in die Augen sehe, dann bin ich 'n Arschloch und 'n Pimmel und 'ne feige Sau und 'n Schwein. Weil ich ihr nämlich nicht erzählt hab, daß ich bei Jean war. Ich hab sie angelogen, hab gesagt, das Auge hab ich mir an der Tür vom Küchenschrank aufgerissen. Ich schaue hoch, und Sally kuckt mich an. Und ich kucke nicht weg. Ich wende nicht den Blick ab, wie's mein Alter gemacht hätte. Ich kuck ihr in die Augen, und das, obwohl ich das Gefühl hab, daß ich's keine Minute länger aushalte, und da läßt Mama sie endlich los, Mission erfüllt.

†††

Ich muß dran denken, wie ich mir als Kind bibbernd die Decke über den Kopf gezogen hab. Der Schnee prasselte ans Fenster. Unten in der Küche Mamas Heulen und das Gebrüll von meinem Alten. So 'n dürrer Hänfling, aber 'ne Stimme wie 'n Kanonenschlag. Ich hör das kranke Poltern und Scheppern von Tellern oder Stühlen, die an die Wand geschmissen werden. Der kalte Knoten im Bauch, wie so 'n ganz, ganz langer Nagel, der mir durch Mark und Bein geht und mich festpinnt auf meinem Bett. Nicht bewegen. Nicht atmen. Nicht bewegen. Ihre Stimme hoch und dünn und bettelnd, er soll doch bitte, bitte aufhören. Bis es das nächste Mal kracht, aber diesmal anders. Schwerer, und da weiß ich, jetzt ist sie selber gegen die Wand geknallt. Und dann fliegt die Bettdecke weg, und in die eisige Finsternis zischt Billy Stimme: »Geh nicht da runter!«

Doch ich bin schon auf der Treppe. Der nackte Holzboden sticht mir wie mit eisgekühlten Nadeln in die Sohlen. Ich halte immer noch die Luft an, aber meine Füße patschen laut von Stufe zu Stufe, so laut, daß er's hört, so laut, daß er genug Zeit hat, um sie loszulassen. Dann steh ich in der Küchentür und nein, er hat sie nicht losgelassen. Er hält sie an den Haaren fest. Sie sieht mich und schlägt die Hände vors Gesicht wie jemand, den man bei 'ner bösen Tat erwischt.

»Laß sie in Ruhe! Laß sie in Ruhe!« Meine Stimme klingt dünn und verängstigt, und das macht mich wütend, wütend auf mich selber.

»Sieh bloß zu, daß du nach oben kommst!« Er macht 'n halben Schritt auf mich zu, als ob er sich auf mich stürzen will. Aber da drauf fall ich nicht rein. Ich komme zwei ganze Schritte nach vorne, mit hoch erhobenem Kopf, bis zum Küchentisch, und dort atme ich ganz, ganz tief ein. So tief, daß ich's schaffe, aus Leibeskräften zu schreien:

»Ich hasse dich. Wir alle hassen dich. Uns wär's am liebsten, du wärst tot.«

Und so besoffen, wie er ist, stutzt er jetzt doch. Er läßt Mamas Haare los und kuckt mich an, und da hab ich auf einmal Angst. Da hab ich 'ne Riesenangst. Das Fenster überm Spülschrank ist ein schwarzes Loch voller Kälte Kälte Kälte. Winzige Schnee- und Eisteilchen werfen sich gegen das Glas: »Laßt uns rein! Laßt uns rein!« Aber wir hier drin, wo's hell ist, wir sind auch zu Eis erstarrt. Ich höre Mama zu mir sagen:

»Mach, daß du nach oben kommst, das hier geht dich nichts an!« Ich kuck zu ihr rüber, ohne ihn aus den Augen zu lassen, und sie schimpft mit mir.

»Schieb ab!« Sie sagt das, als ob sie mich haßt. »Verschwinde!« Und das sagt sie nicht, weil sie nur mein Bestes will. Nicht um mich zu schützen sagt sie das.

Und da stehn wir dann. In der Küche, zwei Erwachsene und 'n Kind. Und das Kind kriegt's ab zum Schluß. Und es kriegt raus, was los ist. Mit ihm hat das alles nichts zu tun. Das ist, als ob es gar nicht existiert. Ich geh wortlos nach oben, und als ich wieder im Bett liege, denk ich an die Schneeflocken da draußen. Versuch bloß nicht noch mal, Mama zu retten.

ACHT

Ich spüre eine Hand auf meinem Arm, und als ich runterkucke, seh ich, es ist Sallys Hand mit ihren eckigen, vernünftig kurz gehaltenen Fingernägeln. Sie zieht mich rüber zu den beiden Sesseln in der Ecke, die immer noch frei sind, und ich folge ihr und setze mich und spüre, daß sie neben mir sitzt, und so sitzen wir also zusammen da.

Ich denk dran, wie sich mein Alter wohl gefühlt haben mag, wenn er Mama durch die Küche geschmissen hat. Ich denk dran, wie schwer sie wohl wäre, wenn ich Sally nehmen und mit dem Kopf auf die Küchentheke donnern würde, was das wohl für 'n Gefühl wär. Ich sauge meine Backentaschen ein und beiße drauf. Fester.

»Entschuldige«, sag ich schließlich, als ich Blut schmecke.

Sally antwortet nicht, aber ihre Finger drücken meinen Arm. Ich starre runter auf den dicken, weichen Teppich. Am liebsten möcht ich die Schuhe ausziehn und die Zehen mit aller Kraft in den weichen Flausch bohren. Keine Chance, daß ich ein Wort mit Jean reden kann. Jedenfalls nicht jetzt.

In meinem kleinen Gesichtskreis erscheinen zwei Stiefel. Zwei schwarze Stiefel, die das hohe beigefarbene Gras durchpflügen und direkt vor mir stehnbleiben. Saubere blaue Jeans, ein Harley-Davidson-T-Shirt von scheinbar nicht enden wollender Dehnbarkeit. Arme wie Baumstämme und behaarte, weitgehend, wenn auch nicht komplett, von Öl und Schmiere gesäuberte Hände. Buschiger roter Vollbart, und irgendwo in dem ganzen Haargestrüpp zwei kleine blaue Augen, die mich ansehn. Kleine blaue Augen, die sich unter noch mehr buschigem rotem Haar verstecken, unter den dichten, wuchernden Brauen.

»Hey, Joe Lee«, sag ich. Der Typ ist so riesig, daß ich außer ihm nichts mehr sehn kann. Seit dem Tag, wo Sally das erste Mal gesagt hat, sie will 'n Bier mit mir trinken gehn, wartet Joe Lee auf die Chance, mir endlich mal richtig in den Arsch zu treten. Die sind zusammen aufgewachsen, praktisch Tür an Tür, unten an der Redfield Road, da wo seit 'n paar Jahren die Baumschule ist.

Die waren sogar schon auf der Grundschule ganz dicke Freunde, in dem Alter, wo's für Jungs total uncool ist, mit Mädchen zu reden. Die sind zusammen auf den Wasserturm geklettert, zusammen von zu Hause abgehaun (zweimal). Sally hat Joe Lee erklärt, wie's die Bienen machen. Joe Lee hat Sally beigebracht, unter der Eisenbahnbrücke in der Stritch Road Schweinebaumel zu machen, wenn gerade 'n Zug drüberfährt. Jean wollte mir das auch immer beibringen, aber ich war 'n Angsthase. Einmal hat Jean nur mit einem Knie da drangehangen, und ich hab wie 'n Blöder gebrüllt und gebrüllt, sie soll runterkommen, sogar noch, als der Zug drübergedonnert ist und sie mich gar nicht mehr hören konnte. Auf dem Heimweg hab ich ihr in den Arsch getreten, weil ich so 'ne Stinkwut hatte.

Joe Lee war also immer Sallys bester Freund, und dadurch war's, glaub ich, auch 'n Problem für sie, sich auf der Highschool mit den andern Jungs näher einzulassen, weil früher oder später waren sie alle eifersüchtig auf Joe Lee. Und so sind die zwei dann schließlich zusammen auf den Abschlußball gegangen, weil sie beide niemand anders hatten. Ich hab 'n Foto von dem Abschlußball gesehn, sie im trägerlosen Kleid mit Blumen im Haar, total niedlich. Und Joe Lee im grünen Smoking, und dazu die roten Haare und die roten Backen, wie 'ne Tomate, die schwitzt. Aber sie sind total super gut drauf. Das kommt total rüber, wie toll die drauf sind, wenn man sich das Bild so ankuckt. Das war zwei Jahre vor meinem eigenen Schulabschluß, zwei Jahre vor dem Sommer damals. Da war Sally dann schon auf dem College und hat Lehrerin studiert.

Der Grund, warum ich immer denke, daß Joe Lee bloß darauf wartet, mir mal so richtig in den Arsch zu treten, ist der, daß er in dem Sommer damals gerade bei Jack in der Tankstelle angefangen hatte. Und in der Nacht, wo ich Randy umbringen wollte, da ist er von der Polizei vernommen worden. Ob ich bei ihm getankt hab. *Ja, Sir.* Und ob ich 'n betrunkenen Eindruck gemacht hab. *Ja, Sir.* Wie spät das war. *So gegen zehn, Sir.* Joe hat ihnen alles über mich erzählt. Jeder in der Stadt kennt irgend 'ne Version davon, was sich damals in dem Sommer abgespielt hat, obwohl die meisten natürlich völlig verdreht sind und auch nicht stimmen. Aber daß die Leute immer alles in den falschen Hals kriegen, daran war ich ja schon gewöhnt.

Joe Lee hat mich nur ein einziges Mal direkt darauf angesprochen, unmittelbar nachdem Sally zu mir gezogen war. Ich bring meinen Truck zu ihm in die Werkstatt, weil der Kühler undicht ist und ich jede Woche 'n paar Liter Frostschutz verliere. Inzwischen ist Joe Lee selber der Besitzer von dem Laden, weil Jack sich vor 'nem halben Jahr zur Ruhe gesetzt hat. Der LeMans von Joe Lee steht nicht da, wo er sonst immer steht, also denk ich mir, ich kann die Kiste ruhig reinfahren. Aber wie ich aussteige, kommt er mit dem großen, dreckigen Schraubenschlüssel, den er wie 'n Schlagstock in der Hand hat, hinter 'nem beigen Kombi vor. Ich natürlich erst mal total einen auf cool gemacht und ihm das mit meinem Kühler erzählt. Er sagt nichts, aber das ist typisch Joe Lee. Mal quatscht er dich voll bis zum Gehtnichtmehr, und mal sagt er kein Wort.

Und dann meint er: »Dauert aber 'n paar Stunden, bis ich dazu komme. Willst du so lange warten?«

»Nein, ich laß die Kiste hier«, sag ich. Und anstatt das Maul zu halten, kann ich mir's einfach nicht verkneifen und sag noch: »Sally holt mich in 'ner halben Stunde bei Carter's ab.«

Carter's Diner, drei Straßen weiter die Main Street runter. Pommes, so dick wie dein Daumen und zum Nachspülen Ginger Ale mit 'nem Schuß Kirschsirup drin.

Aber Carter's interessiert uns erst mal nicht. Joe Lee legt den Schraubenschlüssel hinter sich auf 'ne Werkbank und wischt sich die Hände am Schmierlappen ab, der ihm hinten aus der Arschtasche hängt. Ich denk, jetzt wischt er sich die Hände ab, damit er nicht abrutscht, wenn er mir mit der Faust 'n gezielten Schwinger links an die Rübe gibt. Aber er stopft den Schmierlappen wieder in die Tasche und zieht sich seine Arbeitshosen so weit unter den Bauch, daß sie eigentlich nur noch der liebe Gott am Runtersacken hindert.

Er durchbohrt mich regelrecht mit seinen winzigen blauen Augen. Das ist auch so 'ne Masche von ihm, daß er einen immer so anstarrt, daß er einem direkt in die Augen kuckt. Ein Blick ist das, da sträuben sich mir richtig die Härchen auf den Armen.

»Weiß sie das mit deiner Schwester?«

Es ist nicht der passende Moment, um mich aufs hohe Roß zu setzen, drum sag ich einfach bloß ja.

»Ich weiß nicht, was damals mit dir los war. Will's auch gar nicht wissen«, sagt er.

»Danke.« Blöd, aber was antwortet man in so 'nem Fall? Er bleibt kurz stehn, kommt zu dem Schluß, daß ich wohl nicht besonders pfiffig bin, und geht weiter.

»Und jetzt ist alles okay bei dir?«

»Ja, jetzt ist alles okay.«

»Und du drehst nicht noch mal durch?«

Ach so, der denkt, ich hab 'n Rad ab.

»Nein«, sag ich ganz treuherzig, und dabei möcht ich ihn am liebsten mit seiner verfetteten Visage gegen den Kombi donnern. Ich tu's nicht, aber mein Brustkasten bläht sich mal wieder von dieser ollen schwarzen Luft, bloß gut, daß ich mit dem Rücken an 'nem Pfeiler lehne.

»Okay«, sagt er. Und hat noch kein einziges Mal gezwinkert.

Und ich sag auch: »Okay.«

»Morgen früh, in Ordnung?«

»Ja, ich ruf an.«

»Ist gut.« Und dann geht er wieder an seine Arbeit. Und ich mach, daß ich zu Carter's komme. Und das war's. Ich sag, ich dreh nicht noch mal durch, und er glaubt mir. Und seitdem hab ich ihn immer nur freundlich erlebt. Und trotzdem kann mir keiner erzählen, daß der nicht auf 'ne Gelegenheit wartet, mir in den Arsch zu treten.

Jetzt kuck ich aus meinem Sessel hier in der Ecke bei Snell's zu ihm hoch, und er glotzt mich an, als ob er nie wieder damit aufhören will, und da steh ich auf.

»Hey«, sagt er. »Kannst ruhig sitzenbleiben.« Am Fenster steht 'n Klappstuhl, den zieht er sich ran und setzt sich hin. Ich warte, daß es kracht, aber der Stuhl hält das Gewicht aus. Und nun sitzt Joe Lee links von mir, und auf der rechten Seite sitzt Sally.

»Mein Beileid«, sagt er, »tut mir echt leid.«

Ich quäl mir 'n Dankeschön ab.

Sally fängt an, sich mit ihm zu unterhalten. Die beiden quatschen hinten und vorne an mir vorbei und über mich drüberweg und um mich rum und direkt durch mich durch. Die machen so 'n klebriges Netz aus Wörtern und spinnen mich darin ein wie 'ne Fliege. Ich will summen und gegen das Netz donnern, aber gleichzeitig weiß ich, sie meinen's ja nur gut mit mir.

»Ich glaub, ich nehm noch 'n Schüler als Aushilfe«, sagt Joe Lee.

»So viel zu tun?«

Mein Blick geht ruckartig vom Teppich hoch. Jeans Hand schiebt 'ne Strähne hinters Ohr. Zwei Handbreit neben mir spür ich Joe Lees Gewicht und kucke ganz schnell wieder runter auf den Teppich.

»Der kleine Tomason ist nicht so ganz das Gelbe vom Ei, ich brauch einfach jemand, der 'n totaler Autofreak ist.« Joe Lee macht's genau wie alle andern hier. Als ob Billy gar nicht im Raum ist. Ich kucke hoch und seh, wie Jean ihre Unterhaltung abbricht und sich umdreht. Mit wem unterhält die sich da eigentlich? Mit der Aschblonden? Und wo ist Randy?

»Ich hätte da so 'n Kleinen in der Klasse, wo ich Familienkunde gebe, ist allerdings noch sehr jung«, erzählt Sally.

Und da drüben liegt Billy. Wie lange mag's wohl dauern, bis die Verwesung einsetzt? Ich weiß, die haben ihn mit diesem

Scheißzeug vollgepumpt, das die Leichen 'ne Weile frisch hält, aber irgendwann muß das ja nachlassen. Ob der schon langsam matschig wird da drin?

»Jung kann er ruhig sein«, sagt Joe Lee. »Ist ja bloß für 'n paar Stunden am Tag, nach der Schule.«

Sally wirft ihm klebrige Webfäden zurück. »Gerade mal vierzehn, aber der hat nix wie Autos im Kopf. Ich weiß schon gar nicht mehr, was ich noch machen soll, damit er im Unterricht aufpaßt ...«

Jetzt kann ich Jean nicht mehr sehn. Wo sie wohl hin ist? Da steht Mama. Da ist der Teppich. Gott sei Dank ist der Teppich da.

»... nix wie Autos. Der braucht 'ne Aufgabe. Sonst gerät der mir noch auf die schiefe Bahn.« Sally liebt ihre Kinder.

Wenn ich Billy mit dem Finger in die Schulter pieken täte, ob die Haut zurückfedern würde, oder würde da 'ne Delle bleiben, 'ne dunkle Druckstelle, wie bei so 'm Pfirsich, der schon halb verfault ist? Ich denke an Verwesung. Die schreitet langsam aber sicher voran, die hört nicht schlagartig auf nachher um neun, wenn wir alle weg sind. Wenn wir uns hier rausquetschen, alle auf einmal, als ob wir uns gegenseitig festhalten müssen, bis wir hier heil wieder raus sind. Ich hoffe, daß ich's irgendwie hinkriege, noch 'n Moment alleine hierzubleiben. Ich sag einfach, ich muß auf die Toilette, ich entschuldige mich und sag: »Geht ruhig schon vor, wir treffen uns dann draußen.« Aber ich kann mir noch so viel Zeit auf der Toilette lassen, eh ich nicht zurück bin, rührt sich hier keiner vom Fleck. Und kaum tauch ich wieder auf, schon nehmen mich die ganzen Leute in die Mitte, und dann drängeln wir uns durch die Tür ins Freie.

Ich hab gerade überlegt, ob ich mich vielleicht mal mit Billy unterhalten kann, wenn keiner weiter dabei ist. Ihm 'n paar Fragen stellen. Der Sargdeckel ist zwar zu, aber bestimmt kann er mich trotzdem hören. Doch das wird nicht passieren. Nicht heute abend. Und Jean ist vor 'ner halben Stunde gegangen. Alleine. Hat sich von niemand in die Mitte nehmen lassen. Die hat die Freiheit und kann kommen und gehn, wann's ihr paßt, egal, was Mama oder sonstwer möchte oder denkt oder dazu sagt. Und sie hat den ganzen Abend lang fein säuberlich darauf geachtet, daß sie mir ja nicht zu nahe kommt. Nicht so, daß es aufgefallen ist, aber sie hat 'n Bogen um mich gemacht. *Weil ich was in dir gesehn hab, das du gar nicht bist.*

Auf der Heimfahrt reden wir nicht viel, Sally und ich. Wir klettern beide von der Beifahrerseite in den Truck, dann rutsch ich rüber hinters Lenkrad.

»Klemmt die Tür wieder?«

»Ja.«

»Hast sie wohl zu doll rangeschlagen?«

»Ja. Ich bring den Wagen morgen zu Joe Lee.«

Erst als wir fast zu Hause sind, fragt sie: »Wo warst du denn heute?«

»Bei Jean.« Ich staune, wie tonlos meine Stimme klingt, als ich den Namen ausspreche. Sally sagt nichts. Ich fahr weiter.

»Habt ihr da so 'ne Art Familientreffen gemacht? Hat deine Mutter dich gebeten, daß du vorbeikommst?« Sie serviert mir den Ausweg auf dem silbernen Tablett. Sie legt mir praktisch die Lüge in den Mund, die mir aus der Patsche helfen könnte. Und ich schnappe schon beinah zu, sag ihr, daß ich ja gar nicht wollte, aber Mama hat doch so gebettelt. Ich bin drauf und dran, zuzuschnappen, aber ich will sie nicht belügen. Auch wenn ich noch soviel Ärger kriege, Sally belügen, das kommt nicht in Frage.

»Nein«, antworte ich.

»Hat Jean dich gebeten vorbeizukommen?« fragt sie ganz ruhig.

»Nein.« Jean würde lieber Glas fressen, als mich um was bitten.

»Und wieso bist du dann dort gewesen?« möchte Sally wissen. Ich merke, wie sie sich verkrampft da neben mir auf dem Beifahrersitz.

Warum bin ich dort gewesen? Wieso bin ich die Sullivan Street stadtauswärts gefahren, nachdem ich vom Sheriff gekommen bin?

»Weil ich Angst hatte«, sag ich.

Jeder andre hätte gefragt: »Angst? Vor was denn?« Sally aber schaut mich einfach bloß an, als wir bei uns auf den Hof fahren, und versucht die Antwort selbst zu finden. Ich weiß nicht, was sie sich denkt, wer Billy umgebracht haben könnte. Ich weiß nicht, ob sie vielleicht irgendwelche Theorien hat und nicht drüber reden will. Aber vor was ich Angst hab, das fragt sie mich nicht. Ich wende und stell den Motor ab, aber ich kann meine Tür nicht aufmachen, also bleib ich sitzen. Sie auch. Und zum Schluß ist mir so elend zumute, daß ich »entschuldige bitte« sage.

»Laß das!« Sie hört sich nicht wütend an. Aber sie hört sich eindeutig so an, als ob sie nicht will, daß ich »entschuldige bitte« sage. Also halt ich den Mund und komme mir vor wie an 'nem rutschigen Abhang. Noch ein falsches Wort, und das Gestein bricht, und ich stürze, stürze, stürze in die Tiefe. Ich bin vollkommen reglos, atme nicht mal, denk, daß ich damit vielleicht die Zeit anhalten kann, alles anhalten, so daß die Katastrophe nicht passiert. Ich zähle bis vierzehn, dann sagt sie: »Heute abend möchte ich da nicht drüber reden.«

»Okay.«

»Ich möchte, daß wir da morgen drüber reden.«

»Okay.«

»Da müssen wir morgen noch mal drüber reden, ich muß erst mal nachdenken.«

»Ich liebe dich.« Herrgott noch mal, wieso kann ich nicht die Schnauze halten?

»Weiß ich«, sagt sie. Und dann steigt sie aus und läßt die Tür auf ihrer Seite für mich offen. Und das ist eben wieder mal typisch Sally, die knallt die Autotür nicht zu, und dabei weiß ich, daß sie's eigentlich tun wollte. Sie zuknallen, die Tür, damit ich sie aufmachen muß, wenn ich raus will. Ist bloß 'ne Kleinigkeit, wär aber trotzdem gemein gewesen. Und das hat sie nicht gemacht. Typisch Sally.

Ich warte nicht allzulange, bevor ich ihr ins Haus folge. Ginny Honey und die Kinder kucken fern. Ginny Honey wollte nicht mit zu Snell's gehn, sie hat gesagt, ihr ist nicht so.

Kucken wir also alle zusammen fern. Ginny Honey macht uns Popcorn. Sally sitzt am einen Ende der Couch, ich am andern. Sie kuckt mich nicht unbedingt an, aber unbedingt wegkucken tut sie auch nicht. Der kleine mit den roten Haaren schläft zwischen uns beiden ein, er hat den Kopf bei mir auf dem Schoß liegen. Die beiden Mädchen räkeln sich auf dem Teppich, die kriechen fast rein in die Glotze.

Wir kucken 'n paar Minuten in so 'ne Reality TV Show rein, wo's um die Suche nach Vermißten geht und um irgendwelche Rettungsaktionen, und dann nimmt Sally das orange und braun karierte Plaid von der Couchlehne und deckt den Jungen zu, und plötzlich sagt Ginny Honey: »Habt ihr das gehört?«

»Was?« fragt Sally.

»Ich hab 'ne Autotür gehört«, antwortet Ginny Honey. Ich steh auf und kucke raus. Der Kleine murmelt im Schlaf vor sich hin, sein Kopf ist aufs Sofakissen gerutscht. Draußen ist nichts.

»Draußen ist nichts«, sag ich und dreh mich wieder ins Zimmer. Und Ginny Honey sitzt noch genauso da wie vor einer Sekunde, bloß ihr Gesicht ist ganz naß. Und das ist richtig gespenstisch, weil sie keinen Ton von sich gibt. Sieht einfach weiter fern, und dabei rollen ihr die Tränen übers Gesicht.

»Ja, hast sicher recht«, sagt sie. »Aber ich dachte … weißt du, ich hab gedacht, ich hör ihn.«

Sally sieht mich an, wir wissen beide nicht, was wir dazu sagen sollen. Zigmal haben wir abends so zusammen vor der Glotze gehockt und Popcorn gemampft, und irgendwann knallt 'ne Autotür, und Ginny Honey geht raus und redet mit ihm. Und dann kommt sie wieder ins Wohnzimmer und sagt zu den Kindern: »Los, los, einsteigen! Wir fahren nach Hause.«

Wenn die Kinder geschlafen haben, hat Billy sie rausgetragen, hat sie ins Auto getragen. Und Ginny Honey hat dann die ganzen Kopfkissenbezüge eingeladen. Und hat sich jedesmal bei uns bedankt, als ob so was nie wieder vorkommt. Aber heute abend ist nichts da draußen. Ich kuck zu, wie Ginny Honey weint. Irgendwie warte ich ja selber darauf, daß er kommt.

»Ich glaub, morgen nehm ich die Kinder und fahr heim«, sagt sie.

»Wirklich?« fragt Sally, die wieder ihren Froschmund hat. Sie ist nicht gerade begeistert.

»Doch, doch. Wir müssen nach Hause.«

»Na schön«, meint Sally.

Die Kinder sagen nichts. Es ist ganz ruhig, bloß im Fernsehn wird Krach gemacht. Ich hab Trish im Auge. Sie ist still. Die beiden Kleinen fangen immer mal wieder an zu heulen, aber sie nicht. Vielleicht hat sie's noch nicht richtig kapiert. Oder vielleicht kommt sie einfach nach ihrem Alten und heult nie, egal, was passiert. Um elf nehm ich die Brote, die mir Sally gemacht hat, und geh zur Arbeit, ganz normal. Als ob nichts geschehn ist.

NEUN

Auf Arbeit ist alles ruhig, scheinbar ganz normal. In den Pausen schaff ich 'n ganzes Kapitel von Ginch Littlefield. Hat 'n Juwelier ausgeraubt und dabei seine Brieftasche verloren. Muß noch mal zurück und will 'n zweites Mal einbrechen und sie suchen. Aber diesmal kommt er 'ne Viertelstunde, bevor der Laden aufmacht. Also tut er so, als ob er 'n Kunde ist und wartet, daß der Inhaber erscheint. Und als offen ist, stürzt er rein und sieht seine Brieftasche auf dem Fußboden liegen, hinter der einen Kasse, aber er kann nicht ran, weil der Inhaber fast draufsteht und 'n Riesentheater macht wegen dem Einbruch. Und zwei Querstraßen weiter steht Ginchs Wagen mit 'ner Tasche voll geklauter Steine im Kofferraum.

Nachdem er sechsmal fast 'n Herzinfarkt gekriegt und sieben Stoßgebete zum lieben Gott geschickt hat, von wegen er wird nie wieder 'n Ding drehn, nie, nie wieder, schafft er's endlich und schnappt sich die Brieftasche. In dem Moment kommen die Bullen, und auf einmal ist er so was wie 'n Zeuge und sie nehmen seine Aussage auf. *Wie lange haben Sie draußen gewartet, daß aufgemacht wird? Haben Sie im Umkreis des Geschäfts irgend jemanden gesehen? Irgendwas gehört? Nein? Danke für Ihre Hilfe, Sir.* Und Ginch kriegt 'n Kick und gibt an wie 'ne Tüte Mücken, bis sein Blick plötzlich die Kamera oben in der Ecke streift. Die Überwachungskamera. Natürlich hat er die Linse zugeklebt, bevor er losgelegt hat. Er ist ja schließlich kein Anfänger. Aber er hat den billigen Malerkrepp genommen, weil Sally (!) mit dem dunkelgrauen Gewebeband die Badewanne abgedichtet hat. Und das Kreppband ist so 'n billiges, und es ist abgegangen und hängt da und flattert fröhlich im Luftzug des Deckenventilators. Und während Ginch in die nackte Linse starrt, nimmt sie sein Gesicht auf. Wann ist es abgegangen, das Zeug? Wann? Er rennt wie 'n Blöder raus und geht nicht mal irgendwo frühstücken, sondern macht, daß er auf dem schnellsten Weg zu Sergeant kommt (das ist sein Hehler) und dem die Steine übergibt. So einer ist Ginch Littlefield. Und das war bloß mal ein Kapitel.

Heute früh geht's aber nach der Arbeit gleich ab nach Hause, das kann ich euch sagen. Heute früh fahr ich nicht noch schnell bei Sheriff Keith vorbei und verplempere meine Zeit auf dem Revier, heute früh fahr ich überhaupt nirgends vorbei, egal, was passiert. Sally will nach wie vor nicht mit mir sprechen. Ich lieg auch nicht wie sonst immer im Bett, schon fast am Einschlafen, und kucke zu, wie sie sich für die Schule fertigmacht. Ich bin hellwach und total aufgekratzt. Also fange ich an, die Anrufe zu erledigen, die von der Liste, die mir Mama gegeben hat. Und ich find's tierisch geil, mir vorzustellen, wie die Leute fast 'n Herzinfarkt kriegen, wenn sie früh um acht das Telefon klingeln hören. Wenn um die Zeit das Telefon klingelt, das kann nur heißen, daß einer tot ist oder im Krankenhaus liegt. Ist ja auch einer tot. Billy.

Ich wähl die Nummer von meinem Alten, krieg aber bloß 'ne Ansage vom Band. »Kein Anschluß unter dieser Nummer.« Ich versuch's mit dem nächsten Namen. Sally geht. Zum Abschied gibt sie mir 'n Kuß, wie jeden Morgen, und sagt: »Heute nachmittag möcht ich mit dir reden.« Nicht wie 'ne Drohung, ganz freundlich, wie wenn man sich verabredet. Und ich bin immer noch hellwach und total aufgekratzt. Und da beschließ ich, daß ich meinen Alten besuchen will. Ich muß ihm doch sagen, wann die Beerdigung ist, ich will das schnellstens hinter mich bringen.

Mein Alter wohnt draußen an der Old Route 29, hinter der Bowlingbar, in so 'm weißen Aschenbetonblock mit hellilanen Fensterladen und 'ner Haustür in derselben Farbe. Kommt eher selten vor, daß ich da auftauche, wenn's nicht unbedingt sein muß. Aber jetzt fahr ich die Old Route 29 runter, und neben mir auf dem Beifahrersitz ist Samsons Hintern, und der Rest von ihm hängt halb aus dem Fenster, und die Pfoten kratzen außen die Farbe von der Tür, und das Ganze mit breit grinsender Schnauze und baumelnder Zunge.

»Ey, du siehst ja aus wie Goofy«, sag ich zu ihm. Er sieht wirklich 'n bißchen aus wie Goofy, und er ist immer stinksauer, wenn ich das zu ihm sage. Er kuckt mich kurz von der Seite an.

»Versuch's doch auch mal«, sagt er.

»Was soll ich versuchen?«

»Kopf ausm Fenster halten.«

Ich rutsch 'n Stück nach links und halt mit der rechten Hand oben das Lenkrad fest. Es ist ja bloß die Old Route 29, kein Mensch hinter uns, und vor uns ist auch alles leer. Ich mach 'n langen Hals und halte den Kopf aus dem Fenster, so weit, wie's geht. Der Wind haut mir ins Gesicht und nimmt mir den Atem. Der heiße Luftzug brennt in den Augen, so daß ich sie ganz fest zusammenkneifen muß. Das linke, das, wo mich der Kater gekratzt hat, tut 'n bißchen weh. In meinen Ohren dröhnt es dermaßen laut, daß ich am liebsten schreien möchte. Ich mach ganz weit den Mund auf und brülle aus Leibeskräften, aber der Wind trägt's weg, wie wenn der Truck 'ne Spur aus Geräuschblasen hinter sich herziehn würde.

Nur der olle Samson und ich, sonst meilenweit nicht eine Seele. Samson und ich und der Wind, der unser Gebrüll wegpeitscht in weiß der Henker was für 'ne Hölle. Ich überlege, wenn ich laut genug schreien könnte, wer mich dann wohl hören würde?

»Billy!« Ich lache und johle: »Leck mich am Arsch, Billy! Du kannst mich mal am Arsch lecken!« Und das nimmt mir das letzte bißchen Luft. Der heiße Wind beißt mir in die zusammengekniffenen Augen und macht, daß die Tränen auf meinem Gesicht irgendwie nach oben laufen, zu den Ohren rüber.

»Auauauauauauau-haaaauuuu!«

Ich weiß nicht, wie der Truck es macht, daß er auf der Straße bleibt. Samson fängt auch an zu jaulen. Ich spüre seinen Schwanz, der kräftig zwischen uns aufs Polster haut. Ich brülle wieder und merke, wie mein Gesicht vor lauter Anstrengung ganz rot wird.

»Jaaaahhhh!« schreie ich.

»Juuuuuuuf!« antwortet Samson.

Mir fliegt 'n Käfer in den Mund. Wie so 'n Geschoss, direkt in den Hals, und eh ich noch richtig weiß, was los ist, hab ich ihn schon unwillkürlich runtergeschluckt. Ich steig auf die Bremse, Samson sucht vergeblich Halt und wird unters Armaturenbrett geschleudert. Auf dem Mittelstreifen komm ich zum Stehn und stell den Motor ab. Ich huste und würge, aber der Käfer rührt sich nicht. Der klemmt in meiner Luftröhre fest und kommt nicht wieder hoch. Ich bring 'n bißchen Spucke raus und schlucke 'n paarmal kräftig runter. Bringt auch nichts. Ich schwör's bei Gott, ich merke, wie das Mistvieh mir hinterm Adamsapfel rumkrabbelt, der ist nicht tot.

Ich kann ihn hören da hinten: »Verdammt noch mal, was ist denn?«

Ich muß kurz an ihn denken, wie er so durch die Gegend schwirrt, Wind im Gesicht, gerade so 'n kleinen Käferschrei losläßt, einfach so zum Spaßvergnügen, und womm! Und da hab ich auf einmal das Gefühl, daß alles total sinnlos ist. Absolut sinnlos, der ganze Scheiß. Und da sticht der olle Würgereflex auf mich ein. Ich häng mich aus dem Fenster, das heiße Metall an der Seite vom Truck versengt mir die Arme, und ich spucke und rotze in den Kies da unten, und plötzlich seh ich vor mir auf der Straße 'n blauweißen Fleck. Ein Streifenwagen. Kommt die Old Route 29 hochgefahren. Ich weiß sofort, wer das ist, und ich weiß auch, wo der herkommt.

Ich stell mir vor, was passiert wäre, wenn ich diesem Streifenwagen vor 'n paar Minuten begegnet wär, als ich mit dem Kopf aus dem Fenster und zusammengekniffenen Augen und weit offenem Mund die Straße lang gebrüllt hab. Das hätte ja was gegeben! Frontalzusammenstoß, Mordkommission. Und der Sohn von Sheriff Keith, der von dem Bild mit dem Stier und dem blauen Band: »Nö, mein Daddy, der ist tot. Weil irgend so 'n Typ Kamikaze gemacht hat mit seinem Ford Pickup.«

Ich leg den Kopf auf den Unterarm. »Danke, danke, danke.«

Sheriff Keith fährt auch auf den Mittelstreifen, bloß von der andern Seite. Er nimmt die Sonnenbrille ab, obwohl er jetzt die Augen mit der Hand beschatten muß, weil's so blendet. Ist eben 'n durch und durch höflicher Mensch.

»Hey, Ray.«

»Hey, Sheriff.«

»Alles in Ordnung?« *Verdammt noch mal, was machst denn du hier draußen?*

»Ja, ich hab bloß 'n Käfer verschluckt.«

»Muß ja 'n gewaltiger Käfer gewesen sein.« Er betrachtet das Pflaster unter meinem Truck. Schwarze Bremsspuren, mindestens fünfzehn Meter lang. *Großer Gott!* Wie schnell bin ich denn gefahren? Wieder stelle ich mir den Frontalzusammenstoß vor.

»War's auch. Steckt immer noch drin.«

»Wollen Sie vielleicht 'n Schluck Cola zum Runterspülen?« Er langt nach dem Taco-Bell-Becher, der zwischen Armaturenbrett und Windschutzscheibe klemmt.

»Nein, danke. Ich geh einfach 'n bißchen auf und ab.«

Sheriff Keith nickt. »Wohl den Dad besuchen, was?«

»Hmhm.« Samson rutscht mir halb auf den Schoß und beäugt den Streifenwagen.

»Da komm ich gerade her.«

»Dacht ich mir schon. Ist er verhaftet?«

Sheriff Keith lacht auf Stichwort. »Nein. Hab ihm bloß 'n paar Fragen gestellt, wissen Sie.«

»Ach so.«

»Wie heißt er denn?«

»Bill Johnson.«

»Nicht doch, ich meine den Hund.«

»Ach so. Samson.«

»Ist 'n schöner Hund.«

Ich dreh mich um und kucke Samson an. Er läßt den Blick zwischen mir und dem Streifenwagen hin und her schweifen, zieht erst die linke, dann die rechte Braue hoch und dann wieder die linke, wie Hunde das so an sich haben. Ich betrachte die schlammfarbenen Borsten, die seine Haare darstellen, den krummen Schwanz (den hat er sich mal eingeklemmt, als der Wind 'ne Tür zugeschlagen hat), seine gutes Ohr, das kerzengerade hochsteht wie so 'ne Satellitenschüssel. Also schön ist der ja nun wirklich nicht, der Hund.

»Ja«, pflichte ich dem Sheriff bei. »Der ist Klasse.«

»Na, dann werd ich mal wieder weiterfahren.« Er schiebt die Schulter vor, will den Zündschlüssel rumdrehn.

»Irgendwelche neuen Hinweise?«

»Tja ...«

»Können Sie wohl noch nicht drüber reden?« Ich mach, so schnell ich kann, 'n Rückzieher. *Nicht sagen. Doch sagen. Nicht sagen.* Es entsteht eine Pause, die regelrecht zu wuchern anfängt, wie das Unkraut auf dem Pflaster zwischen uns.

»Schreckliche Geschichte, was da passiert ist.« Er sieht mich nicht an. Er kuckt nach vorn auf die Straße, wo ein Auto angebraust kommt, das 'ne dunkle Staubfahne hinter sich her zieht, die wackelt wie der Schweif von 'nem Tornado.

»Ja.«

Das ist 'ne lahme Antwort, und ich merke selber, wie gefühllos sie sich anhört. Aber Sheriff Keith scheint das nicht weiter zu stören. Und dann sagen wir wieder 'ne ganze Weile nichts. Der Wagen kommt näher, wird etwas langsamer, nicht viel. Drei Mädels, Highschool. Mit Unschuldsmiene fahren sie am Sheriff vorbei, der sie natürlich kennt, ihre Eltern kennt. Bescheid weiß, daß die hier durch die Gegend karjolen, damit sie heimlich rauchen können. Kaum, daß sie uns hinter sich gelassen haben, kann sich die Kleine auf dem Rücksitz nicht beherrschen und kuckt sich schnell noch mal verstohlen nach uns um – das personifizierte schlechte Gewissen. Sheriff Keith grinst und schüttelt leicht den Kopf. Solln sie machen.

»Wenn man in 'nem Mordfall ermittelt«, sagt er, »ist das Problem, daß man das Opfer dabei verdammt gut kennenlernt. Es dauert nicht lange, und man fängt an, mit ihm zu reden, ihm

Fragen zu stellen, als ob er neben einem sitzt und einem irgendwie den Weg weist.« Er fummelt am Seitenspiegel rum, schiebt ihn hoch und runter, so daß ihm ein Sonnenfleck über den Arm flitzt. »Ich hab schon zwei andere Mordfälle gehabt. Da war's auch so.«

»Ach ja?« Ich lasse mich so 'n bißchen von dem Sonnenfleck hypnotisieren, der ihm auf dem Arm rumtanzt, aber ich hör trotzdem zu.

»Ja. Irgendwie ganz nett. Ich hab dann immer fast so 'n Gefühl, als ob die Toten meine Freunde sind.«

Ich kann mir Billy und Sheriff Keith eigentlich bloß als zwei Gesichter vorstellen, die sich im Gerichtssaal begegnen, der eine hüben und der andre drüben. Scheint so, als ob er meine Gedanken erraten hat, denn jetzt sagt er:

»Aber nicht bei Ihrem Bruder. Je mehr ich über den erfahre, je weniger weiß ich. Als ob da gar kein Mensch ist.«

Das bringt mich zum Lachen, das bringt mich echt zum Lachen. Er wartet, bis ich fertig bin, dann schlägt er zu.

»Haben Sie eigentlich Ihre Schwester in letzter Zeit mal gesehn?« Er spielt immer noch am Spiegel rum, aber nun hört er auf und kuckt mir in die Augen.

»Ja, gestern.«

»Und wie nimmt sie's auf? Ganz schön hart, was?«

»Für uns alle.« Ich kuck auf die Stelle an seinem Arm, wo der Sonnenfleck stehngeblieben ist. Wenn er sich nicht bald bewegt, fängt die Stelle an zu brennen, denk ich. Und dann steigt Rauch auf, wie wenn man 'ne Lupe über 'n verwelktes Blatt hält. Puff, Feuer.

»Tja, wissen Sie, das tut mir wirklich leid für Sie.«

»Hm. Danke.«

»Also, bis die Tage, Ray.«

»Machen Sie's gut, Sheriff.«

Er fährt gemächlich los. Ich stell mir vor, wie er hinterm Lenkrad sitzt und seine Cola trinkt und sich fragt, ob ich was zu verbergen habe oder ob ich wirklich so blöd bin.

»Wie heißt er denn?«

»Bill Johnson.«

»Nicht doch, ich meine den Hund.«

Herr im Himmel.

Den Kopf immer noch auf dem Unterarm, kuck ich zu, wie der Streifenwagen kleiner und kleiner wird. Als er ganz und gar verschwunden ist, starte ich den Ford. Samson schaut aus dem Fenster, als ob er in seinem ganzen Hundeleben noch nie so 'n interessantes Sojafeld gesehn hat. Seiner Schulterhaltung nach zu urteilen, scheint er drauf zu warten, daß ich ihn schlage. Dabei hab ich ihn schon ewig nicht mehr geschlagen. Das letzte Mal war, als er mir als Welpe in den Daumen gebissen hat.

»Ist schon okay, Junge.« Aber er sieht mich trotzdem nicht an. Er lacht. Und dann geht's wieder auf die Old Route 29. Wir sind beide ziemlich still, bis wir bei meinem Alten vor der Tür sind. Er fährt immer noch den goldenen Pontiac, der in der flirrenden Mittagshitze hinterm Haus parkt. Ich hab so 'n komisches Dröhnen in den Ohren. Das Licht ist einfach zu grell. Ich schau hoch zum Himmel, aber die Sonne ist gerade nicht zu sehn. Bloß 'n riesiger weißer Dunstschleier. Kein Lüftchen. Grauenhaft.

Samson läßt sich auf das kleine Rasenstück neben der Zementveranda plumpsen. Ich nehm den Schlauch, der auf der Erde liegt, und spritz ihn ordentlich ab. Dann trink ich lange und ausgiebig, was den kleinen Kumpel da bei mir im Hals endgültig runterspült. Zweimal kurz anklopfen, dann mach ich hinten die Fliegentür auf. Keine Antwort. Im Nebenzimmer hör ich den Fernseher reden – zu laut. Klingeln scheppern, Summer springen an, das Publikum lacht. Ein Typ im Anzug und mit 'ner flotten Frisur und 'm markanten Kinn redet mit drei Kandidaten. Zwei Blümchenkleider, ein Streifenhemd mit kurzen Ärmeln. Lauter eifrige Knetegesichter. Das eine Blümchenkleid beantwortet eine Frage.

»Naja, weißt du, Ned, ich bin aus Sacramento und arbeite als Systemanalytikerin.«

Systemanalytikerin, was ist das denn? Was bedeutet 'n das?

Und wieso sagt die Ned zu dem Typ? Wieso müssen die Leute andauernd mit Namen um sich werfen, bis man sie gar nicht mehr hören kann. Ich denk an meinen eigenen Namen. Ray Johnson. Ray Johnson. Ray Johnson. Ray Johnson. Wie sich das anhört! Kann einem doch echt auf den Wecker gehn. Ich mach den Fernseher aus. »Wer ist denn da?« hör ich meinen Alten rufen.

»Ray Johnson«, schrei ich zurück. Das kommt einfach so raus aus mir, ich weiß selber nicht, warum.

»Augenblick, ich bin gleich da.«

Die Stimme hört sich an, als ob er auf dem Klo ist. Mist. Da sitzt er nun in seinem gemütlichen Heim und scheißt sich eins, und dann komm ich und dring hier einfach ein. Wahrscheinlich konnt er's kaum aushalten, bis Sheriff Keith abgezogen ist, und jetzt, wo er endlich auf dem Klo ist, da komm ich. Ich nehm mir vor, ihm bloß schnell zu sagen, was ich zu sagen habe, und dann so zu tun, als ob ich noch woanders hin will und mich beeilen muß und zusehn, daß ich schnellstens wieder abhaue. Da kommt er ins Wohnzimmer und wischt sich die Hände an seinen karierten Shorts ab. Schwarze Socken, braune Schuhe, kein Hemd. Die Shorts sind scheinbar dieselben, die er schon hatte, wie ich so ungefähr sieben war. Er ist immer noch dürr, hat aber inzwischen 'n Bauch.

»Willst du 'n Bier?« Er ist schon am Kühlschrank und holt zwei Stück raus. Neben dem Fernsehsessel stehn mehrere leere Dosen. Vielleicht von gestern abend? Wohl kaum. Es ist kurz vor zwölf. Ich denk dran, was das Bier mit mir macht bei dieser Hitze, nehm's aber trotzdem, als er's mir hinhält. Ich setz die Dose an und spüre, wie das Bier in meinem Magen landet, in dem nichts weiter drin ist als 'n Käfer.

Der Alte läßt sich in den Fernsehsessel fallen und kickt dabei gleichzeitig die Fußstütze hoch. Er scheint richtig gute Laune zu haben. Hätt ich gar nicht gedacht. Er kuckt, wie er manchmal kucken kann, wie so 'n überdimensionaler Leprechaun, so 'n kleiner irischer Glücksbringer. Ich hab mal irgendwo gelesen, daß diese Leprechauns durchaus nicht immer bloß Gutes tun, da hab ich an meinen Alten denken müssen, wenn er diesen Gesichtsausdruck hat, so wie jetzt. So 'n breites Lächeln, wo der Mund wie 'n grader Strich ist, und die Augenbrauen unschuldig hochgezogen. Manchmal ist es ganz komisch mit meinem Alten. Ab und zu sag ich extra irgendwas zu Sally, weil ich will, daß sie lacht, und sie muß Tatsache lachen und kuckt mich an, und dann zieh ich die Brauen auch so hoch und mach so 'n unschuldiges Gesicht, und dann muß sie noch mehr lachen, und mir ist klar, ich seh genau wie er aus, genau wie er, genau wie er, und dann frag ich mich, wenn er so 'n Gesicht macht, ob der dann eigentlich weiß, daß er uns damit zum Lachen bringt.

Sonntag vormittag ist er immer ganz verkatert in Boxershorts und schwarzen Socken durchs Haus geschlurft, die Haare total zerstrubbelt, ein Auge zu, weil das Tageslicht so grell war, und hat ganz leise vor sich hin gesungen, gerade mal so laut, daß wir Kinder 's hören konnten, aber nicht Mama nebenan im andern Zimmer (wenn er Sonntags 'n Kater hatte, war sie immer nebenan im andern Zimmer), hat leise Mamas Lieblingslied gesungen:

»O Jesus, unser bester Freund.«

Und dabei waren die Augenbrauen ganz weit oben und das Gesicht so was von unschuldig und der Mund einfach nur 'n breiter Strich.

»Auf Jesus Christus ist Verlaß.
Der gibt uns seinen letzten Cent,
Und holt uns raus, sind wir im Knast.«

Den Kopf im Kühlschrank, kuckt er nach, ob Sprudel da ist oder Saft, damit die pelzige Masse abgeht, die über Nacht seine Zunge überzogen hat. Uns ignoriert er einfach, aber wir wissen trotzdem, daß das Singen für uns ist. Jean und ich, wir sitzen am Küchentisch und gickeln. Billy kuckt weg, der will nicht zugeben, daß das komisch ist, obwohl er's natürlich weiß. Fünf oder sechs von solchen Versen hat sich mein Alter ausgedacht. Aber ich hab ihn das immer bloß Sonntags singen hören und nur, wenn er verkatert war.

ZEHN

Einmal war mein Cousin Harold 'ne Woche bei uns. Das ist direkt nach meinem achten Geburtstag, wo ich 'n neues Kofferradio gekriegt hab, und in dieser Woche wolln wir uns 'ne Festung bauen und haben von früh bis spät die Heule an.

Der Anfang von unsrer Festung ist die Hundehütte unter dem Eichenblättrigen Ahorn hinter der Garage. Das ist Shadows Hütte, aber der ist vor vier Wochen gestorben, und mein Alter hat noch keinen neuen Hund angeschafft, weil er im Moment nicht die Zeit hat, 'n Welpen abzurichten, sagt er. Shadow haben wir im selben Jahr gekriegt, wo ich geboren bin. Im selben Monat sogar. Drum frag ich mich, als er plötzlich, paar Wochen vor meinem achten Geburtstag, an 'nem Sonnenstich stirbt, ob ich vielleicht auch bald sterben muß. Den Rest des Sommers halt ich mich dann viel im Schatten auf, damit ich bloß keinen Hitzschlag kriege. Und weil doch die Hundehütte im Schatten von dem Ahorn steht, find ich, daß das 'n toller Platz ist für 'ne Festung.

Ich geh mit Harold in die Garage, 'n Brecheisen holen, und wir stemmen die halbe Rückwand von der Hundehütte raus. Vorne die Klappe soll der Eingang sein, damit nur Kinder in die Festung reingehn, keiner, der größer ist als wir. Am nächsten Morgen klauen wir 'n Haufen Blechverschnitt aus dem ollen Lagerschuppen unten an der Mühle. Wir müssen die Dinger mit dem Fahrrad transportieren, was gar nicht so einfach ist. Harold nimmt das Rad von Billy, und er hat Angst, wenn er 'n Kratzer in den Lack macht, schlägt ihn Billy tot. Deswegen müssen wir andauernd stehnbleiben, damit Harold die Hand zum Festhalten wechseln kann. Randy hat 'n halbes Dutzend Knäuel Bindfaden mitgebracht, von seinem Vater aus der Scheune. Harold wollte ja erst nicht, daß Randy überhaupt bei der Festung mitmacht, aber wir haben den Bindfaden gebraucht.

Wir holen uns Hämmer und Nägel und die rostige alte Säge, die in der Garage hängt, und außerdem stibitzen wir noch 'n Reifen, der hinten in der Garage an der Wand lehnt. Die Felge lassen wir uns von Billy rausmachen; wir hänseln ihn und sagen einfach, er schafft's nicht, dann macht er's. Wir müssen ihm aber drei Dollar dafür geben, und außerdem will er bis zum Abend das Kofferradio haben.

Eins von den Blechen biegen wir um den Stamm vom Ahorn rum, und als wir's gerade mit der Strippe festbinden wolln, ist plötzlich mein Alter da und sagt: »Was macht ihr denn da fürn Scheiß?«

Wir haben sein Auto gar nicht kommen hören. Randy meint, er muß nach Hause, aber mein Alter sagt, er soll dableiben.

»Ich hab gefragt, was ihr da macht«, sagt er.

»Wir bauen uns 'ne Festung«, antworte ich ziemlich kleinlaut.

»Und wozu braucht ihr mein Werkzeug?«

»Wir haben doch bloß das alte genommen«, sag ich. Er wirft 'n Blick auf den Hammer, der vor mir auf dem Boden liegt. »Bloß das alte, nicht das Craftsman.«

Das ist nämlich meinem Alten sein gutes Werkzeug, das hat er in so 'm großen roten Metallschrank, wo CRAFTSMAN draufsteht. Da würde ich doch niemals rangehn, eher tät ich mir die Finger abbeißen. Der Alte betrachtet den Reifen, den wir schon mit der rostigen Handsäge in zwei Hälften zersägt haben. Harold kuckt zu uns rüber, der ist neugierig, wie tief ich und Randy in der Scheiße sitzen, ob wir richtig Ärger kriegen oder nur so 'n bißchen.

»Wo ist die Felge?« fragt der Alte und tritt dabei leicht gegen die Gummihälften.

»In der Garage.«

»Hast du das alleine gemacht?«

»Billy hat uns geholfen!«

Da dreht sich mein Alter zum Haus um und brüllt Billys Namen, aber in einem Ton, als ob er ihn echt fertigmachen will.

»Ich hab ihn drum gebeten«, sag ich in der Hoffnung, daß Billy mich dann hinterher nicht ganz so übel zusammenschlägt. Mein Alter brüllt wieder nach Billy, und dann kuckt er sich an, wie weit wir bis jetzt gekommen sind. Da wir keine Nägel durch das Blech gekriegt haben, ist das meiste mit Strippe zusammengebunden. Das Sonnenlicht fällt grell und schräg auf die Rückseite des Hauses, das in dem Moment so aussieht, als ob es ganz weit weg ist. Der Alte sagt kein Wort, bis Billy mit meinem Kofferradio in der Hand hinten auf der Treppe erscheint. Er macht sich nicht mal die Mühe, den Ton leiser zu drehn, obwohl er ganz genau weiß, daß mein Alter bloß seine Wut an ihm auslassen will. Steht da mit dem Radio, das in der Sonne blitzt, und kuckt rüber zu meinem Alten und sagt: »Was.«

Ich starre zu Boden. Dieses »Was« war so eins, wo die Leute sagen: »Es geht nicht darum, was du gesagt hast, sondern wie«, bevor sie dir eine auf den Mund hauen. Ich schau verstohlen zu Harold, der in dem Moment wahrscheinlich ganz doll Heimweh nach den grünen Hügeln von Tennessee hat.

Und da sagt doch mein Alter auf einmal zu Billy: »Geh hol mir mal meinen Werkzeugkasten her!«

Billy hält die Klappe und macht, was der Alte will. Gott steh mir bei, im ersten Moment denk ich, der nimmt einen von seinen dicken, fetten Schraubenschlüsseln und verdrischt mir damit den Arsch. Macht er aber nicht.

Eine Stunde später haben wir das ganze Ding mit Schraubzwingen und lauter so 'm Scheiß zusammengezimmert, und Harold, Randy und ich dürfen immer abwechselnd 'ne Runde mit der Bohrmaschine Löcher für die Metallbolzen bohren. Das Kofferradio steht auf 'nem Ast und spielt scheppernde Motown-Musik. Billy steht im wesentlichen bloß rum und kuckt zu, aber manchmal hält er auch was fest und packt hin und wieder so 'n kleines bißchen mit an, aber nur soviel, daß ihm hinterher keiner vorwerfen kann, er hätte uns allen Ernstes geholfen, 'ne Festung zu bauen.

Mein Alter erzählt Witze, die alle mit »Kommt 'n Mann in die Kneipe ...« anfangen. Harold kuckt mich an, als ob ich den coolsten Vater der Welt hab. Und ich denk, naja, vielleicht ist es ja ab jetzt tatsächlich so. Daß das, was meinen Alten die ganze Zeit so eklig gemacht hat, daß das plötzlich irgendwie weg ist. Als Mama uns dann zum Essen ruft, sind wir so gut wir fertig. Groß genug, daß Harold, Randy und ich stehn können, wenn wir drin sind, nur durch die Klappe müssen wir halt kriechen.

Randy ruft seine Mama an, ob er bei uns übernachten darf, und später fragt Mama meinen Alten, ob sie uns Limonade mit Eis drin machen soll, und er hat nix dagegen. Wir kucken alle zusammen The *Wonderful World of Disney* an, wo sie *Tschitti Tschitti Bäng Bäng* zeigen. Dick Van Dyke ist echt cool in diesem fliegenden Auto, aber daß er Kommt-'n-Mann-in-die-Kneipe-Witze erzählt, das kann ich mir bei dem nicht so recht vorstellen. Harold, Randy und ich bleiben die halbe Nacht auf und spielen Halma, und dabei hör ich meinen Alten im Schlafzimmer leise sprechen, und Mama lacht. Ich überlege, ob Harold nicht für immer bei uns bleiben könnte.

†††

Wie ich meinen Alten jetzt so in dem Fernsehsessel liegen sehe, denk ich, vielleicht ist es gar nicht so schlecht, daß ich gekommen bin. Vielleicht ist es okay.

»Morgen ist die Beerdigung«, sag ich. »Mittags um eins.« Er nickt, als ob ich gesagt hätte, die Pistons sind in der Endrunde. »Weißt du eigentlich, daß dein Telefon nicht geht?«

»Ich hab 'n Hühnerauge«, sagt er. »Stell dir mal vor. Außen am kleinen Zeh. Bin gleich los zu Benson's, was zum Draufschmieren holen, aber nirgends 'n Dr.-Scholl-Regal, da war ich ganz schön angeschissen, steh da und seh bloß lauter Deos, und dann kommt so 'n Mädel an und fragt, ob sie mir helfen kann.«

Auf dem Tischchen neben mir liegt 'ne dicke Staubschicht. Während er erzählt, mach ich da mit meiner Bierdose 'n Ringelmuster rein.

»Ich kann dir sagen, 'n paar Titten hat die gehabt, ich hätt schreien können. Nicht direkt groß, einfach bloß hübsch. Schöne Titten, das Mädel, und ich mit aller Gewalt zu den Deos gekuckt, damit ich nicht immerzu der ihre Titten anstarre, bis mir noch einer die Ohren langzieht und mich aus dem Laden schmeißt, und da ist mir doch einfach nicht mehr eingefallen, was ich eigentlich kaufen wollte.«

»Ach ja?« Ich halt mich an meinem Bier fest, starre auf die Ringe im Staub, laß ihn labern. Muß mich 'n paarmal räuspern, obwohl ich doch ganz genau weiß, daß der Käfer nicht mehr drin ist.

»Und die steht da und wartet ganz höflich. Ich sag zu ihr: ›Nein danke, hab's schon gefunden‹ und schnapp mir irgend so 'n Deo aus dem Regal und geh damit zur Kasse, und die kommt mit, o Mann, die flutscht direkt hinter mir vorbei und tippt's ein und fragt, ob ich sonst noch was brauche, und mein Hühnerauge kreischt richtig auf, ich meine, an dem verdammten Zeh, kreischt richtig auf, das Mistding, aber ich bring's nicht fertig, ihr was davon zu sagen. Dieser Kleinen kann ich das einfach nicht sagen, die ist gerade mal sechzehn oder so, keine Ahnung. Jedenfalls weiß die wahrscheinlich nicht mal, was 'n Hühnerauge ist. Der ihre Füße sind bestimmt total makellos. Makellose Füße, die Süße, sechzehn Jahre alt. Ich darf gar nicht dran denken, krieg ich gleich wieder 'n Ständer.«

Ich schieb die Bierdose sachte vor und zurück, um die Ringe auf dem Tisch zu verwischen.

»Ich also das Deo bezahlt und bin raus, und für mein verdammtes Hühnerauge hab ich immer noch nix. Und weißt du, was ich jetzt in meiner Hausapotheke stehn hab? Rexona. Rexona, so 'n Mist hab ich gekauft. So wahr mir Gott helfe. Kannst du mal sehn, was 'n Paar Titten so alles anstellen können mit 'nem Mann. Meinste, Sally kann das Zeug gebrauchen?«

»Was?«

»Na das Rexona. Ich nehm's eh nicht.«

»Nö, laß mal gut sein.«

»Kannst du dir ruhig mitnehmen, ist in der Hausapotheke.«

Ich steh auf und will mir 'n Aschenbecher holen. Seinen hat er neben dem Fernsehsessel auf dem Fußboden, und der quillt über von Kippen und Zellophan von den Packungen. Ich kuck in die Küche und seh auf der Theke 'n alten Metallascher. Schwarz von zehn Jahre alter Asche, aber wenigstens leer. Und plötzlich fällt mir die angefangene Marlboroschachtel ins Auge. Mitten auf der Theke. Ich rühr sie nicht an. Kuck nur 'n bißchen genauer hin. Leicht zerknautscht, nicht mehr ganz die Hälfte drin. Auf einmal läuft's mir eiskalt durch die Adern. Und wie das kribbelt. Ich kuck in den Mülleimer, der hinten unter der Theke steht. Seh 'n paar Marlborokippen. Kucke genauer hin. Lippenstift? Fehlanzeige. Unten plattgedrückt, wie wenn jemand draufgebissen hat. Ich zähle vier und lange in den Eimer, schieb das Küchenpapier mit dem Kaffeesatz beiseite, damit ich besser sehn kann.

»Wo steckst du denn?«

Ich zucke nicht zusammen, als ich seine Stimme höre. Sie ist weit weg, nicht wie von nebenan. Immer noch diese Kälte in den Adern, Kälte, Kälte, Kälte. Meine Adern fühlen sich an wie alte Bleirohre, die draußen im Schnee liegen. Ich muß an Bleirohre denken. Kalt und hart und fassen sich gut an. So 'n Bleirohr in der Hand wie 'n Baseballschläger sauberer Schwinger direkt in die Kuhle mitten in die Fresse von meinem Alten mit einem Schlag. Ich stell mir vor, wie ihm die Fresse auf den Bauch sackt, wie er einknickt wie so 'n Klappmesser, aber das ist nicht gut. Ins Gesicht muß es sein, daß die Wangenknochen krachen und das Blut aus der Nase spritzt. Die Augen ganz verwirrt und glasig, kapieren nichts. »Warum?« fragen die Augen zur Decke. *Du weißt genau, warum.*

»Bring doch noch 'n paar mit rein, hörst du Ray?«

Ich mach den Kühlschrank auf: 'ne Packung Velveta, 'n olles Meerrettichglas, wo der Deckel total verklebt ist, und zwei Sixpacks Bier. Ich nehm zwei Dosen in die eine Hand, den Aschenbecher in die andre. Bleib vorm Fernsehsessel stehn, genau so lange, wie er braucht, um seine Bierdose in Empfang zu nehmen. Und dann hau ich mich auf die Couch, schön weit weg in die Ecke. Das Polster sinkt so tief ein, daß meine Knie fast in Brusthöhe sind. Er erzählt was von irgend 'ner Kellnerin in der Bowlingbar, bei der er 'n Stein im Brett hat.

»... und blutjung. Hat 'n Kind, das schon zur Schule geht, aber trotzdem, die kann nicht älter sein als drei-, vierundzwanzig. Die sagt immer zu mir, ich soll mal was für sie in die Jukebox stecken. ›Nicht wahr, Bill‹, sagt sie immer, ›du weißt schon, was ich gerne hab.‹ Klar weiß ich, was die gerne hat, da kannst du deinen Arsch drauf wetten.«

»Wann ist sie denn hiergewesen?« frag ich ganz beiläufig.

»Die war noch nie hier. Die hat 'n Kind, das geht schon zur Schule und –«

»Die mein ich nicht. Du weißt ganz genau, wen ich meine.« Durch die Nase atmen.

»Nein, keine Ahnung, wen du meinst.« Aber er weicht meinem Blick aus, weil er's verdammt gut weiß.

»Und von wem sind die Marlboro da draußen auf der Theke?«

»Ach, die – von Marge.«

»Und wer ist Marge?«

»Ach, so 'n Mädel halt, die hat drüben in Adrian gearbeitet, die mit dem Campinganhänger, weißt doch, die Marge. Die verrückte Marge. Die kennst du doch.«

»Ach so, die Marge.« Ja, die kenn ich.

»Samstag war sie hier, Tigers kucken. Kannst du mitnehmen, ich mag die eh nicht, die Scheißdinger. Die schmecken doch wie Dreck. Wenn du sie haben willst, bitte, bedien dich.«

Marge kenne ich. Haarfarbe wie Tapas und der Lippenstift so 'n stumpfes Orange. Zentimeterdick aufgetragen, da müßte an den Kippen 'n Zentner Farbe dran sein. Der Alte lügt. Aalglatt, wie immer, lügt und spinnt sich ein, und irgendwann macht's ihm Spaß, und er glaubt selber dran und erzählt so, als ob er alles im Geiste vor sich sieht, und wenn man ihm dann sagt, er lügt, ist er felsenfest davon überzeugt, daß er die Wahrheit sagt.

»Wer hat denn gewonnen?« sag ich durch die Aluminiumdose hindurch, die ich vorm Mund hab, und meine Stimme klingt hohl und blechern.

»Die Tigers haben verloren, diese Idioten. Kannst ja nicht mal sagen, die Royals haben gewonnen, es ist einfach so, daß die Tigers verloren haben, diese Idioten. Beim letzten Inning, drei Runs vorne, und da vermasseln die das Ding noch. Sechs Batter lassen sie punkten, einen nach dem andern, und haben das Ding Tatsache noch vermasselt. Marge hat natürlich gejubelt, die ist ja auch aus Missouri. Darum ist sie doch bei mir kucken gekommen. Weil sie 'n Fan von den Royals ist, mit der will ja sonst keiner kucken. Aber die ist schon in Ordnung, die Marge. Ist 'n braves Mädchen.«

Das heißt, er hat sie gefickt. Wenn mein Alter von einer sagt, sie ist 'n braves Mädchen, dann hat er sie gefickt.

»Der Sheriff war gerade hier«, sag ich, als ob er das nicht selber wüßte.

»Netter Bursche«, sagt mein Alter.

»Ist der hinten oder vorne rein?«

»Was?!«

»Ob der durch die Hintertür rein ist?« Atmen, atmen, atmen.

»Ja. Wieso?« Scheiße Scheiße Scheiße.

»Ich muß los.«

»Warum denn auf einmal so eilig?« Er legt seine Salem in den Aschenbecher und schmeißt dabei 'n paar alte Kippen auf den Boden.

»Ich wollte bloß rasch Bescheid sagen wegen der Beerdigung. Morgen mittag um eins bei Snell's.«

»Ja«, sagt er, »hat mir Veilchen schon gesagt.«

»Kommst du heute abend?«

»Wozu denn?« Er kuckt fern.

»Die Kondolenzbesuche. Du weißt doch.«

»Wem soll ich denn bitte schön 'n Kondolenzbesuch machen? Etwa deiner Mutter? Der und ihrem ganzen Anhang?«

»Ich muß los.« Ich steh auf und geh quer durchs Zimmer.

»Wie geht's denn Sally so?« Er bleibt in seinem Fernsehsessel liegen.

»Gut.« Ich bin schon unterwegs zum Hinterausgang.

»Ist 'n prima Mädchen, die Kleine. Sag ihr 'n schönen Gruß von mir.« Ich bin ganz erleichtert, daß er nicht gesagt hat, sie ist 'n braves Mädchen. Er rührt sich immer noch nicht von der Stelle.

»Mach ich. Bis dann.« Ich bin an der Fliegentür. Seine Stimme verfolgt mich bis raus in die flimmernde Hitze.

»Paß bloß auf, du, daß ich dir das Mädel nicht eines Tages ausspanne.«

Eine Zementstufe runter, zwei.

»Und denk ja nicht, das krieg ich nicht fertig. Die Kleine in der Bowlingbar –«

Ich hör nichts mehr. Steig auf der Beifahrerseite in meinen Pickup, rutsch auf dem heißen Kunstledersitz rüber und geb Gas. Samson wird ganz schön durchgerüttelt da hinten. Ich fahr langsam und vorsichtig die Old Route 29 lang, zurück zur Stadt. Mir knurrt der Magen. Wie Fledermäuse flattern mir die Gedanken im Kopf rum, immer im Kreis.

Jean haßt den Alten. Wie's aussieht, redet die schon jahrelang nicht mehr mit dem. Und jetzt besucht sie ihn urplötzlich zu Hause. Der Alte weiß es, ich weiß es, und Sheriff Keith, der kann sich's ausrechnen, in dem Moment, wo er die Küche betritt. Ausgeschlossen, daß der die Kippen nicht bemerkt hat. Auf so was ist der doch geeicht. Dafür wird er ja schließlich bezahlt. Daß er so 'n Mist sieht. Ich muß an die ganzen Kippen neben Billys zermatschtem Schädel denken. Ich seh sie richtig vor mir, unten platt gebissen. Jean hat ihr ganzes Leben lang noch keinen Lippenstift getragen. Billy hat mal zu ihr gesagt, sie sollte welchen benutzen, aber sie hat bloß gemeint, er soll sie am Arsch lecken.

Das Fahrerhäuschen um mich herum wird immer enger. Warum hat der Alte geschwindelt und nicht zugegeben, daß sie da war? Hat er Sheriff Keith auch belogen? Ich will den Kopf aus dem Fenster halten, damit ich Luft kriege, aber ich tu's nicht. Man kann schließlich niemanden auf den elektrischen Stuhl schicken, weil er Marlboro raucht und die Kippen unten platt beißt und den eigenen Vater besucht. Sheriff Keith hatte bestimmt keine richtigen Beweise. Jean würde doch nie und nimmer Fingerabdrücke hinterlassen. Die ist viel zu schlau, als daß sie sich bei irgendwas erwischen läßt, wenn sie nicht erwischt werden will. Wenn sie nicht erwischt werden will.

Ich höre noch, wie Sheriff Keith sagt: »Schreckliche Geschichte, was da passiert ist.«

Und auf einmal ist mir, als ob ich 'n eiskalten Stein im Magen habe. Noch weiß ich nicht, wo die ganze Sache hinführt. Ich weiß nicht, warum mir der Gedanke, daß sie da draußen war, solche Angst macht. Aber meine Knie fühlen sich an wie zwei Glasbehälter mit Guppies drin. Immer ist sie dagewesen. Egal, ob sie bei mir war oder nicht, ob sie mit mir geredet hat oder nicht, sie war immer da. Ich stelle mir die Welt vor ohne Jean, und meine Phantasie knallt alle Türen zu. Als ob die wirklich schreckliche Geschichte noch gar nicht passiert wär, sondern wir mit einem Wahnsinnstempo darauf zusteuern würden.

Die zwei Bier zeigen Wirkung, ich bin so müde, daß ich am liebsten rechts ran fahren und gleich hier im Graben schlafen würde, zwischen Wegwarten und wilden Möhren. Ich bin müde, ich habe Hunger, ich bin allein. Als wenn all meine Verbindungsschnüre abgeschnitten sind und ich einfach so mitten durch die Woche treibe. Das ist das Schlimmste an der Schichtarbeit. Man weiß nie genau, was eigentlich für 'n Tag ist. Ich schwanke und schlingere irgendwo zwischen Montag und Donnerstag. Aber daß nicht Mittwoch ist, das weiß ich, weil Mittwoch ist ja die Beerdigung. Ich seh schon das Gesicht von Mama, wenn ich da nicht erscheine. »Tut mir leid, ich hab die Tage durcheinandergebracht.« Ich muß lachen.

ELF

Ich parke den Truck im Schatten, zwei Häuser neben Carter's Diner. Ich muß unbedingt was essen. Samson legt sich hinten auf die Pritsche und streckt alle viere von sich, als ob 'n bißchen Wind wär. Wie ich die Tür zum Diner aufmache, bimmelt über mir das Glöckchen. Da drin ist es wie im Kühlhaus.

Als Lynette mich sieht, zieht sie den Kuli hinterm Ohr hervor und drückt auf ihrem Zeigefinger 'n paarmal die Mine raus und rein. »Hey, Ray.«

»Hey, Lynette.« Ich beug mich über die Theke. »Kann ich 'n Plastiknapf mit 'm Schluck Wasser haben?«

»Klar.« Sie nimmt 'n Napf, macht ihn voll Wasser und stellt ihn mir hin, alles ohne ein Wort.

»Danke.« Ich dreh mich wieder zur Tür um, da faßt sie Mut.

»Mein Beileid wegen Billy«, sagt sie, und die Kulimine geht wie wild auf ihrem Finger hoch und runter.

»Ja, danke.« Ich weiß nicht, was ich sonst noch zu ihr sagen soll, steh da, in der einen Hand 'n Plastiknapf voll Wasser, die andre am Türknauf. Ich hätte schon 'n paar Sachen, die ich sie gern fragen würde, bloß dann müßt ich ja zugeben, daß ich weiß, daß Billy sie gefickt hat. Sie und so ziemlich jede Frau im Umkreis von fünf Meilen.

»Für dich das Übliche?« fragt sie.

»Ja.« Das mag ich an ihr. Die sagt so Sachen wie: »Für dich das Übliche?« Und sie lächelt mich an, wirklich nett. Ich merke, wie ich 'n knallroten Kopf kriege, und das seh ich erst mal zu, daß ich an die Luft komme. Vor 'n paar Wochen hat Billy noch gesagt, daß sich die olle Lynette ja viel lieber von mir ficken lassen würde, aber weil das nicht geht, nimmt sie halt ihn. Auf den Gedanken wär ich überhaupt nicht gekommen bei der. Ich würde Sally nie betrügen. Obwohl die 'n tollen Arsch hat, die Lynette. Das muß ihr der Neid lassen – 'n miesen Geschmack, aber 'n tollen Arsch.

Ich bring den Plastiknapf raus und stell ihn schön vorsichtig, damit ich nichts verschütte, hinten auf die Ladefläche. Samson bedankt sich mit einem trägen Brauenzucken. Ich tauch die Finger ein und spritz ihm 'n bißchen Wasser ins Gesicht. Er grinst und streckt ein Bein in die Luft. Blöder Hund, hat's gerne, wenn man ihm Wasser ins Gesicht spritzt. Ich geb ihm noch 'n paar Spritzer, bin noch nicht so weit, daß ich wieder reingehn kann. Den Namen Samson hat Billy ihm gegeben. Ich hab ihn nämlich von Billy, den Hund. Billy hatte 'n ganzen Wurf, den er loswerden wollte. Da hab ich Samson genommen, und die andern hat Billy totgemacht.

Ich geh wieder rein. Die Klimaanlage bei Carter's läuft auf vollen Touren, die macht den Laden so eisig, daß Lynette im Pulli rumläuft. Ich setz mich an die Theke, damit sie nicht erst bis zum Tisch kommen muß. Trink mein Ginger Ale mit Kirschgeschmack und warte auf meine Pommes. Die Sache ist nämlich die, ich krieg Soße auf die Pommes, dadurch wird's 'ne volle Mahlzeit.

»Und Ginny Honey, wie nimmt die das denn so?« fragt Lynette, und dabei geht die Kulimine 'n halbes Dutzend mal hoch und runter, bevor sie sich den Stift wieder hinters Ohr steckt.

»Naja, den Umständen entsprechend, würd ich mal sagen«, sag ich. Woher soll ich denn wissen, wie Ginny Honey das nimmt. »Ohne alles, bloß mit Oliven«, möcht ich am liebsten antworten, aber ich reiß mich zusammen und halt einmal im Leben die Klappe.

»Ich kuck mal nach deinen Pommes«, sag Lynette. Und schon ist sie weg, hat sich praktisch in Luft aufgelöst. Wahrscheinlich hat sie ihren ganzen Mut zusammennehmen müssen, um Ginny Honeys Namen über die Lippen zu bringen. Die zwei sind ja Schulfreundinnen gewesen, hat mir Billy erzählt.

Ich weiß auch nicht, wieso ich gerade jetzt hier reinkommen mußte, wo der Mittagsbetrieb losgeht. Drei, nein, vier Tische sind besetzt. Für Carter's ist das 'n Wahnsinnsansturm. An drei von den vier Tischen kenn ich die Gäste. Da hinten an der Wand, das sind Don und Carol Wainer. Die sind wie Hund und Katz, die beiden. Jeder sagt, es ist 'n Skandal, wie die sich ständig vor allen Leuten zanken. Schon immer. Die wohnen draußen an der Three Mile Road, wo sich nach jedem anständigen Regen echt böse Lehmkuhlen bilden. Den einen Abend, nachdem's bei denen wieder mal so richtig schön gekracht hat, setzt sich doch die Carol Wainer in ihren Wagen und brettert mit hundertzehn Sachen die Three Mile Road runter und rast genau in so 'ne Lehmkuhle rein, hat nicht viel gefehlt, und sie wär hin gewesen. Ganz böser Unfall, sagt jeder, der's gesehn hat. Aber ihr ist nichts passiert. Und die sind immer noch zusammen, die zwei. Und zanken tun sie sich auch immer noch.

Etwas näher dran an der Theke sitzt Mrs. Thompson, meine alte Geschichtslehrerin aus der achten Klasse. Die jeden Mittwoch in der Cafeteria mit uns Cribbage gespielt hat. Mittwoch hat sie nämlich immer Aufsicht gehabt in der Cafeteria. Wahrscheinlich fand sie's langweilig, bloß so rumzustehn. Ich weiß gar nicht mehr, wie das eigentlich angefangen hat, nur noch, daß wir in dem Jahr immer so 'n rundes Dutzend Kinder waren, die Mittwochs beim Cribbage mitgemacht haben. Größtenteils Jungs, aber es waren auch zwei Mädchen dabei. Jane Ellwey und Susie Thacker. Jane ist bei 'nem Autounfall ums Leben gekommen, wie ich in der elften war, nach 'nem Absolventenspiel, ihr Freund hat sich besoffen hinters Lenkrad gesetzt. Haben sich schon so einige totgefahren über die Jahre. Ich geb mir ja immer Mühe und fahr echt vorsichtig, besonders nachts.

An dem Tisch vis-à-vis von Mrs. Thompson sitzt Ella Platt. Ella Platt, das ist die, die im *Chronicle* diese Kolumne hat: »Sagen Sie's Ella«. Im Grunde ist das 'ne reine Klatschkolumne, aber die meint, sie ist 'ne richtige Journalistin oder was. Blöde Kuh, die. Schreibt so Sachen wie: Die Tochter von

Sowieso hat die Grundausbildung beendet und sieht ihrem Einsatz in Arschfick, Virginia, entgegen. Oder: XY heiratet zum soundsovielten Mal und verbringt die Flitterwochen in Aruba. Oder: Vorgestern nacht wurde Billy Johnson umgebracht.

Ich kuck zu den beiden rüber – naja, eigentlich kuck ich rüber zu Jill Thompson (so heißt Mrs. Thompson nämlich, Jill) und denk drüber nach, daß die eigentlich noch ganz schön jung ist dafür, daß ich sie in der achten in Geschichte hatte. Sie kuckt zurück und lächelt mir zu. Jill Thompson kuckt mich an und lächelt. Als ob sie sich an mich erinnert. Und das ist nicht etwa 'n aufgesetztes Lächeln, und das ist auch nicht bloß so 'n höfliches Lächeln oder so 'n oberflächlich freundliches Lächeln. Das ist eher so 'n Lächeln, als ob wir heute noch regelmäßig Cribbage spielen würden. Das ist so 'n Bis-nächsten-Mittwoch-Lächeln. Ich nicke leicht zu ihr rüber, dann senk ich den Kopf und trink 'n Schluck von meinem Ginger Ale mit Kirschgeschmack, ich oller Charmeur. Sie ist hübsch. Ist mir früher nie so aufgefallen, obwohl 'n paar von den Jungs, die damals mit dabei gewesen sind, das auch gefunden haben. Und Susie Thacker, das weiß ich hundertprozentig, die war echt tierisch in sie verknallt.

Lynette kommt und bringt mir mein Besteck und 'ne Serviette, und das ist der Moment, wo ich sie frage: »Hast du Jean mal gesehn?« Sie will ihren Arsch gerade wieder in die Küche bewegen, bleibt aber noch mal stehn.

»Jean?« fragt sie zurück.

»Ja.« Ich warte.

»Nö, in letzter Zeit nicht«, sagt Lynette. »Vor 'n paar Wochen ist sie mal mit den Jungs vom Baumarkt hier gewesen.« Sie macht zwei, drei Schritte und dreht sich nach mir um. »Geht's ihr gut?« Lynette ist echt nett. Sie kuckt mir in die Augen und so weiter.

»Ja, der geht's gut«, sag ich. Da macht sie wieder die Nummer mit dem Stift, und dann verschwindet sie in der Küche. Lynette weiß natürlich Bescheid, was mit Jean und mir war, genau wie alle andern hier in dieser beschissenen Stadt.

Ich sehe, wie sich Ella Platt wirklich sehr leise an Jill Thompson wendet, wie jemand, der was mit Nachdruck sagt, es aber nicht zu laut sagen möchte. Das einzige, was ich hören kann, ist »... die ganze Familie Johnson ...«, der Rest ist nicht zu verstehn. So was wie »... wenn Sie mich fragen.«

Ich warte einfach bloß auf meine Pommes. Warte auf meine Pommes. Bemüh mich, nicht zu merken, wie sich Ella Platts Augen wie zwei milchblaue Blutegel an meinen Hinterkopf festsaugen. »Sagen Sie's Ella.« Ich würde dir gerne was sagen, Ella. Weißt du, was ich dir gerne sagen würde? Daß du mich mal am Arsch lecken kannst.

Bei Snell's ist plötzlich alles nett zu einem. Dabei könnt's denen doch egal sein, wenn man sich beschissen fühlt. Aber nein, die haben den Beschluß gefaßt, nett zu sein und einem so 'n bißchen scheiß menschliche Wärme zu geben. Aber wieso fassen dann solche Leute wie diese Ella Platt den Beschluß, daß sie dermaßen Scheiße sein wollen? Wieso wollen die Scheiße sein? Wieso? Billy war ja manchmal auch echt toll. Billy konnte Sachen sagen wie zum Beispiel: »Wußt ich's doch, Ray, du bist mal wieder der einzige, der diesen Witz kapiert.« Und dann hat man's ihm echt geglaubt, daß man auf der ganzen Welt der einzige Mensch ist, der soviel Grips hat und soviel Humor, daß er Billy verstehn kann. Aber meistens hat er Ginny Honey verprügelt oder war grob zu seinen Kindern. Meistens war er einfach so was von Scheiße. Und wieso bin ich manchmal selber auch so richtig Scheiße?

Ich steh auf, hol mir eine von den Zeitungen, die ganz hinten auf der Theke liegen, und setz mich wieder auf meinen Hocker. Das Lokalblatt von Jackson. Ich starre auf das Kreuzworträtsel und will mich gerade fragen, wo meinen Pommes bleiben, da steht auch schon 'n himmlisch voller Teller vor mir, und im selben Moment bimmelt das Glöckchen über der Tür.

»Danke«, sag ich. Aber Lynette geht einfach weiter. Sie ist unterwegs zu dem Tisch vorne am Fenster, wo gerade der alte Whaley Platz genommen hat. Der ist mindestens hundert Jahre alt. Fährt aber immer noch Auto. Ich hab keine Ahnung, ob

Whaley sein Vorname ist oder der Nachname. Vielleicht weiß er's ja selber nicht mehr. Ich höre, wie er Hühnchen bestellt und sehe Lynette in die Küche rennen. Ich klemme mir die Zeitung unter den Arm, nehme meine Pommes und meinen Becher Ginger Ale mit Kirschgeschmack, geh zu dem Tisch, wo er sitzt, und rutsche auf der heißen Kunstlederbank zu ihm durch. Die Bank steht ausgerechnet in der Ecke, wo den ganzen Vormittag die Sonne draufknallt, wie mit 'nem Brennglas, da nützt die Klimaanlage auch nichts. Ein Wunder, daß ich mir nicht den Hintern versenge.

»Hey, Whaley«, sag ich.

Er kuckt mich über seine hängenden Unterlider hinweg an. Dem seine Unterlider hängen ihm halb auf die Wangen runter, so wahr ich hier stehe. Da kann einem richtig schlecht werden, wenn man's nicht gewöhnt ist.

»Hey, Ray«, sagt er beinah flüsternd. Seine Stimme ist ganz hoch und zittrig, aber im Kopf ist er noch voll da. »Wie geht's denn so?«

»Ach, ich hab mich gerade gefragt, warum ich manchmal so Scheiße bin.«

Whaley hört sich das an, als ob ich übers Wetter rede.

»Das weiß ich auch nicht«, sagt er nach 'ner Weile.

»Ja, klar«, antworte ich. Ich freu mich so sehr, daß ich mit Whaley zusammensitzen kann, daß ich am liebsten laut schreien möchte, oder singen. Am liebsten möcht ich 'n paar Takte von *Got the World on a String* singen, aber ich tu's nicht. Ich spieße lieber 'n paar Pommes auf, die wie üblich so dick sind wie mein Daumen, wälze sie ein paarmal in der Soße und steck sie in den Mund.

»Hab gehört, dein Bruder ...«, sagt Whaley. Lynette kommt mit seinem Kaffee. Er versucht von vier Zuckertütchen gleichzeitig die Ecken abzureißen. Ich kaue, kucke zu, frag nicht, ob ich ihm helfen soll. Nicht bei Whaley, bei dem würd ich das nie machen.

Nach 'ner Weile schlucke ich und sage: »Ja.«

»Morgen Beerdigung?«

»Ja. Um eins.«

»Hab heute früh 'n Murmeltier geschossen«, sagt Whaley und rührt in seinem Kaffee.

»Ach ja?«

»Hab's erwischt mit meiner Büchse.«

»Nicht mehr viel von übrig geblieben, was?«

Whaley schüttelt den Kopf, als ob er sich ekelt. »Hab's aus anderthalb Meter Entfernung getroffen. War bloß noch der Schwanz übrig.«

Anderthalb Meter. Verdammt noch mal, wie ist denn der olle Whaley so nah an 'n Murmeltier rangekommen?

»Und wo hast du's erwischt?«

»Hinterm Fernseher.«

»Hinterm Fernseher? Drin im Haus?« sag ich mit dem Mund voll Pommes mit Soße, aber er versteht mich schon.

»Ist durch das scheiß Fenster rein, das Mistvieh, da wo das Holz drunter aufgestapelt ist, verstehst du? Spaziert seelenruhig durchs Wohnzimmer, das Biest. Da hab ich einfach das erste beste Schießeisen genommen, das ich zu packen gekriegt hab, und hab geschossen.«

»Wow.« Ich weiß nicht, was ich sonst sagen soll.

»Das erste Mal hab ich danebengeschossen.« Er macht 'ne Pause, aber dann erzählt er weiter. »Unterm Sofa. Hab's verfehlt. Dann hab ich's in die Enge getrieben, hinterm Fernseher, wo der Couchtisch ist. Da hab ich's dann erwischt.«

Ich stell mir vor, was so 'n Gewehrschuß in 'nem geschlossenen Raum alles anrichten kann. Erstmal wird 'n anständiges Loch in die Dielen gerissen, und dann wird dem Murmeltier sein ganzes Innenleben ringsrum über die Wände verteilt. Ich kucke Whaley an, ob er mich vielleicht auf den Arm nimmt, aber der schlürft (richtig laut) seinen Kaffee und kuckt aus dem Fenster, als ob er alles vor sich sieht.

»Ich wette, die Aufräumarbeiten dauern jetzt 'ne Weile«, sag ich.

»Stimmt. Und 'n neuen Fernseher muß ich mir auch holen«, meint er und fängt an zu kichern. Und ich fange auch an zu kichern und stell mir vor, wie Whaley in seinem Blaumann, den er höchstens einmal im Monat wäscht, auf allen vieren unterm Sofa liegt und das verdammte Biest verfehlt.

Seine schlaffen Unterlider zucken wie verrückt. »Dabei hab ich dem Mistkerl extra noch gesagt, er soll ja machen, daß er raus kommt«, erzählt er. Und das ist nun wirklich zu komisch. Ich weiß selber nicht, warum, aber das ist so ziemlich das Komischste, was ich je gehört hab, und ihm geht's genauso. Whaley ist so alt, daß er beim Lachen überhaupt keine Geräusche mehr macht. Der grinst nur breit und stumm mit eingezogenem Kopf vor sich hin, und die faltigen Unterlider werden nass. Und dabei haut er mit der Faust auf den Tisch. Nicht zu laut, aber immerhin, der lacht sich echt 'n Ast. Und ich genauso.

Und plötzlich merk ich, wie mir jemand ganz sachte die Hand auf die Schulter legt. Mrs. Thompson. Jill Thompson. Ich schau hoch und hab selber Tränen in den Augen, weil ich fast an 'nem Stück Pommes ersticke.

»Ich hab davon gehört, was mit Ihrem Bruder passiert ist. Mein herzliches Beileid«, sagt sie. Ich muß 'n paarmal husten und hoffe bloß, ich spucke mir nicht auf den Schoß.

»Danke«, sag ich schließlich. Whaley hat die Hand vor den Augen, aber der Tisch wackelt immer noch so 'n ganz klein bißchen. Ich will Jill Thompson ankucken, aber es geht nicht. Ich kann sie nicht ankucken. Ich kuck über ihre Schulter drüberweg 'n Stück nach links, wo mich Ella Platt grimmig und durchaus nicht erstaunt anglotzt. *Die ganze Familie Johnson ...* Ich geb mir Mühe, total fertig auszusehn wegen meinem Bruder, weil mir Jill Thompson tatsächlich ihre Anteilnahme zeigen möchte. Die ist echt 'n anständiger Mensch. Ich will aufstehn, ich weiß ja, es ist unhöflich, sitzenzubleiben, wenn man mit 'ner Frau spricht, aber sie steht direkt vor mir, und ich kann nicht hoch vom Tisch, und mir fällt auch nichts ein, was ich zu ihr sagen kann, und das ist alles so was von bescheuert, und auf einmal ist es mir auch egal. Es ist mir egal, ob ich lauter falsche Sachen sage oder ob Ella die ganze Scheiße in ihrer blöden Zeitung abdruckt.

»Das ist aber nett von Ihnen«, sag ich und kucke Jill Thompson in die Augen.

Und sie lächelt und sagt: »Also dann bis morgen.«

Und ich denke, die meint zum Cribbage, so wahr ich hier stehe, und darum sag ich: »Alles klar, bis morgen«, als ob sich's um nichts Wichtiges handeln würde. Und zwei Sekunden später, als sie und die Platt schon im Rausgehn sind, kapier ich erst, daß die mit »morgen« die Beerdigung meint. Whaley hat den Kopf aufgestützt. Er zittert wie verrückt, gibt aber immer noch keinen Ton von sich. Ich stell mir vor, wie das sein muß, wenn man hundert ist.

Als Lynette ihm dann sein Hühnchen bringt, hat er sich leidlich beruhigt, und ich bin mit dem Kreuzwort zugange, hab die Pommes restlos aufgegessen, bis auf 'n Rest Soße da, der auf dem Teller pappt. Ich weiß, irgendwo in den Falten dieser Zeitung ist Billys Todesanzeige versteckt, vielleicht hier unterm Kreuzworträtsel, aber ich hab's nicht eilig, sie mir anzusehn.

»Ein Seevogel mit vier Buchstaben?« sag ich.

»Cardinal.«

»Nicht doch 'n Vogel mit C, 'n Seevogel, See wie Meer.«

»Pelikan.«

»Ich brauch einen mit vier Buchstaben.«

»Ente.«

Ich weiß, daß Enten an Seen leben, also probier ich's.

»Paßt nicht«, sag ich.

Whaley kuckt verdutzt. Mampft sein Hühnchen und überlegt 'ne Weile. Die Türglocke bimmelt, und ich spüre 'n Schwall Gluthitze im Rücken. Phil bringt die Post, das heißt, es ist gegen eins. Ich kuck auf meine Armbanduhr – Punkt eins. Phil legt die Post hinten auf die Theke, dann gießt er sich 'n Kaffee ein (Lynette ist in der Küche) und nimmt die Tasse mit nach vorne.

»Na, Leute, wie geht's denn so?« sagt er.

Ich kann nicht antworten, weil ich gerade den letzten Schluck Ginger Ale mit Kirschgeschmack im Mund hab.

»Gans«, sagt Whaley und haut mit der flachen Hand auf den Tisch, daß das Besteck klirrt. Ich probier's.

»Paßt nicht«, sag ich zu ihm. Whaley kuckt mich an, als ob ich lüge.

»Was paßt nicht?« will Phil wissen und kuckt dabei mit 'nem halben Auge auf den Hintern von Lynette, die gerade an seinem Tisch vorbeikommt.

»Seevogel mit vier Buchstaben«, sag ich.

»Möwe«, sagt Lynette, ohne stehenzubleiben.

Phil wendet sich wieder mir zu und sagt: »Mein Gott, böse Geschichte, das mit deinem Bruder.« Ich rutsch 'n Stück, damit er sich hinsetzen kann, aber er schüttelt den Kopf.

»Nö. Muß weiter. Aber wegen Billy, du, das eine sag ich dir: So 'n Witzbold wie den hab ich selten erlebt.«

»Stimmt, manchmal konnt er richtig witzig sein«, sag ich. Und dabei möcht ich Phil am liebsten die Schnauze polieren, weil er über Billy in der Vergangenheitsform redet.

»Und außerdem war er 'n verdammt guter Freund. Das weißt du doch, oder?«

»Das hör ich überall«, sag ich nett und freundlich lächelnd.

»Ich kann dir sagen, wer den umgebracht hat. Das waren die Satansjünger oben am Clark Lake.«

»Ach, ich weiß nicht, Phil.«

»Die haben doch immer so komische Geheimsitzungen, da haben die ihn bestimmt geopfert, so wird's gewesen sein.«

Diese Satansjünger, das ist in Wirklichkeit 'ne Gruppe von Vegetariern und Naturfreunden, die draußen am Clark Lake 'n großes altes Haus haben. Ich glaub, die beten Mutter Natur als die Frau vom lieben Gott an oder so was in der Art. In den fünf Jahren, wo die jetzt hier sind, hab ich nur ein einziges Mal einen von denen gesehn. Hat 'n netten Eindruck gemacht. Aber Phil war noch nie gut auf die zu sprechen.

»Hast du McCutcheon gesagt, daß er sich die Truppe mal vornehmen soll?« fragt er. »Weil, ich hab's ihm nämlich gestern schon gesagt, aber ich glaube, bis jetzt hat er noch nichts in der Richtung unternommen, nicht die Bohne. Aber wenn du's ihm noch mal sagst, das macht ihm vielleicht Feuer unterm Arsch, verstehst du? Meinst du nicht auch?«

»Ich glaub nicht, daß die das gewesen sind«, sag ich immer noch ganz nett und freundlich.

»Verdammt noch mal, wer soll's denn sonst gewesen sein? Wer hackt denn einfach jemand den Kopf ab und –«

»Aber dem hat doch keiner den Kopf abgehackt«, sag ich.

Und da ist Phil beleidigt. Persönlich beleidigt. »Hab ich jedenfalls gehört«, sagt er.

»Dann hast du eben falsch gehört. Dem hat keiner den Kopf abgehackt.«

»Was ja nicht unbedingt heißen muß, daß die's nicht gewesen sind«, sagt er. Es fällt ihm ganz schön schwer, sich von seiner Theorie zu verabschieden.

»Na schön, danke jedenfalls«, sag ich, ohne recht zu wissen, wofür ich mich eigentlich bei ihm bedanke.

»Okay. Ich mein, das ist doch 'ne Schande, ist das. Ich muß los.« Er kippt auf dem Weg zur Theke den letzten Schluck Kaffee runter und knallt die Tasse aufs Kellnertablett. »Danke, Lynette!« ruft er und legt 'n Dollar auf die Theke. Als er schon in der Tür ist, winkt er mir noch mal zu. »Schöne Grüße an Sally.« Und dann ist er weg.

Apropos Sally. Ich kucke auf die Uhr an der Wand. Nach den Pommes mit Soße bin ich inzwischen 'n bißchen müde geworden. Ich überleg mir, daß ich wohl schleunigst nach Hause fahren und noch 'ne Nickerchen machen sollte, bevor sie heimkommt.

Als ich aufsteh und gehn will, sagt Whaley, ich soll's gut machen. Ich lasse ihm das Kreuzworträtsel da und das Geld für Lynette. Eigentlich möcht ich ihr noch 'n Dankeschön nach hinten in die Küche rufen, aber ich will mich nicht genauso wie Phil anhören.

Ich trete also hinaus in die Hitze. Die Luft steht wie 'ne Wand aus Suppenpampe. Als Samson mich sieht, kommt er mühsam auf die Beine. Whaley nickt mir durchs Fenster zu. Ich winke noch mal kurz und laß den Motor an.

Und in dem Moment fällt mir dieser gottverdammte Wassernapf hinten auf der Ladefläche ein. Ich also den Motor wieder abgestellt, auf der Beifahrerseite rausgeklettert, das Wasser auf die Straße gegossen, wieder rein und den Napf auf die Theke gestellt. Und Whaley mit der Geduld seiner hundert Jahre nickt brav noch mal.

ZWÖLF

Als ich dann auf der Straße bin, so ganz allein, mal abgesehn von Samson, muß ich dran denken, was Phil gesagt hat. Daß die Leute oben am Clark Lake Billy umgebracht haben. Mir gehn ganz andre Gedanken durch den Kopf. Wo war eigentlich am Samstagabend Billys Truck? North Lake, Ecke McGregor, wie ist der überhaupt da hingekommen? Und wer hat Billy zuletzt lebend gesehn?

Lynette hat Jean also schon seit 'n paar Wochen nicht mehr getroffen, das heißt, Jean war an dem Abend nicht im Dewey's. Lynette dagegen ist so gut wie jeden Abend dort und säuft mit Billy. Aber an dem Samstag, sind sie da auch dort gewesen? Vielleicht war Jean im Dewey's und hat sich 'n paar Drinks reingezogen, und Lynette war in der Zeit irgendwo da draußen und hat Billy den Schädel eingeschlagen. Ich muß laut lachen. Lynette und Billy den Schädel einschlagen, mit der Kulimine, oder was?

Vielleicht war's mein Alter. Jean fährt raus zu ihm, die beiden kriegen sich in die Wolle, der Alte dreht durch, stellt Billy und macht ihn fertig. Aber das ergibt irgendwie auch keinen Sinn. Wenn der Alte einen von uns fertigmachen wollte, hätt er's doch längst tun können.

Ginny Honey? Die kann ja nicht mal 'ne Katze totmachen. Klar ist, unter Billys Bekannten sind jede Menge Leute, die ihm keine Träne nachweinen. Aber es gibt nur einen einzigen Menschen, bei dem ich mir richtig vorstellen kann, wie er den Stein hochhebt und immer wieder und wieder damit zuschlägt. Ich schlucke einen großen Happen Luft, und mir schwillt der Kopf an wie so 'n Ballon. Ich schalte das Radio ein. Und gleich wieder aus. Ich fürchte mich vor der Erinnerung, die bei mir anklopft, die Erinnerung an den Sommer damals, die klopft und klopft und ganz genau weiß, daß ich sie früher oder später ja doch reinlassen muß.

Der Sommer, wo Randy und ich die Highschool abgeschlossen haben, war knochentrocken – kein Regen, immer nur blauer Himmel und Sonnenschein ohne Ende, und das drei Monate nonstop. Ich hab in dem Fernfahrerstützpunkt draußen am Houghton Lake gearbeitet. Paar Kröten für die Ferien verdienen, wohnen konnt ich in der Jagdhütte.

Jean ist sechzehn, hat gerade den Führerschein gemacht und beschließt, daß sie auch mit da draußen sein will, nur den Sommer über. In irgend 'ner Markthalle will sie sich Arbeit suchen, Erdbeeren verlesen. Randy und ich hatten ausgemacht, daß er jedes Wochenende zu mir rauskommt (die Woche über hat er bei seinem Dad auf der Farm gearbeitet), und dann wollten wir die zwei Tage immer voll durchsaufen, Mädels mitbringen und alles machen, wozu wir gerade Lust hatten. Drum hat's mir gewaltig gestunken, daß Jean auch mit in der Hütte wohnen wollte. Aber sie hat sich nun mal in den Kopf gesetzt, daß sie weg will von Mama und dem Alten, und ich kann noch so sehr drohen, daß ich ihr den Hals umdrehe, das läßt sie vollkommen kalt. Und Mama meint, da können wir uns 'n bißchen gegenseitig im Auge behalten, also ist die Sache gegessen. Und ich sitz da oben in der Jagdhütte und hab den ganzen Sommer Jean auf dem Hals, und all die schönen Pläne, die ich mit Randy gemacht hab, sind im Arsch.

Aber nach 'n paar Wochen sind wir schon total aufeinander eingespielt. Ich bin jeden Morgen um sieben im Fernfahrerstützpunkt. Immer Benzingeruch in der Nase. Seitdem fängt mein Herz jedesmal, wenn ich Benzin rieche, an, wie so 'n Boxer mit den Fäusten zu schlagen und nach ihr zu rufen, und das wird wohl auch für den Rest meines Lebens so bleiben. Nachmittags um halb vier bin ich wieder in der Jagdhütte, bade und leg mich in der Regel ein, zwei Stunden hin, bis Jean heimkommt vom Erdbeerenverlesen oder Gurkenwaschen oder was sie ihr sonst noch alles so zu tun geben in ihrer Markthalle da. Manchmal klaut sie uns was bei Little Skipper: Chili-Hotdogs, fritierte Zwiebelringe und 'n paar Jumbodosen Root Beer. Hin und wieder fahren wir abends in die Stadt, Pizza essen, oder rauf ins Watering Hole und gönnen uns 'n Burger. Und danach hängen wir dann noch mit paar Typen vom Fernfahrerstützpunkt und ihren Mädels im Park rum, an der großen Buche. Oder wir fahren rüber ins Cadillac, wenn da 'n Film läuft, den wir unbedingt sehn wollen, oder wir bleiben daheim und kucken *Glücksrad*, wo ich jedesmal haushoch gewinne.

Aber Freitags bring ich uns immer Fleisch mit – normalerweise Hamburger oder Hähnchenteile. Manchmal auch Steak, aber das kostet 'n Haufen Geld. Und dann schmeißen wir hinten auf der Veranda den Grill an, und so um acht, halb neun kommt Randy angebraust. Dann essen wir die gegrillten Sachen und trinken 'n paar Bier, und danach gehn wir noch zusammen in die eine oder andre Kneipe. Jean ist zwar erst sechzehn, aber sie ist kräftig gebaut, und darum fragt sie auch nie einer nach dem Ausweis. Wenn du 'ne Schwester hast, die du überall mit hinschleppst, machst du wahrscheinlich den Eindruck, daß du 'n anständiger Junge bist, die Mädels sind jedenfalls total hinter uns her. Und erst mal geht alles 'ne ganze Weile so, wie wir's uns ausgemalt haben: Randy und ich bringen jedes Wochenende Mädels mit in die Jagdhütte, und Jean schläft hinten auf der Veranda, und wenn's regnet, pennt sie auch mitunter in meinem Malibu. Sie beklagt sich nicht, weil, Herrgott, dafür nehmen wir sie ja abends immer mit in die Kneipe und zahlen ihre Drinks. Und ich mach kein Theater, wenn sie mal 'ne Nacht nicht nach Hause kommt.

Oft gehn wir Samstagnachmittags auch zu dritt ins Stadion und kucken uns die Softballspiele an, 'n paar von den Spielern sind nämlich Arbeitskollegen von mir. Oder wir gehn runter zum See und schwimmen 'n Stück raus oder laufen einfach am Strand lang und suchen im Sand nach Schneckenhäusern und Fünfundzwanzig-Cent-Münzen. Oder wir klemmen uns zu dritt in Randys gelbes MG-Kabrio, das er sich leisten konnte, weil er zwei Stiere verkauft hat. Und dann brausen wir durch die Stadt, und es ist schon okay, daß Jean mit dabei ist. Wir machen's uns so richtig nett, wir drei.

Es ist der Freitag vorm vierten Juli, und Jean hat gerade gebadet und hält den Kopf in der Küche unter den Wasserhahn und wäscht sich die Haare. Ich kuck im Schrank nach, ob noch Pappteller da sind, und renne türenknallend durch die Küche, weil ich eigentlich neue kaufen sollte und nicht dran gedacht hab, und jetzt müssen wir ersatzweise richtige Teller nehmen, und ich darf mich nachher hinstellen und die Dinger abspülen.

»Scheiße, leck mich doch am Arsch«, fluch ich leise vor mich hin und schieb mich hinter Jean vorbei auf die andre Seite vom Ausguß. »Scheiße, leck mich doch am Arsch, am Arsch, am Arsch!«

»Nein danke«, sagt sie unterm Wasserstrahl.

»Wieso hast du mich denn nicht dran erinnert, daß ich Pappteller kaufen muß?« frag ich sie.

»Bin ich deine Mutter, oder was? Jetzt laß mich doch mal in Ruhe!« Sie dreht den Hahn zu, wringt ihre Haare mit einer Hand aus und langt mit der andern nach dem Handtuch. Ich schnapp's ihr weg und werf's ihr über den Kopf und fange an, irgendwie so 'n bißchen zu rubbeln und ihr die Haare abzutrocknen.

»Sind noch Kartoffelchips da?« frag ich.

»Neben dem Fernseher steht noch 'ne halbe Tüte«, sagt sie und nimmt das Handtuch und rubbelt selber richtig doll weiter und hält dabei den Kopf runter. Ich steh hinter ihr, und plötzlich geb ich ihr unwillkürlich 'n Kuß in den Nacken, eh ich losrenne und die Chips hole. Ich denkt da überhaupt nicht drüber nach, das passiert ganz von alleine.

»Du hast die Tüte offen stehn lassen«, sag ich zu ihr.

»Oh, Verzeihung.«

»Jetzt sind sie alle weich und lätschig.«

»Hör doch mal auf, hier rumzunerven!« sagt sie ganz freundlich und flitzt ins Badezimmer, um sich 'n Kamm zu holen.

Während sie an mir vorbeirennt, stoppt sie 'ne Millionstelsekunde und haucht mir den kleinsten Kuß der Welt direkt auf den Mund. Und dann ist das Zimmer leer, und ich steh da und hab die Chipstüte in der Hand, und das war's. Echt. Das ganze dauert nicht länger als dreißig Sekunden und ist wirklich nichts Weltbewegendes, aber in dem Moment kapier ich mit dem Kopf, daß ich sie auf die Art liebe. Wie lange mir das vom Herzen her schon klar war, weiß ich nicht. Jedenfalls ist es dasselbe Gefühl wie in der siebenten Klasse, wenn man durch dieses Glas durchkuckt, mit dem getestet wird, ob man farbenblind ist. Man sieht 'n Blatt mit lauter Punkten drauf, und dann hält man dieses gefärbte Glas vors Auge, und auf einmal ist da 'n Bild. Es war die ganze Zeit da, man hat's bloß nicht erkannt. So ist das mit mir und Jean. Und ich glaube, von dem Moment an wissen wir beide, was auf uns zukommt. Wir denken nicht groß da drüber nach, weil, was gibt's da schon groß nachzudenken? Man kann jemand hundert gute Gründe nennen, warum's besser wäre, irgendwen nicht zu lieben, aber wenn's zu spät ist, dann ist es halt zu spät.

Randy kommt also zur selben Zeit wie immer angebraust, und heute abend gibt's Hamburger und lätschige Kartoffelchips, aber für mich sind sie das Leckerste, was ich je gegessen habe. Eins nach dem andern wandert in meinen Mund. Der Ketchup, der Senf, die Tomaten, die Jean aus der Markthalle mitgebracht hat. Das Bier ist schön kühl und geht runter wie Öl, und sogar die Luft schmeckt gut. Jean hat 'ne abgeschnittene olle Jeans an und 'n T-Shirt von den Detroit Lions, und sie ist so schön, daß ich sie die ganze Zeit ankucken muß. Sie ist barfuß, wie immer, und schlüpft erst in ihre Sandalen, als wir uns auf den Weg machen in die Stadt. Wir fahren grundsätzlich mit zwei Autos, damit wir, falls einer von uns nachher seiner eignen Wege gehn will, nicht erst lange grübeln müssen, wie die andern wieder nach Hause kommen. Jean und ich, wir schmeißen uns in meinen Malibu, und Randy kommt in seinem kleinen gelben MG hinterher.

Heute abend macht irgendwie alles Überstunden, meine Augen, meine Ohren, meine Haut. Es ist schon nach neun, aber draußen ist es immer noch hell. Erspähe sechs Rehe auf der Fahrt in die Stadt, und Jean sieht auch noch mal zwei. Jenseits der Felder, da, wo der Wald aufragt, fangen schon die Zikaden an zu zirpen. Der Wind streicht durch die Härchen an meinem Armen. Jean sitzt neben mir, nur einen halben Meter weit weg, hat die Sandalen abgestreift und die nackten Füße aufs Armaturenbrett gelegt. Und sie hält meine Hand.

Weil am nächsten Tag der vierte Juli ist, wimmelt's in der Stadt von Wochenendausflüglern. Im Watering Hole ist alles voll von Sonnenbrand und Badelatschen und rasch über den Bikini gezogenen Shorts. Andauernd krieg ich irgend 'n Pferdeschwanz ins Gesicht oder 'ne nasse, kalte Bierflasche an den Arm, und dann dieser schwere, süßlich-abgestandene Geruch nach Kokos-Bräunungsmilch vermischt mit Schweiß. Als wir endlich unsre Miller Drafts haben, schlängelt sich Jean nach hinten durch, und ich halt mich dicht hinter ihr. Da hinten ist es ruhiger, da sind nur 'n paar Einheimische und die sogenannten Sommerfrischler, also solche wie Jean und ich, Leute, die von Juni bis September durchgehend hier wohnen.

Die Stunden vergehn, es ist alles genauso wie an jedem andern Freitagabend. So 'n Mädel, Diane heißt sie, die ich schon 'n paarmal mit zu mir genommen hab, setzt sich zu uns an den Tisch. Sie erzählt Randy irgendwelchen Mist, aber ich versteh bloß die Hälfte. Jean lehnt sich auf ihrem Stuhl zurück und packt unterm Tisch die Beine auf meinen Schoß. Wir sagen beide nicht viel, aber dafür grinsen wir uns andauernd an. Diane legt mir den Arm um die Schultern, also ob ich ihr persönliches Eigentum bin oder was, bloß weil ich sie mal gefickt hab. Jean schenkt ihr 'n freundliches Lächeln. So richtig schön breit und warm und kumpelhaft, und mir ist klar, da braut sich was zusammen. Also steh ich auf und schüttle Dianes Arm ab und frag Jean, ob sie noch 'n Bier will.

Und sie: »Tanz mit mir.«

Und ich: »Nein.«

Und sie: »Arschloch.«

Und da sagt Diane: »Aber wir zwei können ja mal tanzen.« Wie so 'n Kind, das in 'nem Schlangennest rumstochert und gar nicht kapiert, was los ist. Ich tu so, als ob ich sie nicht gehört hab, und zieh mich auf die Art aus der Affäre.

»Also was ist, willst du nun noch 'n Bier oder nicht?« frag ich Jean.

»Ach komm, wir holen einfach noch 'ne Runde«, sagt diese dämliche Diane und steht mit mir zusammen auf.

Genau das wollt ich vermeiden, und ich hab ja auch wirklich alles versucht, aber jetzt geb ich mich geschlagen. Jean bleibt sitzen. Sie dreht sich nicht mal um.

»Hey, Didi«, sagt sie.

»Diane.«

»Scheiß Name, aber mir kann's ja egal sein, wie du dich nennst, ey.«

»Was?« Diane ist immer noch freundlich, die denkt anscheinend, sie hat sich verhört.

Und Jean: »Ray sagt, du grunzt beim Ficken immer wie 'n Schwein. Stimmt das?«

Randy hat das meiste verpaßt, was bisher am Tisch vor sich gegangen ist, aber das jetzt, das hat er ganz deutlich gehört. Er hustet und sabbert, daß ihm 'n bißchen Bier am Kinn runterläuft. Diane schnappt 'n paarmal hintereinander nach Luft, wie 'n Fisch auf dem Trocknen. Und ich, ich steh einfach bloß da, weil, ich kann ja eh nichts tun. Ich steh da und laß sie machen. Schöne Scheiße. Aber schließlich reißt sich Diane zusammen.

»Blöde Kuh«, sagt sie, ohne sich an jemand Bestimmten zu wenden, und es antwortet auch niemand. Dann kuckt sie mich an, als ob sie meint, ich wär dran. Ich zieh kurz die Augenbrauen hoch und dreh den Kopf zum Fernseher über der Theke, wo gerade das Spiel Tigers gegen Orioles läuft. Es vergehn noch 'n paar Sekunden, in denen wir alle warten, was der andre tun wird. Alle außer Jean, die 'n Gesicht macht, als ob für sie das letzte Wort gesprochen ist.

Und dann rettet Randy endlich die Situation. »Willst du tanzen?« fragt er Diane. Sie nickt. Die beiden verzischen sich also zur Tanzfläche, und ich hol noch 'n paar Bier. Als ich wieder am Tisch bin, setz ich mich zu Jean und denke nach. Das war 'ne klare Ansage. Wenn wir uns da wirklich drauf einlassen wollen, müssen aber auch Nägel mit Köpfen gemacht werden. Das heißt, Schluß mit dem Rumgebumse, keine Eifersucht, kein Scheiß. Keine Dianes, keine Tammies oder Debbies, keine Ricks oder Jims oder Zeds. (Später hat sie mir erzählt, daß sie mal mit einem im Bett war, der Zed hieß. Ich schwör's bei Gott. »Und dem sein Schwanz sah aus wie 'n Kaktus.«) Nur noch Ray und Jean, und absolute Ehrlichkeit, wie's bei uns beiden schon immer üblich war. Daran durfte sich nichts ändern.

†††

Es ist kurz vor drei Uhr früh. Ich lieg mit Jean rücklings unterm schwarzen Zelt der Nacht. Wie hell die Sterne sind, sieht aus, als ob einer 'ne brennende Zigarette an die Plane gehalten und lauter kleine Löcher reingemacht hat, damit das Himmelslicht durchscheinen kann. Wir sehn zwei Sternschnuppen. Die erste überlaß ich Jean, aber auf die zweite wünsch ich mir, daß wir immer zusammenbleiben, bis ich sterbe. Wir haben gerade anderthalb Stunden Liebe gemacht. Das war, als ob ich in mir selbst versinke, als ob so 'ne Hautschicht, die sie dir abgerissen haben, als ob die plötzlich wiederkommt.

Randy und Diane waren so gegen eins aus dem Watering Hole aufgebrochen. Er hat noch gesagt, daß er am nächsten Tag vorbeikommen will. Wir sind dann auf dem schnellsten Wege heimgefahren. Haben uns 'ne Decke hinten in den Garten gelegt, dicht am Steg. Ich hör das Wasser träge und schläfrig ans halbverfaulte Holz klatschen, und Jeans Finger streichen ganz, ganz leicht innen an meinem Arm lang, immer rauf und runter, über die ganzen Narben, die alten und die neuen.

»Wenn du das gesehn hättest, kotzübel wär dir da geworden«, erzählt sie. »So 'n großer oller Brokkolistrunk, und ich soll den in das Salzwasser reinhalten.«

»Salz macht die Schnecken tot«, sag ich.

Und sie: »Das waren aber keine Schnecken, das waren Würmer.«

»Und die macht's nicht tot?« frag ich.

»Was weiß ich. Wahrscheinlich doch. Jedenfalls sind sie von dem Brokkoli abgegangen und oben aufm Wasser rumgeschwommen.«

»Wie viele denn?«

»Dutzende«, sagt sie. »Die ganze Wasseroberfläche hat von schwimmenden Würmern gewimmelt, und ich mußte die alle abschöpfen und den Brokkoli ausschütteln, und so 'n Scheißdreck verkaufen sie dann.«

»Bring uns bloß nie Brokkoli mit.«

»Und was meinste, wie der Müll aussieht, wenn du da vier Stunden lang diese kleinen grünen Mistviecher reingeschmissen hast?« Sie läßt ihre Finger auf meinem Arm innehalten und wartet, daß ich antworte. Ich sag, daß der Müll bestimmt ganz schön krass ausgesehn hat, da macht sie weiter mit den Fingern.

»Ich hab mindestens hundert tolle Ideen gehabt, was man mit diesem Mülleimer alles machen kann. Scheiße, jetzt ist es zu spät, mir noch irgendwo 'n andern Job zu suchen. Ich hab den ganzen Mist in 'n Plastiksack reingemacht und hab ihn einfach draußen stehnlassen.« Sie langt über ihren Kopf nach den Marlboro, die oben auf der Decke liegen. Nimmt ihr lila Bic und zündet eine an und gibt sie mir und steckt sich selber auch eine an.

»Und dann? Wie ging's weiter?« Meinetwegen könnte diese Geschichte noch Wochen dauern.

»In so 'n durchsichtigen Plastiksack, verstehst du? Und den hab ich draußen stehnlassen, wo wir immer den Müll hintun. Und da hat dann den ganzen Nachmittag die Sonne draufgeknallt, und die Biester sind richtig geröstet worden da drin. Und nach 'ner Weile sind sie aufgepoppt wie Popcorn.«

Ich dreh mich rum zu ihr und küsse sie. Und das ist das gleiche Gefühl, das man hat, wenn man am Einschlafen ist.

Vertraut. *Endlich, endlich.* Ich dreh mich wieder zurück. Sie hat meinen Arm losgelassen, und jetzt fahren mir ihre Finger durchs Haar, und das kribbelt wie lauter kleine Stromstöße bis runter zu den Schultern. Wir schweigen eine Weile.

»Jean?«

»Ja?«

»Komm, wir schlafen hier draußen«, sag ich. »Die ganze Nacht.«

Und das haben wir dann auch getan. Und danach kann ich mich kaum mehr dran erinnern, wie's war, als ich sie noch nicht hier bei mir hatte. Wie wenn man sich dran zu erinnern versucht, wie's war, bevor man geboren wurde. Leere.

Vom Juli bis in den August, tagsüber Benzin pumpen, mit den Fernfahrern rumblödeln oder mit den Jungs, die an den andern Pumpen arbeiten, an Jean denken und sich fragen, was sie wohl gerade macht, an was sie denkt. Dann heimfahren oder halt unser normales Abendprogramm, außer daß wir jetzt öfter als früher zu Hause bleiben. Es gibt Tage, da melden wir uns beide krank, weil wir einfach nicht voneinander loskommen. Geht nicht. Hinten vom Steg aus in den See springen, baden, dann bis zum Abend ausgestreckt bei mir auf dem Bett liegen.

Wir haben nichts voreinander zu verbergen und auch sonst vor niemandem. Jill küßt mich ganz offen im Lebensmittelladen und denkt sich nichts dabei. An den Wochenenden, wo Randy kommt, gehn wir schön auf Abstand und tun so, als ob nichts gewesen wäre. Jean will das gar nicht, aber ich sage, sie muß. Ich weiß nicht, wieso ich mir einbilden konnte, daß wir dem was vormachen können. Wahrscheinlich weil ich in puncto Familie schon immer meine Geheimnisse vor ihm gehabt hab. Wahrscheinlich hab ich darum gedacht, daß ich ihm einfach ewig was vormachen kann.

Am Wochenende gehn wir nach wie vor zu dritt zum Softball und essen Eis und Zuckerschnecken am Strand. Am Wochenende ist bei uns dreien alles so wie immer.

Schrecklich, wie viele Minuten wir in diesen Monaten verplempert haben, Zeit, in der ich entweder gearbeitet oder geschlafen oder sonst irgendwelche idiotischen Sachen gemacht hab, anstatt mit ihr zusammen zu sein. Wir müssen doch wohl gedacht haben, unsre Uhr läuft niemals ab. Und darum haben wir jeden Tag 'n bißchen Zeit verplempert. Wenn's irgendwie geht, versuch ich nicht mehr an diesen Sommer damals zu denken. Diese zwei Monate zwischen dem vierten Juli und dem Tag der Arbeit Anfang September, die sind wie so 'n Schmetterling unter Glas. Perfekt konserviert, sitzen die auf so 'm kleinen Brett irgendwo in meiner Seele, wo keiner ran kann und sie mir wegnehmen oder kaputtmachen. Ich und Jean und perfekt.

Aber hinterher kam, was immer hinterher kommt. Jedesmal wenn ich an die Zeit oben in der Jagdhütte denke, muß ich auch dran denken, was nachher zu Hause los war. Ich weiß, ich bin nie so geliebt worden wie damals in dem Sommer von ihr. Zehn Jahre versuch ich jetzt schon so zu tun, als ob ich kein Krüppel bin. Das ist, wie wenn mir einer das eine Bein abgerissen hätte, und ich hüpf rum und tu so, als ob's noch dran ist, mein Bein, anstatt ganz alleine, mit niemand weiter als so 'm blöden getigerten Kater am andern Ende der Stadt zu wohnen.

Ich weiß nicht, ob sie mich überhaupt noch liebt oder ob sie mich haßt oder ob's ihr so oder so egal ist. Mir gegenüber hat sie sich seitdem nie mehr was anmerken lassen. Ruhig, freundlich, aber weiter nichts. Und anders hab ich's ja auch nicht verdient, nach dem, was ich ihr angetan hab.

DREIZEHN

Als ich von Carter's heimkomme und ich auf den Hof fahre, springt Samson aus dem Seitenfenster und rennt hinters Haus. Erst zwei, noch mindestens eine Stunde, bis Sally hier ist. Ich geh rein und will mich 'n bißchen hinlegen, weiß aber schon von vornherein, daß ich nicht schlafen kann. Das Bett ist noch nicht gemacht. Sieht ja schlimm aus, das ganze Bettzeug verwurstelt, als ob da lauter dicke, fette Schlangen auf 'nem Haufen liegen. Als ob da jemand drin geschlafen hat, der nicht besonders gut geschlafen hat. Sie hat's halt eilig gehabt heute morgen, wegen Ginny Honey und den Kindern. Ich stell mir vor, wie Sally reinkommt und das Bett in diesem Zustand sieht. Ich stell mir vor, daß ihr dann genauso elend zumute wär wie mir.

Ich nehm das ganze Bettzeug und schmeiß es auf den Boden. Dann steck ich das Leintuch wieder richtig unten rein und versuch's gerade zu ziehn. Ich muß es ein paarmal wieder rauszerren und neu reinstopfen, bis es in Ordnung ist. Dann die Decke. Zuerst das Leintuch, dann die Decke, soviel weiß ich. Da wird sie aber Augen machen. Vielleicht hebt das ihre Stimmung für unser Gespräch nachher. Vielleicht trampeln mir dann mal 'ne Stunde lang nicht Jeans nackte Füße auf den Nerven rum. Ich schüttle die Kissen 'n paarmal auf, damit sie schön dick aussehn, und leg sie ans Kopfende, nebeneinander, ganz dicht nebeneinander, wie Sally und ich. Dann heb ich 'n Paar Socken und 'n paar Unterhosen vom Boden auf und bring sie ins Bad, wo Sally den Wäschekorb hat. Und da seh ich die ganzen Bartstoppeln im Waschbecken, von gestern, als ich mich rasiert hab, bevor ich zu Snell's gefahren bin. Ich schmeiß die Sachen in den Wäschekorb, spül das Becken aus und schieb mit den Fingern die Härchen zum Abfluß. Ach Gott, lauter Kleinigkeiten, das eine zieht das andre nach sich, und es ist alles so aussichtslos aussichtslos aussichtslos, es ist so viel zu tun.

Ich geh zurück ins Schlafzimmer und bilde mir ein, ich bin Sally, die von der Arbeit kommt. Ich sehe 'n gemachtes Bett und 'n aufgeräumten Fußboden und freu mich drüber. Dann geh ich durchs ganze Haus und schau mir alles mit Sallys Augen an. Im Wohnzimmer sind an dem einen Couchende Decken und Kissen aufgestapelt. (Mir fällt ein, daß Deena heute morgen Decken zusammengelegt hat.) Dazwischen kleine Schüsseln mit Popcornresten, und in der einen Ecke liegen lauter Zeitungen auf dem Fußboden verstreut.

In der Küche muß ich mich erst mal hinsetzen, so schwer ist mir das Herz. Auf der Theke und auch auf dem Tisch steht noch das ganze Geschirr vom Frühstück rum. Die Müslipackungen und 'n offener Milchkarton, der mich mit seinem weit auseinanderklaffenden, sauer riechenden Maul anbrüllt. Toastkrümel und klebrige Marmeladenkleckse.

Als erstes heb ich die Zeitungen vom Boden auf und binde sie zusammen. Und wie ich gerade 'n Knoten mache, klappt 'ne Schlagzeile runter und fällt auf den Bauch:

BRUTALER MORD IN DER NORTH LAKE ROAD
Familie des Opfers nach Bluttat von der Polizei vernommen

Wie oft hab ich schon solche Schlagzeilen gelesen und mir alles mögliche zusammengereimt, ohne die geringste Ahnung zu haben. Aber jetzt, wo ich selber in so 'ner Schlagzeile mit vorkomme, weiß ich, daß ich nie wieder glauben werde, was in der Zeitung steht. Jetzt, wo ich selber die nach der Bluttat von der Polizei vernommene Familie bin, erkenn ich auf einmal die Lüge hinter jeder Schlagzeile, hinter jedem Wort, das je gedruckt worden ist, ganz egal, worüber. Aus dem, was du liest, erfährst du gar nichts. Die erzählen dir lauter Zeug, als ob du dann Bescheid weißt. Aber du kannst überhaupt nicht Bescheid wissen. Bescheid wissen tust du erst, wenn's dir selber passiert.

Ich stell die Zeitungsbündel hinten an der Veranda ab, geh wieder in die Küche, und wieder tut mir das Herz weh, wenn ich das sehe. Also zuerst das Wohnzimmer. Die Decken sind ja schon zusammengefaltet; ab damit in den Korridorschrank, oberstes Fach, wo ich sie am ersten Abend hergeholt hab. Drei Popcornschüsseln, Papierservietten voller Salz und Butterflecken. Ich schütte die Kippen aus den Aschenbechern in die Schüsseln, und im nächsten Moment tut's mir leid wegen dem Geruch. Bloß raus damit in die Küche (diese Küche! diese Küche!) und auf die Theke knallen, die Dinger, neben die Spüle.

Jetzt weiß ich nicht, wo ich anfangen soll. Die Teller kann ich nicht abwaschen, weil sie noch nicht zusammengestellt sind. Also erst mal den Tisch abräumen und weg mit den Abfällen. Aber die leere Milchtüte wegschmeißen geht auch nicht, weil der Mülleimer voll ist. Das heißt, ich muß zuerst den Mülleimer leer machen, aber wie ich den Müllsack aus dem Spülschrank ziehe, ist da unten so 'n Scheiß drin, als ob irgendwas ausgelaufen ist oder so, und jetzt hab ich so 'n feuchtes, matschiges Zeug unter den Schuhsolen. Das ist ja wie so 'n Kreis, wo man überhaupt keinen Anfang finden kann.

Und da fang ich eben damit an, daß ich erst mal langsam durch die Nase atme und bis zehn zähle. Und dann schau ich auf die Wanduhr, wie spät's ist, und da weiß ich plötzlich, wie ich's mache. Ich tu einfach so, als ob die Küche 'ne Uhr ist. Ich starte bei 12.00 und geh im Uhrzeigersinn durch den ganzen Raum, bis ich wieder bei 12.00 angelangt bin. Ich mach einfach 'n großen Kreis. Die Spüle ist 12.00. Ich wasche alles ab, was in dieser Sekunde im Becken ist, und scher mich den Teufel um den Rest. Dann geh ich mit einem Fuß 'n Schritt nach rechts und wasch das ab, was da steht. Als ich auf 9.00 bin, blitzt und blinkt schon alles. Ich schalt das Radio ein, und da läuft doch *I Got the World on a String*, so wahr ich hier stehe. Auch noch gesungen von Frank Sinatra. Siehst du, das sind eben so Zufälle, nicht wahr, und da denk ich mir, im Grunde ist das doch das einzige, was wirklich zählt auf der Welt. Du hast 'n Song im Kopf, und prompt kommt er im Radio. Und in solchen Augenblicken ist alles schnuppe, Arbeit und Streit und sogar Sallys Wut. Ich nehm den Strohbesen und feg die Küche aus, zieh alle Stühle unterm Tisch vor und singe dabei ganz laut, wie ich's vorhin mit Whaley im Diner gern gemacht hätte. Hier ist wenigstens keiner, der mir sagen kann, was ich für 'ne beschissene Stimme hab. Ich stell mir vor, wenn ich Ginch Littlefield wäre, dem seine Sally würde genau in dem Moment ankommen und ihm die Hölle heiß machen. Aber meine Sally kommt noch nicht. Scheint sich 'n bißchen zu verspäten. Hätt nie gedacht, daß ich heut noch mal fertig werde. Aber jetzt bin ich fertig, und das Geschirrtuch hängt schnurgerade und auf Kante über der Herdstange, und sie ist immer noch nicht zu Hause. Also geh ich hinter auf die Veranda und steck mir eine an.

Und während ich 'ne Zigarette rauche und warte, daß Sally heimkommt, kuck ich mir die bindfadendünnen Bohnen an, die im Garten in die Höhe schießen. Die Tomaten machen 'nen ganz guten Eindruck, naja, bis auf die Größe. Ich geh übern Hof (raschel-raschel durchs vertrocknete Gras) und hock mich hin, um besser sehn zu können. Zwei Tomaten fallen mir regelrecht in die Hand. Da ist ja noch eine, die ist ein bißchen größer, aber noch ziemlich gelb. Die braucht noch 'n paar Tage. Und hinten, unterm Blatt, hat sie 'n Wurmstich. Aber das macht nichts. Den schneid ich einfach raus, das, was drumherum ist, mach ich auch mit weg, der Rest ist dann okay.

Ich bring die zwei reifen Tomaten in die Küche und leg die eine in den Drahtkorb, der über der Theke hängt. Die andre wasch ich unterm Wasserhahn ab, aber vorsichtig, damit ich die Theke nicht vollspritze. Soll ja noch alles schön ordentlich sein, wenn Sally heimkommt. Dann reib ich sie vorne am Hemd trocken, kuck noch mal, ob sie wurmstichig ist, und geh wieder raus auf die Veranda. Mit Tomaten kannst du dich noch so sehr vorsehn, beim ersten Biß hast du trotzdem immer den ganzen Saft im Gesicht.

Ich wisch mir mit dem Handrücken das Kinn ab. Stell mir vor, wie Sally staunen wird. Bestimmt weiß sie dann gleich, daß es mir leid tut wegen gestern, und ich brauch gar nicht erst was zu sagen. Und dann ist alles wieder gut. Mann, schmeckt die toll, die Tomate.

Drüben am Rand vom Sojabohnenfeld seh ich was Braunes aufblitzen. Wird 'n Fuchs sein oder 'n Kojote. Glaubt man gar nicht, daß wir hier in Michigan Kojoten haben. Ist aber so. Und was für welche! Die Farmer dürfen die Biester abschießen, weil sie die Lämmer und die Enten fressen und einmal sogar 'n Kalb. Die kommen auf die Felder, direkt bis ran an die neue Randbebauung, und dann kriegen die Stadtmenschen natürlich 'n Heidenschreck, wenn sie aus dem Küchenfenster kucken und da schleicht sich so 'n großer oller Kojote hinten am Gartenzaun lang. Meistens denken sie, das ist 'n Wolf, und rufen die Polizei und lassen ihre Kinder 'ne Woche lang nicht draußen spielen oder so. Das hat mir Randy erzählt. Und daß sein Vater mal in einem Sommer 'n ganzes Dutzend abgeschossen hat und ausstopfen lassen (Vollkörper), und dann hat er sie an die Kneipen hier in der Gegend verkauft. In dem Jahr hat er mehr Geld mit Kojoten verdient als mit seinem Weizen, sagt Randy. Im Dewey's steht immer noch einer.

Jetzt fährt Sally vor. Ich hab sie gar nicht bremsen gehört, plötzlich ist sie da, schlägt die Autotür zu und kommt mir entgegen. Sie sieht müde aus.

»Wieso bist du denn auf?« fragt sie und stellt ihre Tasche hinten an die Fliegentür und setzt sich zu mir.

»Ich hab auf dich gewartet.« Ich halte ihr den letzten Happen Tomate hin, und sie greift zu.

»Hast du überhaupt geschlafen?«

»Noch nicht.« Das ist das, was ich gesagt hab, aber gemeint hab ich: *Erst, wenn wir geredet haben.* Und das hallt nun laut über den ganzen Hof bis hinten raus aufs Feld. Sie kuckt rüber, als ob sie jedes einzelne Wort die Sojabohnenreihen langhüpfen sieht.

»Ich hab fast die ganze Nacht wachgelegen und hab nachgedacht«, sagt sie.

Und ich: »Ach ja?«

Sie schweigt 'n Moment, und ich: »Ich hätt dich beinah angerufen in der Pause.« Was die Wahrheit ist. Ich hätt sie wirklich beinah angerufen, aber ich wollt sie nicht aufwecken, nachts um drei.

»Ich bin wach gewesen«, sagt sie. Wieder Schweigen. »Warum wolltest du mich denn anrufen?«

Ich antworte nicht gleich, weil, die richtige Antwort möcht ich nicht sagen. Aus Angst. Aber anlügen will ich Sally auch nicht. Sally anlügen, das find ich gemein. Und darum antworte ich nicht gleich. Aber dann sag ich: »Ich weiß auch nicht.«

Jetzt ist sie bestimmt sauer. Aber wenigstens treibt's uns nicht in die Richtung, in die wir kommen würden, wenn ich ihr den wahren Grund gesagt hätte, warum ich sie anrufen wollte.

»Einfach so, um dich zu melden?« fragt sie, und ihre Stimme klingt 'n ganz klein wenig böse, aber nur 'n ganz kleines bißchen. Sally kann überhaupt nicht richtig böse sein, außer wenn einer sie verdammt übel gekränkt hat. Und darum weiß ich hundertprozentig, daß unser Gespräch echt hart werden wird. Und genau davor hab ich Angst. Deswegen wollt ich sie anrufen heute nacht, weil ich sie bitten wollte, mir zu versprechen, daß sie mich nicht verläßt. Bitte, laß mich innerlich zur Ruhe kommen und sag, daß sie mich nicht verläßt.

Aber statt dessen sag ich: »Ich hab 'ne Überraschung für dich. Drin im Haus.« Sie muß bloß erst mal 'n Blick in die Küche werfen, dann kommt das schon wieder in Ordnung. Und wenn sie dann das andre auch noch sieht, die gemachten Betten und alles, dann vergißt sie, warum sie nicht schlafen konnte und über was sie die ganze Nacht nachgedacht hat.

»Ich möcht aber hier draußen bleiben«, sagt sie. Ich kuck rüber zu den Tomatenpflanzen, wo ich vorhin gekniet hab. Ob sich meine Knie wohl in den Boden eingedrückt haben? Am liebsten würd ich wieder dahin gehn, die Tomaten inspizieren, die reifen abpflücken.

»Hör zu, du weißt ja eh schon, was ich sagen will«, fängt sie an. *Nein, weiß ich nicht. Ich weiß nicht, was du sagen willst.* Aber sie spricht einfach weiter und hört nicht, was ich neben ihr denke. »Und ich bin dir auch nicht mal mehr böse. Aber ich gehe weg.«

Das eine Tomatenblatt wippt ganz leicht, und wie ich genau hinkucke, seh ich, da ist 'n Grashüpfer drauf gelandet. Er hält still und rührt sich nicht, bis das Blatt nicht mehr wippt. Neben mir Sally, ihre gleichmäßige Stimme strömt mir ins Ohr.

»Ich bleib erst mal bei Barb, bis ich was Eigenes gefunden habe.« Barbara ist ihre Schwester. Die wohnt 'n Stückchen weiter runter nach Adrian zu.

»Da mußt du 'ne Dreiviertelstunde fahren, bis du in der Schule bist«, sag ich, als ob das 'n Grund wär hierzubleiben.

»Nur so lange, bis ich was Eigenes habe.« Wir schweigen wieder. Ich will irgendwas sagen, das sie davon abhält wegzugehn. Jetzt ist die Gelegenheit dazu, diese eine Minute Schweigen. Aber immer, wenn mir einfällt, was ich sagen könnte, hör ich schon vorher, was sie darauf antwortet. Und gegen ihre Antwort hab ich keine Argumente.

»Können wir da nicht erst mal drüber reden?« frag ich.

»Wir reden ja darüber«, sagt sie. Und dagegen hab ich kein Argument. Nicht wahr? Wir reden drüber. Was ich in Wirklichkeit meine, ist doch: *Kann ich dir das nicht noch ausreden?*

»Kann ich dir das nicht noch ausreden?«

Sie ist überrascht. Denkt 'n Moment nach, denkt wirklich nach. Mein Gott, das ist einer der Gründe, warum ich sie liebe. Weil sie wirklich nachdenkt, bevor sie auf 'ne Frage wie diese antwortet.

»Nein«, sagt sie schließlich.

Tja, dann. Das heißt, ich hab nichts mehr zu verlieren. Und darum sag ich: »Ich hab sie nicht gefickt.«

Da kommt der Froschmund, blitzschnell. Ich merke, wie sie den Kopf rumdreht und mich ansieht. Aber ich fixiere den

Grashüpfer drüben auf der Tomatenpflanze. So daß ich sie im Moment nicht auch ansehn kann.

»Das ist egal, Ray. Es ist nicht wichtig, ob du hast oder nicht.«

Ich finde nicht, daß das egal ist. Ich hab sie seit zehn Jahren nicht mehr gefickt, und für mich ist das verdammt wichtig.

Sally spricht weiter: »Wir hatten eine Abmachung. Du hast gewußt, was wir ausgemacht haben, und du hast gewußt, was passiert, wenn du dich nicht daran hältst.«

Wir hatten nämlich tatsächlich 'ne Abmachung. Wir hatten ausgemacht, daß ich mich von Jean fernhalte. Das war die Abmachung. Und basta.

»Ich weiß«, antworte ich. Ich hör mich an wie 'n Kind. Wie 'n Kind, das bestraft wird, weil's was ausgefressen hat und ganz genau weiß, daß es was ausgefressen hat, aber trotzdem nicht bestraft werden will.

»Ich hab immer das Gefühl, ich bin für dich bloß so 'ne Zwischenstation, so 'ne Art Pausenfüller«, sagt sie. »Ich will aber jemand haben, der mich so liebt, als ob ich für ihn das Ziel bin.«

Der Grashüpfer hat 'ne Ecke von dem Blatt gefressen. Der macht noch so lange, bis das ganze scheiß Blatt alle ist. Eigentlich müßte ich rübergehn und ihn wegfegen. Ihn fangen und ins Gras schmeißen. Sally redet immer weiter.

»Ach, Ray, du bist doch bloß deswegen mit mir zusammen, weil du Angst hast, woanders hinzugehn. Ich bin dreißig. Ich will meine Zeit nicht mehr mit irgendwem verplempern, der ja doch nicht die Absicht hat, für immer mit mir zusammenzubleiben.«

»Ich bin doch nicht derjenige, der nicht die Absicht hat, für immer zusammenzubleiben«, flüstere ich. Dabei will ich gar nicht flüstern, es passiert einfach.

»Wenn du morgen sterben müßtest und eine von uns beiden mit in den Tod nehmen könntest, wen würdest du dir wünschen? Mich oder Jean?«

Als ich den Namen höre, aus Sallys Mund und ausgerechnet in diesem Moment, wird mir richtig übel, wie wenn mir einer in den Magen geboxt hat. Ich kann nichts weiter machen, als wie versteinert dasitzen und mich zusammenreißen, daß ich nicht rüber renne und diesen verdammten Grashüpfer auf den Mond schieße.

Sie holt tief Luft und kommt zum Kern der Sache. »Ich verurteile das ja nicht, das mit euch beiden. Aber ich komme bei dir nicht an erster Stelle, Ray. Und ich will nicht bloß ein Notbehelf für dich sein.«

Sie hört sich so müde an. Nicht drängend, wie wenn sie mich überzeugen will. Müde, als ob sie ganz genau weiß, daß ich weiß, sie hat recht.

»Bist du denn hier nicht glücklich?« weich ich ihr aus.

»Das ist ein falsches Glück«, antwortet sie. »Ich will das echte.«

»Ich will aber, daß du bei mir bleibst«, blöke ich wie 'n Schaf oder 'n Ziegenbock.

»Ich hab was Besseres verdient.« Sie weint nicht. Wenn sie's doch bloß täte. Ich überlege, ob mir nicht irgendwas einfällt, wie ich sie zum Weinen bringen kann. Aber mir fällt nichts ein, um sie aus der Reserve zu locken. Das merk ich an ihrer müden Stimme. Eigentlich ist sie schon weg. Und darum halt ich den Mund.

»Du tust mir leid, Ray«, sagt sie. »Ihr tut mir beide leid.« Und das ist nicht eklig gemeint. Wir tun ihr wirklich leid. Ich nehm ein Steinchen von der Verandastufe und werf's mit aller Kraft nach der Tomatenpflanze. Nicht getroffen.

»Bis nach der Beerdigung bleib ich noch«, sagt sie. »Ich laß dich nicht einfach im Stich.«

»Ist gut«, antworte ich und hör mich an wie 'n Arschloch.

»Wir sind ja schließlich Freunde, da kann ich dich doch nicht einfach so im Stich lassen«, sagt sie. »Daran ändert sich auch nichts.«

Ich weiß. Meine Freundin verläßt mich. Meine Freundin verläßt mich!

Und da sag ich: »Du mußt nicht bleiben.«

Und sie: »Überleg dir's noch mal.«

Und ich: »Ist schon in Ordnung.«

»Wir werden sehn.« Sie steht auf, nimmt ihre Tasche und geht ins Haus. Ich bleib draußen auf der Veranda. Ich stell mir vor, wie sie von der Küche ins Wohnzimmer geht und dann hinter ins Schlafzimmer. Genauso, wie ich's mir vor 'n paar Stunden vorgestellt hab.

Ich geh in den Garten, wieder raschel-raschel-raschel. Ich bücke mich und kucke. Der Grashüpfer ist weg. Die Pflanze ganz unten anfassen, dicht über der Wurzel, und festen Halt suchen, Füße auseinander, Knie eingeknickt. Dann zieh ich. Geht schwer. Ich ziehe mit den Beinen und den Schultern, den Rücken durchgedrückt. Ich merk, daß 'n paar Wurzeln nachgeben, wie so 'n Zahn, der locker wird. Und dann hab ich endlich das ganze Ding in der Hand und schmeiß es mit aller Kraft rüber ins Sojabohnenfeld. Ich pack die Pflanze daneben. Reiß sie mit der Wurzel raus. Und immer so weiter, die ganze Reihe runter. Dann die grünen Bohnen. Die gehn viel leichter. So leicht, daß ich um ein Haar hintenüber kippe und falle. Also reiß ich sie mit einer Hand raus und bin doppelt so schnell damit fertig, zerre, bis sie locker sind, richte mich auf und schmeiß sie rüber ins Feld. Bohnen, gelbe Zucchini, grüne Zucchini, Gurken, gerade mal so groß wie meine Hand, ach, ist das ein mickriger Garten. Alles fliegt raus aus der Erde. Fliegt weg, entwurzelt, abgerupft. Nach den Tomaten kommt nichts mehr, was wirklich fest im Boden sitzt. Die andern geben alle sofort nach, die merken, daß es Ärger gibt, und kommen raus.

Nicht lange, dann bin ich fertig. Und in meinem Kopf dröhnt es wie wild, alles in mir ist zum Zerreißen gespannt, wie so 'ne Feder, und sirrt. *Ein Wahnsinn. Ein Wahnsinn.* Will reingehn und sie zusammenschlagen, daß sie nicht mehr weiß, wo oben und unten ist. Kann kaum gradeaus kucken. Ich geh in die Garage, auf dem Holzbord, neben der Schneemobilbatterie, liegt 'ne verrostete Klinge von 'nem Teppichmesser.

Ich möchte Sally töten, weil sie mich verläßt. Ich möchte Billy töten, weil er mich auch verlassen hat, aber ich kann nicht. Ich kann überhaupt nichts machen, weder das eine noch das andre. Ich zieh mir die Klinge dreimal fest und schnell über den Oberarm. Es fängt sofort an zu brennen, und dann kommt Blut, und ich kann freier atmen. Sind nicht tief, die Schnitte, tun aber höllisch weh. *Danke danke danke* für den Schmerz, an dem ich mich festhalten kann.

Ich überlege, ob das vielleicht gar nicht so 'ne starke Leistung war, daß ich mich zehn Jahre von ihr ferngehalten hab. Vielleicht war's ja, verdammt noch mal, viel einfacher, mich von ihr fernzuhalten, als in ihre Nähe zu kommen. Und vielleicht bin ich 'n Feigling. Vielleicht bin ich die ganze Zeit einfach bloß 'n Feigling gewesen und hab mich hinter Sally versteckt.

Nach 'ner Weile komm ich wieder zu mir. Sally soll das Blut an meinem Arm nicht sehn, das will ich nicht, um nichts in der Welt. Da neben der Batterie liegt noch so 'n dreckiges olles T-Shirt. Das zieh ich mir über, damit sie nichts merkt. Steig in den Truck und laß den Motor an. Samson will reinspringen, aber ich scheuch ihn weg. Als ich den Gang einlege, kommt Sally hinten auf die Veranda.

»Wo willst du denn hin?« ruft sie.

»Ich weiß nicht«, antworte ich so normal wie möglich.

»Drin im Haus blitzt und blinkt ja alles«, sagt sie und lächelt. »Danke.«

»Wegen der Beerdigung mußt du nicht bleiben«, sag ich. »Du kannst jederzeit verschwinden.«

»Ich find's aber nicht gut, wenn du alleine bist –«

»Und ich finde, du solltest einfach gehn.« Ich lächle sie schief an, damit sie weiß, ich sag das nicht, weil ich gemein sein will.

»Okay, dann pack ich 'n paar Sachen zusammen. Bloß für 'n paar Tage.« Sie sieht schon nicht mehr ganz so müde aus. »Um den Rest kümmern wir uns nachher.« Nach was? Nach dem Begräbnis, nehm ich an.

»Ja. Klar. Kein Problem.«

»Die Nummer hast du ja. Hängt an der Wand.« Von Barbara, ihrer Schwester. Wir haben nämlich 'ne Liste mit Telefonnummern an der Wand hängen, neben dem Apparat.

»Ja«, sag ich.

»Also.« Sie wartet 'ne Sekunde und dann sagt sie: »Wenn du wiederkommst, bin ich weg, Ray.« Und das ist keine Drohung. Und das ist auch keine Rache. Sie sagt's mir bloß, damit ich mich nicht wundere.

»Okay«, sag ich. Und sie dreht sich um und geht ins Haus, und ich fahr los. Und das war's. Das war's dann. Sechs Jahre zusammengelebt und sich gegenseitig ziemlich anständig behandelt, und jetzt ist es aus.

Wenn du wiederkommst, bin ich weg.

Okay.

Und das war's.

Wenn Sally was sagt, dann meint sie's in der Regel auch so. Wenn noch was zu sagen gewesen wär, hätt sie's gesagt. Und ich weiß ja, daß sie recht hat. Ich hab ihr nicht die Liebe gegeben, von der sie gesprochen hat. Jedes Argument von mir wär 'ne Lüge gewesen.

Und jetzt fahr ich also in die Stadt, und mir ist, als ob mir einer den Kopf abgeschraubt und ihn irgendwo hingetan hat, zum Beispiel hinten an die Stoßstange oder unter die Motorhaube. Mir fällt ein, daß Ginny Honey neulich früh so was Ähnliches gesagt hat. Wie sie gegangen ist, um Billy zu identifizieren, und wie sie Mama gesehn hat, daß sie da das Gefühl gehabt hat, ihr Kopf schwebt 'n paar Meter überm Körper. Vielleicht ist das das Gefühl, das die Leute meinen, wenn sie sagen, der und der hat den Kopf verloren oder bloß nicht den Kopf verlieren.

Ich zerr mir das T-Shirt runter. Erst den einen Ärmel, dann den andern, dann übern Kopf, immer mit einer Hand am Lenkrad. Jetzt bin ich plötzlich müde. Ich will mich hinlegen und schlafen, aber zurück nach Hause kann ich ja nicht. Höchstens irgendwo rechts ranfahren und im Truck pennen, aber ich will nicht, daß Sheriff Keith schon wieder über mich stolpert. Ich geh im Geist die Liste durch. Mama? In Eds Haus fühl ich mich nicht wohl. Mein Alter? Nein. Der sitzt jetzt sicher irgendwo mit Veilchen LaVonn in 'ner Kneipe, beide voll wie die Strandhaubitzen. Noch mal zu Carter's will ich nicht. Und Joe

Lee wird auch nicht gerade erbaut sein, mich zu sehn, wenn ich ihm sage, warum ich nicht heim kann. Im Gegenteil. Tät mich nicht wundern, wenn er mir endlich mal richtig in den Arsch tritt, eh die Woche um ist. Wahrscheinlich läßt er mich noch 'n paar Tage in Ruhe, aus Anteilnahme, wegen Todesfall in der Familie. Ich steck mir eine an und pump mich mit Rauch voll.

»Herrgott noch mal, Billy, wo bist du?« sag ich ganz laut im Truck. Weil, normalerweise würde ich jetzt zu ihm fahren. Wenn noch irgendwas normal wäre. Wenn nicht binnen weniger Tage die ganze verdammte Welt im Klo runtergespült worden wäre. Ich und Billy, wir würden 'n paar Bier einpacken und auf Eichhörnchenjagd gehn. Oder ich würde bei ihm in der Garage rumhängen, während er die Zündung an seiner ollen Harley einstellt. Quatschen und saufen, bis er hackezu ist, und dann behauptet er, ich treib's mit Ginny Honey (!), und zieht mir eins mit dem Schraubenschlüssel über. Trotzdem, es gibt Zeiten, da nimmt man gerne 'n blaues Auge in Kauf, wenn man dafür nicht alleine ist.

VIERZEHN

Die Abmachung, an die ich mich nicht gehalten hab, war die Grundbedingung dafür gewesen, daß Sally überhaupt mit bei mir eingezogen ist. Wir kannten uns damals erst 'n paar Wochen. Ich war in der Bowlingbar, draußen bei meinem Alten in der Nähe. Mit 'n paar Kumpels von der Arbeit, schnell noch einen heben, bevor die Schicht losgeht. Bis ins Werk hab ich's dann natürlich gar nicht mehr geschafft. Und Jean ist auch da, weil Donnerstagabend ist und sie jeden Donnerstagabend mit ihrer Mannschaft Bowling spielt. Und hinterher kommt sie noch mit 'nem halben Dutzend Leuten aus ihrer Mannschaft nach vorne in die Kneipe. Und dann spielen wir alle zusammen Billard und besaufen uns. John und Mike Tiller – die beiden sind Cousins – und ich, wir gehn einfach nicht zur Arbeit diese Nacht. Und die Mannschaft, in der Jean spielt, das ist 'ne gemischte Mannschaft, also zwei, drei Pärchen und Jean und ihre Freundin Pebbles und noch 'n paar Leute, aber an die kann ich mich nicht mehr erinnern.

Jean und ich, wir sind 'n Team beim Billard. Sie spielt 'n ganz klein bißchen besser als ich, aber bloß 'n ganz klein bißchen. Vor allem, weil sie im Gegensatz zu mir normalerweise nicht säuft. Und jetzt spielen wir schon seit 'n paar Stunden, mit John Tiller und so 'm andern Typ, den ich vorher noch nie hier gesehn hab, und die liefern uns 'n richtig guten Kampf. Bloß daß der Typ hinter Jean her ist, die sich aber anscheinend nicht viel aus ihm macht. Ich warte, daß sie sagt, er soll sich verpissen, aber sie tut's nicht. Und prompt versemmel ich 'n Stoß, 'n ganz leichten über Bande, ich will einfach über Bande hinter der Acht vorbeispielen, aber das geht voll in die Hose, wie mit 'nem Hockeyschläger oder was. Und Jean feixt höhnisch und sagt: »Du bist ja besoffen.« Und dann lacht sie.

Und 'n Moment lang hab ich das Gefühl, sie lacht mich aus. So richtig böse und gemein. Darum sag ich ihr, sie soll verdammt noch mal die Schnauze halten, und schubse sie gegen die Jukebox, daß die Musik (Willie Nelson, *Poncho and Lefty*) scheppert wie Sau. Und Jean holt aus und versetzt mir 'n Schwinger mit ihrer Stroh's-Flasche. Aber nicht so, daß sie die Bierflasche am Hals festhält und sie mir übern Schädel haut. Sie boxt mir praktisch bloß mit der linken Hand ans Ohr, also mit derselben Hand, in der sie auch die Pulle hat, das ist alles.

Und dabei sagt sie: »Ich laß mir doch von dir nicht den Mund verbieten, du Arschloch.« Und ich sag, daß ich ihr gleich den Arsch versohle oder so was in der Art, und sie: »Na los, versuch's doch, Ray!« und schmeißt ihr Queue auf den Tisch – zwischen die Kugeln – und geht auf den Hinterausgang zu, an den Münzfernsprechern und den Toiletten vorbei, raus auf den Parkplatz, der von der Bowlinganlage abgetrennt ist. Und natürlich sehn das alle. Und ich steh da, besoffen, wie ich bin, und hab im Ohr noch dieses Klingeln von dem Schwinger, den sie mir verpaßt hat, und alle glotzen sie mich an wie den letzten Idioten.

Bis dahin unterscheidet sich das alles kein bißchen von den hundertsiebenundachtzig andern Krächen, die wir gehabt haben. Und eigentlich müßt ich die Sache an dem Punkt auf sich beruhen lassen. Jean bleibt 'ne Weile draußen auf dem Parkplatz, bis sie wieder normal tickt, und dann kommt sie rein und wir vergessen das Ganze. Aber diesmal kann ich die Sache nicht auf sich beruhen lassen. Es ist gar nicht mal so, daß ich mehr getrunken hab als sonst, aber vor 'n paar Stunden bin ich zu Jim Beam übergegangen, und davon wird man irgendwie anders besoffen als von Bier. Davon wird man nämlich auf so 'ne Art besoffen, daß man prompt hinterherlatscht, wenn einer auf den Parkplatz geht, anstatt die Sache auf sich beruhen zu lassen.

Ich also hinter ihr her, zum Hinterausgang raus und auf den Parkplatz. Immer noch mit dem Queue in der Hand, und ich denk mir, damit prügle ich sie windelweich, wenn's sein muß, wenn sie nicht wieder zu sich kommt. Und wie ich aus der Tür trete, denk ich im ersten Moment, sie haut mir eins auf die Nase, aber dann passiert ganz was andres. Sie geht über den Parkplatz zu ihrem Wagen. Ich schrei ihren Namen, und da bleibt sie stehn, sitzt mit einem Schwung auf der Motorhaube von Mike Tillers Grand Am und hat die Füße auf der Stoßstange. Wartet auf mich, sagt aber nichts. Erst als ich nur noch 'n paar Schritte weg bin.

»Willst mir wohl mit dem Queue da den Arsch versohlen?« fragt sie und rutscht 'n Stück beiseite auf der Haube, daß ich mich neben sie setzen kann, was ich auch mache.

Und ich: »Nein.« Das kalte Blech unterm Hintern. Es ist Anfang November, und nachts ist es echt schon verdammt eisig. Hätt ich mal lieber meine Jacke mitgenommen, wie ich raus bin. Sie kuckt zum klaren, schwarzen Himmel hoch. Der Mond da oben sieht wie so 'n vereistes Zehn-Cent-Stück aus. So winzig und dermaßen weit weg, so seh ich den zum erstenmal.

»Du bist immer noch derselbe miese kleine Feigling wie früher, Ray«, sagt sie. Aber der Ton, in dem sie das sagt, klingt irgendwie richtig lieb. Sie legt sogar den Kopf an meine Schulter.

»Ich weiß«, sag ich.

Wir denken beide an den Sommer damals, aber irgendwie ist klar, daß wir da nicht mehr drüber reden werden. Es ist kalt, wie wenn der Rest der Welt und alle Lebewesen zu Eis erstarrt sind, bloß wir nicht.

Nach 'ner Weile sagt sie: »Ich hab gehört, du hast 'ne Freundin?« Aus ihrem Tonfall kann ich nichts entnehmen. Keine Gefühle.

»Stimmt«, sag ich.

»Wie heißt sie denn?«

»Sally Brosnik.«

»Ich hab euch neulich zusammen gesehn, im Bell's.« Das Bell's ist so 'n Restaurant 'n Stück außerhalb der Stadt, wo Berry, Sallys andre Schwester, 'n paar Abende die Woche arbeitet. Wir waren da vorbeigefahren, damit Sally die Backformen zurückgeben konnte, die sie sich geborgt hatte. Außerdem wollte sie mich mit Berry bekanntmachen. Ich war total aufgeregt gewesen, und wenn ich aufgeregt bin, benehm ich mich immer wie 'n Idiot. Jean hab ich gar nicht gesehn den Abend, hab keine Ahnung gehabt, daß sie da war. Bloß gut, sonst hätt ich mich nämlich noch mehr aufgeregt und hätt mich noch idiotischer benommen.

Ich denk an Sally und hab das Gefühl, sie ist weit weg und auch zu Eis erstarrt in diesem Augenblick, genau wie die ganze übrige Welt. Jetzt, wo Jean den Kopf an meiner Schulter hat, kommt mir die ganze Sally trotz allem, was mir an ihr nah und vertraut ist, auf einmal unbekannt und fremd vor, wie 'n sibirischer Schlittenhund.

In dem Moment hör ich so 'n komisches Geräusch direkt neben mir. Es ist kein Rülpsen und auch kein höhnisches Auflachen und ganz gewiß kein Schniefen. Es ist so 'n Geräusch, wie's einer macht, der unter keinen Umständen heulen will, egal, was passiert. Es ist 'n Geräusch, das die ganze zu Eis erstarrte Welt anhält. Mein Arm legt sich von selber um sie, mein Gesicht taucht unter in ihrem Haar, das sogar jetzt genauso riecht wie ihre Sommersprossen. Ich sage immer wieder ihren Namen. Es ist, als ob gar keine Zeit vergangen ist. Es ist immer noch wie damals in dem Sommer, als wir nichts davon geahnt haben, wie schlimm das alles für uns werden sollte. Als ob das Band zwischen uns beiden niemals zerrissen wäre.

Sie sagt nichts, klammert sich nur an mich. Und jetzt ist es nicht mehr kalt. Und dann küsse ich sie. Und 'n Moment lang ist die Welt in Ordnung, 'n paar Minuten lang, bis 'ne Türe aufgerissen wird und alles wieder zu Eis erstarrt. Es ist der Typ, der zusammen mit John Tiller gegen uns gespielt hat. Ich weiß bis heute nicht, wie der eigentlich heißt. Und dann steht er da, so ungefähr zehn Meter weg von uns, und kuckt zu uns rüber, und zum Schluß macht er kehrt und geht wieder rein. Vielleicht ist er rausgekommen, weil er pinkeln wollte. Wer weiß. Jean springt von der Motorhaube runter und geht zur Kneipe rüber. Ich ruf, sie soll stehnbleiben, aber sie tut's nicht.

»Verdammt noch mal, Jean. Warte doch mal!« Ich bin vom Wagen runter und renn ihr nach, obwohl ich nicht weiß, wie zum Teufel ich da wieder reingehn soll.

»Nein«, schreit sie im Gehn. »Ich warte nicht. Ich mach das nicht, Ray. Ich mach das nicht mit dir.« Sie ist schon fast an der Tür.

»Was hast du denn?« Ich hab 'ne Stinkwut gehabt auf sie, das kann ich euch sagen. »Verdammte Scheiße, was erwartest du eigentlich?«

Aber sie war schon drin. Und ich hab draußen auf dem Parkplatz gestanden und mir den Arsch abgefroren und mich gefragt, was die wohl da drin treibt. Daß die echt lieber da reingeht, wo sich die Leute das Maul zerreißen, anstatt noch 'ne Sekunde länger mit mir hier draußen zu bleiben. Und wie ich so auf dem Parkplatz steh, fällt mir ein, daß mein Queue noch an Mike Tillers Wagen lehnt. Ich nehm das Ding und zerknack's. Zerbrech es einfach überm Knie. Geht ganz leicht bei der Kälte, und die Bruchstellen sind wie so zwei gezackte kleine Kreise. Der Grund, warum Jean so sauer ist, ist nämlich der: Wie wir die Tür aufgehn gehört haben, hab ich sie weggestoßen. Richtig grob.

Ich nehm das gezackte Ende von dem Queue und kratz mir mit aller Kraft innen am Arm lang. Lauter Kratzer, einer neben dem andern, bis der ganze Arm brennt und ich wieder ruhig und ruhig und ruhig und ruhig bin. Dann geh ich meinen Truck suchen, krame die Schlüssel aus der Tasche und fahr zu Sally. Mein Jackett laß ich in der Kneipe zurück. Scheiß drauf. (Ich hab das Teil nie mehr wiedergesehn.) Mein Arm ist total blutverschmiert, und irgendwie tröstet mich das, ich weiß auch nicht, wieso. Aber im großen und ganzen ist es mir scheißegal, weil ich mich dermaßen zum Kotzen finde.

Keine Ahnung, wie ich auf die Idee gekommen bin, um diese

Uhrzeit noch zu Sally zu fahren. Es muß schon bald halb drei sein. Kurz bevor ich meinen letzten Stoß versemmelt hab, war nämlich die Durchsage gekommen, daß gleich Schluß ist. Sally hat damals noch bei ihren Eltern gewohnt. Später hat sich ihr Vater dann 'ne Kugel in den Kopf gejagt und sein Gehirn schön malerisch über die Schlafzimmerwände verteilt. Zum Schluß hat ihre Mama das Haus verkauft, weil sie, wenn sie auf dem Schlafzimmerteppich gelaufen ist, immer das Gefühl gehabt hat, daß sie auf die Splitter von seinen Zähnen tritt.

Also jedenfalls fahr ich bei Sally vor und taste erst mal im Fahrerhäuschen nach der ollen Windjacke, ich weiß nämlich ganz genau, daß die hier irgendwo sein muß. Schließlich find ich sie unterm Beifahrersitz und zieh sie über, einmal, weil mir kalt ist, und zum andern, weil ich nicht will, daß Sally meinen Arm sieht. Der brennt immer noch wie Feuer, vom Handgelenk bis rauf zum Bizeps, die ganze Haut an der Innenseite, aber das Blut ist größtenteils angetrocknet. Das ist vielleicht 'n komisches Gefühl, wenn da die kalte Luft rankommt, das kann ich euch sagen. Aber: »Ob es regnet oder schneit, Nylon schützt dich jederzeit!«

Wie ich mir also gerade die Windjacke überziehe, kommt Sallys Mama an die Tür, kuckt raus, sieht mich und verschwindet wieder. Und nicht lange, da erscheint Sally in Sweathosen und 'nem dicken flauschigen Bademantel auf der Veranda. Und ich raus aus dem Truck und bibber wie 'ne nackte Katze und geh rüber zur Veranda und lehn mich ans Geländer.

»Hi, Sal«, sag ich meiner Meinung nach. Sally erinnert sich viel besser an unsre Unterhaltung damals als ich.

Sie kuckt mich leicht skeptisch an. Wahrscheinlich denkt sie sich, bei der Whiskeyfahne hat's eh keinen Sinn, 'n vernünftiges Gespräch anfangen zu wollen. Und darum kuckt sie mich bloß an, nicht gerade freundlich, und ich werd 'n bißchen aggressiv und sage: »Ist 'n los?«

Und sie: »Was machst du denn hier?«

Und ich: »Ich komm dich besuchen.«

Sie antwortet nicht.

Also ich wieder: »Freust du dich denn nicht?« Und der Ton, in dem ich das sage, ist alles andre als nett, das krieg ich sogar selber mit.

Und darum sagt sie: »Nein, nicht wenn du dich wie so 'n Scheißkerl benimmst.«

Und ich: »Tja, aber ich bin nun mal einer. Ich bin nun mal 'n Scheißkerl. Ich bin 'n Scheißkerl.« Und damit noch nicht genug. Ich fang an, aus Leibeskräften rumzubrüllen, was ich für 'n Scheißkerl bin. Ganz laut. Und irgendwie muß ich wohl auch noch mit den Armen rumfuchteln, weil, sie packt mich und hält mich fest, damit ich aufhöre, wie so 'n scheiß Huhn, dem man den Kopf abgeschlagen hat, hier rumzufuchteln. Aber der Arm, an dem sie mich packt, ist der kaputte, und das brennt dermaßen, daß ich fast umfalle. Und unter ihrer Hand, da, wo sie drückt, kommt das ganze Blut durch den Stoff durch.

Sally kuckt und sagt: »O Gott, Ray!« und will gerade ihre Mama rufen, die Krankenschwester ist, aber da sag ich ganz schnell, sie soll ruhig sein. Weil, wenn du dich geprügelt hast oder bist angeschossen worden, okay. Aber wenn du's selber gemacht hast, mit Absicht, dann willst du nicht, daß einer das erfährt. Und so zermatscht, wie ich im Kopf bin, hab ich echt keinen Nerv, mir erst noch 'ne einigermaßen akzeptable Lüge auszudenken.

»Ist ja okay«, zisch ich ihr ins Ohr. »Sei doch mal 'n Augenblick still!«

»Was ist denn passiert?« will sie wissen.

»Das erzähl ich dir gleich. Ich erzähl dir gleich, was passiert ist. Aber jetzt beruhige dich doch erst mal, okay?«

Sie zerrt mich also in die Küche und hält meinen Arm unter den Wasserhahn, was unheimlich brennt, und das tröstet mich nun ganz und gar nicht mehr. Und als sie das Blut richtig abgewaschen hat, sieht sie, daß die Wunden ja doch nicht so furchtbar tief sind, bloß eben häßlich und offen. Dann holt sie Mull, und das ist das erste Mal, daß sie so 'n Scheiß saubermacht und verbindet, so 'n Scheiß, den ich mir selber gemacht hab. Sie wickelt mir den ganzen Arm ein, wie bei 'ner Mumie, und das ist nun auch wieder irgendwie komisch, weil doch ihre Mama Krankenschwester ist und nicht sie selber. Und als ich fertig verpackt bin, holt sie mir noch 'ne olle Winterjacke aus dem Keller.

»Zeig mal her!« sagt sie. Ich halt ihr meinen Mumienarm zur Begutachtung hin. »Wenn's noch mal anfangen sollte zu bluten, mußt du's aber nähen lassen.«

»Okay«, sag ich und greife nach der Jacke.

»Versprochen?«

Ich versprech's, und sie hilft mir, die Jacke anzuziehn. Und dann sitzen wir am Küchentisch und haben nur die Lampe überm Herd an und rauchen eine Zigarette nach der andern, und ich erzähl ihr haarklein, was passiert ist. Inzwischen bin ich auch nicht mehr besoffen. Wie ich das warme Wasser auf den Arm gekriegt hab und das so höllisch gebrannt hat, da war ich nämlich sofort wieder nüchtern. Aber das ist so 'ne Nüchternheit, die einfach bloß die Kehrseite von der Besoffenheit ist. So 'ne Nüchternheit, die dich irgendwie rausnimmt aus dem Alltäglichen und dich ganz ruhig macht, als ob es überhaupt kein Morgen gibt oder als ob alles ganz egal ist. Sonst könnt ich ihr das nämlich gar nicht erzählen. Das geht bloß, weil ich auf die Art nüchtern bin und weil es vier Uhr früh ist und keiner weiter da ist außer uns beiden und der kleinen Lampe überm Herd.

Ich erzähl ihr von dem Sommer nach der Highschool, von Jean und mir, von Randy und wie alles aufgeflogen ist, wie ich 'n paar Jahre weg war, und wie ich dann wiedergekommen bin, und daß das jetzt alles schon vier Jahre her ist und daß ich doch da langsam mal drüber weg sein müßte, aber dann passiert so was wie heute nacht, und ich weiß selber nicht, wofür ich mich mehr hasse, fürs Nachgeben oder fürs Nichtnachgeben. Und Sally hört einfach bloß zu. Sie unterbricht mich nicht. Sie sagt nicht ihre Meinung. Und sie denkt nicht dran, mir 'n Rat zu geben oder mich irgendwie zu trösten.

Und als ich alles gesagt hab, was ich zu sagen hatte, sieht die kleine Lampe überm Herd so aus, als ob sie nicht mehr ganz so hell scheint, weil das schwarze Viereck im Küchenfenster schon langsam violett und schließlich rosa wird. Warm und still und ruhig ist es in der Küche, und draußen zwitschern sich 'n paar Vögel die Seele aus dem Leib, obwohl November ist. Und Sally sitzt immer noch mit mir am Küchentisch. Sie ist nicht aufgesprungen und schreiend rausgerannt. Sie hat mich nicht davongejagt, weil ich 'n perverses Schwein bin. Das einzige, was sie gemacht hat, sie ist einmal aufgestanden und hat 'n paar Cracker geholt, die wir dann aufgegessen haben. Und es ist so 'ne Erleichterung, daß ich die ganze Scheiße mal jemandem erzählen konnte. Diese ganze unaussprechliche Scheiße. Am liebsten möcht ich auf der Stelle mit Sally auf und davon und sie heiraten. So erleichtert bin ich.

Und darum sag ich: »Hey, willst du nicht zu mir ziehn?«

Ich glaub, ich hab eigentlich erwartet, daß sie leicht verblüfft ist, weil wir doch noch gar nicht so lange zusammen sind. Aber sie sieht kein bißchen verblüfft aus. Sie schweigt 'n Moment, und dann sagt sie: »Laß mir etwas Bedenkzeit.« Soviel weiß ich inzwischen schon von Sally: Die redet nie ohne zu denken, ganz im Gegensatz zu mir. Aber wenn sie mal was sagt, dann weiß man, sie meint's ernst. Und dann weiß man auch, in dem Punkt hat es wenig Sinn, ihr groß zu widersprechen.

Also jedenfalls fällt mir am nächsten Tag alles wieder ein, was in der letzten Nacht passiert ist, und ich hab keine Ahnung, ob Sally nun zu mir zieht oder ob sie sagt, so 'n durchgeknallten perversen Typ wie mich will sie nie mehr wiedersehn. Ich hab damals in der Wohnung über Phils Frisiersalon gewohnt (Phil senior gehört der Frisiersalon, Phil junior ist der Briefträger). Sally kommt am Nachmittag vorbei und will wissen, was mein Arm macht. Sie bringt mir noch mehr Mull mit, daß ich ihn weiter verbinden kann und die Wunde besser heilt. Ist 'n komisches Gefühl, als sie da ist, als ob die ganzen Wörter von gestern nacht noch wie so 'n Mückenschwarm um unsre Köpfe rumschwirren. Ich kann sie gar nicht richtig ankucken.

Da sagt sie auf einmal: »Willst du immer noch, daß ich zu dir ziehe?«

Und ich sag, ja, das will ich.

Und sie: »Aber zuerst will ich, daß wir 'ne Abmachung treffen.« *Das war's. Alles aus. Jetzt sagt sie bestimmt, ich soll nicht mehr trinken.* Aber Irrtum. »So lange, wie wir zwei zusammen sind, gibt's nur dich und mich. Ich will mir keine Gedanken machen müssen, daß da noch jemand ist.«

Wir wissen beide, wen sie meint, und trotzdem fahre ich zusammen, als sie den Namen sagt.

»Du mußt mir versprechen, daß du dich nie mehr mit Jean triffst.« Ich antworte nicht. »Ich rede nicht von Familienfeiern und so. Sie ist deine Schwester, und ihr wohnt nun mal in derselben Stadt. Du kannst nicht so tun, als ob sie gar nicht existiert. Das ist mir schon klar.«

So tun, als ob sie gar nicht existiert. Da muß ich drüber lächeln.

Sally redet weiter. »Aber keine gemeinsamen Sauftouren, keine Besuche bei ihr zu Hause, kein Alleinsein mit ihr.« Wahrscheinlich ist ihr durchaus klar, wie hart sich das anhört, was sie da sagt, denn sie langt rüber und streichelt meine Hand wie so 'n zwei Wochen altes Kätzchen. »Du siehst doch selber, was du dir damit antust.«

Sie meint meinen aufgeschlitzten Arm. »Ich weiß ja«, sag ich.

»Ich bin von Natur aus weder eifersüchtig noch mißtrauisch, sagt sie. »Und ich will's auch nicht werden. Und darum müssen wir uns einigen, daß es niemand anders geben darf, nur dich und mich.«

Und ich weiß ja, sie hat recht. Ich weiß das ja. Und bei Sally fühl ich mich in Sicherheit. Wir suchen uns also das Haus draußen an der Barkton Road, weil die Wohnung oben bei Phil zu klein ist, und nach 'n paar Monaten kommt noch Samson mit dazu und wohnt bei uns. Billy hat mir erzählt, als Jean gehört hat, ich wohne jetzt mit Sally zusammen, hat sie gelacht.

†††

Das war sie also, unsre Abmachung. Die Abmachung, an die ich mich nicht gehalten hab. Und darum geht Sally jetzt weg. Und darum konnt ich ihr nicht mal widersprechen vorhin auf der Veranda, weil sie einfach recht hat.

Inzwischen bin ich an der Abfahrt 10, wo Billys Haus ist. Ich fahr auf den Hof, und da steht Ginny Honeys Auto, aber keine Spur von Billys Truck. Wahrscheinlich haben sie den als Beweisstück beschlagnahmt. Ich stell mir vor, wie stolz Ginch Littlefield jetzt wäre, wenn er so schön kombiniert hätte wie ich gerade eben. Drin im Haus spielt laute Musik. Ich steig aus meinem Pickup und höre eine Stimme: »Onkel Ray? Onkel Ray?«

Ich kuck mich um, kann aber niemand sehn, und da sagt die Stimme: »Hier oben.«

Ich kucke an dem Ahorn hoch, der vor der Westfassade steht, und entdecke in der Baumkrone den Kleinen mit den roten Haaren. Er sitzt auf einem dicken Ast, lehnt sich mit dem Rücken an den Stamm, läßt die Beine baumeln und hat ein Buch in der Hand.

»Im Museum sind sie, bei den Mumien«, sagt er.

»Ach ja?«

»Ja.« Er sieht ganz aufgeregt aus und schlenkert wie 'n Verrückter mit den Beinen. »Krabbeln die in so 'ne Mumie rein? Gehn die da rein?«

»Verrat ich dir nicht«, sag ich. Aber ich weiß es. Die krabbeln nicht in eine von den Mumien rein. Nur ihren Geigenkasten verstecken sie in einer, aber selber reinkrabbeln tun sie nicht. Ich war damals enttäuscht, als ich's gelesen hab, und darum erzähl ich ihm nicht, was ich weiß.

Die laute Musik kommt aus dem Keller, wo Trish ihr Schlafzimmer hat. Ich ruf von der vorderen Veranda aus ins Haus rein, aber es antwortet niemand. Also steig ich die Verandastufen wieder runter und geh nach hinten. An dem Zaun lang, den ich vor 'n paar Jahren mit Billy zusammen aufgestellt hab. Den Zement für die Löcher, wo die Pfähle drin sind, haben wir damals selber gegossen. Und den Maschendraht haben wir bei

Kelsey's im Baumarkt gekauft, wo Jean uns 'n Rabatt verschafft hat. Drei Wochenenden haben wir gebraucht, bis wir fertig waren, und ungefähr sechs Kästen Bier. Sieht aber immer noch gut aus, schön gerade und gleichmäßig.

Als ich hinters Haus komme, seh ich Ginny Honey, die draußen im Hof Wäsche aufhängt. Sie hat 'n Wäschekorb aus Plastik vor sich stehn, der überall kaputt ist, weil die Kinder, als sie noch kleiner waren, immer Mausefalle damit gespielt haben, genau wie Jean und Billy und ich früher auch. Mamas Wäschekorb, der sah total verschärft aus. Ginny Honey hängt Hemden auf die Leine. Billys Arbeitshemden. Sechs davon hängen schon da, unten am Saum festgeklammert, und die Ärmel so ganz gerade runter, weil sich kein Lüftchen regt. Die sehn irgendwie völlig unnütz aus, wie sie da hängen. Und die sind ja auch unnütz, nehm ich mal an. Zwischen der Unterwäsche und den Geschirrtüchern baumeln einzelne Socken, wie's gerade kommt. Mama hat immer die Socken paarweise aufgehängt und die ganze Unterwäsche zusammen, die Handtücher und so weiter. Das sagt einem doch der gesunde Menschenverstand, daß man die Sachen dann viel leichter zusammenlegen und einsortieren kann. Aber es wundert mich auch nicht weiter, als ich dieses Durcheinander hier sehe. Typisch Ginny Honey.

Ich will sie nicht erschrecken. An dieser Seite des Hauses hört man die Musik aus dem Keller nicht so laut, und darum ruf ich kurz: »Ist jemand da? Ginny Honey?«

Sie dreht den Kopf in meine Richtung.

»Hey, Ray«, sagt sie und nimmt 'ne nasse Schürze in die Hand und langt nach 'ner Wäscheklammer.

»Na, alles okay? Brauchst du irgendwas?« Ich fühl mich nicht so wohl in ihrer Nähe wie sonst immer, wenn Billy dabei ist.

»Bei mir ist alles in Ordnung«, sagt sie. »Du siehst ja aus wie Braunbier mit Spucke. Warst du denn überhaupt nicht im Bett?« Sie weiß, daß ich nachts arbeite.

»Nö.« Ich hab keine Ahnung, was ich weiter sagen soll. Sie ist fertig mit der Schürze, und da greif ich in den Korb und hol 'n

Handtuch raus, schüttle es aus und reich's ihr zu. Die Klammern hat sie in 'nem ollen Plastikmilchkanister, der oben aufgeschnitten ist und mit dem Griff an der Leine hängt. Der ist ganz fleckig und aufgerauht vom Regen.

»Ich weiß ja, daß ich eigentlich da sein müßte«, sagt sie und meint das Bestattungsinstitut. Es hat ganz schön Gerede gegeben, weil sie und die Kinder nicht erschienen sind.

»Mama ist ja da«, sag ich.

»Klar doch«, kommt's aus ihrem Mund, als ob sie Gift spuckt.

»Ich meine, die kümmert sich schon um alles. Du brauchst dir keine Sorgen zu machen.« Aber ich seh schon, daß es ihr nicht hilft, wenn ich so rede. Also wechsle ich das Thema.

»Was willst du denn mit dem ganzen Zeug hier machen?« Ich hebe einen von den Hemdsärmeln hoch und laß ihn wieder fallen.

»Kannst du alles haben«, sagt Ginny Honey. Ich schüttle 'ne Jeans aus und reich sie ihr zu.

»Will ich aber nicht.« Wie grob sich das anhört. »Weißt du doch.«

»Klar.« Sie hält inne und seufzt so richtig aus tiefster Seele, so wie nur Ginny Honey seufzen kann. »Meinst du, irgend jemand will die Sachen?«

»Keine Ahnung.« Das Thema hat also auch nicht funktioniert. Aber im Moment gibt's wahrscheinlich überhaupt kein Thema, das funktioniert.

»Ich kann ja die Kinder mitnehmen, wenn ich hinfahre. Oder Sally kann sie nehmen.«

Aber das geht noch mehr daneben. Ginny Honey schmeißt die Jeans in den Korb zurück und stemmt auf genau die gleiche Art die Arme in die Seiten wie Mama, Sally, Jean und alle Frauen dieser Welt.

»Meine Kinder, die nimmt keiner irgendwo mit hin. Hast du das verstanden?« schreit sie. »Hände weg von meinen Kindern!« Und steht da, als ob sie auf 'ne Antwort wartet. Was soll ich denn darauf antworten?

»Okay.«

»Und deiner Schwester, dieser Hure, kannst du das auch sagen.«

»Okay.« Der Grund, warum ich mich geschlagen gebe und mir das bieten lasse, ist der, daß ich gelernt habe, mit Leuten umzugehn, die in so 'ner Verfassung sind. Das hab ich damals gelernt, als sich Sallys Vater 'ne Kugel in den Kopf gejagt hat. Sally hat total durchgedreht, null Logik, und da war's halt das Beste, zu allem ja und amen zu sagen. Hat mich von der Polizei aus angerufen und gesagt, ich soll sie abholen. Ich bin natürlich sofort da hingefahren, aber wie ich ankomme, ist sie weg. Zu Joe Lee. Und nachher schreit sie mich an, sie hat mir doch gesagt, daß sie zu ihm will und daß ich sie da abholen soll, nicht auf der Polizei, und ich muß ja wohl total bescheuert sein und so weiter und so fort. Und als ich's dann mit Logik versucht hab, ist sie bloß noch mehr hysterisch geworden. Und darum heißt die Regel, wenn 'ne Frau anfängt verrückt zu spielen, sagt man am besten immer bloß okay. Und wenn's Ginny Honey Spaß macht zu sagen, daß Jean 'ne Hure ist, dann sag ich eben okay.

»Ich weiß genau, was die über meine Kinder sagt. Die will ja bloß, daß sie mir weggenommen werden, aber das schafft sie nicht. Ich bin immer noch die Mutter.«

»Okay.«

»Und es ist mir scheißegal, ob Billy tot ist oder nicht. Laßt uns ja in Ruhe!«

Ich merke, wie ihre Wut allmählich abflaut, weil ich ihr keine Chance gegeben habe, sich mit mir zu streiten.

»Was hast du denn mit deinem Arm?« fragt sie.

»Ach, den hab ich mir irgendwie aufgeschlitzt, zu Hause, in der Garage«, sag ich. Sie nimmt die Jeans wieder aus dem Korb und langt nach 'ner Klammer. Und auf einmal, ich weiß selber nicht, wie mir das über die Lippen kommen kann, hör ich mich sagen: »Wolln wir uns nicht 'n Bier holen?«

»Was?«

»Ob ich uns 'n paar Bier holen soll?«

Sie schweigt einen Moment. Hängt die nächste (einzelne) Socke auf, und dann sagt sie: »Nein danke.« Aber nicht, weil sie sauer ist, daß ich gefragt hab. Sie hört sich müde an, genauso wie Sally vorhin. Es vergehn noch ’n paar Minuten. Mir fällt nichts mehr ein, was ich sagen könnte. Ich weiß nur eins: Das bringt mich hier alles nicht weiter.

»Also wenn ich dir irgendwie helfen kann, dann gib mir Bescheid«, sag ich.

»Wir kommen schon zurecht«, antwortet sie. Diesmal kann ich nicht entschlüsseln, was ihr Ton zu bedeuten hat.

»Das war ernst gemeint«, füg ich hinzu, weil ich versuchen will, die Situation etwas zu normalisieren. »Rasen mähen oder so.«

»Den Rasen mäht Deena, das ist deren Aufgabe.«

»Ach so.« Ich fühl mich wie benommen und alles andre als wohl, wie ich hier rumstehe, unnütz, genau wie Billys Hemden. Also geh ich ’n bißchen auf und ab. Ich dreh zwei Runden durch den Hof, vorbei an dem Barbecue-Grill und dem roten Picknicktisch. An der Weide, aus der reglos ein Autoreifen runterhängt, bleib ich stehn. Den hab ich mit Billy zusammen da aufgehängt, damals, als sie hier eingezogen sind. Trish war zu der Zeit schon groß genug, um alleine zu schaukeln. Aber Ginny Honey ist reingeklettert, mit Deena auf dem Schoß. Billy hat immer das Seil ganz fest gedreht und dann losgelassen. Und dann haben die sich dermaßen schnell gedreht, daß man bloß noch alles verschwommen gesehn hat – die Arme und die Beine und das wehende Haar. Und wenn sie stehngeblieben sind, war Ginny Honey ganz grün im Gesicht, und Deena hat gekreischt: »Noch mal machen! Noch mal machen!«

Ich dreh den Reifen ’n paarmal rum, und, so verrückt es ist, auf einmal hab ich das Bedürfnis zu schaukeln. Ginny Honey kümmert sich nicht um mich. Ich stecke also die Beine durch den Reifen und stoß mich mit den Füßen ab. In dem Moment fällt mir ein, daß man immer vorher nachsehn muß, ob in dem Reifen vielleicht Wasser drin ist. Weil, eigentlich ist immer welches drin, vom letzten Regen. Und prompt hab ich mir den Hintern von meiner Arbeitshose naßgemacht. Ich weiß zwar, daß das schnell wieder trocknet, aber irgendwie ist mir dadurch der Spaß am Schaukeln vergangen.

Ginny Honey läuft mit dem leeren Wäschekorb unterm Arm zum Haus rüber. Ich klettre aus der Schaukel. Raus geht schwerer als rein. Und dann tret ich hinter Ginny Honey durch den Hintereingang ins Haus. Die Küche sieht aus wie bei uns daheim, bevor ich saubergemacht hab. Auf der Theke lauter dreckiges Geschirr und halbvolle Müslikartons, Toastkrümel und Marmeladenkleckse, und dazwischen die Post und die Zeitungen. An der einen Seite liegen lauter Flaschenverschlüsse und Streichholzbriefchen. Typisch Billy. Das ist der Beweis, daß Billy hier ist. Wahrscheinlich nebenan im Zimmer. Ich kann's einfach nicht lassen, ständig such ich ihn. Ginny Honey merkt es auch, denn plötzlich sagt sie: »Der ist 'n richtiges Schwein.«

Und dann fegt sie die Schraubverschlüsse mit dem Arm zusammen und schmeißt sie in den Müll, wirft die ganzen Streichholzbriefchen in 'ne Schublade, wo schon lauter Ersatzbatterien und Plastikdrahtbändchen für die Müllsäcke zum Zudrehen und Straßenkarten und 'ne Schere und 'ne Rolle Isolierband und 'n paar noch ungeöffnete Popcorntütchen von der Losbude drin liegen. Ich latsch in meinen Arbeitsstiefeln durch die Küche. Die Musik im Keller hört auf. Nach dem ganzen Lärm ist es auf einmal still, und das ist komisch, irgendwie beängstigend. Plötzlich ist Ginny Honey verschwunden. Ich laß mir Wasser übern Arm laufen. Trockne ihn mit 'nem Geschirrtuch ab. Der Schmerz ist vertraut und beruhigt mich wieder.

Oben neben der Kellertreppe hängen verschiedene Jacken und Mäntel an der Wand. Billys Jagdjacke, 'ne Brown Carhartt mit der orangenen Weste drübergezogen. Billy hat alles gejagt, was je Saison zum Abschuß freigegeben war. Enten, Fasane, Rehe, ganz egal. Meistens ist er morgens schon in aller Herrgottsfrühe los und dann noch mal abends, kurz vor Einbruch der Dunkelheit, ist mit seiner Büchse in den Wald und hat gewartet. Er liebt das Einsame, hat er immer gesagt, so ganz allein da draußen. Es ist ein Wunder, wie er's zwischendrin, zwischen der Jagd und all den vielen Nächten, die er im

Dewey's durchgesoffen hat, und den zigtausend Weibern, die er nebenbei hatte, wie er's zwischendrin geschafft hat, Ginny Honey drei Kinder zu machen.

Ich kucke in den Kühlschrank. Im untersten Fach steht 'n Zwölferpack Stroh's. Noch 'n Beweis für Billy. In der Tür drin steht 'n Glas eingelegte Tomaten. Das ist was, was Billy und mein Alter gemeinsam haben. Ich dagegen kann das Zeug nicht ausstehn. Und der Alte hat davon immer entsetzlich furzen müssen. Manchmal nachts war's schon so schlimm, daß Mama gesagt hat, er soll hinten auf der Veranda bleiben, bis die Scheiße richtig raus ist aus seinem Körper. Ich kann mich nicht erinnern, jemals wieder so was Ekelhaftes gerochen zu haben.

»Was willst du denn hier?«

Ich dreh mich um, in der Halle steht Trish. Sie starrt mich an, als ob ich 'n Gespenst bin.

»Hey«, sag ich. »Ich wollt gerade zu dir runterkommen.«

»Im ersten Moment hab ich gedacht, du bist mein Dad.«

Ich schließ die Kühlschranktür. »Nö, nö. Ich bin's bloß.« Das kommt etwas zu fröhlich raus, als ob ich irgend so 'n scheiß Comics-Tier bin oder was. Trish reagiert da aber gar nicht weiter drauf, sondern kuckt mich forschend an. Und in dem Moment fällt mir zum ersten Mal auf, daß die Kleine richtig gut aussieht. Das hat sie von Billy. Der sah echt gut aus, darum hat er ja auch sämtliche Frauen in der Umgebung ins Bett gekriegt. Und nicht etwa, daß Ginny Honey nichts davon gewußt hat. Einmal war er 'ne ganze Woche nicht daheim, weil sie ihn rausgeschmissen hat, und da war ich mit ihm im Dewey's, einen trinken. Und ich hab ihn gefragt, ob er seinen Schwanz wirklich überall reinstecken muß, und er hat gesagt, warum denn nicht? Und das war nicht bloß so 'n blöder Spruch, das war 'ne echte Frage. Warum denn nicht?

All das geht mir durch den Kopf, als ich sehe, daß Trish mich weiter anstarrt, als ob sie was sucht, Billy sucht, genau wie ich, nur daß sie eben in meinem Gesicht nach Billy sucht. Und dann treffen sich unsre Blicke einen Sekundenbruchteil lang, und plötzlich weiß ich Bescheid. Und es muß mir wohl anzusehn sein, daß ich Bescheid weiß, denn mir entgeht nicht, wie Trish auf einmal erstarrt, die wird richtig hart, wie schnell trocknender Zement. So hart wird die, und dabei hat sie so 'n dreckiges Grinsen um den Mund, das sehr viel älter ist als dieses Mädchen da mit seinen gerade mal elf Jahren. Sie glaubt, sie weiß, was Onkel Ray jetzt von ihr denkt. Weil er sie auf die gleiche Art anschaut, wie Dad sie immer angeschaut hat. Und zum Schluß kriegt er sie ganz für sich alleine. Und das hat sie auch verdient. Das alles les ich in ihrem harten kleinen Gesicht, und wir haben beide kein Wort gesagt. Ich merke, wie sich mir der Magen umdreht, genau wie damals auf dem Rummel in dem ollen Hully Gully, und ich muß mich am Kühlschrankgriff festhalten. Denn jetzt, wo ich Gewißheit hab, wird mir klar, daß ich schon seit mindestens 'nem halben Jahr Bescheid weiß. Wie wenn sich 'n Gerücht bestätigt, das man vielleicht mal gehört, aber gleich wieder vergessen hat. *Die Kleine da, die soll der Billy gefickt haben? Ja, und ich hab's gewußt.*

»Entschuldige«, sag ich, ohne Trish aus den Augen zu lassen. Aber sie ist immer noch so durch und durch erstarrt, daß ich mir nicht mal sicher bin, ob sie mich überhaupt gehört hat.

»Du brauchst dich nicht entschuldigen«, sagt sie. »Ich hab's gemacht.«

»Was hast du gemacht?« frag ich. Aber da kommt Ginny Honey wieder in die Küche, sieht, wie wir dastehn und uns gegenseitig anstarren, und sagt zu Trish, sie soll sich gefälligst in ihr Zimmer scheren. Trish geht auf die Kellertür zu, und Ginny streckt den Arm aus und hält sie auf. Sie faßt der Kleinen unters Kinn, so daß die gezwungen ist, ihrer Mutter in die Augen zu kucken.

»Hat der irgendwas zu dir gesagt?« Trish murmelt nein, aber das langt Ginny Honey noch nicht. »Und wieso stehst du dann mit ihm hier rum, wenn er nichts sagt?« Trish antwortet nicht, sie kuckt nur stumm zu Boden. Ginny Honey streicht ihr die

Haare aus dem Gesicht, und dann mag sich Trish anscheinend nicht mehr weiter von ihr anfassen lassen. Sie macht, daß sie die Treppe runterkommt.

Ginny Honey schaut ihr nach und sagt was, ohne den Kopf zu drehn, und darum dauert's 'n Moment, bis ich kapiere, daß ich gemeint bin.

»Entschuldige, daß ich einfach rausgerannt bin und dich hier stehngelassen hab.«

»Ist schon okay.«

»Das ist überhaupt nicht okay«, sagt sie und kuckt rasch zu mir rüber, bevor sie anfängt, die Krümel vom Tisch zu fegen. Daran, wie sie die Schultern hochgezogen hat, merk ich, daß sie weint.

»Ich lieb doch meine Kinder. Wenn sie mir jetzt auch noch die Kinder wegnehmen, das halt ich nicht aus.« Sie fegt und fegt, und dabei ist der Tisch inzwischen längst sauber. »Jetzt, wo dieses Schwein nicht mehr da ist, kann ich ihnen doch 'ne viel bessere Mama sein.« Und dann fängt sie richtig doll an zu weinen. »Ich hab's nicht so gemeint. Ich hab's nicht so gemeint.«

Ich warte, bis sie sich wieder gefangen hat. Das dauert 'ne ganze Weile.

»Trish redet nicht mehr mit mir, und Deena schmeißt mir pausenlos die Fenster ein, ich komm schon gar nicht mehr nach mit neue einsetzen lassen, so schnell geht das bei der«, sagt sie mit dem Handrücken vorm Gesicht, weil sie sich immer wieder die Nase wischen muß. »Und Kyle seh ich so gut wie überhaupt nicht mehr. Ich hab keine Ahnung, wo der sich andauernd rumtreibt.« Kyle, so heißt der Kleine. Herr im Himmel, Kyle, was ist 'n das für 'n Name?

»Der ist oben in dem Ahornbaum neben dem Haus«, sag ich. »Der liest 'n Buch.«

Aber das hilft ihr auch nicht weiter. Sie läßt sich auf einen von den Küchenstühlen fallen und fängt wieder an zu heulen. Ich beiß mir auf die Unterlippe. Teils, damit ich nichts sage, teils weil ich, wenn ich richtig fest zubeiße, was habe, wo ich dran denken kann, während ich zusehe, wie sie heult. Schließlich ist sie so weit, daß sie bloß noch schnieft und sagt, ich soll jetzt gehn, sie muß die Wäsche fertig aufhängen. Nein, sie brauchen nichts. Nein, aber schönen Dank, daß ich mal nach ihnen geschaut hab.

FÜNFZEHN

Ich geh raus, steig in den Truck und fahre los. Nach Westen, Richtung Stadt. Jetzt tut's mir leid, daß ich Samson nicht mitgenommen hab, weil ich im Moment lieber nicht alleine wär. Rechts auf dem Grünstreifen liegt was Braunes. Und so groß. Sieht fast aus, als ob einer 'n Hund überfahren hat. Als ich näher komme, geh ich vom Gas: 'n Waschbär. Liegt schon mindestens ein, zwei Tage da, und das bei der Hitze. Ganz aufgedunsen, wie so 'n Riesenluftballon beim Thanksgiving-Umzug im Macy's. Aber das, was mir Gänsehaut macht, ist eigentlich die Größe. Fast 'n halben Meter breit in der Mitte, und wie lang der ist – ausgestreckt bestimmt so sechzig Zentimeter. Für 'n Waschbär wirklich riesig, selbst wenn er nicht so aufgedunsen wär. Fast so groß wie der, der mich letzte Nacht hinterm Werk besucht hat. Ist bestimmt derselbe. Obwohl, da hätt er ja sechs Meilen laufen müssen bis hierher. Während ich langsam an ihm vorbeifahre, seh ich sein blutverschmiertes Gesicht, auf dem die Fliegen sitzen. Ich geb Gas und fahre schleunigst weiter zum Little Creek Party Store.

Hoffentlich hat Gary Keilman Dienst. (Der Bruder von Randy, der damals den Ball an den Kopf gekriegt hat und hintenüber von der Tribüne gekippt ist.) Fänd ich im Moment echt klasse, wenn ich wen zum Quatschen hätte und zum Saufen. Aber er ist nicht da, und darum kauf ich bloß 'n Sixpack Budweiser und 'ne nullsiebener Flasche Jim Beam und verstaue die Nullsiebener unterm Beifahrersitz. Und dann bin ich wieder auf der Straße und balanciere beim Fahren 'n Budweiser auf dem Knie. Nach Hause kann ich nicht; falls Sally noch da ist.

Sally. *Meine Freundin verläßt mich gerade*. In meiner Brust bläht sich der olle schwarze Ballon.

Ich fahr mit meinem Sixpack in den Park, geh runter zum Fluß und such mir 'n Picknicktisch, der von der Straße nicht einsehbar ist. Gleich kommen die Enten angewatschelt, um mich schnatternd zu begrüßen. Ich steig auf den Tisch, streif die Schuhe ab und zieh mir das T-Shirt übern Kopf, und sie beobachten mich die ganze Zeit mit ihren harten Kieselsteinaugen, immer so schräg von der Seite. Die Schnitte am Arm sind rot und dick geschwollen. Und haben noch immer nicht aufgehört zu brennen. Ich mach mir noch 'n Bier auf und versuch meine Gedanken zu ordnen. Sally drängt sich in den Vordergrund, aber die schieb ich vorläufig noch beiseite. Das kommt später dran. Erst mal muß ich meine Gedanken in puncto Billy ordnen und in puncto Jean und auch in puncto Sheriff Keith.

Was weiß ich?

Ich weiß, daß Jean irgendwann in den letzten fünf Tagen draußen bei unserm Alten war. Vor oder nach dem Mord an Billy. Wann war das noch mal? Samstagnacht? Vielleicht ist sie Sonntag zu ihm rausgefahren, um ihm mitzuteilen, daß Billy tot ist. Aber die haßt den Alten doch wie die Pest, wieso sollte sie sich die Mühe machen, dem irgendwas mitzuteilen?

Ich weiß noch, wie ich Billy das letzte Mal gesehn hab, hat er 'ne Stinkwut auf Jean gehabt. Und ich weiß auch, daß Jean 'ne Stinkwut auf Billy hatte, wie ich sie das letzte Mal gesehn hab.

Und ich weiß, daß sie wegen Trish so wütend war. Wegen dem, was Billy mit Trish gemacht hat.

Ich muß mir das 'n paarmal wiederholen in meinem Kopf, muß es mir einhämmern. Es gibt nämlich Gedanken, die wollen einem immer aus dem Kopf wegfliegen, als ob der Kopf sie einfach nicht bei sich behalten kann, und darum muß man sich's einhämmern. Billy hat Trish gefickt. Seine eigene Tochter, die gerade mal elf Jahre alt ist.

Jean fährt also am Samstag raus zu unserm Alten und sagt, er soll doch bitte mal so nett sein und Billy umbringen, und der Alte sagt: »Geht in Ordnung.« Nein.

Bleibt also bloß noch Jean. Was hat sie gleich noch mal beim Grillen gesagt zu Billy? Sah wie 'ne Drohung aus, der Blick, den sie ihm zugeworfen hat. Aber sie hat mir doch rundheraus erklärt, sie war's nicht. Und angelogen hat sie mich noch nie.

Wieviel weiß Sheriff Keith von alledem?

Er weiß, daß Jean mit dabei war, als ich Billy das letzte Mal gesehn hab.

Er weiß, daß Jean unsern Alten besucht hat.

Und was noch? Da bin ich mir nicht sicher. Kann mir schon vorstellen, daß die Leute Schlange gestanden haben, um ihm den ganzen Dreck zu erzählen, aber nicht über Billy, sondern über Jean. Was die für 'ne Schlampe ist und 'ne Hure und alles. Aber wie der Alte sie verprügelt hat, nachdem ich von zu Hause weg war, davon redet kein Mensch. Es mußte erst so weit kommen, daß sie 'n kaputtes Nasenbein und 'n paar gebrochene Rippen und 'ne Nierenprellung hatte, bevor sie's endlich geschafft hat, zu Hause abzuhauen und zu ihrer Freundin Pebbles zu ziehn. Und bei der ist sie dann die halbe elfte Klasse durch geblieben, bis er wieder im Gefängnis war, weil er besoffen Auto gefahren ist und 'n paar Leute verletzt hat, und da hat Mama dann die Scheidung eingereicht.

Später hat mir Jean erzählt, daß ihr die Prügel immer noch lieber waren, als wenn er seinen Schwanz bei ihr reingesteckt hat. Aber das Schlimmste, hat sie gesagt, kam erst im letzten Highschooljahr, als sie nach der Scheidung mit Mama alleine war. Sich von unserm Alten in allen möglichen Stellungen ficken lassen, das wär nicht so schlimm gewesen, wie sich rund um die Uhr von Mama anhören zu müssen, was sie für 'n Flittchen ist.

Hinter den Weiden, wo der Fluß 'ne Biegung macht, geht so nach und nach die Sonne unter. Sag bloß, ich hab vorhin beim Abwaschen meine scheiß Uhr auf der Küchentheke liegenlassen? Wie lange sitz ich denn schon hier? Lange genug, daß die Enten sich mit meiner Anwesenheit abgefunden haben. Die meisten haben den Kopf auf die Schulter gelegt oder unterm Gefieder versteckt. Ein paar sind noch wach, bewegen sich ruckartig, wie Lockvögel, beobachten die Bäume und mich und sich gegenseitig. Irgendwann heute abend muß ich zu Snell's, aber ich hab keine Ahnung, wie spät es ist.

Da fällt mir Sally wieder ein. Ob sie wohl schon bei Barb ist? Die Frage bewegt mich 'n paar Sekunden lang, dann mach ich mein letztes Budweiser auf und denke an was andres.

So langsam muß ich mir mal 'n Plan überlegen. Was nicht unbedingt meine Stärke ist. Aber ich kann doch nicht einfach hier sitzenbleiben und in die Scheinwerfer starren, während schon der Zug angedonnert kommt und mich platt fährt. Ich muß doch was tun. Ich versuche nachzudenken, aber plötzlich steht die Müdigkeit vor mir, wie so 'ne Wand. Am liebsten möcht ich mich einfach hier hinlegen und drei Tage nur schlafen, aber ich muß gleich aufstehn und zu Snell's, sonst macht Mama mir die Hölle heiß. Ich faß in meine Arschtasche und hol Ginch Littlefield raus, in der Hoffnung, daß der mich wachhält.

Auf einmal hör ich irgendwen summen. Ich steck den Ginch wieder in die Tasche, laß schnell das Bier in der Papiertüte verschwinden, wo schon die ganzen leeren Dosen drin sind, und schau mich um. Niemand zu sehn. Die letzten Sonnenstrahlen streichen den Enten über den Rücken, und da seh ich, daß die alle wach sind. Und von denen kommt auch dieses Summen. Enten singen nicht, darum ist es auch bloß so 'n ständiges Gemurmel, das ständig an- und abschwillt. Aber das Ganze ist 'n Lied. Und zwar 'n trauriges – das ist überhaupt gar keine Frage.

Jetzt sinkt die Sonne hinter den Weiden. Und die Enten watscheln wie auf Kommando ins Wasser, alle zusammen, und schwimmen flußabwärts. Ihre Musik schwimmt mit ihnen davon, und plötzlich erkenn ich das Lied. Gott steh mir bei, das ist doch *In the Gloaming*. Inzwischen ist 'ne leichte Brise aufgekommen, weht durch die Weiden und trägt die Musik wieder zu mir zurück, obwohl die Enten schon weit weg sind. Ansonsten ist es ganz still im Park. Das hat Mama immer gesungen, wenn sie die Wäsche durch die Wringmaschine gedreht und aufgehängt hat. Ich bin dann jedesmal ganz traurig davon geworden, wie ich noch klein war. Ich schau ihnen nach, bis sie in dem tristen Grau verschwunden sind, das Abenddämmerung heißt. Und dann hat's ja im Grunde nicht mehr viel Sinn, hier weiter rumzusitzen. Also zieh ich die Stiefel wieder an, trink den letzten Schluck Bier, schnapp mir mein Hemd und geh zum Auto.

Ich fahr los, aus dem Park raus, Richtung Stadt. An der Dairy Queen vorbei, wo die Kids aus der Highschool draußen auf dem Parkplatz rumhängen und auf den Motorhauben hocken oder auf den wackligen Picknicktischen. Und da ist Radiomusik und das Schlagzeuggewummer, das durch den Sommerabend hallt.

Es ist derselbe Parkplatz, auf dem ich früher immer mit Randy gesessen hab, Mädchen beobachten, manchmal auch flirten, einfach rumhängen, wie Kids das halt so machen, wenn Sommer ist.

†††

Als wir fünfzehn waren, Randy und ich, haben wir den ollen Pickup genommen, den sein Vater behalten hatte, um damit die Kälber von der Weide zu holen, und haben 'ne Spritztour gemacht. Ohne zu wissen wohin, einfach bloß ins Blaue. Zum Schluß waren wir dann auf der I-94 in westlicher Richtung. Randy war noch nie aus Michigan raus gewesen, den Zipfel oben nicht mitgerechnet, weil, einmal sind wir zwei Tage auf Mackinac Island gewesen, zusammen mit seiner Familie. Da haben wir uns 'n Tandem ausgeliehen und sind überall auf der Insel rumgeradelt, bis uns der Arsch weh getan hat. Autos sind da nämlich nicht erlaubt. Und die übrige Zeit haben wir seinen Bruder Gary weggescheucht, der ist uns total auf den Sack gegangen, weil er uns überall hinterhergelatscht ist. Zum Schluß ist Gary auch noch krank geworden, weil er den ganzen Fudge aufgefressen hat, den seine Mama als Mitbringsel für die Leute von ihrer Kirchengemeinde gekauft hatte.

Aber ansonsten waren wir bis dahin beide noch nie so richtig aus Michigan rausgekommen. Wir fahren also auf der I-94 in Richtung Westen, Randy und ich, und da kommen wir an 'nem Schild vorbei, wo draufsteht, daß es bis Kalamazoo noch hundertvierundvierzig Kilometer sind und bis Chicago dreihundertachtzig. Und ich zu Randy: »Auf geht's«, und Randy kuckt mich an, als ob er sagen will: *Scheiße, ey, was willst du denn in Kalamazoo?* Ich grinse bloß, und da hat er's kapiert. Aber ich weiß schon, was der denkt. Wir haben nämlich beide keinen Führerschein. Und der Truck, in dem wir sitzen, ist die letzten zehn Jahre oder so nie weiter gefahren als bis auf den Viehmarkt und wieder zurück. Randy ist sich noch nicht mal sicher, was der für 'n Baujahr ist. Ich hab so ungefähr neun Dollar in der Tasche, und mir ist klar, daß Randy auch nicht viel mehr bei sich hat. Und wir müssen immerhin über 'ne Staatsgrenze drüber. Wir überlegen kurz, wie viele Gesetze wir übertreten und wieviel Dresche wir kriegen, wenn sie uns schnappen. Und das wägen wir dann ab gegen den Ruhm, den wir uns sichern, wenn wir's trotzdem machen. Wenn wir wirklich einfach drauflos fahren, den ganzen elend langen Weg bis nach Chicago, ohne Karte, ohne 'ne andre Orientierungshilfe als die Beschilderung auf dem Highway.

Randy kennt 'ne Schweinefarm, wo wir aus 'dem Tank, den die hinter ihrem Lagerschuppen haben, Benzin abzapfen können. Wir suchen alles nach 'nem Kanister ab, finden aber bloß 'n dreckigen ollen Eimer und 'n Blechtrichter. Das Ansaugen besorgt Randy. Ich mach so was nicht mehr, seit ich bei meinem ersten Versuch das ganze Benzin in den Mund gekriegt hab. Randy sagt, ich soll mich nicht so haben, aber ich nehm den Schlauch trotzdem nicht in den Mund. Ich schau mich um, rechne jeden Moment damit, daß uns einer sieht, und muß beinah Kotzen von dem Gestank nach Schweinescheiße, der in der Aprilluft hängt. Ungefähr sechs Meter von uns weg, in der andern Ecke vom Schuppen, liegt irgendwas. Und in dem Moment, wo ich das sehe, noch bevor ich überhaupt weiß, was es ist, merk ich schon so 'n komisches Kribbeln auf der Haut.

Wie wenn man einfach weiß, das kann nichts Gutes sein, auch wenn man noch gar nicht weiß, was es eigentlich ist. Ich geh näher ran und kucke, obwohl ich eigentlich überhaupt nicht kucken will, das ist wie so 'n Zwang. Es ist 'n Ferkel. Ich hab keine Ahnung, was mit ihm los ist. Sieht aus, als ob's von 'nem Fuchs gerissen worden ist. Das ist noch ganz klein, höchstens 'n paar Wochen alt. Und der ganze Bauch ist weggefressen und auch die Hinterbeine. Und das Gesicht ist halb im Modder eingesackt, weil der Boden auftaut nach dem Winter gerade. Die andre Gesichtshälfte lächelt. So 'n richtig niedliches Ferkellächeln, bloß, daß das eben schon 'ne Weile her ist, daß es gelächelt hat, und daß es hier im Modder versackt und verfault und das Gesicht von ganz alleine immer tiefer einsinkt. Total gruselig, der Anblick, echt.

Ich geh ein paarmal drum herum und inspiziere es von vorne bis hinten. Dann nehm ich 'n dicken Stock und stochere so lange im Boden rum, bis ich es so weit locker kriege, daß ich's umdrehn kann. Die Unterseite ist dicht besiedelt: Würmer, Maden, Kellerasseln. Ich fange an, das Viehzeug abzukratzen, aber dann ramme ich den Stock da rein, wo's weggefressen ist, und heb das Ganze mitsamt dem Ungeziefer hoch. Wenn ich so damit rumfuchtle, ist es sogar noch gruseliger. Randy hat den Eimer mit Benzin vollgemacht und beugt sich gerade drüber, um ihn anzuheben. Ich geh mit dem toten Ferkel zu ihm hin, halt es zehn Zentimeter von seinem Kopf weg hoch und schreie: »Randy!«

Zum Glück hat er den Eimer eine Sekunde vorher hingestellt, unmittelbar bevor er das Ferkel sieht, weil ich ihm nämlich 'n Schreck eingejagt hab. Dadurch spritzt nur ganz wenig Benzin übern Rand. Er dreht sich um und sieht das Ding vor seiner Nase, und, zack, fällt er auf den Arsch und schreit: »O Gott!«

Ich schwenk's 'n paarmal hin und her und sage: »Das ist mein Freund Moe! Sag guten Tag, Moe.«

»Guten Tag, guten Tag.« Das bin ich mit nachgemachter Totes-Ferkel-Stimme.

»Was ist das denn für 'n Scheißding, ey?« fragt Randy und rappelt sich wieder auf.

»Poch-poch«, sagt Moe.

»Wer ist da?« Randy nimmt den Eimer mit dem Benzin und geht zu unserm Truck.

»Totes Schwein am Spieß. Das bin ich!« Moe wirbelt rum.

»Sag mal, findest du das eigentlich komisch?« sagt Randy und drückt mir den Blechtrichter in die Hand. »Hier, halt mal.«

Ich leg Moe hinten auf die Ladefläche und halte den Trichter, und dann gießt Randy den Sprit bei uns in den Tank. Das macht er wirklich prima, aber trotzdem schütten wir uns 'ne ganze Menge auf die Jeans und über die Hände.

»Mist, daß ich keinen Kanister gefunden hab«, sagt er. »Mit dem, was wir jetzt hier drin haben, kommen wir niemals hin und wieder zurück. Wir können ja schließlich nicht mit 'nem offnen Eimer voll Benzin durch die Gegend fahren.« Randy macht sich immer so furchtbar viele Gedanken, genau wie ich. Darum ist ja diese Spritztour auch so was Ruhmvolles.

Und ich: »Ja, klar.«

»Schöne Scheiße, ey. Na los, auf geht's.« Er steigt ins Fahrerhaus, und ich schmeiß noch schnell den leeren Eimer und den Trichter hinten auf die Ladefläche zu Moe. Und dann muß ich noch mal kurz zurückgehn und den Gummischlauch suchen. Als ich schließlich auch einsteige, sagt Randy: »Nimm das scheiß Ferkel da runter!«

»Kommt ja überhaupt nicht in Frage«, sag ich. »Ich kann doch Moe nicht einfach sitzenlassen.«

Und Randy: »Du spinnst wohl, ey. Das Vieh ist doch voller Maden.«

»Kuck dir doch bloß mal das Gesicht an«, sag ich und dreh mich nach dem Schwein um. Randy dreht sich ebenfalls um. Moe liegt halb schräg da, weil sich der Stock an der Seite von der Ladefläche verklemmt hat. Sein einer Vorderhuf ragt in die Luft, so daß es aussieht, als ob er uns zuwinkt oder, noch schlimmer, nach uns fassen will.

»Mann, ey, du hast doch 'n Knall«, sagt Randy. »Wozu willst du denn das haben?«

»Als Mannschaftsmaskottchen.«

Und dann sind wir wieder auf der I-94 und sind nicht geschnappt worden, und Moe sitzt hinten auf der Ladefläche und paßt auf, daß uns keiner was tut. Ich steck mir 'ne Zigarette an und bin ganz vorsichtig mit dem Streichholz wegen dem verschütteten Benzin. Es ist ein blaubehimmelter Tag, und die Sonne knallt hart und grell auf alles, was um uns herum ist. Kalt, aber kein Frost. Prima Tag zum Jagen für die Bussarde, die auf den Telegrafenmasten und den toten Bäumen hocken. Wir zählen achtzehn Stück, so ein blaubehimmelter Tag ist das. Ein Tag, wie geschaffen, um frei den Highway entlangzusausen.

Randy knipst das Radio an. Wir sind noch in Reichweite des Senders Detroit, und er dreht den Knopf, bis er WRIF drin hat und der DJ sagt: »Und heute spielen also die Tigers ihr erstes Spiel in dieser Saison, und darum grüßen wir die Jungs mit unserm nächsten Song.« Und dann kommt der Song, und es ist Thin Lizzy, die singt *The Boys Are Back in Town*. Da grinst Randy von einem Ohr bis zum andern und dreht auf volle Lautstärke. Ich kurble mein Fenster halb runter, damit der Zigarettenrauch abziehn kann. Der wilde Frühlingswind bringt uns noch mehr in Fahrt. Ich kuck rüber zu Randy, der fröhlich vor sich hin grinst. Ich ebenfalls. Und beide singen wir mit: »Won't be long till summer comes, now that the boys are here again.« Randy und ich – so eine dicke Freundschaft gibt's auf der ganzen weiten Welt kein zweites Mal, und jetzt fahren wir zusammen nach Chicago.

SECHZEHN

Wenn ich auf diese Art an Randy denke, dann fühl ich mich total beschissen. Als ich auf dem Rückweg vom Park durch die Stadt fahre und auf der Main Street an der Ampel halte, seh ich durchs Fenster Ella Platt vom *Chronicle*. Das Miststück. Ich will noch kurz zu Randys Straße, bloß mal kucken, ob er vielleicht daheim ist, eh ich zu Snell's fahre. Kucken, ob sein Wagen vorm Haus steht. Noch drei Querstraßen, Zeit genug, um abzubiegen und woanders langzufahrn. Aber die Scheiße ist, ich brauche im Moment echt wen zum Quatschen. Echt. Gar nicht mal unbedingt über irgendwelche weltbewegenden Sachen. Ich glaub, die Tigers spielen heute abend, wir könnten 'n paar Biere trinken und uns das Spiel ankucken, dann müßten wir überhaupt nicht reden. Ich denk an meinen Alten, der bei sich zu Hause sitzt und ganz alleine glotzt. Oder vielleicht mit Veilchen LaVonn. Wie die beiden ein Bier nach dem andern kippen und sich's gut gehn lassen. Die hätten bestimmt nichts dagegen, wenn ich mich dazugesellen würde. Aber auf den ollen Drecksack hab ich heute abend wirklich keinen Bock.

Ich biege in Randys Straße ein, und da steht 'n Streifenwagen vor seinem Haus. Mein erster Instinkt ist Gas geben und bloß weg hier. Aber ich muß Gewißheit haben. Also fahr ich schön gemütlich vorbei, wie schon hundert andre Trucks vorbeigefahrn sind, und richtig, in dem Halter auf dem Armaturenbrett klemmt 'n Taco-Bell-Becher. Sheriff Keith. Der ist ja an sich ganz nett, der Typ, wenn er bloß nicht so 'n Proll wäre. Ich halte das langsame Tempo, bis ich vorne an der Ecke bin und wieder in die Main Street einbiegen kann. Das mit Randy läuft also nicht. Macht nichts. Bin ja bis jetzt auch ohne ihn ausgekommen, und das schon 'ne ganz schöne Weile. Ich überlege kurz, ob ich vielleicht bei Jean vorbeifahre. Aber das sollt ich mir wohl besser aus dem Kopf schlagen, wenn mir mein Leben lieb ist.

Dann eben gleich zu Snell's. Plötzlich merk ich, daß ich immer noch dieselben Klamotten anhabe wie heute nacht. Arbeitsstiefel. Das ganze T-Shirt vollgesaut mit Schmieröl, dazu noch vorne die Flecke von heute mittag, vom ersten Biß in die Tomate, und am Ärmel Blut. Wenigstens 'n sauberes Hemd könnt ich mir besorgen. Ich fahr also bei Lon's mit ran, was so 'ne Art Discounter ist, bloß daß sie inzwischen vor allem Kerzen und lauter so Schnickschnack verkaufen. Aber unten im Souterrain ist 'ne Abteilung, wo man Unterwäsche kriegt und T-Shirts und Batterien und Sonnenbrillen und lauter so 'n nützlichen Scheiß.

Die Klimaanlage bei Lon's ist mörderisch kalt. Ich kauf drei weiße Bauwoll-T-Shirts (langärmelig) für fünfzehn Dollar und sag Shawnlea, ich zieh mich rasch in der Kabine um, wenn sie nichts dagegen hat. »Shawnlea« steht auf dem Namensschildchen an ihrer Jacke. Die kann höchstens fünfzehn sein, die Kleine. Heutzutage heißt ja jedes Mädchen unter achtzehn Shawnlea oder so ähnlich. Ich mag lieber solche Namen wie Sally. Da kann man wenigstens nichts falsch machen. Shawnlea meint, sie hat nichts dagegen, wenn ich mich umziehe, also schmeiß ich mich in das saubere Shirt, stopf das dreckige in die Plastiktüte, kämme mir, wenn ich schon mal dabei bin, auch gleich noch die Haare und mach mich wieder auf den Weg zum Bestattungsinstitut. Und jetzt will ich nur noch das eine: dort sein, wo alle Geräusche gedämpft sind und wo nie einer rennt, ganz egal, was los ist. Wo nie was Schlimmes passiert, weil die Leute da drin schon tot sind.

Wie ich auf den Parkplatz komme, seh ich gleich Eds Wagen; das heißt, er und Mama sind schon hier. Sallys Skylark kann ich nicht entdecken, aber ich hab auch nicht damit gerechnet, na vielleicht 'n bißchen. Morgen zur Beerdigung kommt sie bestimmt, da bin ich mir ganz sicher. Jeans Truck seh ich auch nicht. Ich rutsche auf die Beifahrerseite rüber und steig aus und lauf den Gehweg lang. Der Wind wird stärker und vertreibt die Mücken, die sonst um diese Zeit hier tanzen. Aus irgendeinem Grunde riecht die Luft nach Himbeeren.

Ich geh durch die Eingangshalle, vorbei an der großen Bibel, die bei Johannes 14,18 aufgeschlagen ist: »Ich will euch nicht als Waisen zurücklassen.« *Richtig.* Vorbei an der Garderobe mit dem Wandbord, wo kistenweise Kleenex aufgestapelt sind. Ich gehe langsam, laß die Ruhe in mich eindringen, durch die Haut und in die Adern. Aber in dem Moment, wo ich Billys Raum betrete, weiß ich, es war 'n Fehler, heute abend herzukommen. Ich weiß nicht mal, warum, bloß daß es 'n Fehler war.

In dem Raum wimmelt's von Verwandten. Wohin ich auch kucke, überall seh ich irgendwen, der genauso aussieht wie ich. Die ganzen Brüder von Mama sind mit ihren Familien und den Familien von ihren Familien aus Tennessee hergekommen. Cousins und Halbcousinen, die ich zwölf Jahre nicht mehr gesehn hab, und Kinder, die ich überhaupt noch nie gesehn hab, außer auf irgendwelchen Klassenfotos, die in irgendwelchen Weihnachtskarten gesteckt haben. Ich hab nicht die leiseste Ahnung, wer zu wem gehört. Und bei denen, die ich wiedererkenne, weiß ich noch nicht mal, ob die Namen, die ich im Gedächtnis habe, richtig sind.

Jetzt fallen mir die sechs Biere wieder ein, die ich im Park niedergemacht hab, und ich trete ganz behutsam den Rückzug an, raus in die Halle. Und da läuft mir doch prompt Mrs. Dollar über den Weg. (Die heißt wirklich so, so wahr ich hier stehe. Aussprechen tut sie sich allerdings »Doolar«.) Und die ist unheimlich nett zu mir, sagt »Herzliche Anteilnahme« und alles, aber ich weiß, die sucht Mama, ich seh's doch ganz genau, wie sie ihre Blicke durch den Raum schweifen läßt.

»Mama schwirrt irgendwo hier rum«, sag ich.

Und sie: »Ist schon gut. Ich weiß ja, sie muß mit all den Leuten sprechen.« Mit einem Auge kuckt sie aber immer noch umher.

»Die wird sich sicher freuen, wenn sie hört, daß Sie auch hier sind«, sag ich. »Ich kuck mal nach, vielleicht ist sie unten.« Und dann mach ich, daß ich wegkomme und flitze runter. Ich will in die Raucherecke, schnell 'n paar Pfefferminz lutschen, gegen den Biergeruch. Wie ich reinkomme, denk ich im ersten Moment, es ist keiner da. Alles still – totenstill. Günstiger Augenblick, um eine zu rauchen, die Ruhe auszunutzen. Ich steck mir also eine an, und da seh ich Mama. Sie steht hinten an der Wand vorm Spiegel. Der Rahmen ist rund und sieht aus wie so 'n Steuerrad von 'nem Schiffskapitän, genauso wie die Uhr. Und davor steht Mama, aber sie kuckt sich nicht an. Sie prüft nicht ihren Lippenstift (der so gut wie ab ist) oder ihre Haare (die okay sind). Sie steht einfach bloß davor und kuckt an ihrem Spiegelbild vorbei ins Leere, wenn ich mich nicht irre.

»Mama?« Keine Antwort. Ich geh zu ihr rüber und spreche sie im Gehen an, weil ich mich nicht anschleichen und sie erschrecken will. Das kann sie nämlich absolut nicht leiden. Wenn wir das als Kinder gemacht haben, hat sie uns immer grün und blau geschlagen.

»Mama? Mrs. Dollar ist hier. Oben.« Sie rührt sich immer noch nicht vom Fleck. Ich glaub, die hat mich gar nicht gehört. Ich bleib also 'n paar Schritte vor ihr stehn.

»Mama?« Wieder kommt kein Ton. Das ist sonst überhaupt nicht Mamas Art, sondern eher die von meinem Alten. Von dem kriegt man nie 'ne Antwort, besonders wenn die Glotze an ist.

»Hey, Dad?«

»Hey, Dad?«

»Hey, Dad?«

»Hey, Dad?« Als ob der stocktaub ist. Und dann, zwanzig Minuten später, sagt er plötzlich: »Was ist denn?« Jedenfalls ist mir schon richtig komisch zumute, als Mama endlich Notiz von mir nimmt.

»Ich weiß nicht, was ich machen soll«, sagt sie.

»Häh?«

Und dann dreht sie sich um, aber nur 'ne Sekunde, kuckt mir voll in die Augen und dieses eine Mal sind ihre Augen keine ausdruckslosen Glasmurmeln. Sie kuckt runter, kuckt auf meine Füße und sagt noch mal: »Was soll ich denn bloß machen?«

»Wegen was?«

»Wegen Billy.«

Was soll man da drauf antworten? Da kann man überhaupt nichts drauf antworten. Könnt's ja mal versuchen bei Gelegenheit. Da drauf gibt es keine Antwort.

Und sie sieht aus wie jemand, der seine Brille verloren hat oder sein Schlüsselbund und dem ums Verrecken nicht einfällt, was er damit gemacht hat. Oder als ob ihr gerade einer mit'm Brecheisen eins übergezogen hat, und sie kuckt ganz verwundert und verwirrt, wie man eben so kuckt, wenn man im nächsten Moment zu Boden geht. Wie alles das zusammen, so kuckt sie.

Sie streckt die Hand aus; sie ist etwas aus dem Gleichgewicht gekommen. Ich greif zu und halt sie fest, aber ich weiß auch nicht, was ich wegen Billy machen soll. Ich suche immer noch nach 'ner Antwort für sie, aber wie schon gesagt, es gibt keine.

Da sagt sie plötzlich »Ray« zu mir, und das hört sich an wie 'ne ganz normale Feststellung. Wie wenn sie mit dem Finger auf die Couch tippen und »Couch« sagen würde. Ich muß an Helen Keller denken, dieses Mädchen, das blind und obendrein noch taubstumm war. Ich denk drüber nach, wie seltsam das für ihre Familie gewesen sein muß, wobei diese Helen ja noch nicht mal »Couch« sagen konnte. Lauter solche Sachen gehn mir durch den Kopf, während Mama vor mir steht und so tut, als ob sie 'ne Mißgeburt ist. Und ich komm mir vor, als ob ich schon mindestens zwanzig Stunden hier unten bin. Die Leute müssen sich doch wundern, wo sie steckt.

»Wo ist denn Ed?« frag ich.

Wahrscheinlich kommt mir das alles bloß darum so komisch vor, weil ich sie zum erstenmal seit neun Jahren ohne Ed an ihrer Seite sehe.

»Ich weiß nicht«, sagt sie. Und plötzlich verflüssigt sie sich für 'ne halbe Sekunde, was allerdings ausreicht, damit ihr die

Knie einknicken und sie wegsackt und ich sie gerade noch auffangen kann, aber dann rafft sie sich einigermaßen zusammen.

»Komm, wir setzen uns hin«, sag ich.

»Ich weiß nicht«, sagt sie, was sich irgendwie ganz logisch anhört. Ich bring sie zur Couch rüber, und wir setzen uns zusammen hin. Sie faßt wieder nach meiner Hand. Drückt sie. Schritte kommen die Treppe runter, 'n älterer Mann, den ich nicht kenne, steckt den Kopf durch die Tür, sieht uns beide da sitzen und sagte: »Ach Sherry. Ich will bloß mal zur Toilette.« Und schon ist er verschwunden. Mama lacht auf. Ich denke, sie lacht wegen dem Alten, aber das ist 'n Irrtum. Sie kuckt zwar immer noch ins Leere. Aber ihr Gesicht sieht nicht mehr ganz so unglücklich aus.

»Ach, ihr Kinder«, sagt sie. »Manchmal habt ihr mich richtig zum Lachen gebracht.«

»Wir haben dich zum Lachen gebracht?« frag ich, um die Unterhaltung am Laufen zu halten.

»Ja, weil ihr so lustig wart.« Und dann lacht sie wirklich. »Ganz oft habt ihr einfach ... ich weiß auch nicht. Ihr habt mich einfach ganz oft so glücklich gemacht.«

Das ist mir alles vollkommen neu. Das ist ja das Allerneuste, was ich höre, daß wir sie irgendwann mal – und sei es auch nur ein einziges Mal – glücklich gemacht haben sollen. Soweit ich mich entsinnen kann, hat sie doch meistens nur gejammert, ihr Leben wär ja sooo viel besser, wenn wir »verdammten Gören« nicht wären! Aber das denk ich nur so bei mir und sprech es nicht aus. Ich rechne damit, daß sie gleich anfängt zu heulen, aber auch das ist 'n Irrtum.

»Weißt du, als Billy klein war, hat er mir immer die Haare gebürstet«, sagt sie.

»Ach ja?«

»Als der noch ganz klein war, so mit zwei, drei Jahren. Hat gebürstet und gebürstet, stundenlang.«

Dann schweigen wir. Ich versuch mir vorzustellen, wie Billy war, bevor ich auf der Bildfläche erschienen bin. Ich seh Bilder von ihm vor mir, als er 'n kleiner Junge war, aber die kommen mir irgendwie unwirklich vor, nicht so real wie meine eigenen Kinderfotos.

Nach 'ner Weile sagt sie: »Geht's dir gut jetzt?«

»Ja«, antworte ich. Ich glaub schon, daß es mir gut geht. Scheiße, ey, ich weiß nicht. Ich hab keine Ahnung, was das hier gerade zu bedeuten hatte.

»Dann werd ich mal wieder nach oben gehn.« Sie lächelt mir zu. Und ich lächle zurück.

»Ich komme mit«, sag ich.

Und sie: »Ist schon in Ordnung, kannst ruhig noch zu Ende rauchen.«

»Bist du sicher?« Aber sie sieht wieder ganz fit aus.

»Ich liebe dich, Ray.« Und dann steht sie auf und geht raus. Aber vorher strubbelt sie mir noch durch die Haare. Ganz leicht bloß, eigentlich gar nicht richtig. Aber das hat sie schon ewig nicht mehr gemacht, seit ich klein war, hat sie das nicht mehr gemacht. Und darum bleib ich noch 'n Weilchen da unten sitzen.

Als ich wieder nach oben komme, steht 'n paar Schritte neben Billys Sarg 'n ganzer Haufen Tanten, wie so 'n Blumenstrauß sieht das aus. Was weiß denn ich, vielleicht ist Billy ja gar nicht da drin? Was weiß denn ich, vielleicht haben sie ihn einfach im Leichenschauhaus in 'n Müllcontainer geschmissen? Der Sarg glänzt dunkelgrau und ist aus Metall, wie der Lauf von 'ner Winchester; das hätte ihm gefallen. Leer natürlich. Was weiß denn ich, ob die da Tatsache dieses hübsche Kissen reingepackt haben und ob das Ding innen wirklich mit diesem gefältelten Taft ausgeschlagen ist und lauter so 'n Scheiß? Vielleicht hat Mama den vollen Preis bezahlt, und die haben ihr trotzdem bloß so 'n Nullachtfuffzehnsarg gegeben. Nichts als Luft drin, grau wie der Lauf von 'nem Gewehr. Was weiß denn ich, vielleicht ist Billy gar nicht wirklich tot?

Mama hat sich wieder in der Gewalt, sie lächelt tapfer unter Tränen und scheucht die Leute rum. Als sie mich in der Tür stehn sieht, kommt sie an und schleppt mich zu dem Tantenstrauß. Als erste stürzt sich Tante Lois auf mich, die Frau von

Bub, Mamas ältestem Bruder. Wir sagen wirklich Onkel Bub zu ihm, ohne Scheiß. Tante Lois fällt mir um den Hals und küßt mich ab, und von ihrem Parfüm dreht sich mir auch heute noch der Magen um, genau wie damals, als ich klein war. Mein Cousin Harold ist mit mir in Tante Lois' und Onkel Bubs Schlafzimmer gegangen, wegen dem *Penthouse*, das Onkel Bub immer im obersten Schubfach versteckt hatte, unter seinen Socken. Oben drauf auf der Kommode stand 'n Fläschchen White Shoulders. Da haben wir einfach gleich beides mitgenommen, das *Penthouse* und das Parfüm, und das Parfüm haben wir dann draußen im Garten verbuddelt, mit 'ner Maurerkelle, die wir im Geräteschuppen gefunden hatten. Er hat den Geruch von dem Zeug noch mehr gehaßt als ich. Harold und ich, wir haben immer jede Menge Mist gebaut, wenn ich bei ihnen war.

»Ach, mein Süßer, ganz, ganz herzliches Beileid«, sagt Tante Lois.

»Schön, daß du gekommen bist, Tante Lois«, antworte ich und halt sie beim Umarmen so weit wie irgend möglich von mir weg. Als Tante Lois mich genug zerquetscht hat, reicht sie mich weiter an Tante Weazy. Eigentlich heißt sie ja Louise, aber für uns war sie, solange ich denken kann, immer bloß Tante Weazy. Also jedenfalls haut sie mir mit beiden Händen auf die Schultern, und zwar gleich zweimal (und so doll, daß ich unwillkürlich das Gesicht verziehe, was sie hoffentlich nicht sieht), reißt mich an ihren wogenden Busen, drückt zu, scheint heimlich bis fünf zu zählen und läßt los. Ich muß mich richtig zusammennehmen, daß ich nicht wie so 'n Gummiball zurückpralle und auf sie drauf fliege. Die ist nämlich ganz schön kräftig gebaut, stolze einsachtundsiebzig groß und wiegt so um die hundertdreißig Kilo.

»Nun schaut euch doch bloß mal diesen gutaussehenden jungen Mann hier an«, sagt sie. »Dieser gutaussehende junge Mann, das kann doch unmöglich der kleine Ray sein.« Wir lachen alle ein bißchen, aber befangen. Ihre Stimme dröhnt durchs ganze Haus, hallt durch die stillen Gänge und pflügt sich durch die Felder aus dickem, weichem Teppichboden. Von weitem ist Tante Weazy ganz in Ordnung, aber von nahem sieht sie gefährlich aus. Sie ist mit Mamas zweitältestem Bruder verheiratet, mit Hal (nach dem mein Cousin Harold heißt). Onkel Hal ist fast genauso dick wie seine Frau. Sie hatten bloß ein einziges Kind, 'n Sohn, und der ist mit vier Jahren gestorben. An was er gestorben ist, hab ich nie rausgekriegt. Ich war sieben, als es passierte. Hab ihn 'n paarmal auf Familienfeiern und so gesehn, da kann ich mich noch dran erinnern. Der war so 'n richtiges Weichei. Ich hab mir immer gedacht, daß Tante Weazy und Onkel Hal ihn wahrscheinlich überfüttert haben, wie so 'n Hamster, bis er geplatzt ist. Aber das hab ich natürlich schön für mich behalten.

»Nun kuck ihn dir an, Evelyn«, sagt sie. »Kuck doch bloß mal, was aus unserm spillerigen kleinen Ray geworden ist. Der ist ja schon fast so groß wie ich.« Ho ho ho. Ich bin nämlich bloß einszweiundsiebzig. Die machen mich rasend, diese Tanten. Die behandeln mich noch ganz genau so, wie sie mich früher immer behandelt haben, mich und Billy. Zu dem haben die auch immer solche Scheiße gesagt, und mir haben jedesmal richtig die Haare zu Berge gestanden, weil ich hab gedacht, gleich haut er ihnen eins in die Fresse. Der hätte die allesamt vergewaltigen und ausrauben können, die hätten bloß gelacht und gesagt, er soll nicht so angeben. Aber vielleicht sind die Frauen in Tennessee einfach so.

Die sind alle älter als Mama; Mama ist das Nesthäkchen. Drei Jungs, und sie war der Nachkömmling. Tante Evelyn steht schweigend neben Mama, lächelt mich an, stürzt sich aber nicht wie die andern auf mich, um mich zu umarmen.

»Hey, Tante Evelyn«, sag ich. »Wie geht's denn so?«

Da lächelt sie noch süßer und senkt ganz kurz den Kopf.

»Ach gut, mir geht's ganz gut.« Sie spricht ziemlich leise, so daß ich etwas näher rangehn muß mit dem Kopf. »Der Billy tut mir leid«, sagt sie und scheint's tatsächlich so zu meinen. Und da möcht ich sie am liebsten ganz fest in den Arm nehmen und sie hochwirbeln und ihr sagen, daß ich sie liebe. Und es fehlt nicht viel, und ich tu's wirklich. Aber da fallen mir die Biere wieder ein, und ich will nicht, daß sie meine Fahne riecht. Und darum kuck ich sie bloß mit 'nem breiten, dümmlichen Grinsen an und nicke. Sie ist die Witwe von Onkel Jerry, der vor ungefähr zwölf Jahren gestorben ist. Das war, glaub ich, das letzte Mal, daß ich die beiden gesehn hab. Tante Evelyn und Onkel Jerry müssen mindestens sechstausend Kinder gehabt haben, jedenfalls kam's mir immer so vor. Die hat sie dann alle alleine großgezogen, und Tante Lois und Tante Weazy haben ihr dabei geholfen.

Tante Evelyn ist so 'n ganz stiller, frommer Mensch, aber wirklich fromm, nicht bloß so, daß sie in die Kirche geht. Und trotzdem hat sie mir solche Lieder beigebracht wie *Riley Is Dead* und *Do Your Ears Hang Low?* – alte Seemannstrinklieder, hat sie gesagt.

»Ich hab dich den ganzen Tag gesucht«, sagt Mama. »Wo hast du denn bloß gesteckt?«

»Ach, weißt du, ich hab noch 'n paar Sachen zu erledigen gehabt.« Typisch Mama. Als ob das da unten in dem Raum eben gar nicht gewesen wäre.

»Tante Lois und Onkel Bub übernachten bei euch im Gästezimmer«, sagt sie. Wieder voll die Bestimmerin. »Ich weiß schon gar nicht mehr, wo ich die Leute alle unterbringen soll. Harold meint, es macht ihm nichts aus, bei euch auf der Couch zu schlafen.«

»Harold ist auch da?«

»Ja, eben war er noch da drüben«, sagt Tante Weazy.

Ich kucke, kann ihn aber nicht entdecken.

Und Mama redet weiter: »Bei Ginny Honey geht's nicht. Bei denen im Haus ist ja nun wirklich kein Platz.« *Bei denen im Haus.*

»Und außerdem kann sie im Moment garantiert keine fremden Leute gebrauchen«, fällt ihr Tante Lois ins Wort.

»Ihr seid doch keine fremden Leute«, fährt Mama ihr über den Mund. »Ihr seid Familie.« Und dann sagt sie, wieder an mich gewandt: »Hal und Weazy hab ich bei Pastor Hodges und seiner Frau untergebracht. Evelyn und ihre Kinder schlafen bei uns.«

Und während sie dieses ganze organisatorische Zeug abspult, hab ich plötzlich das Gefühl, als ob es in dem Raum unheimlich heiß ist. Die Luft ist zum Schneiden, buchstäblich zum Schneiden. Und es ist unheimlich heiß.

»Wo ist denn Sally überhaupt?« fragt Mama.

»Die ist nicht da.«

»Na, dann ruf sie an und sag ihr, sie soll das Bett zurechtmachen und die Couch für Harold.«

»Sie ist nicht da.«

Mama kuckt mich verdutzt an und wartet auf 'ne nähere Erklärung. Ich weiß nicht, was ich ihr sagen soll. Schließlich murmle ich: »Die ist bei Barbara.«

»Na schön, macht nichts. Ich hab Lois schon den Hausschlüssel gegeben, den ich von euch habe, dann können sie kommen und gehn, wie sie wollen.«

Lois scheint zu merken, daß ich nicht gerade erbaut bin. »Hör mal, Schätzchen«, sagt sie, »wir sind wirklich pflegeleicht. Wir machen dir ganz bestimmt keine Umstände.«

»Ist schon okay. Ihr seid natürlich willkommen.« O Gott, White Shoulders – mir graut jetzt schon; das ganze Haus wird danach stinken. Und der Gestank ist schwerer wieder loszuwerden als Termiten.

»Wir haben ja schon so viel Gutes über Sally gehört«, sagt Tante Evelyn.

»Morgen ist sie wieder da«, antworte ich. Mann, ist das heiß hier drin. Ich glaub, wenn mir nicht bald was einfällt, wie ich hier rauskomme, fall ich mitten zwischen meinen Tanten tot um.

Hinter Mama taucht auf einmal Onkel Bub auf und fragt: »Hast du die Autoschlüssel, Lois?« Sie macht ihre Handtasche auf und kramt nach den Schlüsseln. »Ich brauch meine Pfeife.« Und dann sieht er mich und sagt: »Hey, Ray, grüß dich, mein Junge.«

»Hey, Onkel Bub.« *Seine Pfeife?*

»Schlimm, schlimm, das alles, nicht wahr?«

»Ja. Wie lange wollt ihr denn bleiben?«

Inzwischen hat Lois die Schlüssel gefunden. »Bub muß am Samstag wieder arbeiten«, sagt sie.

Und heute ist erst Dienstag. Pfeife und Parfüm – da kann ich ja das Haus am besten gleich in Brand stecken, wenn die beiden wieder weg sind.

»Harold ist unten«, sagt Onkel Bub und nimmt die Schlüssel. Und dann ist er verschwunden.

»Ich geh vielleicht mal runter und sag ihm guten Tag«, sag ich zu Mama.

Sie tätschelt mir den Arm. »Ja, geh nur. Ihr habt euch ja immer so toll verstanden, ihr zwei.«

Ich lächle und nicke den drei Tanten zu und verabschiede mich, aber ankucken tu ich nur Tante Evelyn. Unterwegs nach draußen seh ich im Vorbeigehn Jean. Als ich in der Eingangshalle bin, öffnet sich die Tür, und jemand kommt rein, irgend jemand, den ich nicht kenne, aber in diesen wenigen Sekunden spüre ich den Luftzug von draußen hereinwehen. Und da kribbelt mir richtig die Stirn vor Erleichterung, und ich kriege gleich 'n bißchen besser Luft. Ich hol meine Zigaretten raus und geh die Treppe runter, Harold suchen.

†††

Harold ist unheimlich groß und unheimlich blond. Und hat 'n ganz winzig kleinen Kopf. Klein und dreieckig, wie 'ne Gottesanbeterin. Ich hab nämlich mal eine aus nächster Nähe gesehn. Die hat ihren Kopf nach allen Richtungen gedreht und mich angekuckt, und ich hab gedacht, Junge, Junge, die sieht ja aus wie Harold. Die andre Sache ist, daß Harold immer bloß mit einem Mundwinkel lächelt, mit dem rechten. Das gibt ihm so was Verschlagenes, obwohl er gar nicht verschlagen ist.

Jetzt erinnere ich mich dran, wie Harold mal 'ne ganze Woche bei uns zu Besuch war und ich mir so doll gewünscht hab, daß er für immer bleiben soll. Ich denk an meinen Alten und was am nächsten Abend passiert ist, an dem Abend nachdem wir uns *Tschitti Tschitti Bäng Bäng* angekuckt haben und ganz lange aufgeblieben sind, Randy, Harold und ich, und Halma gespielt haben, und Mama und mein Alter haben nebenan gelacht. Weil mein Alter nämlich am nächsten Tag nicht zum Abendbrot nach Hause gekommen ist, und nachher beim Fernsehn war er immer noch nicht da, und auch nicht später, als Mama gesagt hat, ich darf mit Harold in der Festung schlafen. Sie hat sogar gesagt, wir dürfen Billys Schlafsack nehmen, das hieß, wir mußten Billy nicht mal bestechen.

Wir packen also alles zusammen, was wir unsrer Meinung nach unbedingt mitnehmen müssen, zum Beispiel zwei Taschenlampen, das Halmaspiel und 'n Haufen Cracker, die uns Mama in Butterbrotpapier einwickelt. Und da steht Jean auf einmal da, hat ihre zusammengerollte Bettdecke unterm Arm und meint, sie will auch in der Festung schlafen. Kommt ja überhaupt nicht in Frage, sagen Harold und ich. Wir schnappen uns zwei Dosen Ginger Ale, zwei Kopfkissen und 'n halbes Dutzend Comics. Jean fängt an zu plärren und knallt wieder und wieder die Fliegentür ran, aber wir erklären ihr, daß Mädchen in der Festung nichts zu suchen haben, und Mama ist auf unsrer Seite. Wir packen also unser ganzes Zeug in so 'ne große braune Papiertüte aus dem Supermarkt, auch das Kofferradio. Harold trägt die Tüte und den Schlafsack von Billy, ich meinen Schlafsack und unsre beiden Kopfkissen. Wir gehn zur Hintertür raus, Mama ist im Wohnzimmer. Aber Jean läßt nicht locker.

»Ich schlafe in der Festung« sagt sie und steht mit ihrer Zudecke vor der Tür und versperrt uns den Weg.

»Kommt nicht in Frage«, sag ich.

»Wieso denn nicht?« will sie wissen.

»Weil du 'n doofes Mädchen bist«, sagt Harold. Irgendwie gefällt mir das nicht so richtig, daß jemand anders als ich so mit Jean redet. Aber Harold ist in dieser einen Woche mein bester Freund. Noch besser als Randy und sogar als Jean. Und darum sag ich dann, als sie mich ankuckt und sehn will, ob ich auch der Meinung bin, daß sie 'n doofes Mädchen ist, sie soll bloß machen, daß sie wegkommt, sie geht uns auf den Sack.

Und da beißt sie mich. Stürzt sich einfach auf mich und beißt mich ganz doll in die Schulter. Ich brülle auf und laß den Schlafsack und die beiden Kissen fallen. Sie rennt an mir vorbei, aber ich krieg ihre Decke zu fassen und zerre dran und reiße Jean zurück und schubse sie mit aller Kraft weg, so daß sie quer durch die Küche fliegt. Sie hat sich total in der Decke verheddert und knallt gegen den Küchentisch, fällt unten drunter und rutscht zwischen die Stuhlbeine. Mama schreit aus dem Wohnzimmer, und da renn ich mit Harold nach draußen, bevor sie in die Küche kommt und Jean sieht, die zwar nicht direkt heult, aber Gift und Galle spuckt und sagt, daß sie mich haßt und daß sie mir das heimzahlen wird.

Als keiner zur Festung rauskommt, sag ich mir, daß es dann wohl auch keinen Ärger geben wird, jedenfalls nicht in dieser Nacht. Allerdings hab ich so 'n kleinen Knoten im Bauch, weil, mir wär's eigentlich egal gewesen, ob Jean mit bei uns schläft, ich wollte bloß nicht, daß Harold denkt, ich bin 'n Feigling. Und den kleinen Knoten, den hab ich auch darum im Bauch, weil sie gesagt hat, daß sie mir's heimzahlen wird. Und wie sie das vor 'n paar Wochen zu Billy gesagt hat, da hat sie das Feuerzeug von unserm Alten genommen und hat's an Billys Haare gehalten, als er geschlafen hat. Wenn ich nicht zufällig wach gewesen wäre, als sie reingekommen ist, hätt sie ihm glatt 'ne Glatze verpaßt. Ich hab nämlich nur so getan, als ob ich schlafe, weil ich sehn wollte, was sie im Schilde führt, damit ich ihr notfalls das Handwerk legen kann. Ich hab gesehn, wie sie das silberne Feuerzeug angemacht und es, als die Flamme hochgezüngelt ist, Billy an die Haare gehalten hat. Erst mal hab ich mich nicht gerührt, weil ich sehn wollte, was passiert. Aber die Haare haben wirklich Feuer gefangen. In Windeseile. Und da bin ich raus aus dem Bett und hab geschrien und Billy mein Kopfkissen auf den Kopf gedrückt, ganz doll, und hab's festgehalten.

Billy hätt sie am liebsten windelweich geprügelt, aber das hat ihm unser Alter abgenommen. Mit dem Gürtel auf den nackten Arsch, und sie hat nicht geheult. Und dann hat er ihren Arm genommen und hat ihn auf den Küchentisch gelegt und nach dem großen Truthahnmesser gegriffen und gesagt, er schneidet ihr die Finger ab, wenn sie noch einmal sein Feuerzeug anfaßt. Und sie hat immer noch nicht geheult. Sie war der Meinung, daß sie im Recht ist, egal, was der Alte sagt oder tut. Und darum hab ich Angst, was sie vielleicht mit mir macht, weil ich ja selber weiß, daß ich mich wie der letzte Arsch benommen hab, und darum ist es für mich eigentlich bloß das halbe Vergnügen, in der Festung zu schlafen. Und in der Nacht wache ich plötzlich auf und bin sofort hellwach und total angespannt. Und mir kriecht so 'n Gefühl von o nein die Beine hoch und durch die Eingeweide und schnürt mir die Brust ab, und da hör ich auch schon das Gebrüll. Der Alte ist nach Hause gekommen. Besoffen. Ich dreh den Kopf und kucke, ob Harold wach ist. Er liegt auf dem Rücken, hat die Augen offen und starrt nach oben und hat die eine von den beiden Taschenlampen quer über der Brust liegen.

Ich sag nichts zu ihm, lausche bloß auf die Geräusche von drüben aus dem Haus. Ich hab keine Ahnung, wie spät es ist und wie lange das schon geht. Kann sein, er ist gerade erst gekommen, kann sein, sie streiten sich schon seit 'ner Stunde. Schreien tun sie jedenfalls alle beide, er mal lauter, mal leiser, sie mit so 'ner dünnen, weinerlichen Stimme. Aber noch weint sie nicht, also wird er vielleicht einfach einschlafen. Ich liege ganz still da, wie festgepinnt, wieder mit demselben alten Nagel, durch Mark und Bein.

Dann ist es 'n Moment lang still. Dann splittert Glas und ich rate, daß das sein Abendbrot ist, das durch die Küche fliegt. Ich seh die Gabel mitten in der Luft vom Teller springen, den Mais an die Schranktür spritzen und wie lauter gelbe Regentropfen auf der Theke und auf dem Fußboden landen. Hamburgersauce tropft von der Resopaltischplatte auf den Stuhl, wo Mama vor einer Sekunde noch gesessen hat. Sie schüttelt sich die Glassplitter aus dem Haar, und jetzt weint sie. Das alles seh ich mit geschlossenen Augen. Und dann hör ich's wieder krachen und weiß, das ist sein Stuhl, der rücklings umkippt, als er aufspringt und sich auf sie stürzt.

»Bill, nein! Bitte!« Und nun schreit sie richtig laut. Aber er wird nicht aufhören und schlafen gehn. Jetzt nicht mehr.

»Verdammte Scheiße, ey! Wieso komm ich überhaupt noch nach Hause?« brüllt er. Die Teller fliegen durch die Küche, als ob sie Angst haben und weg wollen. »Ich kann ja auch gar nicht mehr nach Hause kommen!« Seine Stimme ist laut, manchmal übertönt sie die andern Geräusche, und manchmal wird sie von ihnen übertönt. Das Quietschen des Linoleums, als sie gegen den Tisch knallt, genau wie Jean vor 'n paar Stunden, das dumpfe Klatschen, wenn Haut auf andre Haut schlägt.

»Du blöde Fotze, du! Du kannst dir ja nicht mal deine scheiß Haare kämmen!«

Seine Stimme ist wie so 'n dickes schwarzes Band, das sich um das ganze Haus rumwickelt und sich mit dem Band von Mamas Stimme zu 'ner störrischen Schleife verknotet, dem roten, seidigen Band, das sich dreht und windet, weil's ihm ausweichen will. Ich stell mir's vor, dieses Riesenweihnachtsgeschenk, unser Haus, rot und schwarz umwickelt. Ich hör seine Füße stampfen. Er rennt die Treppe rauf. Kurzer Blick zu Harold rüber. Der hat sich nicht von der Stelle gerührt. Ich beobachte ihn 'ne ganze Weile, aber er zuckt nicht mit der Wimper. Kaum, daß sich seine Brust bewegt. Am liebsten möcht ich rüberlangen, ihm die Taschenlampe aus der Hand nehmen und ihm eins in die Fresse hauen. Ich hasse ihn, weil er Jean nicht mit uns in der Festung schlafen lassen hat. In diesem Augenblick hasse ich ihn so sehr, daß ich überhaupt nicht weiß, wie ich die Zeit, bis er wieder nach Hause fährt, durchstehn soll. Nicht ums Verrecken werd ich mit ihm sprechen. Soll er doch bis Samstag bei Billy schlafen, der kleine Drecksack, ich hasse ihn.

Drüben im Haus reißt einer 'ne Tür auf. Das knallt wie so 'n Schuß. Mamas Stimme ist seinen Schritten die Treppe hoch gefolgt. Sie ist jetzt leiser, redet auf ihn ein, daß er wieder runterkommen soll, ins Schlafzimmer vielleicht, ins Ehebett. Aber da hat sie heute nacht keine Chance. Immer noch die Geräusche. Und so seltsame Laute, wo du nicht genau weißt, was es ist, auch wenn er noch so oft in diesem Zustand nach Hause kommt, weil du dir das einfach nicht vorstellen kannst. Du kannst dir das nicht vorstellen. Also horchst du und willst's rauskriegen, willst rauskriegen, was zum Teufel da los ist. Aber in deinem Kopf ist Leere. Und du zählst bis zehn und horchst, ob diese Laute jetzt vielleicht vorbei sind. Sechs, sieben, acht. Jede Zahl durchbohrt von Jeans jammerndem Kleinkindergeschrei. »Daddy! Bitte nicht, Daddy!«

Und Mama weint wieder und spult die alte Leier ab. »Bill, hör doch auf! Sie ist doch noch so klein.«

So viele Geräusche. Die meisten alt und vertraut, wie so 'n oller Teddybär. Und trotzdem kannst du dir auf manches, was du hörst, einfach keinen Reim machen. Und es hört nicht auf. Also zählst du weiter. Dreiundzwanzig, vierundzwanzig.

»Laß sie in Ruhe!« Billys Stimme, zittrig, aber laut.

»Du machst es bloß noch schlimmer ... du blöder kleiner Scheißer ... na los, beweg deinen Arsch hier rüber ... zum Donnerwetter, das ist mein Haus ... wart's nur ab, ihr werdet noch mal ... alle miteinander ...« Das schwarze Band von unserm Alten hat sich verheddert und kommt nur noch abgerissen durch. Leichte Schritte rennen die Treppe runter. Wer ist das? Was ist passiert? Auf einmal wird das Geschrei zu laut. Es ist einfach zu laut jetzt. Zu viele Geräusche für so 'n kleines Haus, die ganzen Bänder, die aus Leibeskräften schreien und sich immer fester miteinander verknäulen. Aber das dauert bloß 'n paar Sekunden, dann poltert's mehrmals hintereinander; hört sich böse an. Irgend jemand fällt die Treppe runter. Dann nichts mehr, nur Mama, die »O Gott« sagt, »O Gott«, ungefähr hundertmal, ganz leise. Als ob sie nicht versteht, was passiert ist, als ob sie's nicht glaubt.

Ich hör weder Jean noch Billy, und darum stell ich mir vor, daß er diesmal einen von ihnen umgebracht hat. Vielleicht sogar alle beide. Nichts geschieht. Nur leise Stimmen. Ich kann nicht verstehn, was sie sagen. Mama weint immer noch, aber sie versucht sich zu beruhigen. Das heißt, es muß echt was ganz Schlimmes passiert sein. Ich krabble aus meinem Schlafsack.

»Du bleibst hier!« sag ich zu Harold, ohne ihn anzusehn. Ich krieche auf die Hundehüttenklappe zu und spähe nach draußen, über den Hof. Drüben im Haus brennen sämtliche Lampen. Wie so 'n Leuchtturm, der das ganze Land warnt: Hier lauert die Gefahr. Wie 'n Krankenwagen mit Rundumleuchten, die *Vorsehn! Vorsehn!* schreien.

Ich höre Billys Stimme, aber nicht die von Jean. Und da weiß ich, sie ist tot. Tot, weil sie sich das Genick gebrochen hat, als sie die Treppe runtergefallen ist. Ich will nicht, daß unser Alter sie ankuckt, wie sie tot daliegt mit gebrochenem Genick. Ich will sie da rausholen, weg aus dem Haus. Randy und ich, wir können sie morgen begraben. Am Zaun, unter Mamas Geißblattstrauch. Und bis dahin kann sie in der Festung bleiben, wo der Alte nicht an sie ran kann. Ich denk ja gar nicht daran, Harold zu bitten, daß er mir hilft. Ich werd sie ganz alleine hier rüber schleppen. Ich kriech durch die Klappe nach draußen und renne über den Hof. Und plötzlich zischt 'ne Stimme aus dem Dunkel: »Ray.«

Ich dreh mich um, und da seh ich Jean. Sie ist nicht tot. Sie sitzt oben auf dem Ahornbaum.

»Wo willst du denn hin?« flüstert sie.

»Dich holen.«

»Warte.« Sie kommt runtergeklettert. Sie hat nur das Oberteil von ihrem Schlafanzug an, die dazugehörigen Hosen hat sie zusammengeknüllt in der Hand. Den Schlafanzug hat Mama ihr vorige Woche erst gekauft. Wir waren bei Lon's, und Jean hat mindestens neun Stunden gesucht, bis sie sich für den hier entschieden hat. Kurzärmelig und mit so kleinen Marienkäfern drauf und die Knöpfe auch in Marienkäferform. Jetzt ist er total zerrissen. Ich denk zuerst, sie hat ihn sich zerrissen, wie sie den Baum hochgeklettert ist.

»Wenn Mama den Schlafanzug sieht, die bringt dich um«, sag ich.

Jean kuckt an sich runter, und ihr Mund verzerrt sich, als ob sie gleich heulen will, aber sie tut's nicht. Und da weiß ich, daß sie sich den Schlafanzug nicht am Baum zerrissen hat.

»Los, komm«, sag ich zu ihr. Sie zieht sich die Schlafanzughose an und kriecht hinter mir in die Festung. Wir sprechen beide kein Wort mit Harold, der immer noch genauso daliegt wie vorhin. Wir krabbeln in meinen Schlafsack. Nicht viel Platz, darum legen wir uns beide auf die Seite, und sie kuschelt sich an mich und drückt sich mit dem Hintern an meinen Bauch. Und ich leg ganz, ganz fest die Arme um sie und rieche den Geruch von ihrem Haar. So liegen wir ungefähr zehn Minuten, alle drei hellwach, und lauschen den Stimmen drüben im Haus. Die Hintertür fliegt krachend auf, und der Alte ruft über den Hof: »Jean!« In der Festung rührt sich nichts. Wie wenn wir drei uns in Kokons eingesponnen haben, die erst im nächsten Frühling aufgehn. Er ruft noch 'n paarmal, dann kommt Mamas Stimme durch die Tür.

»Geh, leg dich ins Bett! Ich werd sie schon finden.«

Was er antwortet, kann ich nicht hören, aber die Tür knallt zu, dann ist es wieder still. Das ganze Haus hält 'n paar Minuten lang den Atem an und stößt schließlich 'n ganz tiefen Seufzer aus. Der Alte ist ins Bett gegangen. Die drei Kokons in der Festung bleiben reglos liegen. Aus dem Haus kommt überhaupt kein Geräusch mehr. Jeans Haare kitzeln mir in der Nase, und ich nehm den Kopf 'n ganz klein wenig zurück. Da schmiegt sie sich mit ihrer Wange noch fester an meine Schulter, was 'n bißchen weh tut, weil das genau die Stelle ist, wo sie mich vorhin gebissen hat. Die Tür quietscht, und Mama kommt über den Hof. Sie ist draußen vor der Festung.

»Ray?« Gott, hört die sich müde an.

»Ja, Mama.«

»Ist Jean da drin bei euch?«

»Ja.«

»Alles in Ordnung mit ihr?«

»Ja, Mama«, sage ich. »Und mit Billy?«

»Auch. Jetzt schlaft aber endlich, Kinder.« Schweigen.

»Nacht, Mama«, sag ich.

»Nacht, Ray.« Pause. »Nacht, Harold.« Schweigen.

Bis Harold endlich antwortet: »Nacht, Tante Sherry.«

Mama geht zum Haus zurück. Wieder quietscht die Tür, und dann ist sie weg, ohne auch nur ein einziges Wort zu Jean gesagt zu haben. Ich rubbel ihr 'n bißchen den Kopf und kratz ihr den Rücken, weil ich weiß, daß sie das gerne hat.

Schließlich sag ich: »Ich hab alles gehört.« Sie antwortet nicht, aber sie weiß, was ich meine. Ich meine, die Petersons zwei Häuser weiter und Dr. Summer, der auf der andern Seite von dem hohen Zaun wohnt, die haben's auch gehört. Ich hab immer gedacht, das Haus läßt nichts durch seine Mauern durch, aber das war 'n Irrtum. Jetzt können wir nie mehr drüben bei den Petersons im Garten spielen. Jetzt müssen wir immer bei uns auf dem Hof bleiben und können keinem von den Nachbarn mehr in die Augen kucken. Und wir haben uns immer eingebildet, wir können so tun, als ob alles normal ist, als ob keiner was weiß.

»Entschuldige, daß ich dich gegen den Tisch geschubst hab«, flüstere ich.

Schweigen. Und nach 'ner Weile sagt sie: »Ist okay.« Aber ihre Stimme hört sich ganz kläglich an. Ich drücke das Gesicht ins Kissen, damit Harold nicht hört, daß ich heule.

Sie dreht sich um und flüstert mir ins Ohr: »Was hast du denn?«

»Ich hab gedacht, du bist tot.«

»Ach«, sagt sie. Auch als ich schon längst aufgehört hab zu weinen, kann ich noch lange nicht einschlafen und hör den Hunden zu, die ringsrum auf den Höfen bellen. Daran, wie sie atmet, merk ich, daß sie auch wach ist.

Am nächsten Morgen ist Harold wie üblich vor uns allen auf. So früh, daß er telefonieren kann, ohne daß es einer mitkriegt. Mama fährt unsern Alten zur Arbeit, damit sie danach den Wagen haben kann, um Billy zum Arzt zu bringen. Er hat sich bei dem Treppensturz den Arm gebrochen. Ich soll mit Harold zusammen auf Jean aufpassen, bis sie wieder nach Hause kommt, so gegen Mittag. Ich rede nur das Nötigste mit Harold und er nur das Nötigste mit uns. Am späten Nachmittag hält plötzlich 'n fremder Wagen bei uns auf dem Hof, und bevor wir überhaupt wissen, wer da gekommen ist, sitzt Harald schon auf dem Beifahrersitz.

Onkel Bub kommt ins Haus und spricht lange mit Mama. Jean und ich, wir bleiben hinten im Garten, und Billy ist oben und schläft. Jean streicht alle paar Minuten ums Haus, um zu sehn, was los ist, und dann berichtet sie's mir.

»Was ist?«

»Alles unverändert. Harold sitzt mit seinem blöden dreieckigen Kopf im Auto, und Onkel Bub ist immer noch drin bei Mama.« Als sie zum hundertsten Mal um die Ecke gelinst hat, winkt sie mich zu sich. Onkel Bub kommt mit Harolds Matchbeutel (Armeeausrüstung, weil Onkel Bub doch im Koreakrieg gewesen ist) die Auffahrt runter. Er steigt ein, und die beiden fahren los. Jean und ich, wir winken ihnen nicht zum Abschied hinterher, und Harold kuckt sich auch kein einziges Mal um. Danach sind wir dann zwar noch 'n paarmal unten in Tennessee zu Besuch gewesen, aber Harold war nie wieder bei uns.

SIEBZEHN

Im ersten Moment seh ich Harold gar nicht unten im Raucherzimmer. Er sitzt in der Ecke und unterhält sich mit Onkel Hal, aber ich erkenn ihn erst, als Onkel Hal sagt: »Ja, gottverdammich noch mal, ist das etwa der Ray?«

»Hey, Onkel Hal.« Ich geh auf die beiden zu, und der andre Typ, der hat so 'n schiefes Lächeln, und da erkenn ich erst, daß das Harold ist.

»Hey, Harold, wie geht's denn so?« sag ich in 'nem Ton, wo jeder denken muß, ich freu mich ganz unheimlich, ihn zu sehn.

»Ach, ganz okay«, sagt er. »Herzliches Beileid wegen Billy.« Der eine Mundwinkel geht noch weiter nach oben, und das Lächeln wird noch schiefer.

Und ich: »Ja.« Der Name hängt wie so 'ne Giftgaswolke in der Luft. Scheiße, ey, was sag ich denn bloß zu dem Typ? Ich hab ihn ja schließlich zwölf Jahre nicht mehr gesehn.

»Und wie geht's dir?« Das ist Harold. Der will wissen, wie's mir geht. Mann, woher soll ich denn wissen, wie's mir geht?

»Mann, woher soll ich denn das wissen?« sag ich, und da müssen die beiden richtig laut lachen.

»Naja«, sagt Harold. »Ungute Geschichte, was?«

Onkel Hal fragt Harold, ob die andern Kinder nicht kommen. Er meint die drei Brüder von Harold. Ich hab Mühe, mich dran zu erinnern, daß das auch meine Cousins sind. Die waren ja immer älter, ich kenn sie kaum.

»Doch, aber erst am späten Abend«, sagt Harold. »Wo ist denn Jean? Ich hab sie noch gar nicht gesehn.«

»Keine Ahnung«, sag ich und kucke weg. Kuck mich im

Raum um. Kucke, ob ich Jean nicht irgendwo sehe. Keine Ahnung, wo sie ist.

Onkel Hal hat 'n andern Verwandten entdeckt und marschiert los, um ihn zu begrüßen. Onkel Hal läuft immer, als ob er so 'ne großen ausgelatschten alten Arbeitsschuhe an den Füßen hat. Stapf, stapf, stapf. Tante Weazy genauso.

O Gott, bin ich müde! Die sechs Biere donnern über mich hinweg wie so 'ne sechs Meter hohe Welle, krach-gähn, krach-gähn. Ehrlich, ich hab vergessen, wann ich das letzte Mal geschlafen hab. Harold sieht leicht verschwommen aus. Teils, weil ich so müde bin, teils, weil er etwas zugelegt hat um die Taille und ums Kinn. Sein Kopf ist immer noch klein und dreieckig, aber die Ähnlichkeit mit 'ner Gottesanbeterin, die ist nicht mehr da.

»Gut schaust du aus«, sag ich als Rechtfertigung dafür, daß ich ihn so anstarre.

Und er: »Fett.« Seine eine Gesichtshälfte grinst ganz breit. »Und du siehst total beschissen aus.«

»Ich hab 'n neues Shirt«, sag ich, einer nur mir ganz allein verständlichen Logik folgend.

»Das Shirt ist Klasse«, meint er. »Bist du krank oder was?«

»Müde.«

»Ach so.«

»Ich arbeite Nachtschicht.«

»Hmm.«

Wir setzen uns und sagen nichts mehr weiter, rauchen friedlich und schweigend vor uns hin. Am liebsten möcht ich die Beine hoch legen, auf eins von diesen Sofas hier, und einfach sterben. Da kommt auf einmal so 'n Rotschopf ins Raucherzimmer gestakst. Sieht echt hübsch aus, die Kleine. Echt hübsch. Onkel Hal fällt ihr um den Hals.

»Wer ist das denn?« frag ich Harold.

»Das ist Nan.«

»Was, die sind auch da?«

»Ja, Marty und sie.« Er pustet einen langen, lauten Rauchseufzer aus. »Bloß Carol hab ich noch nicht gesehn.« Carol,

Nan und Marty sind auch Cousinen von uns, die Töchter von Tante Evelyn.

»Die sind gekommen?«

»Ja, die müssen hier irgendwo rumschwirren.« Er wartet 'n paar Sekunden, dann sagt er: »Die sehn noch fast genauso aus wie früher.«

Ich denk an die ganze Verwandtschaft da unten in Tennessee, die sind alle zusammen aufgewachsen und wohnen nicht weit weg und feiern immer gemeinsam Thanksgiving und Weihnachten. Und auf derselben Schule waren sie auch. Mama und Ed fahren jedes Jahr an Ostern hin. Früher hat sie mich immer genervt, ich soll doch auch mal mitkommen. Aber ich hab nie eingesehn, was ich da soll. Mir war überhaupt nicht bewußt, wie sehr mir Harold gefehlt hat.

Carol, Nan und Marty waren alle drei gleich hübsch, schon als Kinder. Aber so mit dreizehn, vierzehn, da haben die auf einmal so was von toll ausgesehn, während Harold und ich von Tag zu Tag häßlicher geworden sind. Trotzdem hat sich Nan mal von mir betatschen lassen, als wir alle zusammen bei ihnen im Keller übernachtet haben. Wir hatten uns mit unsern Schlafsäcken auf den grünen Teppichboden unterm Billardtisch gelegt. Danach bin ich dann volle sechs Monate in Nan verknallt gewesen. Ich hab ihr sogar 'n paar Briefe geschrieben.

Das war in dem Sommer, als Jean auch 'ne Woche mit unten in Tennessee war. Ich schlaf bei Harold, und Jean schläft bei Tante Evelyn und ihren ganzen Kindern. Den einen Nachmittag spielen Nan und Marty Kosmetiksalon mit ihr, drehn ihr die Haare ein, schminken sie, sogar die Fingernägel lackieren sie ihr. Putzen sie den ganzen Nachmittag raus wie so 'ne Barbiepuppe. Als Harold und ich hingehn und die Mädels fragen wollen, ob sie Räuber und Gendarm mit uns spielen, sieht Jean plötzlich wie so 'n Clown aus. Sie bringen sie raus und zeigen sie uns, und Harold und ich, wir lachen uns halbtot. Ich lache, weil sie überhaupt nicht mehr wie Jean aussieht. Ich lache, weil ich finde, sie sieht richtig eklig aus. Sie ist erst zwölf, und ich find's eklig, wie sie aussieht.

Ich find's eklig, was sie für 'ne Scheiße im Gesicht hat, und sie findet's anscheinend eklig, daß wir lachen. Also jedenfalls geht sie rauf ins Kinderzimmer und kommt den ganzen Abend nicht wieder runter. Nan spricht nicht mehr mit mir, und bei den zwei Runden Trivial Pursuit, die wir schließlich spielen müssen, weil Tante Evelyn sagt, das stört die Nachbarn, wenn wir ständig draußen rumtoben, und wir solln mal lieber drin bleiben, wirft sie mir einen bitterbösen Blick nach dem andern zu. Diese bitterbösen Blicke, die machen mich ganz verrückt. Am liebsten möcht ich Jean den Hals umdrehn. Ich geh nach oben und klopf bei ihr an, will mich entschuldigen, aber sie reagiert überhaupt nicht, und da geh ich einfach rein. Sie liegt auf dem Bett. Inzwischen war sie unter der Dusche; ihre Haare sind noch nicht ganz trocken, und die Schminke ist ab. Der Nagellack auch. Ich sag, es tut mir leid, daß ich sie ausgelacht hab, und sie sagt, ich soll sie am Arsch lecken. Ich sag, sie soll doch nicht mehr eingeschnappt sein, sie soll runterkommen und Trivial Pursuit mit uns spielen. Und sie sagt wieder, ich soll sie am Arsch lecken. Ich sag, sie darf auch in meiner Mannschaft mitspielen, aber sie würdigt mich keiner Antwort. Und das kann ich ihr nicht mal verdenken. Sie bleibt den ganzen Abend oben. Aber nachdem ich bei ihr war, läßt Nan sich wieder erweichen, und ich darf ihr unterm Tisch die Hand aufs Knie legen.

Am nächsten Tag findet Nan ihre Barbiepuppe draußen in der Halle auf dem Fußboden liegen, ohne Hände, ohne Füße und alle Haare abgeschnitten. Sie ist zwar schon vierzehn und spielt kaum noch mit Puppen, aber sauer ist sie trotzdem. Sie sagt, daß es Marty war, Marty sagt, Carol war's, Carol beschuldigt Marty, und keine gibt es zu, und das geht zwei Stunden lang, und Nan heult die ganze Zeit und hat 'ne Stinkwut. Und Jean paßt auf wie 'n Schießhund, daß ich ja nichts verrate. Ich weiß nämlich ganz genau, daß sie es war. Mann, mit ihren eignen Puppen hat sie's doch genauso gemacht. Aber ich sag nichts.

Und 'n paar Monate später schließt sie sich eines schönen Tages im Badezimmer ein, und ich hör sie da drin vor sich hin summen.

Das Geräusch kenn ich. Wenn sie auf die Art summt, dann will sie sich beruhigen, damit sie nicht anfängt zu heulen.

»Jean?« sag ich durch die Badezimmertür.

»Schieb ab!«

»Was ist denn los?«

Keine Antwort. Alles still.

»Jean?« versuch ich's noch mal. »Was machst du denn da drin?«

»Laß mich in Ruhe!« Ich dreh mich also um und will gehn, aber da hör ich sie rufen: »Ray?«

»Ja.«

»Ich blute.« Irgendwie ist mir sofort klar, daß sie sich nicht bloß in den Finger geschnitten hat oder so.

»Moment«, sag ich, »ich bin gleich wieder da.« Ich geh runter in die Halle und lange aufs alleroberste Brett im Wandschrank. Daß die Dinger da oben liegen, weiß ich, weil Billy sie mir mal gezeigt hat. Da haben wir beide gegackert und Angst gehabt, daß uns einer erwischt. Ich nehm 'ne Binde und sag, sie soll sie sich in den Schlüpfer tun.

»Nicht reinkommen!« sagt Jean und riegelt die Tür auf.

Ich reich ihr die Binde durch den Spalt. »Ich brauch 'ne Sicherheitsnadel«, sagt sie nach 'ner Weile. Da geh ich an Mamas Fach im Plattenschrank, hol eine und reich sie ebenfalls durch den Türspalt.

»Warte«, sagt sie, »ich komm gleich raus.«

Als sie fertig ist, gehn wir zusammen auf die hintere Veranda. Es ist Oktober, die Blätter fallen schon von den Bäumen.

»Hat dir Mama denn nicht gesagt, was du machen sollst?«

Sie schüttelt den Kopf. Ihre Freundin Pebbles, sagt sie, hat ihr erzählt, daß das irgendwann passiert, aber sie hat's ihr nicht geglaubt.

»Muß ich die Dinger jetzt jeden Tag tragen«, fragt sie, »bis ich sterbe?«

»Ich glaube, bloß so lange, bis du 'n Kind kriegst.«

Sie ist ganz blaß im Gesicht und sieht so klein aus und so müde.

»Tut's weh?« frag ich.

»Ja.« Wir bleiben lange da draußen sitzen, ohne was zu sagen. Sie schiebt mit dem Fuß 'n paar Steine von der untersten Treppenstufe. »Ich glaube, ich bin ganz schön angeschissen«, sagt sie.

Da kann ich ihr nicht mal widersprechen. Sie ist halt 'n Mädchen. Bald werden sich die Jungs für sie interessieren. Ich versuch mir Jean mit 'nem Freund vorzustellen. Bei dem Gedanken kneif ich schnell die Augen zu – bloß nicht dran denken. Sie legt ihren Kopf in meinen Schoß, und ich wickle mir eine von ihren braunen Locken um den Finger. Danach sagen wir beide nicht mehr viel.

†††

Und jetzt steht da also die Nan, da drüben auf der andern Seite des Raucherzimmers, immer noch hübsch, nur eben wie 'ne Frau, nicht mehr wie 'n Mädchen.

»Los, komm, wir gehn guten Tag sagen!« sagt Harold. Wir sitzen auf einem von den rotkarierten Sofas. Er will aufstehn, aber ich komm nicht hoch. Ich weiß ja überhaupt nicht, was ich zu ihr sagen soll, oder zu Marty oder Carol.

»Ich warte hier«, sag ich.

»Auf was willst du denn warten?«

»Na, die unterhält sich doch gerade mit Onkel Hal.«

»Na schön.« Harold ist es so lang wie breit, ob er hier sitzt oder mit Nan quatscht oder rauf geht und sich zu den ganzen Tanten gesellt. Das ist dem ziemlich schnuppe. Ist ja auch nicht sein Bruder, der da oben liegt und tot ist.

»Ich geh mal kurz an die frische Luft.« Harold kuckt mich an, und da sag ich anstandshalber noch: »Kannst ja mitkommen.«

Er nickt mit seinem komischen dreieckigen Kopf und drückt seine Zigarette in dem Glasaschenbecher aus.

»Du rauchst wohl gar nicht mehr?« fragt er leise.

»Doch, doch«, sag ich. »Hin und wieder schon.«

Und er: »Ich hab welche im Wagen.«

»Okay«, sag ich und durchquere den Raum. Ich weiß, daß ich hier nicht raus kann, ohne mit Nan zu sprechen. Ich weiß, es ist einfach nicht möglich, es gibt kein Entrinnen. Und doch mach ich einen Schritt nach dem andern, den Blick stur auf die Tür geheftet, und stell mir schon vor, wie ich auf dem Parkplatz bin, wo sich der Wind vielleicht noch nicht gelegt hat, mit Harold 'n Joint rauche und mir die Schweißperlen abwische, die mir auf der Stirn stehn, weil ich so nervös bin.

»Ray?« Da haben wir's.

»Hey, Nan.«

Und dann stehn wir da und plauschen, Harold und ich und Nan und Onkel Hal. Aber ich muß schnellstens hier raus. Nan hat 'ne Anstecknadel am Revers von ihrer schwarzen Bluse. Ein kleines goldnes Maiglöckchensträußchen, und die Blüten bestehn aus lauter kleinen Perlen.

»Wann kommt denn Carol?« fragt Onkel Hal.

Die Anstecknadel hab ich früher schon mal gesehn, weil mir nämlich wieder einfällt, wie schön ich die immer gefunden habe. »… wie schön, euch alle mal wiederzusehn …«

Die ist von Großmutter Loreen, die Anstecknadel. Die hat sie stets und ständig getragen.

»… und da sagt die doch: ›Wer bist 'n du gleich noch mal?‹« Alles lacht, also lach ich mit. Maiglöckchen, das hieß immer, die ganze Familie ist zusammen, und mein Alter benimmt sich anständig, und Mama lächelt.

»… wahrscheinlich bleib ich bis Donnerstagmorgen.«

Ich starre die scheiß Anstecknadel an und kriege kaum noch Luft.

»Ich muß los«, sag ich ganz schnell, und im nächsten Moment bin ich die Treppe hoch und an der Tür und endlich draußen. Draußen, wo inzwischen aus der Brise 'n richtiger Wind geworden ist, so einer, wie er sonst nur im August nachts weht. So 'n wilder, rastloser Wind, der den Sommer noch nicht gehn lassen will, der noch nicht bereit ist für den Tod, den der Herbst bringt. Ich steh also da draußen in diesem Augustwind, steh mitten auf dem verdammten Parkplatz, hab den Kopf in den Nacken gelegt, und meine Arme baumeln an den Seiten runter, als ob sie gar nicht zu mir gehören. Ich kucke einfach in die Luft, und die Sterne drehn sich am Himmel, vom Wind herumgewirbelt. Ich weiß, ich muß in meinen Pickup steigen und fahren wie ein Teufel. Muß fahren wie ein Teufel.

Ich streck die Arme seitwärts aus, wie so 'n menschliches Kreuz, und geh langsam, aber stetig, den Gehsteig lang zu meinem Wagen. Vielleicht packen sie mich und schleppen mich ins Ungewisse, fort in die finstere Nacht. Und dann lande ich irgendwo, wo keiner weiß, wie ich heiße. Und leb den Rest meines Lebens als höflicher Bursche, den niemand so richtig kennt. *Netter Kerl, bloß immer so für sich alleine.* Als es noch drei Meter sind bis zum Truck, hör ich Harold von der Treppe her meinen Namen rufen.

»Bleib da! Ich will bloß schnell was holen.«

Ich lehn mich an den Truck und kucke noch mal zu den Sternen rauf. Der Himmel ist 'n großer schwarzer Sargdeckel, der über mir zuklappt. Ich weiß, ich müßte noch irgendwas tun, aber ich hab vergessen, was das war. Irgendwas wegen Jean, die sich nicht sehn läßt heute abend. Aber ich kann eh nichts mehr tun, außer diese ganze scheiß Last 'ne Weile von mir werfen. Irgendwas in meinem Leben ist zu Ende, ich weiß nur noch nicht, was.

ACHTZEHN

Wir fahren dann gar nicht noch mal zurück zum Bestattungsinstitut. Harold kramt kurz hinten in seinem Minivan rum und steigt mit 'nem Kulturbeutel in der Hand zu mir in den Truck. Ich bin noch gar nicht ganz vom Parkplatz runter, da holt er auch schon zwei Joints raus und 'n kleines Tablett und Koks.

»Wo fahren wir eigentlich hin?« fragt er.

»Ich kenn da so 'ne Kneipe.«

Als erstes schaun wir in der Bowlingbar vorbei. Da seh ich 'n paar Jungs, die ich von der Arbeit kenne. Wir spielen Billard, bis ich mich mit einem in die Haare kriege. Wie der Kerl heißt, weiß ich nicht mehr, aber Billy hat ihn auch gekannt, von damals noch, als er immer mit den Night Angels rumgehangen hat, das war so 'ne bescheuerte Bikertruppe, richtige Arschlöcher, die hatten an der Redfield Road so 'n Club, ziemlich weit draußen, noch hinter dem Haus, wo Sally aufgewachsen ist. Jedenfalls fängt der Typ an, über Harold zu lästern, und da bin ich mit ihm raus und hab ihm in den Arsch getreten, aber anständig. Außer ihm sind noch zwei Biker da, aber die mischen sich nicht ein. Kommt mir fast so vor, als ob ich denen 'n Gefallen getan habe, weil der alte Sack ihnen nämlich die ganzen Mädels vergrault hat.

Danach ist Harold der Meinung, daß wir uns dünne machen sollen, und während er schon zum Truck rennt, kuck ich noch schnell in die Brieftasche von dem Typ, nehm das Geld raus und steck sie ihm wieder in die Tasche. Dann fahr ich zur Lakefront Bar, wo Harold nachzählt und feststellt, daß dieser Blödmann doch sage und schreibe zweihundert Dollar mit sich rumgeschleppt hat. Daraufhin gehn wir von Bier zu Whiskey über, und 'ne Sekunde lang denk ich, daß ich den Whiskey lieber bleiben lassen sollte, weil Sally das nicht leiden kann. Aber dann fällt mir wieder ein, die ist ja heute abgehaun, die soll mich doch am Arsch lecken, die blöde Kuh. Aber nach drei gibt uns der Barmann nichts mehr zu trinken, und da fahren wir die North Lake Road rauf zum Dewey's.

Diesmal fährt Harold, weil er nämlich die Schlüssel vom Truck gefunden hat, die draußen vor der Lakefront Bar in so 'n breiten, total mit Kreuzkraut überwucherten Graben gefallen waren. Die North Lake Road ist vor kurzem ausgebessert worden und hat alle Naselang Flickstellen aus neuem Teer, was einem das Gefühl gibt, auf 'ner altmodischen Straße aus Baumstämmen oder Backsteinen zu fahren. Die Reifen rumpeln übers Pflaster, und die Sitze im Truck vibrieren dermaßen, daß es mir richtig in den Beinen kribbelt. Die Fenster sind runtergekurbelt, und ich hab den rechten Arm draußen und zerteile damit die Luft mal in diesem und mal in jenem Winkel und merke, wie sie mir durch die Armhärchen streicht. Und aus mehr besteh ich im Grunde nicht in dem Moment, nur aus kribbelnden Beinen und Armhärchen, die erst in die eine Richtung wehen und dann in die andre. Mein ganzes Denken ist weg, mein ganzes Sorgen und Gegrübel, alles weg. Ab jetzt nur noch das Kribbeln und das Wehen. Ich kucke hoch, und da kommt gerade der Mond in den Himmel gehüpft, landet irgendwo hoch über meiner rechten Schulter und hängt da wie so 'n runder phosphoreszierender Drachen, den wir an 'ner Leine hinter unserm Truck herziehn.

»Hey, Mond«, sag ich durch das Gerumpel hindurch.

»Was?« sagt Harold.

»Bleib mal noch 'n paar Meilen auf der Straße hier.«

»Da brauchst du aber hinterher 'n neuen Truck, Ray.«

Ich kucke mir die zerbeulten Luftschlitze an, da hab ich vor 'n paar Jahren mit den Fäusten draufgehaun, als die Heizung eingefroren war. Unterm Armaturenbrett sind so komische grüne Triebe, sieht aus wie Erbsenschoten, die wachsen im

Dreck auf dem Bodenblech. Das Rückfenster hat 'n Sprung und geht nicht mehr richtig zu; im Winter muß ich da immer 'ne Plastikplatte gegenkleben. Und die Kunstledersitze haben Risse von Samsons Krallen.

»Ja«, sag ich schließlich.

»Die ist ja ausgeleiert wie so 'ne vierzigjährige Nutte, die Kiste hier«, sagt Harold.

Und ich: »Ist halt schon 'n bißchen klapprig.«

Und er: »Klapprig ist gar kein Ausdruck.«

Ich sag nichts mehr, sondern bohr den Zeigefinger in einen von den Rissen im Kunstleder. »Herrgott noch mal, so einen Wagen, den muß man doch verkaufen, bevor man ihn zuschanden gefahren hat.« Er kämpft mit dem Lenkrad, das ziemlich nach links rüberzieht, wenn man nicht aufpaßt. »Ich meine, das ist doch der reinste Schrotthaufen, was du hier fährst.«

»*Du* fährst«, berichtige ich.

»Der reinste Schrotthaufen.«

»Verdammt noch mal, das ist kein Schrotthaufen, das ist mein Truck«, brumme ich und kuck wieder aus dem Fenster, damit er die Klappe hält. Wir sind auf der North Lake Road, passieren gerade die McGregor Road. Ich seh jemand im Graben knien und mit beiden Armen in der Luft rumfuchteln. Scheiße, was ist das denn? Ich streck den Kopf ganz weit aus dem Fenster und kucke zurück. Die Arme gehn mit voller Wucht nach unten, wie wenn man 'n Schienennagel einschlägt. Mir bricht kalter Schweiß aus, weil da nämlich noch jemand ist, da liegt einer im Graben, und dem sein Kopf –«

»Nein!« Ich zerre am Türgriff. »Nein! Nein!« Ist es etwa schon zu spät, um einzugreifen? Vielleicht schaff ich's ja diesmal, rechtzeitig dazusein, und Billy muß nicht sterben. Aber wir sind besoffen, Harold und ich, und darum kann's vielleicht doch schon zu spät sein. Und jetzt bringt ihn einer um, und ich kann's nicht verhindern. Alles meine Schuld, bloß, weil ich besoffen bin, und jetzt wird Billy umgebracht, und ich kann nicht zu ihm hin.

Ich reiß die Tür auf. Harold tritt wie 'n Verrückter auf die Bremse und versucht das Lenkrad nach rechts zu ziehn, damit wir nicht mit dem Winnebago zusammenkrachen, der uns entgegenkommt. Ich lehne mich raus und schau zurück zu Billy, und Harold schreit mich an, aber da spring ich auch schon und, o Scheiße, wir haben ja noch gar nicht angehalten. Ich rolle ungefähr achthundert Meilen, bis ich endlich wieder auf die Beine komme und vor zur Ecke renne.

»Nein! Aufhören! Billy!« Ich renne, so schnell ich kann, und seh diesen Stein wieder und wieder runterkrachen. »Nein!«

Hinter mir kommt der Truck im Rückwärtsgang angejault und will mich einholen.

»Ray? Ray! Verdammt noch mal, was hast du denn?« schreit Harold aus dem Rückfenster. Ich stürz mich in den Graben, hoffentlich kann ich ihn fertig machen, diesen Dreckskerl mit dem Stein. »Nicht doch! Nein! Hör auf, du Schwein!« Aber ich seh niemanden. Ich bleib kurz stehn und kuck mich um, und plötzlich kipp ich hintenüber und japse und schnappe nach Luft. Ich will mich aufrappeln, aber da kipp ich nach vorne, fall auf die Schnauze und kann mich nicht mehr rühren.

»So ein verdammter Idiot! So ein Rindvieh! Ray?« Harold spult ein Schimpfwort nach dem andern ab, und alle bedeuten sie einfach bloß Arschloch. Er hat den Truck geparkt, und jetzt rennt er den Randstreifen rauf und runter und sucht mich. Ich bleibe, wo ich bin, bäuchlings im Unkraut. Hier draußen ist kein Mensch. Kein Mensch außer Harold und mir. Ich bin zu spät gekommen. Billy ist schon umgebracht worden. Es ist alles schon passiert, und ich bin nicht dagewesen, um es zu verhindern. Bis zum Dewey's ist es noch 'n ganz schönes Stück. Ich versuch mir vorzustellen, wie das ist, wenn man das ganze Ende durch den Graben kriecht. Muß ewig dauern, sogar ohne eingeschlagenen Schädel. *Mein Gott, Billy.*

Irgendwer beobachtet mich. Irgendwer ist im Wald und beobachtet mich. Ich dreh den Kopf und kucke durchs Unkraut zu den dunklen Lücken zwischen den Bäumen rüber. Er sitzt hinter 'nem halb verrotteten Baumstamm und zwinkert mir mit seinen gelben Augen zu. Die eine Tatze hat er vorm Gesicht, als ob ich ihn gerade beim Fressen gestört hab. Derselbe Waschbär, den ich hinter der Metallfabrik gesehn hab. Aber der war doch heute nachmittag tot und aufgedunsen, die Fliegen sind um ihn rumgeschwirrt, oder nicht? Wieviel Zwanzig-Kilo-Waschbären gibt's denn wohl in Monroe County? Die gelben Augen sehn mich an.

»Zu spät«, sagt er.

Ich will ihn gerade fragen, was der Scheiß hier eigentlich soll, da hör ich auf einmal jemand sagen: »Was ist denn los?«

Ich kucke hoch und seh Harold neben mir sitzen, von wilden Möhren umrahmt. Er sieht aus wie so 'n Weltraumbewohner, dem überall so dünne, wirre Sternengarben aus seinem dreieckigen Kopf rauswachsen. Ich kuck noch mal zurück zum Wald, aber der Waschbär ist weg.

»Ich hab gedacht, ich hab da was gesehn.«

»Was denn?« Er hört sich nicht mehr wütend an, aber ich antworte trotzdem nicht. Und dann sagt er: »Das hier ist die Stelle, wo er gelegen hat, nicht wahr?«

»Ja«, sag ich.

Und Harold sagt erst mal gar nichts, und dann sagt er: »Scheiße.«

Ich richte mich auf und bewege ganz leicht einen Knochen nach dem andern, um mich zu überzeugen, daß nichts gebrochen ist. Es funktioniert noch alles, aber an der rechten Schulter ist die Haut ab, und mein T-Shirt hat 'n glatten Riß. Ich pule mir den Teer und die Kieselsteinchen aus der Wunde. Harold ist still. Wir gehn wieder zum Truck zurück. Ich mach die Flasche Jim Beam auf, die vorhin, als Harold auf die Bremse gestiegen ist, unterm Sitz vorgerollt war. Schau aus dem Fenster, ob ich zwischen den Bäumen 'n paar gelbe Augen seh, aber da ist nichts. Harold läßt den Motor an, und dann fahren wir los zum Dewey's.

Als wir dort ankommen, gehn wir gleich erst mal an die Theke und schmeißen 'ne Runde. Zahlen tun wir mit dem Geld, das ich dem Blödmann aus der Bowlingbar abgenommen hab. Das Dewey's war Billys Stammkneipe, und heute nacht sind 'n Haufen Typen da, die sich nach uns umdrehn und mir und Harold Drinks ausgeben und uns 'n Ohr abkauen, was sie alles mit Billy erlebt haben. Ich komm mir vor wie bei 'nem Auswärtsspiel, obwohl ich schon zigmal hier drin gewesen bin. Den ausgestopften Kojoten haben sie immer noch auf 'nem Holzbord über der Jukebox. Er liegt da, hat den Kopf nach oben gereckt und kuckt zur Seite. Wenn man rübergeht und sich 'n paar Songs aussuchen will, grinst er einen ganz frech an und fletscht die scharfen Zähne. Als ob er's witzig findet, daß er da oben über der Jukebox hocken kann.

Ab und zu hat Billy auch mal Trish und Deena mit dabei gehabt, obwohl das Dewey's ja nun wirklich nichts für Kinder ist. Das hat sich so ergeben, weil Ginny Honey die Mädels manchmal mit dem Fahrrad hergeschickt hat, damit sie Billy Bescheid sagen, er soll heimkommen. Und da hat er dann mit ihnen angegeben, hat ihnen Dart beigebracht und so getan, als ob sie seine Freundinnen sind. Der war ja so gut wie nie zu Hause, und da sind die zwei natürlich froh gewesen, wenn er sich überhaupt mal 'n bißchen mit ihnen abgegeben hat. Mit dem Jungen ist er nie hiergewesen. Der eine Grund war, daß er immer gesagt hat, Kyle ist 'n Schwulenname. Und der andre Grund war der, daß der Kleine ständig bloß am Schmökern war. Mit so 'nem schwulen Bücherwurm kann er sich ja nirgends sehn lassen, hat er gemeint. Hat sogar immer behauptet, der ist gar nicht von ihm, wegen den roten Haaren und so.

Die Theke ist lang und geht um die Ecke. Hinten stehn Billardtische, und Dartscheiben sind da und Tische, wo man dran sitzen kann. Aber wenn man Billard spielen will, geht man meistens in die Bowlingbar, wenn man mit Mädels tanzen will, geht man in die Lakefront Bar, und ins Dewey's geht man, wenn man sich so richtig schön vollaufen lassen will. Und das ist auch richtig so, denn als ich mit Harold da ankomme, sind wir sowieso zu nichts andrem mehr in der Lage als zum Saufen.

Harold steht neben mir und unterhält sich mit Rick über Bretonische Spaniels.

Von der ganzen Anstoßerei auf Billy muß ich pissen, aber als ich gerade nach hinten aufs Klo gehn will, streckt Alan Halsey die Hand aus und stoppt mich.

»Nicht doch so eilig, Ray.« Al ist oder besser war Billys bester Kumpel.

»Hey, Al.«

»Gieß ihm mal 'n Jim Beam ein, Rick!«

Rick nickt und schenkt den Whiskey ein und stellt ihn mir hin, ohne sein Gespräch mit Harold zu unterbrechen. Wenn der mal angefangen hat, über Bretonische Spaniels zu reden, muß schon 'n Brand ausbrechen, damit er wieder aufhört.

Ich kucke Al an. Die Jukebox spielt schon zum drittenmal hintereinander *These Boots Were Made for Walking*. Mit fünf oder sechs Jahren hat Jean das immer gesungen und dazu getanzt wie 'n Go-go-Girl. Da hätten wir uns jedesmal wegschmeißen können, die ganze Familie. Sogar der Alte mußte lachen. Al nimmt sein Glas und hält's hoch.

»Auf Billy«, sagt er.

»Auf Billy«, sage ich und alle, die uns hören können, stimmen ein. Das ist ungefähr das fünfhundertste Mal, daß ich auf Billy anstoße, seit ich das Dewey's betreten habe.

»Wo ist er denn?«

Al lacht verlegen auf und kommt mit dem Kopf näher ran und fragt: »Was sagst du?«

Da schrei ich ihm ins Ohr: »Wo Billy ist?« Al antwortet nicht, er kuckt mich bloß an. Und da sag ich: »Ich hab ihn ja noch gar nicht gesehn heute abend.«

Und als immer noch keine Antwort kommt, sag ich: »Ich war schon bei ihm zu Hause, da ist er auch nicht.«

Al ist nicht der einzige, der das hört. So 'n paar Typen gickeln leise vor sich hin und denken, ich blicke nicht mehr richtig durch. Ich seh Al an und warte, was er sagt.

»Scheiße, Ray.« Mehr bringt er nicht raus. Harold und Rick merken anscheinend, daß hier hinten an der Theke auf einmal dicke Luft ist, jedenfalls hören sie auf zu erzählen. Rick rührt sich nicht von der Stelle, aber er beobachtet mich. Ich weiß schon, besser wär's, ich würde gehn. Aber ich tu's nicht.

»Habt ihr ihn vielleicht gesehn?« Verdammt noch mal, ich stelle hier 'ne ganz einfache Frage, und kein Mensch antwortet mir. Plötzlich herrscht Totenstille. Nancy Sinatra hat fertig gesungen. Es ist so still in dieser verdammten Kneipe, daß ich die Neonreklame für Miller Lite vorne im Fenster sirren höre.

Irgend so 'n Arsch sagt: »Mensch, Ray, laß doch den Scheiß!«

Und Al meint: »Soll das 'n Witz sein?«

Das kann jetzt so oder so ausgehn. Alle kucken Al und mich an und warten, was ich als nächstes sage. Viele von den Typen grinsen, damit sie immer noch schnell so tun können, als ob wir bloß rumgeblödelt haben oder so. Ich kuck Al an, der sich plötzlich im Raum umsieht. Und dann dreht er sich zu Rick um, der hinter der Theke steht, und zuckt die Achseln.

Ich hasse Al Halsey. Der und Billy, das waren zwei ganz fiese Schweine. So weit kommt's noch, daß ich mich mit so einem hier hinstelle und 'n scheiß Jim Beam trinke. Al hat mich immer in den Arm geboxt, als ich noch klein war. »Hey, du Pflaume«, hat er immer zu mir gesagt und mir so richtig hart gegen den Oberarm geboxt. Ha ha ha.

†††

Billy und Al sind auf der Highschool, beide fast sechzehn. Ich bin elf, also muß Jean so acht oder neun sein. Ich weiß das noch, weil's das Jahr ist, wo Billy diese Ratte gekriegt hat, die er dann als Haustier gehabt hat. Er hat sie gekriegt, weil sein Biolehrer in der Zehnten die Ratten loswerden mußte, die seit 'ner Ewigkeit im Klassenraum gehalten wurden. Vor sechs Monaten hat er 'n halbes Dutzend Stück verteilt, aber Billys ist die einzige, die noch lebt. Er tauft sie Old Yeller, weil sie so gelb ist. Und die ist so zahm, daß sie bei Billy auf der Schulter sitzt, während er rumläuft, ihm aus der Hand frißt und so weiter und so fort. Billy liebt die richtig, diese blöde Ratte.

Er braucht bloß »Old Yeller!« zu rufen, schon kommt sie an und rennt hinter ihm die Treppe runter. Mama hat zuerst gesagt, er soll das Biest ja wieder wegschaffen, aber inzwischen hat sie's aufgegeben. Jean füttert die Ratte immer heimlich mit

M&Ms und will sie dazu bringen, daß sie bei ihr im Zimmer schläft, aber die Ratte hängt total an Billy.

Es ist ein knallheißer Sommertag. Ich suche meinen Wiffleball und den gelben Plastikschläger. Hinten in der Garage ist so 'n Verschlag, so 'ne Art Lagerraum. Ich geh in die Garage, und da hör ich Stimmen. Ich hab sofort so 'n komisches Gefühl im Magen, weil ich spüre, daß die nichts Gutes im Schilde führen, die Stimmen. Noch bevor ich sie erkenne, weiß ich schon, daß die was Schlimmes machen. Ich will wieder kehrt machen und rausgehn und Randy sagen, die Sachen sind im Keller, der Schläger und der Ball, und es ist besser, wir gehn runter und suchen sie dort. Aber ich tu's nicht. Ich geh ganz langsam durch die Garage. Auf dem Zementboden ist überall Katzenstreu und saugt die Öllachen auf. Ich rutsch mit meinem Turnschuh auf der Katzenstreu aus und bleib wie angewurzelt stehn und horche auf die Geräusche, die hinten aus dem Verschlag kommen. Da ist so 'ne Sperrholztür, die bloß angelehnt ist. Ich hör was rascheln, und dann flüstert Billy was von sie festhalten. Mein Magen wird steinhart. Ich geh noch 'n Schritt weiter. Da drin sind Billy und Al, sein bester Freund, und die haben noch jemand bei sich. Draußen auf dem Hof ist Randy und wartet auf mich. Wieder will ich kehrt machen und rausgehn, aber ich tu's nicht. Ich mach noch zwei Schritte, dann steh ich direkt vor der Tür. Brauch mich nur 'n kleines bißchen vorbeugen und kucken, sehn, was die treiben da drin. Weil ich nämlich glaube, ich weiß es schon, und weil ich hoffe, ich irre mich, und weil ich einfach nicht hier weg kann, bis ich's nicht rausgekriegt hab. In der Garage ist es dunkel, weil alle Türen zu sind. Auf dem Stiel von der Harke, die an der Wand lehnt, spaziert 'n Weberknecht rum. Als ich ihn ankucke, bleibt er stehn, als ob er auch horcht.

»Kuck da lieber nicht rein!« flüstert er und rennt den Harkenstiel hoch und auf die Wand, bloß weg hier, so weit, wie's geht.

Ich höre leises Gewimmer und Billys verhaltenes Lachen. So 'n ängstliches und gleichzeitig erregtes Lachen. Ich recke den

Kopf 'n paar Zentimeter weiter vor und kuck durch die Tür. Und atme ganz erleichtert auf, weil ich nichts weiter seh als Billy und Al und den Dobermann, der immer bei uns ums Haus streicht und hinter Lula her ist, unsrer Hündin, weil, die ist nämlich gerade heiß. Der Dobermann hockt auf ihr drauf und krümmt sich, und die beiden kucken zu. Die geilen sich dran auf, wie zwei Hunde ficken. Aber als ich gerade einen Schritt zurücktreten will, da seh ich ihre Hand. Ich bleib stehn, kann mich nicht bewegen, kann mich nicht dazu zwingen, nicht hinzuschauen. Ihre kleine, zur Faust geballte Hand mit den knochenweißen Fingerknöcheln. Und dann verlagert Al sein Gewicht von dem einen Knie aufs andre, und das ist gar nicht Lula, die da liegt, sondern Jean. Sie liegt auf dem Rücken und versucht sich loszuwinden, aber sie halten sie fest – unter dem Dobermann. Billy hält ihren Kopf so, daß sie den feuchten, hellroten Hundepenis am Mund hat. Ich seh das alles nur 'ne Sekunde lang, aber es brennt sich mir ins Hirn ein wie so 'n Kalenderbild.

»Leck ihn!« herrscht Billy sie an und reißt ihr den Kopf rum.

»Nein.« Das kommt ganz dumpf raus, weil sie's mit fest zusammengedrückten Lippen sagt. Ich trete zurück und dreh mich um und wanke durch die Katzenstreu nach draußen. Am Garagentor steht Randy und kuckt mich an, als ob er sagen will: »Nun sag schon, was ist los?« Ich werf ihm 'n Blick zu, daß er kapiert, er soll still sein, bis wir draußen sind. Dann knall ich die Tür so laut zu, daß die ganze Garage wackelt. Und dann renn ich los. Ich renne aus dem Garten und die Cutler Road runter. Vorbei an dem Haus vom Doktor und vorbei an dem Haus, wo die Petersons wohnen, rüber zu Woodleys Maisfeld. Hinter mir hör ich Randys Schritte. Ich renne und renne, sogar noch, als mir schon die Brust brennt und meine Haut ganz kalt wird, so wie wenn man Durchfall hat. Ich renne quer durchs Maisfeld und laß mich von den Stengeln peitschen und mir Hände und Wangen aufschlitzen. Ich renne, bis ich am Luzernenfeld bin und in ein Waldmurmeltierloch trete und in voller Länge auf die Schnauze falle.

Ich rühr mich nicht. Alles tut weh. Ich konzentriere mich immer nur jeweils auf einen Schmerz, schenke jedem einzeln und nacheinander meine ungeteilte Aufmerksamkeit. Meine Lunge brennt dunkellila. Ich laß das ganze Lila in meinen Kopf rein, bis ich nichts mehr weiter bin als ein lodernder Lungenflügel. Als das etwas abflaut, spür ich den Krampf in der Seite, weil ich zu schnell gerannt bin. Der ist blau. Scharf und leuchtend blau und sticht mir in die Seite. Blau, blau, blau und kein Platz für irgendwas andres. Der Knöchel wird 'n bißchen dick von dem Waldmurmeltierloch, so 'n dumpfer, schmutzig gelber Schmerz. Ich kriech ganz tief in meinen Knöchel rein und in das pochende gelbe Wehtun.

Es ist 'ne Erleichterung, sich in den Schmerzen zu verstecken. Auf Schmerzen kann man zeigen und sagen: »Hier! Hier tut's weh! Ich habe gemacht, daß es weh tut.« Schmerzen, die alles andre ausradieren, und sei's auch nur 'n paar Sekunden lang. Das Bild von Jeans Gesicht ausradieren, das ich im Kopf hab. Wie sie mich voll ankuckt, den Moment, bevor ich von der Tür zurücktrete. Das Gesicht von 'nem kleinen Mädchen mit Augen, in denen schon keine Hoffnung mehr ist, 'n Gesicht, in dem das Wissen steht, daß ihr keiner helfen wird. Selbst in dem Moment, wo sie mich da hat stehn sehn, hat sie gewußt, daß keine Hilfe kommt – niemals.

Einmal, als sie noch kleiner war, hab ich gehört, wie sie zu Mama gesagt hat: »Daddy pinkelt immer so 'n weißes Zeug auf mich drauf.« Und Mama hat ausgeholt und ihr dermaßen eine gescheuert, daß sie in die nächste Ecke ist.

»Das will ich nicht noch einmal hören, daß du solche schmutzigen Sachen sagst!« Und darum hat Jean von da an nie mehr was zu Mama gesagt. Und ich auch nicht.

Randy hat mich eingeholt. Er sieht das Waldmurmeltierloch, betrachtet meinen Fuß.

»Gebrochen?«

»Weiß ich nicht. Ist mir auch egal.«

Er fragt nicht, was ich in dem Verschlag gesehn hab. Er kommt nie darauf zurück. Ich sage mir, der hat keine Ahnung, was bei uns zu Hause los ist. Daß das 'n Geheimnis ist, das keiner kennt, keiner außer Jean und mir. Daß der sich denkt, ich bin so wie er selber und meine Familie ist genauso wie seine. So lange, wie ich mir das sagen kann, so lange kann er mein bester Freund bleiben.

Am nächsten Morgen bin ich hinter der Garage Würmer ausbuddeln, und da hör ich so 'n komisches Quieken. Ich komm um die Garage rum und sehe, Jean hat Old Yeller an den Beinen aufgehängt, im Ahornbaum. Sie haut immer wieder mit Billys Baseballschläger zu, mit dem guten Louisville Slugger, und die Ratte pendelt hin und her wie so 'n Ball an 'ner Schnur. Aber sie ist noch nicht tot, bloß überall voll Blut, und quieken tut sie so laut, daß ich's höre, als ich mich nachher noch mal 'n paar Stunden schlafen legen will. Und Jean macht seelenruhig weiter, auch als sie mich sieht. Schlägt immer weiter auf die arme Ratte ein, bis sie schließlich aus der Schlinge fällt und auf dem Boden landet, tot.

Sie hebt sie am Schwanz hoch, sagt, ich soll aufpassen, daß Billy und Mama nicht kommen. Und dann rennen wir damit die Treppe hoch, und Jean legt sie auf Billys Kopfkissen und deckt sie mit der Tagesdecke zu.

Als Billy Old Yeller gefunden hat, hat er fast geheult. So hab ich ihn noch nie erlebt. Er wollte wissen, was passiert ist, und da hat Jean ihm rundheraus erklärt, daß sie das war. Und da hat er ihr 'n Arschtritt verpaßt, daß sie einmal quer durchs Haus geflogen ist, aber sie hat's nicht bereut. Und mir hat's auch nicht leid getan.

†††

An diese Geschichte hab ich schon bald hundert Jahre nicht mehr gedacht. Dieser scheiß Al Halsey, der hat mich wieder dran erinnert, an den ganzen Mist. Jetzt lehnt er an der Theke und hat mir den Rücken zugekehrt. Ich bin total angespannt und wie geladen. *Ein Wahnsinn. Ein Wahnsinn.*

»Weißt du, was du bist, Al? Du bist 'ne alte Drecksau!«

Er dreht sich rum. Weiß nicht, was er da drauf sagen soll, und sagt den ersten besten Blödsinn, der ihm einfällt.

»Dein Bruder ist tot, du Arschloch.«

»Laß ihn in Ruhe, Al!« sagt Joe Lee. Ich hab gar nicht mitgekriegt, daß Joe Lee auch hier ist. »Der ist doch betrunken.«

Und Al: »Scheiße, ey. Vergiß es.«

Al und ich, wir kucken uns an. Ich hol aus und pflanze ihm meine Faust voll in seine scheiß Fresse. Ich spüre richtig, wie seine Nase unter meinen Fingerknöcheln nachgibt. Als ich merke, wie sich sein Gesicht einbeult, fließt die Spannung aus mir raus. Und dieses Gefühl, das ist so wunderbar, daß ich richtig heulen könnte vor Glück. Sofort spritzt das Blut in zwei verschiedene Richtungen, so weit, daß sogar der Spiegel und die Flaschen hinter der Kneipe was abkriegen.

In nächsten Moment ist Bewegung in der Bude. Die eine Hälfte zerrt mich von Al weg, die andre Hälfte zerrt Al von mir weg. Irgendwer latscht mir auf den Fuß, ausgerechnet auf den, wo ich die Steinplatte draufgekriegt hab. Ich schreie auf, aber die Typen lassen mich nicht los.

»Das weiß ich selber, daß der tot ist, du verdammter Idiot.« Mehr sag ich nicht, aber das langt anscheinend auch schon. Da greift wohl der alte Todesfall-Verhaltenskodex, denn die setzen nicht mich, sondern Al vor die Tür. Von mir lassen sie auf einmal alle die Hände, und auch ihre Blicke ziehn sie von mir ab. Ich sag Rick, er soll mir noch 'n JB einschenken, aber er meint, ich hab genug. Blöder Drecksack, dreht mir einfach den Hahn zu. Ich schau mich nach Harold um. Er steht direkt neben mir, lehnt an der Theke.

»So 'ne feige Sau«, sag ich zu ihm.

Und Harold völlig ungerührt: »Hmhm!«

War wahrscheinlich total bescheuert von mir, mit Al Halsey 'ne Schlägerei anzufangen. Aber wenn dieses alte Schwein meint, er kann mit mir auf Billy anstoßen, wenn der glaubt, jetzt haben wir was gemein, wir beide. Mit Al Halsey hab ich nichts gemein, mit diesem Idioten, mit diesem alten Drecksack. Absolut nichts.

»Ich trink bloß noch schnell aus, dann gehn wir nach Hause«, sagt Harold und greift nach seinem Glas.

»Ich geh nirgendwo hin«, zische ich.

Meine Hand greift immer wieder nach dem nicht vorhandenen Glas. Ich werf Rick 'n verächtlichen Blick zu, damit er sieht, was ich von seiner feigen Hahnzudreherei halte. Steck mir 'ne Zigarette an. Ziehe ganz viel Rauch ein, so viel, wie ich kann, und behalt ihn drin, halt die Luft an, bis ich so 'n Summen und so 'n Blubbern in den Ohren spüre. Zum Schluß puste ich den Rauch doch wieder aus und dreh mich um zu Harold.

»Gib mir mal 'n Joint«, sag ich.

»Nicht hier drin.«

»Jetzt gib mir doch mal so 'n scheiß Joint!«

»Wenn wir gehn.«

Ich überlege, ob ich Harold auch 'n bißchen die Fresse polieren soll, ungefähr so wie dem ollen Al gerade eben. Aber ich hab vergessen, ob er das Scheißzeug bei sich hat oder in diesem komischen Kulturbeutel draußen im Truck. Drum starre ich ihn 'ne Minute lang ganz bitterböse an. Aber der kümmert sich überhaupt nicht um mich. Der fragt Rick, was wir ihm schuldig sind.

Und ich ganz laut: »'n Scheiß sind wir ihm schuldig. Der Arsch hat mir den Hahn abgedreht. Der alte Hosenscheißer. Der kann mir mal.«

Rick beachtet mich ebensowenig wie Harold. Nicht so Joe Lee. Der legt mir die Hand auf die Schulter, daß ich das Gefühl hab, es hat mir einer 'ne ganze Rinderseite auf den Ast gelegt.

»Hey, Ray«, sagt er. » 'n los?« Als ob dieser Drecksack auf einmal mein bester Freund ist auf der ganzen weiten Welt. Als ob er plötzlich denkt, er ist Randy, wie er so hier steht.

»Hey, Joe Lee«, sag ich zu ihm. »Du kannst mir mal am Schwanz lutschen, ey.«

NEUNZEHN

Als ich aufwache und hochkucke, seh ich über mir die Sterne. Der Wind bläst dermaßen heftig, daß ich 'n Moment lang denke, ich fliege. Oder bin tot. Aber dann spüre ich das Blech der Ladefläche unter den Schulterblättern, und mir wird klar, daß ich hinten auf irgend 'nem Truck liege und 'ne Straße lang fahre. Ich kann kaum was hören, weil mir der Wind so um die Ohren fegt. Nur das ständige Zirpen der Zikaden zu beiden Seiten der Straße. Das heißt, die Straße ist draußen auf dem Lande. Und es ist kein Highway, denn ich hör den Kies malmend und zischelnd unter den Reifen aufspritzen. Mir ist entsetzlich heiß, ich bin total durchgeschwitzt. Mein Shirt ist vorne total naß. Mann, die frische Luft tut gut. Ich will den Kopf drehn und mir die Ladefläche von diesem Truck hier, wo ich drauf liege, genauer ansehn, kann mich aber nicht richtig rühren, weil mir dann das Gesicht weh tut. Das ganze Gesicht.

Wir werden langsamer und kommen schließlich zum Stehn. Und dann hör ich Musik, aber nicht direkt in meiner Nähe. Dann wieder Reifen auf Kies, aber wir haben uns nicht bewegt. Da kapier ich, daß vor uns noch 'n andrer Wagen ist. Mit Radio an. Es läuft gerade 'n alter Song von Led Zeppelin. Wir fahren weiter, biegen um 'ne Ecke und werden wieder schneller. Beim Abbiegen krieg ich so 'n flaues Gefühl im Magen, und die Sterne müssen sich neu sortieren.

Mir tut nicht bloß das Gesicht weh. Meine rechte Schulter hat richtig Bauchschmerzen, da, wo ich mir die ganze Haut abgeschürft hab, als ich vorhin in den Straßengraben geflogen bin. Insgesamt muß ich allerdings sagen, daß ich's eigentlich ganz angenehm finde hier hinten auf diesem komischen Truck. Ich versuch kurz zu überlegen, wer wohl am Lenkrad sitzen könnte, aber ich weiß ja nicht mal, von wo wir kommen, geschweige denn, wohin wir fahren. Und das ist auch okay so. Keine Ahnung, wie lange ich schon hier draußen bin. Keine Idee, was zum Teufel überhaupt passiert ist. Aber irgend jemand sitzt hinterm Lenkrad, und irgend jemand weiß, was passiert ist, und irgend jemand weiß, wo wir hinfahrn. Mich muß das 'n Scheißdreck interessieren. Ich brauch bloß hier liegen und in den Himmel kucken und spüren, wie die kühle Augustnacht über mich hinweg streicht, von den Haaren bis runter zu den Stiefeln.

Mein Shirt ist echt klatschnaß. Ich fahr mit der Hand drüber. Halte mir die Finger vor die Augen, aber es ist so dunkel, daß ich kaum was sehn kann. Schmeckt irgendwie nach Rost und Tang – also Blut. Ich laß die Hand wieder fallen und schließ die Augen. Wenn Sally das sieht, die bringt mich um. Ich überlege, ob ich vielleicht 'ne Chance haben könnte, das Shirt zu verstecken und mich ins Badezimmer zu schleichen und rasch unter die Dusche zu gehn, ohne daß sie wach wird. Bloß 'ne Sekunde, dann fällt mir wieder ein, daß sie ja gar nicht da ist. Ich mach die Augen auf, und da sind die Sterne verschwunden. Der Himmel hat sich in 'n schwarzes Meer verwandelt, 'n wogendes, wäßriges Meer, das ausläuft und mir ins Gesicht tropft. Tränen rinnen mir ins Haar, verstecken sich dort. *Meine Freundin verläßt mich! Meine Freundin hat mich verlassen!*

Nicht lange danach werden wir wieder langsamer. Biegen in eine Auffahrt ein und bleiben stehn. Eine Autotür knallt zu, dann die Tür auf der Beifahrerseite vom Truck. Von meinem Truck.

»Ist er noch da?« Joe Lee.

»Ja.« Harold.

»Irgendwer mußte ihm ja schließlich das Maul stopfen.« Joe Lee.

»Ja.« Harold.

»Das Dewey's ist echt nicht der rechte Ort, um Streit anzufangen. Und normalerweise weiß er das ja auch.« Joe Lee.

»Wolln wir ihn einfach lassen, wo er ist, oder was meinst du?« Harold.

»Ja.« Joe Lee. »Soll ich dich irgendwo hinfahrn?«

»Nein, ich bleib hier.« Harold. »Du, ich hab deinen Namen nicht richtig verstanden.«

»Joe Lee.«

»Harold Patterson. Rays Cousin.«

»Also dann bis morgen.« Joe Lee.

»Danke, daß du mir geholfen hast, ihn nach Hause zu bringen.« Harold.

Joe Lee antwortet nicht, er lacht nur kurz. »Schlaf schön, Ray.«

Dann knallt die Wagentür zu, und die Reifen und die Musik (jetzt von den Doors) und alles fährt weg. *Schlaf schön, Joe Lee.* Die Hintertür geht quietschend auf und wird ganz leise wieder zugemacht. Harold will nicht, daß irgendwer wach wird. Und dann ist nur noch das Zikadenzirpen um mich rum und dieser wilde Augustwind, der mit der Zeit nachläßt und sanfter wird. Während sich die beiden unterhalten haben, hab ich die ganze Zeit die Augen zugehabt, falls einer kuckt, ob's mir auch gut geht. Jetzt mach ich sie auf, und die Sterne sind wieder da und zirpen zu mir runter, noch lauter als die Zikaden. Der Himbeergeruch kommt ganz kurz zurück, dann ist er weg. Die Kiefernwipfel flüstern sich raschelnd irgendwelche geheimnisvollen Sachen zu.

Wo ist eigentlich Frau Luna abgeblieben? Ich such den Himmel ab, soweit das ohne den Kopf zu bewegen möglich ist. Und dann hab ich sie endlich, gerade als sie hinter den Pfählen am Transformatorenhäuschen gegenüber auf der andern Straßenseite untertauchen will. Als sie merkt, daß ich sie ankucke, bleibt sie stehn und wartet.

»Wo ist er?« frag ich sie.

»Wer denn?« fragt Frau Luna.

»Das weißt du ganz genau.« Keine Antwort. »Wo ist Billy?«

Sie stößt 'n tiefen Seufzer aus und wird auf einmal blau wie Krankenhausbettwäsche.

»Du weißt's doch, oder?« frage ich.

»Es ist nicht leicht, das Leid der ganzen Menschheit in sich aufzunehmen«, antwortet sie und weicht damit meiner Frage aus.

»Geh nicht weg!«

»Du bist schön, Ray, wie du da liegst in meinem Licht.« Und dann wird die Frau Luna violett und ist verschwunden. Und ich bin ganz allein.

Aus irgendeinem Grund muß ich an Billys Harley-Davidson-Hut denken. Der war sein ganzer Stolz und seine größte Freude, dieser Harley-Hut. Eigentlich war's ja bloß 'n alter Fischerhut, den er gefunden hatte. Hat ihn von der Müllkippe mit nach Hause gebracht. Mama hat 'ne ganze Woche lang gemeckert und gebrüllt. Da hat er 'n dann in 'nem Eimer mit Bleichmittel und Salmiakgeist gewaschen, worauf sie noch mehr gemeckert und gebrüllt hat. Und dann hat er lauter Sticker drangemacht. Überall, an der Krempe, am Kopf, alles voll, von oben bis unten. Er hat so 'n Sticker mit *Keep on Truckin'* drauf und einen von Pink Floyd mit dem Dreieck und den Regenbogenfarben. Und so 'n Smiley, wo *Have a Nice Day* draufsteht und dem er Fangzähne und Hörner angemalt hat. Außerdem den grünen Sinclair-Saurier, die Purpurschwalbe, den Texaco-Stern und 'n Parkplatzsticker von den Monroe County Metroparks. Mir gefällt am besten die große rote Rolling-Stones-Zunge, die er hinten dran hat, die aber dann später von 'nem fünffingerigen Hanfblatt verdeckt wird. Aber der größte von allen, der Harley-Davidson-Sticker, der ist immer vorne in der Mitte drauf und wird niemals verdeckt.

Den Harley-Hut hat er immer auf und setzt ihn auch nie ab, außer wenn er 'n neuen Sticker dran macht. Wenn er ins Bett geht, versteckt er ihn unterm Kopfkissen, damit Mama ihn nicht in die Hände kriegt und ihn wegschmeißt oder daß ich ihn nicht nehmen kann und mal probieren, wie ich damit ausseh. An dem Abend, als Billy mir erlaubt, den Harley-Hut zu tragen, hab ich sein Fahrrad genommen und bin damit rauf zur Mühle gefahren. Die Mühle ist strengstens verboten, aber

Randy und ich, wir fahren trotzdem mit unserm Essengeld hin und kaufen uns vorne im Laden Süßigkeiten.

Wir kaufen uns für fünfunddreißig Cent Schokostreusel, und als wir wieder draußen sind, ist Billys Fahrrad weg. Auf dem Heimweg schiebt Randy sein Rad und läuft zu Fuß neben mir her. Wir sagen beide nichts und denken bloß die ganze Zeit daran, wie ausweglos die Lage ist. Nicht bloß, daß ich oben in der Mühle war, wo ich nicht hin darf, nein, ich hab auch noch ohne zu fragen Billys Fahrrad genommen. Der bringt mich um.

Vorm Haus verabschiedet sich Randy von mir und radelt weg, und ich bin alleine. Ich überleg mir, daß ich nur eins machen kann: direkt zu Billy gehn und ihm alles beichten. Als ich halb die Auffahrt hoch bin, seh ich Billy und unsern Alten an der Garage stehn. Und der Alte fragt sofort, was ich mit Billys Rad gemacht hab.

»Ich hab's nicht genommen«, sag ich wie aus der Pistole geschossen. Und obendrein auch noch in so 'm richtig rotzigen Ton. Mein Alter hebt den Arm, und ich krieg 'n unheimliches Ding an die Glocke, so daß mein Gehirn regelrecht 'n paar Sekunden auf und ab hüpft und Funken sprüht und dann noch 'ne ganze Weile innen drin in meinem Schädel pocht.

»Wieso lügst du, Junge?« sagt er. Wieder schießt der Arm hoch, aber diesmal reiß ich den Kopf weg, damit er mir nicht direkt aufs Ohr hauen kann. Aber ich bin nicht schnell genug, sein Handballen landet genau auf dem Wangenknochen, und ich merk richtig, wie sich mein Augapfel vor lauter Schreck unter der Nasenwurzel verkriecht. Er haut mich mit der linken Hand, weil er die rechte wegen 'nem Arbeitsunfall verbunden hat, darum krieg ich die Schläge diesmal auf die Gesichtshälfte, die nicht dran gewöhnt ist. Bei Schmerzen im Gesicht ist das Problem, daß es so dicht am Gehirn ist, daß man hinterher echt Rührei in der Birne hat. Die ganzen Gehirnströme kommen durcheinander, und man kann nicht mehr denken, nicht mehr sprechen und sehn auch nicht mehr richtig.

Billy starrt wie gebannt rüber zum Nachbarhaus. Er malt sich in seiner Phantasie aus, daß er da drüben wohnt und den Doktor und seine Frau als Eltern hat und 'n eigenes Zimmer und daß keiner trinkt und keiner Prügel kriegt und man abends lange aufbleiben darf und jeden Freitag Johnny Carson kucken und die Frau vom Doktor immer zu den Elternabenden kommt und vielleicht sogar als Begleitmutter mit dabei ist, wenn sie von der Schule aus nach Greenfield Village fahren oder ins Henry-Ford-Museum. Er stellt sich vor, er kennt unsern Alten überhaupt nicht und mich auch nicht, und es ist gar nicht sein Fahrrad, das geklaut worden ist, und daß ihn das, was hier passiert, nichts angeht und er in diesem Augenblick im Nachbarhaus in Sicherheit ist und Toasts mit Erdnußbutter und Marmelade futtert.

Mein Alter sagt, ich soll nach oben gehn und auf ihn warten. Ich geh rauf in das Zimmer, das ich mir mit Billy teile. Das war noch in der Zeit, bevor ich mir im Keller meine eigene Schlafecke zurechtgemacht hab. In der Küche hör ich, wie Mama Wasser einlaufen läßt. Durch das Fenster über der Spüle hat sie alles mit angesehn, sagt aber nichts, wie ich die Treppe hochgehe. Ich mach die Tür zu, zieh die Jeans aus und fange an, mir lauter Unterwäschegarnituren übereinander anzuziehn. Als ich bei der sechsten bin und gerade vornübergebeugt dastehe, ein Bein in der Luft, geht die Tür auf. Mein Herz springt vor Schreck bis an die Gaumenplatte und knallt dann runter auf die Erde, blutig und nutzlos. Aber es ist bloß Billy. Ohne mich eines Blickes zu würdigen, geht er zur Kommode, macht 'ne andre Schublade auf und schmeißt mir 'n halbes Dutzend Garnituren von seinen Fruit of the Loom aufs Bett.

»Er ist noch unten in der Garage«, sagt er.

»Danke.«

Aber Billy kuckt mich immer noch nicht an. »Wie kann man bloß so bescheuert sein? Das hast du dir selber zuzuschreiben.«

»Ja«, sag ich. Er hat ja recht. Ich bin wirklich selber schuld.

Dann gibt er mir zwei lange, dick abgefütterte Garnituren, die er voriges Jahr zu Weihnachten gekriegt hat, weil ihn der Alte zum erstenmal mit nach Ohio zur Taubenjagd nehmen wollte und man sich da sonst den Arsch abfriert. »Hier, probier die mal an!« sagt er.

»Okay«, sag ich und zieh in Windeseile eine Schicht nach der andern an.

»Und ja nicht heulen«, erinnert mich Billy. »Weil, wenn du heulst, weißt ja, was dann passiert.« Er kuckt vorsichtig aus dem Fenster. Ja, was dann passiert, weiß ich. Dann tritt mir Billy in den Arsch, und das wird noch schlimmer.

»Er kommt über den Hof«, sagt Billy, und im nächsten Moment ist er zur Tür raus. Weg. Aber ich weiß, er kann nicht weit weg sein. Vielleicht im Bad oder bei Jean im Zimmer, jedenfalls irgendwo, wo er hören kann, ob ich heule.

Als letztes zieh ich die zwei Schichten lange Unterwäsche an, dann meine Jeans. Und dann steh ich da und warte, daß mein Alter aufkreuzt, und versuch nicht dran zu denken, was mir bevorsteht. Ich steh einfach da und warte, versuch mir vorzustellen, wie mein Alter ins Haus kommt, wie er durchs Wohnzimmer geht, vorbei an der Küche, die Treppe hoch und in mein Zimmer. Ich zähle, wie viele Schritte man braucht, um die Veranda zu überqueren, durch die Halle zu gehn. Aber er kommt nicht. Dreimal hintereinander zähl ich die ganzen Schritte, und er kommt immer noch nicht. Ich fang schon an zu denken, er hat mich vielleicht bloß hier rauf geschickt, damit ich den Rest des Tages auf meinem Zimmer bleiben soll – Stubenarrest mit Zermürbungstaktik, alles beides. Wär nicht das erste Mal. Nach 'n paar Stunden bettelst du regelrecht, daß er kommen soll und dich verdreschen. Ich schlurfe durchs Zimmer und versuch durch den Spalt zwischen Vorhang und Fensterrahmen zu kucken. Ich seh 'n Streifen Hof, aber ihn seh ich nicht. Ich schieb den Vorhang 'n ganz klein wenig zur Seite und drück mich an die Wand, so daß man mich nicht sehn kann. Ich seh Billys Kopf. Er sitzt auf den Stufen vom Hintereingang, direkt unter mir, wo er alles durchs Fenster hören kann. Ich will irgendwas zu ihm runter rufen, einfach bloß, damit er hochkuckt oder so. Da hör ich, wie die Tür aufgeht. Es ist mein Alter. Jetzt ist er also hier, jetzt ist er hier, und jetzt geht's los.

»Los, auf dem Bauch aufs Bett legen!« sagt er. Ich geh mit möglichst normalen Schritten zum Bett und werf mich irgendwie bäuchlings drauf.

»Hosen runter!« sagt er. Das ist neu. Das ist unerwartet.

»Bitte, Dad. Ich mach's auch nie wieder –«

»Halt's Maul und tu, was ich dir sage!«

Ich weiß, ich mach ihn nur noch wütender, aber ich kann nicht anders. Ich bin 'n Feigling und 'n Schisser, und ich weiß das auch, aber ich kann einfach nicht aufhören.

»Tut mir leid, daß ich gelogen hab. Ich hab doch bloß –«

»Na wird's bald!« Seine Stimme ist wie so 'ne Abrißbirne, die an die Zimmerwände kracht. Und im Nachhall hör ich das trockne Pfeifen, mit dem der Gürtel durch die Schlaufen an seiner Hose witscht.

»Bitte, Dad, es tut mir leid ich mach's wieder gut ich mach's wieder gut ich mach's wieder gut.«

Er hält das Gürtelende und die Schnalle mit einer Hand zusammen und zieht den Riemen stramm, daß es knallt wie 'n Donnerschlag. Aber nicht so, wie wenn fünf Meilen weiter weg die Wolken grummeln, sondern so 'n Donner, wo du meinst, dir platzt der Kopf, und wo der ganze Himmel weiß ist von den Blitzen.

»Je mehr du redest, desto schlimmer wird's.« Er kuckt auf so 'ne ganz bestimmte Art, und da weiß ich, ich könnte genauso gut zu irgend 'nem Außerirdischen reden. Ich zieh mir die Jeans runter, mit dem Rücken zu ihm, damit er nicht meine vierzehn Paar Unterhosen sieht. Ich ziehe alle Schichten auf einmal runter und muß mich verdammt anstrengen, daß ich die Füße rauskriege.

Das dauert ihm zu lange. Er fängt schon an, während ich halb auf dem Bett knie, und der Riemen klatscht auf den knorpligen Teil von meiner Wirbelsäule. Der eine Fuß steckt noch in dem Kleiderhaufen, aber ich denk nicht dran und kippe auf dem Bett nach vorne. Ich versuch die Luft einzusaugen, aber ich kann nicht. Ich krieg überhaupt keine Luft, um zu brüllen oder zu heulen.

»– werd dir schon Respekt beibringen, verdammt noch mal –«

Und das ist erst der Anfang von dem Gewitter. Worte und Hiebe prasseln auf mich nieder. Ich drück das Gesicht in die Decke und lange mit einer Hand nach hinten, will sie auf den Hintern legen, den Gürtel abwehren, mich schützen. Aber die Schnalle kommt schon wieder, und diesmal klatscht sie auf die Fingerknöchel. Man möchte gar nicht glauben, wie dünn das Stückchen Haut über den Fingerknöcheln ist. Wie so 'n Elektroschock läuft's mir durch die Hand, den Arm hoch, die Schulter und am Hals rauf bis in die Kopfhaut, wo die Haare kribbeln. Ich reiß die Hand ganz schnell weg und krall sie in die Decke, damit ich nicht noch einmal in Versuchung komme, nach hinten zu langen.

»– doch mal sehn, ob du mich noch einmal im Leben anlügst –«

Jetzt haut er schneller, weil er sich dran gewöhnt hat, es mit der Linken zu machen, und weil er's mittlerweile im Gefühl hat. Aber zielen tut er nicht so doll, er trifft überall, von den Kniekehlen fast bis rauf zu den Rippen. Meine Lunge füllt sich wieder mit Luft, und dadurch kommt so 'n Laut aus meinem Mund. Hört sich an, wie wenn ich heule, aber ich heule nicht. Ich nehm den andern Arm hoch und leg ihn angewinkelt unters Gesicht. Mach den Mund auf und beiße ganz fest zu, bis ich den ganzen Mund voll Unterarmhaut habe. Mir fällt ein, daß Billy mir mal erzählt hat, 'n Pitbull kann sich mit seinen Kiefern dermaßen fest in 'nem Ast verbeißen, daß er gar nicht wieder loslassen kann, nicht mal, wenn man ihn tötet. So verbeiß ich mich jetzt auch und lasse nicht mehr los.

Ich weiß gar nicht mehr, wo mich der Gürtel trifft, weh tun tut's überall. Und wenn die Schnalle kommt, geht jedesmal 'n Ruck durch das Bett, wie wenn mein Körper von ganz alleine dem Gürtel ausweichen will, ohne daß ich irgendwas mache. Meine Haut brennt wie Feuer. Als ob ich am ganzen Leibe blute und das Blut kochend heiß ist. Aber bald ist der Schmerz im Arm so schlimm, daß ich das andre kaum noch spüre. Ich hör das Leder nicht mehr pfeifen wie so 'ne alte Lok, die durch die Luft saust. Ich hör nicht mal mehr, wie mein Alter brüllt. Nur noch den Schmerz im Arm und das Knurren in meiner Gurgel wie bei 'nem echten Pitbull, und ich lasse nicht los, und wenn ich dabei draufgeh.

Ich weiß nicht, wieviel Zeit vergeht, bis das Bett aufhört zu ruckeln und der Gürtel wieder in die Schlaufen am Hosenbund von meinem Alten rutscht. Er sagt noch irgendwas, aber ich weiß nicht, was. Ich hör nicht, wie er aus dem Zimmer geht, aber ich weiß, er ist weg. Ich entkrampfe meine Kiefer, und mein Gesicht ist blutverschmiert, weil ich die Zähne richtig reingehaun hab in den Arm. Der Wind, der durchs Fenster reinweht, fühlt sich eiskalt auf meinem nackten Hintern an. Das tut gut. Das tot so unheimlich gut, daß ich gar nicht mehr zum denken komme. Die Vorhänge winken mir zu und flüstern immer wieder: »Armer Ray, ist ja gut, jetzt hast du's hinter dir.« Sie sagen: »Schlaf jetzt. Es ist alles gut.« Alles brennt und tut weh, aber die Luft streicht mir über den Rücken und ist so schön kühl, daß ich auf der Stelle sterben möchte vor lauter Glück. Ich schließ die Augen und geb auf und schlafe ein.

Ich döse vor mich hin, wach halbwegs auf und döse wieder ein. Einmal werd ich wach, und da hat mich jemand zugedeckt und das Fenster geschlossen. Die Haut brennt nicht mehr, sondern ist warm, wie unter Wasser, und ich hab überhaupt keine Lust, richtig wach zu werden. Richtig wach werd ich erst wieder, als es schon dunkel ist – und zwar vor Hunger.

Ich hab nicht die leiseste Ahnung, wie spät es ist. Vielleicht ist es schon Mittag und die andern schlafen längst. Ich kuck rüber zu Billys Bett, aber das Bettzeug ist glatt. Wahrscheinlich sind sie alle unten und kucken *Love Boat*. Und es fällt ihnen überhaupt nicht auf, daß ich nicht da bin, und ich sitze hier oben, zerschlagen, fiebrig und verquollen wie 'n toter Hund. Keiner vermißt mich, und ich bin am Verhungern, und mir tun alle Knochen weh. Und außerdem hab ich 'n Kloß im Hals. Ich schnapp mir meinen Schlafanzug und schleppe mich ins Badezimmer. Meine Haut brennt immer noch ganz doll, und ich fühl mich wie einer von diesen Neunzigjährigen, die man immer bei der Parade am Memorial Day ganz krumm und gebeugt mit im Zug humpeln sieht.

Ich laß mir Badewasser einlaufen und stell mich auf die Toilette, damit ich mich im Spiegel ankucken kann. Ich dreh mich um und verbiege mir fast den Hals und versuch mir die ganze Bescherung anzusehn, vom Rücken die Beine runter. Ich seh aus wie Frankenstein. Ich hab rote Striemen und blaue Striemen, und manche sind sogar schwarz und lila. Und 'n paar Platzwunden von der Gürtelschnalle. Und angetrocknetes Blut, so 'ne dunklen, verschmierten Stellen. Aber das Schlimmste und Fürchterlichste daran ist, daß es einfach überall ist. Die paar Stellen hier und da, wo die Haut noch hell ist, sind höchstens zwei, drei Zentimeter groß. Ich seh aus wie die radioaktiv verstrahlten Jungs in *Hulk*. Ich klettre langsam und vorsichtig wieder runter von der Toilette. Dann knie ich mich auf den gefliesten Boden, stütz mich mit dem Arm auf den Wannenrand und kuck mir an, wo meine Zähne sich tief in die Haut verbissen haben. Ich lege mein heißes Gesicht auf den Wannenrand, zuerst die Wange, die Augen, dann die Stirn. Das kühlt, so wie vorhin der Windzug. Das fühlt sich genauso angenehm an, so sauber und so schön kalt auf der Haut. Und jetzt weine ich ganz doll, und das Badewasser rauscht und blubbert und übertönt mein Weinen.

So findet Mama mich, als sie 'ne Weile später nach mir kucken kommt. Sie hilft mir in die Wanne, und ich hock mich auf allen vieren rein, denn auf dem harten Porzellan kann ich nicht sitzen, weil's so weh tut. Mama sagt nicht viel, aber sie ist ganz vorsichtig mit Seife und Schwamm. Ich seh's ihr an, daß sie auch findet, ich seh wie Frankenstein aus. Aber das einzige, was sie sagt, ist, ich soll mich selber abtrocknen und nach unten kommen, sie macht uns Blechdach.

Das Bad hat meine brennende Haut etwas gekühlt. Ich zieh meinen ältesten Baumwollschlafanzug an, weil der am weichsten ist. Mama hat mir 'n paar Kopfkissen auf die Couch gelegt, weiß und frisch und kühl. Ich kuck mich rasch im Wohnzimmer um, ob mein Alter da ist, aber er ist nicht hier. Jean und Billy sitzen vorm Fernseher auf dem Fußboden und kucken *Ein Duke kommt selten allein*, und Mama ist draußen in der Küche. Die beiden kucken mich nicht an, und ich sag nichts zu ihnen, sondern klettre einfach auf die Couch und lehn mich mit dem Kopf an eins von den frischen kühlen Kissen. Ich bin richtig müde. Mein Alter sagt immer: »Ich bin so müde, ich fühl mich so zerschlagen, als ob mich einer mit 'nem scheiß Stock verdroschen hat.« Genauso geht's mir jetzt. Jean kuckt verstohlen zu mir rüber, aber sie weiß nicht so recht, ob sie was zu mir sagen soll oder lieber nicht. Mama bringt mir 'n Blechdach. Das ist Vanilleeis mit Hershey's Schokoladensirup und spanischen Erdnüssen, wo noch die rote Schale dran ist, und das Ganze in 'nem Müslinapf.

»Na, wie fühlst du dich?«

»Als ob mich einer mit 'nem scheiß Stock verdroschen hat.«

Mama starrt mich an. Ich merke, wie Jean und Billy erstarren und automatisch die Ohren spitzen, wie so 'n Hund, wenn er 'n Pfiff hört. Sekundenlang herrscht Totenstille, bis Jean so 'n komisches Geräusch macht, weil sie sich nämlich das Lachen verkneifen will, und da fängt Billy an zu lachen. Und Mama schüttelt den Kopf und gibt sich die größte Mühe, nicht zu lächeln.

»Der ist doch sowieso nicht da«, sagt Jean. »Der ist nicht da, der ist weggegangen.«

»Ach, Ray, was mach ich bloß mit dir?« sagt Mama. Und dann lächelt sie und strubbelt mir mit ihrer Hand durchs Haar.

Billy und Jean gehn in die Küche und holen sich jeder ein Kupferdach, und als Billy wieder ins Zimmer kommt und an der Couch vorbeigeht, nimmt er den Harley-Hut ab und stülpt ihn mir über die Ohren. Er ist mir zu groß, und im ersten Moment bin ich blind, aber dann schieb ich ihn aus der Stirn, und er bleibt auch schön oben. Mama und Jean sagen nichts, aber sie haben's natürlich mitgekriegt. Und alle Naselang fragen sie immer abwechselnd, mal Billy, mal Jean: »Na, Ray, wie fühlst du dich?«

»Als ob mich einer mit 'nem scheiß Stock verdroschen hat.« Und dann müssen wir jedesmal lachen, wir drei. Und Mama sagt kein einziges Mal, wir solln das bleiben lassen. Nur wenn draußen Autoreifen zu hören sind, zuckt sie zusammen und kuckt zum Fenster, ob seine Scheinwerfer in den Hof einbiegen. Aber meistens lacht sie mit uns zusammen. Und den Harley-Hut, den nimmt mir Billy erst am nächsten Morgen wieder weg.

ZWANZIG

Ich schlag die Augen auf, und sie sind alle weg. Mama, Jean, Billy. Nur ich bin da, lieg hinten auf dem Truck, und jetzt bin ich wirklich alleine. Sturzbetrunken lieg ich hinten auf der Ladefläche von meinem Pickup, wo Joe Lee mich hingeschmissen hat, blutig geschlagen und mit mindestens einem blauen Auge, wenn nicht gar mit 'm gebrochnen Nasenbein. Der Bruder tot, die Frau abgehaun, die Schwester kommt wahrscheinlich ins Gefängnis, und die Bude voll mit Verwandten. Ich mach die Augen zu und lache.

Irgendwas stößt mir ans Bein, wie so 'n Tritt, und plötzlich sitzt Billy auf dem einen Radkasten und kuckt auf mich runter und hat wieder mal diesen Blick, als ob er sich wundert, wie er nur so 'n Leichtgewicht von Bruder haben kann.

»Wo warst du denn?« frag ich.

Und er: »Vergiß es. Hast du mal was zu trinken?«

»Jim Beam, unterm Sitz.« Die Hälfte haben wir schon niedergemacht, Harold und ich, auf dem Weg ins Dewey's. Billy steht auf, springt von der Ladefläche runter, macht die Fahrertür auf (komisch, bei ihm klemmt sie nicht) und kramt unterm Sitz rum. Dann ist erst mal 'n paar Minuten Ruhe, und ich denk schon, ich hab mir das alles bloß eingebildet, aber da merk ich, wie sich die Ladefläche unter seinem Gewicht senkt. Er kommt hinten über die Klappe geklettert, setzt sich wieder auf den Radkasten, wo er vorhin auch gesessen hat, und trinkt 'n großen Schluck Whiskey. Seit er da ist, hab ich mich kein einziges Mal gerührt. Aber mit den Augen verfolg ich natürlich jede seiner Bewegungen.

Er wischt sich mit dem Unterarm das Kinn ab und hält mir die Flasche hin. Ich stell sie mir auf den Bauch, trink aber nicht. Ich weiß nicht, was für 'n Scheiß seine Aufmerksamkeit erregt hat, aber er kuckt ganz lange hin. Ich versuch den Kopf anzuheben. Kein Schmerz, der mir kreuz und quer ins Gesicht schießt, also richt ich mich halb auf und lehn mich mit dem Rücken an die Wand vom Fahrerhaus. Und dann trink ich 'n Schluck. Gesicht und Kopf sind okay, also trink ich noch einen und geb Billy die Flasche zurück. Aus diesem Winkel kann ich ihn besser sehn, obwohl's ja dunkel ist. Er sieht nicht anders aus wie sonst. Das hellbraune Haar straff aus der Stirn gekämmt und hinten zu 'm Pferdeschwanz zusammengebunden. Langes, hageres Gesicht mit vorstehenden Wangenknochen. Über der Nase 'n paar Sommersprossen. Eisgrüne Augen. Die Leute sagen immer, Billy, Jean und ich, wir haben alle dieselbe Augenfarbe. »Die Johnson-Augen«, hat Randys Mutter mal gesagt. Billy hat so 'ne Art, von einem Ohr zum andern zu grinsen, und dabei bleckt er die Zähne, die 'n bißchen schief sind, aber nicht allzu schief. Dadurch sieht er fast so aus wie der Kojote im Dewey's. Wenn Billy dich ankuckt, dann kuckt er nur dich an, und dann hast du das Gefühl, du bist der einzige Mensch auf der Welt. Es gibt nicht viele Menschen, die einem dieses Gefühl vermitteln können, und es ist 'n Gefühl, das man gerne öfter mal haben würde. Aber wenn er wütend war, hat er auch diesen Blick gehabt, wie wenn du der einzige Mensch auf der Welt bist und er dich ausradieren wird. Wie wenn du dich auch gleich hinlegen und auf der Stelle sterben kannst, weil sein Blick tatsächlich töten kann. Die Frauen sind ja allesamt verrückt nach ihm gewesen.

Und jetzt ist dieser Blick direkt auf mich gerichtet. Er kuckt mich 'ne Weile an und sagt dann: »Du siehst ja aus wie schon mal gegessen.«

»Bist du tot?«

»Ja«, sagt er. Wie er das sagt, total sachlich, das macht mir Gänsehaut. »Was ist 'n los mit dir?« fragt er.

»Ich bin traurig.«

»Wieso?«

»Ich bin traurig, weil du tot bist.«

»Tatsache?« Und dann grinst er von einem Ohr zum andern und bleckt die Zähne.

»Meistens.« Und dabei denk ich mir, was soll der Scheiß, Billy ist tot. Warum sag ich ihm nicht die Wahrheit? »Du fehlst mir.«

»Heute nacht hättste mich anscheinend gebrauchen können.« Damit meint er mein lädiertes Gesicht. »Wer war's denn?«

»Joe Lee.«

»Dieser Fettarsch.«

»Er wollt ja bloß, daß ich nach Hause geh.«

»Trotzdem Fettarsch.«

Ich überlege kurz und beschließe, ihm in dem Punkt nicht zu widersprechen. »Ich hab Al die Fresse eingeschlagen.«

»Echt?« Wenn man was Komisches gesagt hat und Billy lacht, fühlt man sich immer wie der King. So geht's mir jetzt auch, als er lacht.

Wir trinken jeder noch 'n Schluck Whiskey.

»Morgen ist die Beerdigung.«

»Die soll ja nicht auf die Idee kommen, die Kinder da mit hinzuschleppen.«

Ich hab in dem Moment nur eine »Sie« im Sinn, und darum denk ich erst mal, er meint Jean. »Wer?«

»Na, die fette Kuh, mit der ich verheiratet bin.«

Mir fällt ein, daß die fette Kuh gesagt hat, jetzt, wo Billy nicht mehr da ist, kann sie den Kindern 'ne bessere Mama sein. »Ich schätze mal, die ist jetzt besser dran.«

Ich weiß selber nicht, wie mir das über die Lippen kommen konnte, aber nun ist es mal passiert. Billy kuckt mich an, als ob ich nicht ganz dicht bin. »Was redest du denn da für 'n Scheiß?«

»Na ja, weißt du.« Ich kuck über seinen Kopf hinweg ins Leere, damit ich nicht seinem Blick begegnen muß.

»Das kleine Luder«, sagt er.

Und ich: »Wer?« Meint er Ginny Honey? Oder Trish? Oder Jean? In Billys Augen sind die alle drei kleine Luder.

»Du mußt was für mich tun«, sagt er.

»Was?« Nicht was ich sage, ist entscheidend, sondern wie. Er trinkt noch 'n Schluck Whiskey, ich merke, daß er 'ne Stinkwut hat. So schnell kann das bei dem umschlagen. Und schon hab ich 'n ganz dicken Knoten im Bauch. Es fehlt nicht viel, dann sag ich ihm, es tut mir leid, klar doch, gerne, ich mach alles, was er will. Aber vorher kuck ich ihn mir noch mal an, und genau das hat er auch von mir erwartet. Was ich immer getan hab. Wahrscheinlich genauso wie Trish.

»Ich weiß nicht, Ray«, sagt er. »Ich hab gedacht, du freust dich, wenn du mich siehst.«

Jetzt langt's mir aber. »Klar doch«, sag ich. »Scher dich zum Teufel, Billy.«

Und prompt ist er verschwunden, mitsamt der Flasche. Ist einfach weg, hat sich in Luft aufgelöst, in nichts. Meine letzten Worte hallen wie so 'n Schrei über meinem Kopf. *Scher dich zum Teufel, Billy.* Ich hab 'n eiskaltes Gefühl im Bauch und denk, ich mach mich naß. Ich bin mir nicht sicher, weil ich insgesamt so kalt und klamm bin. *O Gott, ich hab's nicht so gemeint.* Ich kucke über die Seitenwand, falls er runtergefallen ist. Nichts da. *O Gott, Billy, komm wieder zurück.* Ich rapple mich auf und steh auf der Ladefläche und kuck mich um, dreh mich 'n halbes Dutzend mal im Kreis, wie Laurel und Hardy. Er ist nicht da. Er war hier und hat mit mir geredet, und nun ist er nicht mehr da.

»Billy?« sag ich leise. Ich will nicht, daß mich von denen im Haus jemand hört und denkt, ich hab sie nicht mehr alle. *Mensch, Billy! Geh nicht weg.* Keine Antwort. Kein Laut. Sogar die Zikaden sind ruhig. Auch der Wind hat sich gelegt. Alles ist still, reglos, schwarz. So schwarz, daß ich nicht die Hand vor Augen sehn kann. Und das Schwarz ist ganz tief schwarz, so wie's vielleicht im Meer ist, dreitausend Meter unter Wasser. Und es drückt mich von allen Seiten gleichzeitig nach unten, auch wie im Meer. *Was machst du, Billy? Was ist los?*

Ich reiß den Mund auf, kann aber nicht Luft holen und schreien. Ich schwör's bei Gott, das schwere kalte Schwarz dringt ein in meine Brust und pumpt mir den Bauch auf. Das ist ungefähr eine Million Mal schlimmer als der schwarze Ballon, den ich normalerweise im Bauch habe. Meine Beine lösen sich auf. *Scheiße, Scheiße, Scheiße!*

Und plötzlich hör ich Billys Stimme flüstern, direkt in meinem linken Ohr drin, als ob er bei mir auf dem Trommelfell hockt.

»Na, Ray, wie fühlst du dich?«

»Billy?« Ich weiß nicht, ob das laut aus mir rauskommt oder nicht. »Billy!«

»Na, wie gefällt dir das?« Und der lacht, der Drecksack. Alles löst sich in Schwarz auf. Sogar mein Mund platzt auseinander und treibt hinaus auf dieses Meer. Ich beweg die Lippen und weiß, daß meine Zunge schon gar nicht mehr da ist. Ich faß mir ins Gesicht, und mein Gesicht ist weg. Meine Hand greift nur noch ins Leere. Wieder Billys Stimme.

»Genau das gleiche hat sie mit mir gemacht«, sagt er.

»Neiiiiiiin!« hallt es aus dem wallenden Schwarz. Das bin ich, ich versuch zu antworten.

»Und du willst sie ungeschoren davonkommen lassen?« Seine Stimme ist jetzt nur noch 'n ganz leises Flüstern, fast bloß 'n Gefühl. Ich konzentriere mich auf jedes winzige Teilchen von mir, das noch ich ist, und versuch von da aus zu schreien. Irgend 'n Ton kommt raus. Im Haus geht 'ne Lampe an. Das schwarze Meer weicht zurück, und ich nehme wieder Gestalt an, sacke schwer zusammen und knalle auf die Ladefläche und schlage mit dem Kopf auf und mein ganzes Gesicht tut wieder weh.

Die Hintertür geht auf, und Harold kommt auf die Veranda und kuckt sich um.

»Ray?«

Ich bleib still liegen und laß die Augen zu. Ich hör ihn die Verandastufen runterkommen. Ich liege genauso da, wie er mich verlassen hat, und atme schwer, damit er merkt, ich bin noch am Leben. *Am Leben. O Gott!* Ich merke, wie er sich über die Seitenwand beugt und zu mir runter kuckt. Ich hab in meinem ganzen Leben noch nie so eine Angst gehabt, aber ich lieg da und rühr mich nicht. Und trotzdem, ich kann auch nichts dafür, muß ich mir vorstellen, was der olle Harold wohl machen würde, wenn ich mich plötzlich auf ihn stürzen und »Uaaaah« schreien würde. Endlich merk ich, wie er abzieht. Die Hintertür geht auf und wieder zu, und er ist weg. Aber ich rühr mich immer noch nicht. Einmal, weil ich müde bin. Und zum andern, weil ich Angst hab, die Augen aufzumachen. Das letzte, was ich sehn will, wenn ich sie aufmache, ist Billy. Also bleib ich, wie ich bin, und wundre mich, was um alles in der Welt da gerade passiert ist. Die entscheidende Frage »Wer war der Täter?«, die hab ich ihm nicht gestellt. Warum hab ich ihn das nicht gefragt?

Irgendwo draußen in der Dunkelheit heult 'n Hund. Ich horche. Da. Schon wieder. Ich klettere von der Ladefläche und krame im Fahrerhaus rum, schmeiße alles aus dem Handschuhfach raus, zerre alles unter den Sitzen hervor, bis ich 'ne Taschenlampe finde. Zieh Ginch Littlefield aus der Arschtasche, schieb ihn unters Armaturenbrett und steige aus. Das Geräusch kommt alle paar Minuten wieder. Ich geh bis auf knapp fünf Meter an den Gemüsegarten ran, und eindeutig, da ist er, der Hund. Hört sich aber nicht wie Samson an. Ich denk mir, wenn er nicht im Haus ist, wird er sich in der Garage verstecken, bis Billy wirklich weg ist. Ich geh noch 'n Schritt weiter, aber da kommt so 'n leises, ganz tiefes Knurren aus der Dunkelheit, von dem sich mir die Härchen auf den Armen sträuben, daß es kribbelt. Ich mach die Taschenlampe an. Nichts. Klatsch mir damit 'n paarmal auf die Handfläche, und der Lichtstrahl hüpft über das braune, stopplige Gras. Ich schwenke langsam den Arm in die Richtung, aus der das Knurren kommt, das immer tiefer wird und sich immer mehr so anhört, als ob's ernstgemeint ist. Verdammt noch mal, wenn ich doch bloß die Kanone bei mir hätte, die ich immer unterm Bett liegen habe. Aber da seh ich ihn. Es ist doch Samson. Jetzt winselt er halb, und halb knurrt er und kuckt ins Licht, und seine Augen leuchten ganz rot.

»Samson«, flüstere ich. »Samson, alter Junge.«

Er legt sich neben den Haufen Bohnen, die ich am Nachmittag gepflückt hab. Rollt sich total zusammen, hat den Schwanz unterm Bauch und die Schnauze unten auf dem Boden. Ich strecke langsam die Hand aus, aber er zieht den Kopf weg, als ob ich ihn schlagen will. Ich sag immer wieder seinen Namen, damit er nicht vergißt, daß ich es bin. Er zittert am ganzen Leibe. Ich untersuche ihn von oben bis unten mit der Taschenlampe und taste, ob irgendwas gebrochen ist oder ob er irgendwo blutet. Aber ihm fehlt nichts.

Da mach ich die Taschenlampe aus und geh mit ihm rüber in den Garten, der im Moment bloß 'n Stück umgegrabene Erde ist. Da setz ich mich im Schneidersitz hin. Der olle Samson zögert keinen Augenblick. Er klettert mir einfach auf den Schoß, jedenfalls so weit, wie er draufpaßt. Ich ramme die Taschenlampe in den Boden und nehm ihn in den Arm und versuch ihn zu wärmen oder zu beruhigen oder jedenfalls irgendwas zu machen, daß er aufhört zu zittern. Halt ihn fest wie 'n Baby.

»Glaubst du, daß ich irgendwann mal Kinder haben werde?« frag ich ihn.

»Wenn du so weitermachst, bestimmt nicht«, sagt er.

»Was hat dir denn solche Angst gemacht heute nacht?«

Aber er antwortet nicht. Und da halt ich ihn einfach weiter fest, und plötzlich muß ich an Jean denken. Ich frag mich, was sie wohl gerade macht, mitten in dieser gottverlassenen Nacht. Ich stell mir vor, sie steht an der Hintertür und kuckt auch zu, wie Frau Luna sich verzieht. Und da bricht alles über mich herein, der Sommer damals, wie der zu Ende gegangen ist, wie auf einmal alles in Scherben war. So schlimm hat's mich schon jahrelang nicht mehr erwischt, aber ich weiß ja, ich kann nichts machen, es muß von selber wieder weggehn. Ich mach die Augen zu und lasse es geschehn.

EINUNDZWANZIG

Es war die Woche vorm Tag der Arbeit, in dem Sommer damals oben in der Jagdhütte. So zirka sieben Wochen nachdem wir 'n Liebespaar geworden waren. Samstag früh, und sie ist 'n paar Stunden auf Arbeit, weil sie die Überstunden braucht. Randy und ich, wir sind mit 'm Boot draußen und mit 'm Eimer voll Würmer und 'n paar Angelruten. Es ist noch früh am Morgen, und das Wasser glitzert so richtig grell in der Sonne. Ich sitz mit dem Gesicht nach Osten, aus Angst, ich werd blind, wenn ich die ganze Zeit auf die Pose starre, die sich nicht rührt, weil fast kein Wind über die Wasseroberfläche streicht. Bloß gerade so viel, daß die rotweiße Plastikkugel wie so 'n grinsender alter Säufer hin und her schwankt. Ein Sixpack, das ist alles, was wir an Bier dabei haben, wegen den ganzen Stories von Veilchen LaVonn und meinem Alten, wie die immer hackezu waren, wenn sie angeln gefahren sind. Wie mein Alter ausholt und die Leine mit 'm frischen Regenwurm dran, so 'm richtig dicken fetten, auswerfen will und Veilchen voll an der Oberlippe erwischt. Und dann reißt er die Leine im Werfen auch noch zu sich ran, und der Haken geht voll durch. Und Veilchen schreit und flucht mit dem Haken in der Lippe, wo noch der lebende Wurm dran ist. Echt witzig, so als Geschichte, aber die Narbe von dem Haken, sagt mein Alter, wo sie das Ding wieder rausgerissen haben, die hat Veilchen bis heute. Hat einfach Whiskey draufgekippt, um die Würmerscheiße aus der Wunde rauszuwaschen und fertig. Und noch dazu wo Randy im Gegensatz zu mir auch noch so 'ne schwache Blase hat, also jedenfalls halten wir uns immer ziemlich zurück mit dem Trinken, wenn wir mit 'm Boot rausfahrn.

Drei Blaukiemige Sonnenbarsche sind schon drin in unserm Eimer, der hinten am Heck baumelt, da spielt irgendwas mit meinem Haken rum, weil, die Pose taucht 'n paarmal hintereinander richtig tief ins Wasser, geht aber nicht ganz unter. Ist bestimmt so 'n Hecht von fünf, sechs Metern, der mir meine Elritze wegmampft.

Und plötzlich sagt Randy: »Was meinst 'n, ob Jean mit mir ausgeht, wenn ich sie frage?«

Und ich: »Nein.«

Er fragt nicht, warum nicht, und er ist auch nicht sauer. Und ich werd nicht mal eifersüchtig. Wir angeln seelenruhig weiter. Der Sechs-Meter-Hecht hat auch endlich die Schnauze voll, und die Pose liegt wieder ruhig auf dem Wasser. Ich hol die Leine ein, will mir den Köder ansehn, und da haben wir den Salat. Bloß noch toter Glibber am Haken dran. Drecksack.

»Kannst du mir mal 'ne Elritze rausfischen?« sag ich zu Randy. Er langt in den Eimer.

»Mama hat uns 'ne Tüte Zuckermais geschickt«, sagt er. »Die hab ich gestern abend hinten auf der Veranda stehn gelassen und nicht mehr dran gedacht.«

Und so plätschert unsre Unterhaltung vor sich hin, kommt von dem Zuckermais letzte Nacht auf dem Grill auf Randys Hund, der vor zwei Tagen von 'nem Auto überfahren worden ist und schließlich auf Heizschläuche, weil Randy einen neuen braucht für den MG. Aber ich bin mit den Gedanken die ganze Zeit nur bei diesem Sommer, laß das Geschehene Revue passieren und denk, daß ich das eigentlich hätte müssen kommen sehn. Ich kenn doch Randy, wenn er auf eine spitz ist, und er hat sämtliche Symptome. Lacht über ihre Witze, wenn sie gar nicht komisch sind, bringt ihr Eis, fragt, ob er ihr den Rücken eincremen soll. Aber ich bin trotzdem nicht eifersüchtig. Herrgott noch mal, ich kann's ihm nicht verdenken.

Ich denk also gar nicht mehr an die Sache, bis zu dem Freitag eine Woche später, wo's von morgens bis abends schifft. Es ist Jeans letzter Tag in der Markthalle, darum haut sie beizeiten ab und ist schon da, als ich um halb vier heimkomme. Randy wird nicht vor acht, halb neun hier sein, also legen wir uns erst mal hin und schlafen 'ne Stunde oder so. Wachen so gegen fünf Uhr wieder auf und lieben uns zum Trommeln des Regens, der draußen immer noch ununterbrochen fällt. Wir machen langsam und sind zärtlich, denn das hier ist für eine ganze Woche unsre letzte Gelegenheit. Randy bleibt übers Wochenende, und in 'n paar Tagen muß Jean nach Hause fahren, weil Dienstag die Schule wieder anfängt. Danach liegen wir eng umschlungen da und reden. Sie will nächstes Wochenende herkommen. Ich werd mir was ausdenken, wie ich uns Randy dieses eine Mal vom Halse halten kann. Wir sprechen über nichts, was über unser nächstes Treffen hinausgeht. Ich weiß nicht, wie ich's eine ganze Woche lang ohne sie hier oben aushalten soll. Das will mir irgendwie gar nicht richtig in den Kopf, geschweige denn die ganzen Monate, die danach kommen, wie solln wir das bloß hinkriegen?

Das ist es. Das hier ist das letzte Mal, wo wir ohne Schwierigkeiten zusammensein können. Ich glaub, wenn mir das in dem Moment klar gewesen wäre, hätt ich mich in den See gestürzt, bei dem Regen, und wär einfach am Grund liegengeblieben wie so 'n oller vermodernder Baumstamm. Aber ich hatte keine Ahnung, was uns bevorstand und wie schnell es uns treffen sollte.

Jean liegt schräg auf dem Bett, sie liegt auf der Seite und hat den Kopf auf meiner Brust. Sie macht mir die Hölle heiß und sagt, ich kann mir doch 'ne Woche frei nehmen und für die Zeit mit ihr nach Hause kommen.

»Wir können ja in deinem alten Zimmer unten im Souterrain schlafen«, sagt sie zu mir. »Wie in alten Zeiten.« Sie meint wie früher, wenn sie nachts heimlich, still und leise die Treppe runtergeschlichen ist, um bei mir zu schlafen, verkehrtrum, mit dem Kopf am Fußende, und die Bettücher rausgezogen, damit sie nicht erstickt.

Und ich: »Ich geh nicht mehr zurück.«

Und sie: »Willst du dich etwa für den Rest deines Lebens hier oben verkriechen?« Ich lieg auf dem Rücken, einen Arm unterm Kopf. Sie zupft so 'n bißchen an meinen Achselhaaren.

Und ich: »Ich bleib hier. Bleib einfach so liegen und döse vor mich hin, bis du wieder da bist.« Ich zieh eine von den kurzen Locken gerade, die sie oben auf dem Kopf hat. Ihr Haar ist richtig golden, weil sie den ganzen Sommer draußen in der Sonne war. Ich hab das kleine Löckchen noch um den Finger gewickelt, da hörn wir vorne die Tür knallen, und zwei Sekunden später röhrt Randys Stimme zu uns ins Zimmer: »Hey, Ray, pennst du?« Und im nächsten Moment steht er auch schon in der Schlafzimmertür. Sonst war er nie vor acht hier, aber bei ihm zu Hause regnet's heute auch, und man hätte wirklich kein Geistesriese sein müssen, um sich auszurechnen, daß auf der Farm nicht allzuviel zu tun sein dürfte. Und wegen dem Regen, der nach wie vor aufs Dach trommelt, haben wir den MG nicht kommen gehört.

Wir sind wie erstarrt, alle drei, und diese Starre, die hält so etwa hundert Jahre an, hundert Jahre, die träge, sirupzäh verrinnen. Bis Jean über meine Schulter drüberweg nach meinem Jeanshemd langt. Randy kuckt sie nicht an, er kuckt mich an, und das nicht gerade freundlich. Und ich mach, was ich immer mache, nämlich nichts. Außer daß ich mir das Bettuch bis zur Taille hochzieh. Randy hat mich zwar schon mindestens fünfdutzendmal nackt gesehn, aber jetzt auf einmal ist mir der Gedanke unerträglich. Jean schlüpft in das Hemd und fängt an, die Knöpfe zuzumachen. Langsam und besonnen, nicht hektisch und auch nicht verlegen. Und als sie fertig ist, kuckt sie Randy voll in die Augen und meint: »Entschuldigung, daß wir nicht vorher Bescheid gesagt haben.«

Randy bläst die Luft durch die Nase aus, so richtig viel Luft, wie so 'n Elch, der schnaubt, als ob er's gar nicht glauben kann, was er da eben gehört hat, als ob er nur die Wahl hat, entweder zu schnauben oder Jean eins in die Fresse zu hauen. Und dann ist er weg. Die Fliegentür hinten knallt einmal zu, und ich steig in meine Jeans und das nicht übermäßig schnell, weil, wenn ich ihn eingeholt hab, was soll ich ihm denn sagen? Ich seh ihn durchs Küchenfenster wie 'ne gesengte Sau rückwärts die Auffahrt hoch rasen und dermaßen hart auf die Bremse latschen, daß er um ein Haar mit dem Heck auf der andern Straßenseite im Graben landet. Dann wendet er, und dann übertönt auch schon der Regen das Geräusch von seinem Motor, das immer leiser wird. Jean steht neben mir am Fenster, ihr warmer Arm an meinem. Wir stehn da, ohne uns zu bewegen, schaun einfach bloß zu, wie der Regen von der geteerten Brunnenüberdachung runterrinnt. Der kleine Ahorn an der Grundstücksgrenze zuckt unter den dicken Regentropfen, als ob er Prügel kriegt.

Nach 'ner Weile geht Jean und läßt sich auf die Couch fallen, ganz in die hinterste Ecke. Sie hat ihre ausgebeulten grauen Freizeithosen an und rollt sich auf der Couch zusammen, als ob ihr kalt ist. Ich bleib noch lange so am Fenster stehn und kucke raus. Bei dem Regen sieht die ganze scheiß Welt da draußen aus, als ob sie den Kopf hängen läßt. *Vor Scham. Vor Scham.* Ich weiß gar nicht, wo ich anfangen soll, mich zu schämen. In zwei Sekunden ist alles falsch geworden, was vorher richtig war in meinem Leben. Ich hab so viele Dinge falsch gemacht, und jetzt stolpern die alle bunt durcheinander und springen mich an, und nun steht sie mir wie so 'n Zeichen auf der Stirn geschrieben, die Schande.

Ich laß die letzten Monate noch mal an mir vorüberziehen und sehe plötzlich alles, was sich abgespielt hat, mit andern Augen, mit den Augen der andern. Ich hab Randy verraten, hab ihn angelogen und hinter seinem Rücken heimlich mein Zeug gemacht. Aber das hab ich ja irgendwie die ganze Zeit gewußt. Was mir jetzt erst klar wird, ist, was ich Jean damit angetan hab. Ich bin immerhin zwei Jahre älter als sie. Häßliche Wörter schießen mir durch den Kopf – Wörter wie Blutflecke: Vergewaltigung, Inzest. Dinge, die mir bis jetzt überhaupt nicht in den Sinn gekommen sind. Und je länger ich die Sache mit andern Augen betrachte, um so dreckiger erscheint sie mir. Ich stell mir vor, wie sich's anhören wird, wenn alle über uns reden. »Diese Johnsons sind ja schon immer Abschaum gewesen.« Soweit ich weiß, sagen die Leute hier oben das eh schon. Die Hälfte von denen, die hier wohnen, kennt meinen Alten, und manche können sich sogar noch an Großvater Eddie erinnern und an damals, als er die Jagdhütte gebaut hat. Die Leute hier, die wissen verdammt gut über uns Bescheid. Und vielleicht war das auch alles gar nicht so geheim, wie wir uns gedacht haben. Jean hat sich eh nie Mühe gegeben, irgendwas zu verbergen, außer vor Randy, und auch das bloß, weil ich's ihr gesagt hab.

Wir haben den ganzen Sommer wie in so 'ner Luftblase gelebt, und jetzt ist sie geplatzt. Und ich weiß, wenn's wirklich dreckig und schmutzig und gemein wird, dann trifft's Jean unter Garantie härter als mich. Ich bin ja nicht blöd, verdammt noch mal, ich weiß das ganz genau. Ich stell mir vor, was die Leute hinter ihrem Rücken über sie sagen werden und was sie ihr ins Gesicht sagen werden. Ich hab die Finger im Besteckfach und schieb's mit der rechten Hüfte zu, mit aller Kraft. Das Holz schneidet mir in die Fingergelenke, aber es tut nicht weh genug.

»Er hat mich gefragt, ob ich mit ihm ausgehn will«, sagt Jean von der Couch her.

»Echt?« Der Sack. Wo ich ihm doch gesagt hab, er soll's bleiben lassen.

»Ja.«

»Und du, was hast du ihm darauf geantwortet?«

»Ich wollte nicht lügen«, sagt sie. »Ich hab ihm erzählt, ich hab schon 'n Freund und daß es dir wahrscheinlich nicht gefallen würde.«

»Das war die Wahrheit«, sag ich.

Und sie: »Aber nicht die ganze.« Sie hört sich so an, als ob sie ungefähr das gleiche denkt wie ich. »Nicht die ganze Wahrheit.«

»Und was meinste, wo er jetzt hin ist?« frag ich, nachdem wir wieder 'ne Weile schuldbewußt geschwiegen haben.

»Keine Ahnung.«

Und so beschließen wir zu guter Letzt, daß wir ihn suchen gehn. Wir steigen also in meinen Malibu und fahren in die Stadt. Wir halten an jeder Kneipe und jedem Treffpunkt zwischen dem Bootssteg und Judy's Juke Joint, wo sich immer die ganzen Kartoffelbuddler von Ypsilanti vollaufen lassen und sich prügeln, bis der Morgen graut und es Zeit ist, wieder arbeiten zu gehn. Aber keiner hat Randy gesehn.

»Hey, wieso habt ihr denn heute euern Kumpel nicht mit dabei?«

»Wo ist denn euer gutaussehender Spezi?«

»Wo habt ihr denn euern Busenfreund gelassen?«

Als ich diese Scheiße so ungefähr das achte Mal höre, langt's mir, da möcht ich am liebsten einem von den Typen die Fresse polieren, aber so, daß er sich seine Zähne hinten aus dem Kragen klauben kann.

Wir fahren von einem Laden zum andern, und ich kucke. Hinter die Reklametafel für McCarthy's Boatland, unter die Zeltplane, die sie auf dem Parkplatz der Presbyterianerkirche aufgestellt haben, in den Minivan, der mit 'nem halben Dutzend Kindern und zwei Hunden hinten drin vorm Dairy Dip hält und so aussieht, als ob er gleich aus allen Nähten platzt. Aber Randy ist nirgends zu finden.

»Ich hab mir auf die Zunge gebissen, weißt du«, sagt Jean. Nach mehreren Runden halten wir zum zweiten Mal beim Watering Hole und steigen aus dem Malibu, weil er ja vielleicht doch noch aufgetaucht ist und weil ich unbedingt 'n Bier brauche. »Bis jetzt hab ich den Mund gehalten.«

»Aber …«

»Aber ich hab's dir ja gleich gesagt, verdammter Mist«, platzt sie schließlich raus.

»Fühlst du dich jetzt besser?« Ich bleib am Wagen stehn und seh sie an wie so 'n Stück Scheiße.

»Wir hätten's ihm einfach sagen sollen, und wenn er sauer gewesen wär oder irgendwie komisch, dann wär's nicht unsre Schuld gewesen.

»Du meinst, im Gegensatz zu jetzt?« frag ich sie. »Jetzt ist es unsre Schuld, ja?«

»Ja.« Sie sieht halb wütend und halb elend aus. Jean ist es nicht gewohnt, daß sie im Unrecht ist. Auch das hab ich ihr angetan, noch obendrein, zu allem andern.

»Jetzt komm schon«, sag ich zu ihr. »Ich brauch 'n Bier.«

Randy finden wir in dieser Nacht nicht mehr. Wir nehmen an, er ist direkt zurück zur Farm gefahren. Also trinken wir so lange, Jean und ich, bis wir betrunken sind. Betrunkener und lauter als sonst. Gegen Mitternacht sitzen wir am einen Ende der Kneipe, und am andern Ende sitzt so 'n kleiner Junge. Sein Alter spielt hinten Billard, und George versorgt den Kleinen am laufenden Band mit Brezeln und Coca Cola Light. Das ist so 'n spilleriger, strubbeliger Dreizehnjähriger, noch lange nicht ausgewachsen. Und die Zähne viel zu groß für sein mageres Gesicht. Aber irgendwie hat er was. Er sitzt also am andern Ende der Theke und erzählt George Witze. Und natürlich dauert's keine Minute, bis Jean das mitkriegt und von ihrem Barhocker rutscht und sich neben den Kleinen setzt.

»Sprich dich ruhig aus, du Zwerg«, sagt sie, und er tut's. Und sie pariert jeden seiner Witze mit 'nem eigenen. Das geht 'n halbes Dutzend Witze lang so, alles unterste Schublade, und langsam fangen die Leute an zu horchen. So 'n Muskelmann und seine muskulöse Freundin, die an 'nem Tisch gleich vornean sitzen, stehn auf und kommen mit ihren Biergläsern an die Theke. Und 'n paar Typen, die schon älter sind und immer von Mittag an hier rumhängen, Schlitz trinken und ESPN kucken, wenden sich ab von der Glotze und hören auch zu. Sogar der Alte von dem Kleinen kommt von hinten vor, als Jean gerade einen fertig erzählt von drei Männern, die jeder einen Wunsch frei haben. Alles noch ziemlich zahm bis jetzt, bloß 'n paar, die man kaum schweinisch nennen kann, von Jean und einen mit 'nem Juden und 'nem Polacken von dem Kleinen. Aber als sein Alter ankommt, dreht das Bürschchen etwas auf und erzählt den mit dem deutschen Schäfer auf dem Golfplatz, und Jean kontert und erzählt den mit dem Priester und dem Rabbi und den zwei kleinen Jungs. Die muskulöse Freundin klopft leicht entrüstet auf die Theke und will was sagen, erntet aber bloß 'n paar gemeine Blicke, und ihr Freund sagt: »Du halt's Maul, Josie.«

Man merkt, daß der Kleine so was nicht zum erstenmal macht. Er ist total cool, lacht über Jeans Witze und setzt dann immer noch einen drauf. Jetzt erzählen sie welche, die alle mit »Kommt 'n Mann in die Kneipe ...« anfangen. Die Leute ringsrum lachen so laut, daß sie die Pointe höchstens halb mitkriegen, aber das macht nichts. Beim sechzehnten (der mit den zehn Zitronen in kleinen Schweinen) kommt der Kleine ins Schwitzen, und es gibt erst mal 'ne längere Kunstpause, in der Jean sich das Hirn zermartert, ob sie nicht doch noch einen kennt. Der Kleine beobachtet sie scharf. Ich glaube, dem fällt nichts mehr ein. Jean schüttelt leicht den Kopf und kuckt finster in ihr Bier. Sie sitzt da und baumelt mit den Beinen und kommt dabei mit ihrem einen Bein an meins. Ich hab plötzlich Lust, sie aufs Ohr zu küssen, möchte sie aber nicht beim Nachdenken stören, und vor den ganzen Leuten hier geht das ja sowieso nicht. Aber in Gedanken tu ich's. Im meinen Gedanken schieb ich ihre Locken beiseite und geb ihr 'n Kuß aufs Ohr.

Schließlich sagt sie, ohne aufzublicken: »Kommt 'n Mann in die Kneipe«, und alles jubelt und lacht so laut, daß sie 'ne Ewigkeit braucht, bis sie den Witz fertig erzählt hat. Es ist der mit dem Elefanten, der Wasser lassen muß, und der hat sooo 'n Bart, aber das kümmert keinen. Sie hat den Kleinen übertrumpft. Der nimmt allerdings auch noch mal neu Anlauf und erzählt einen, der richtig ekelig schweinisch und hundsgemein ist, nämlich den mit dem Bananeneis, und prompt regen sich 'n paar Frauen künstlich auf. Bei dem mit den zwei Typen, die in Georgia Schnepfen jagen, geht 'n Schwarzer aus Ypsilanti raus. Aber sonst hat keiner 'n Problem damit, über Schwarze, Homosexuelle, Japaner, Schotten, Indianer, Iren, Frauen, Juden, Krüppel, Kinder und Hunde zu lachen. Die Leute hier sind halt 'n bißchen primitiv, aber mein Gott, man amüsiert sich.

Ungefähr vor 'ner Stunde hatte ich vom Bier die Nase voll gehabt und war auf Whiskey umgestiegen. Ich denk nicht mehr an Randy und auch nicht daran, daß Jean bald nach Hause muß. Ich denk an gar nichts, schau sie bloß an, wie sie neben mir sitzt und mit dem Kleinen lacht, der im großen und ganzen in genau solchen Bars und Kneipen aufwächst wie wir damals.

Zwar auf der andern Seite von Michigan, aber im großen und ganzen sind's genau die gleichen Schuppen.

Inzwischen fühlt sich keiner mehr bemüßigt, höflich zu sein. Jean erzählt den schärfsten, den mit dem Typ, der 'ne rasierte Muschi schleckt. Das schlägt mir 'n bißchen auf den Magen, weil ich den auf keinen Fall vor Fremden erzählt hätte. Und im Gegenzug bringt der Kleine den mit den Zwillingsschwestern.

»Und woran merkst du, daß deine Schwester ihre Tage hat?« fragt er.

Und Jean: »Keine Ahnung.«

Und er: »Du mußt bloß deinem Vater seinen Schwanz in den Mund nehmen, dann schmeckst du's.«

Vielleicht ist das reine Einbildung von mir, aber ich könnte schwören, daß 'n paar Sekunden Totenstille herrscht und alle im Raum Jean ankucken und jeder weiß Bescheid. Die ganze Kneipe kennt sämtliche schmutzigen Geheimnisse, die wir haben, Jean und ich, seit wir vier Jahre alt gewesen sind. Das ist so 'ne Sekunde, wo ich sie ankucke und sie kuckt mich an, und wir stehn beide da wie nackt, als ob auf einmal die ganzen Lügen rausgekommen sind, mit denen wir immer versucht haben, unsre Familie zu schützen. Und ihre Miene ist leer und überrumpelt, als ob ihr einer in den Unterleib geschossen hat. Aber das ist anscheinend alles bloß Einbildung, denn jetzt wirft sie den Kopf in den Nacken und lacht zur Decke rauf. Lacht so laut, daß die ganze Kneipe davon widerhallt, und dann – ho, ho, ho – lachen alle andern mit ihr mit, und da lache ich auch ho, ho, ho. Und als sie sich einigermaßen beruhigt hat, packt Jean den Kleinen am Handgelenk und reißt ihm den Arm hoch, als ob er 'n Champion ist.

»Das war's«, sagt sie so laut, daß jeder sie hören kann. »Ich gebe mich geschlagen.« Und dabei ist sie ganz gutmütig, gönnt dem Kleinen seinen Sieg und gibt ihm das Gefühl, daß er hier gerade unter den Augen von seinem Alten 'ne Million Dollar gewonnen hat. »Der hat ganz schön was drauf, der Kleine, stimmt's?« sagt sie zu George. Und, ach Gott, der Kleine, der grinst. Grinst und redet mit den Leuten und, Menschenskind, der ist ja erst dreizehn, aber ich möcht ihm am liebsten die Fresse einschlagen, diese hagere Fresse mit den großen Zähnen. Ich trink noch 'n letzten Schluck Jim Beam, und dann rutsch ich vom Hocker und will zu ihm rüber. Da geht vor mir wie so 'ne olle rostige Schranke Jeans Arm runter.

»Wo willst du denn hin?« fragt sie.

»Nirgends«, brumme ich.

»Komm, wir gehn heim.«

Und ich: »Erst mal muß ich dem da seine scheiß Fresse einschlagen.«

»Quatsch, der ist doch noch 'n Kind, der ist schon in Ordnung.« Sie wirft Geld auf die Theke. »Ich will hier raus.« Und dann schiebt sie sich durch die Massen zur Tür. Ich folge ihrem Hinterkopf, bis wir draußen im Dunkeln sind. Und da ist es so was von dunkel, daß ich erst mal stehnbleiben muß. Es erwischt mich jedesmal wieder, immer, wenn ich aus dem Hellen ins Dunkle komme. Jean reißt die Fahrertür vom Malibu auf, und da schmeiß ich mich auf der andern Seite rein.

Je weiter wir die Lichter der Stadt hinter uns lassen, desto dichter wird die Dunkelheit. Über der Straße liegt 'n dicker Dunstschleier, der die Windschutzscheibe irgendwie pelzig aussehn läßt. Jean schaltet die Scheibenwischer an, einmal pro Minute oder so. Die Luft riecht gut. Wie toter Fisch, bloß ohne den Gestank. Ich mache zwei, drei ordentliche Schnaufer, und da steigt mir die Luft in den Kopf und bläst den Whiskeydusel weg.

Wenn man bedenkt, was Jean intus hat, also dafür fährt sie den Malibu aber astrein. Wir sagen nichts. Im Radio läuft leise *Layla*. Der Song schwillt immer abwechselnd an und wieder ab. Ich döse in so 'm Zwischenzustand vor mich hin, der wirklich schön ist, irgendwo zwischen Wachsein und Ohnmacht. Überm Lenkrad hockt der rote Punkt von Jeans Zigarette. Ich seh ihn durch die Dunkelheit auf ihren Mund zu fliegen. Und genau in dem Moment springt uns dieser Hirsch vom Seitenstreifen her direkt vors Auto, 'ne Hirschkuh, und die roten Augen sehn mich voll an, vollkommen starr.

»Oh«, sagt die Hirschkuh mit braunsamtener Stimme. »O nein.« Als ob ihr der Gedanke, daß sie schon sterben soll, das Herz bricht. Sie ist ganz sanft in ihrem Schmerz, ganz resigniert ergibt sie sich dem Tod, der sich gleich auf sie stürzen wird. Ruckartig geht mein Fuß nach unten, will auf die Bremse steigen.

Irgendwer sagt: »O Gott.« Jean reißt den Wagen nach links rüber, und die Hirschkuh schießt kerzengerade in die Höhe. Wie so 'n Raumschiff in Zeitlupe fliegt das weiße Bauchfell an meinem runtergekurbelten Fenster vorbei. Ein schwarzer Huf schlägt aus, 'n weißer Schwanz witscht weg. Und dann ist nur noch Dunkelheit. Wir halten halb in unsrer Fahrspur, halb auf dem Randstreifen. Sie muß wie 'ne Blöde gebremst haben, daß wir so schnell zum Stehn gekommen sind. Ich kuck nach hinten, aber da ist alles schwarz.

»Haben wir sie erwischt?« fragt sie mit tonloser Stimme.

»Nein.« Ich hab immer noch den Fuß auf den Boden gestemmt, und zwar so fest, daß mir richtig der Hintern vom Sitz hochgeht. Erst als Jean den Hebel in Parkstellung bringt, entkrampf ich mich so nach und nach. Wir steigen aus und kucken nach Beulen oder Blut auf der Kühlerhaube. Nichts. Die Dunkelheit umwabert uns, dringt ein in meine Kleider, in mein Haar. Aus dem Wagen summt es immer noch *Layla* in den Nebel.

Die Hirschkuh ist inzwischen irgendwo im Unterholz, zirka 'ne halbe Meile weit weg. Die wird sich fragen, ob sie nicht vielleicht schon tot ist und es bloß nicht merkt. Ob sie nicht vielleicht auf der Straße liegt und alle vier Beine gebrochen hat. Oder sich Zentimeter für Zentimeter auf ihren kaputten Läufen vorwärts schleppt und immer wieder umfällt, bis ich den Wagenheber im Kofferraum finde und ihr damit den Schädel einschlage, damit sie nicht mehr leiden muß. Und sie dann in den Graben zerre, wo sie sich noch einmal um die eigne Achse dreht und dann reglos liegenbleibt. Mit verdrehtem Hals, so daß sie zu uns hoch starrt.

Doch nein, sie lebt. Kein Wagenheber da, und es wird auch keiner gebraucht. Wir steigen wieder ein, Jean und ich.

Mittlerweile sind wir stocknüchtern. Ich kucke rüber in den Wald, wo die Hirschkuh ist. Sie ist im Unterholz, ihr Herz schlägt immer noch Galopp, aber sie rennt nicht mehr. Ich versuch langsam und regelmäßig durch die Nase zu atmen, damit sie sieht, wie's geht. Das Herz wird langsamer, es trabt bloß noch, ist aber weit davon entfernt, ruhig zu schlagen. Drum brauch ich 'n Moment, bis ich mitkriege, daß wir uns noch gar nicht von der Stelle gerührt haben. Jean hat den Motor abgestellt. Ich dreh mich zu ihr rum und kucke, was der Grund für die Verzögerung ist, und sie sitzt da und kuckt starr durch die feuchte Windschutzscheibe nach draußen. Sie hat die Hände im Schoß liegen, als ob sie in der Kirche ist und sich die Predigt anhört. Eine echt gute Predigt. Jean gibt keinen Ton von sich. Da ist ihr Gesicht, ihr Profil mit der kurzen, sommersprossigen Nase und dem energischen Kinn, das im Schatten verschwindet. Aber ich kann sie gut genug sehn, um ihre Tränen zu erkennen. Eine ist fast parallel zum Mund, genau da, wo's anfängt zu kitzeln. Ihre Hand wischt sie natürlich weg, aber es kommt gleich wieder eine. Ich hab sie nicht mehr weinen sehn, seit sei drei oder vier gewesen ist. Es ist, wie wenn die Welt untergeht.

»Jean?« Ich lange über den Vordersitz zu ihr rüber. Und in dem Moment, wo sie meine Stimme hört, bricht alles aus ihr raus, und sie fängt richtig laut zu heulen an. Sie klammert sich an mich, vergräbt das Gesicht an meiner Schulter, und es dauert nicht lange, da ist mein Hemd ganz naß von Rotz und Tränen. Ich halte sie mit beiden Armen fest und sage weiter nichts als immer wieder ihren Namen. Ich flüstere ihn in ihre Haare, in den Rückspiegel, draußen in den feuchten Nebeldunst.

»Jean. Ich liebe dich, Jean.«

Sie weint so sehr, daß ich nicht mal weiß, ob sie mich überhaupt hört. Aber ich sag's trotzdem immer wieder, so lange, bis sie sich ein bißchen beruhigt, und das dauert eine ganze Weile. »Mir ist ganz egal, was passiert«, sagt sie schließlich. »Wir bleiben zusammen, für immer, wir lassen uns nicht auseinanderreißen.«

Mir kriecht ein kalter Schauer den Arm rauf. Als ob ich schon weiß, was mit uns passiert. »Und wenn's einer rauskriegt?« frag ich sie.

Und sie: »Na und, was können die uns denn schon tun? Uns einsperren?« Sie weint immer noch, aber ihre Stimme ist ganz klar. »Ich meine, was können die uns denn schon tun? Außer reden.«

»Vergiß es«, sag ich zu ihr. »Randy erzählt's bestimmt keinem.«

Sie kuckt mich scharf an, ohne sich die Tränen abzuwischen und ohne das Gesicht wegzudrehn.

»Ray«, sagt sie, »bau ja keine Scheiße mit mir.«

»Was soll denn das heißen?« Ich lache. Aber sie meint's ernst.

»Für mich bist du der einzige«, sagt sie. »Ich will nie einen andern haben. Du darfst mich nicht im Stich lassen.«

»Du bist für mich doch auch die einzige.« Ich will noch mehr sagen, aber sie fällt mir ins Wort.

»Ich weiß. Wenn ich das nicht wüßte, würd ich dir ja nicht sagen, däß du nicht abhauen darfst.«

»Wo soll ich denn hingehn?« Jetzt bin ich echt sauer, weil sie mir nicht über den Weg traut. Sauer, weil ich Angst habe. Und darum schrei ich sie nun an: »Herr im Himmel, wo soll ich denn hingehn?«

Aber diesmal brüllt sie nicht, wie sonst immer, zurück. Sie legt den Kopf an meine Schulter und fängt wieder an zu weinen. Das ist Jean, meine kleine Schwester, meine Liebste. Und so halt ich sie fest und halte zu ihr. Ich erzähl ihr, daß uns schon was einfallen wird und daß wir vielleicht weggehn könnten und woanders leben. Und daß ich ohne sie nirgendwo hingehn werde. Nach 'ner Weile sind wir beide still, sitzen im Malibu, schaun zu, wie der Nebeldunst über uns wabert und die Tröpfchen an der Windschutzscheibe runterlaufen. Ich weiß nicht, wie viel Zeit vergeht, bis sie den Zündschlüssel rumdreht und den Gang einlegt. *Nein. Nein. Nicht weg!* Wir fahren zurück zur Jagdhütte, gehn ins Bett, und sie schläft sofort ein. Ich liege da, die Augen weit offen, lange, beobachte die Schatten, die in die

Ecken kriechen und wieder hervorkommen, wenn draußen 'n Auto langfährt. Jean hat das Gesicht halb unter meiner Schulter vergraben. Hat sich richtig eingebuddelt, wie so 'n Maulwurf. Das hat sie früher schon immer gemacht, als wir noch klein waren. Sich unter der Decke verkrochen, unter den Kopfkissen, unter meinem Arm oder meiner Schulter. Hat versucht, irgendwo Geborgenheit zu finden.

ZWEIUNDZWANZIG

Am nächsten Tag beschließen wir, daß wir zusammen nach Hause fahren und ich von da aus dann weiter auf die Farm zu Randy und mit ihm rede. Jean packt ihren ganzen Scheiß zusammen, wir laden alles in ihren großen Plymouth, und ich folge ihr im Malibu. Als wir ankommen, ist es später Nachmittag. Ich steig gar nicht erst aus.

»Ich fahr gleich erst mal raus zu Randy«, sag ich, als Jean zu mir ans Fenster kommt.

Und sie: »Alles klar.« Sie hat sich wieder gefangen, nichts mehr zu merken davon, wie schlimm sie letzte Nacht geweint hat. Sie kuckt mir in die Augen, mit klarem Blick und lächelndem Gesicht: »Und keine Panik!«

Ich schau ihr noch nach, wie sie ins Haus geht, und dann fahr ich los. Als ich an der Farm ankomme, hab ich so 'n Gefühl im Bauch, als ob ich 'ne Flasche Tischlerleim geschluckt hab. Meine Knie fühlen sich an, wie wenn Luft drin ist, und ich atme wie 'n Blöder durch die Nase. Ich kucke in der Scheune nach, im Geräteschuppen, unten bei den Silos. Mit dem Traktor draußen scheint er auch nicht zu sein. Also klopf ich hinten an die Tür und frag seine Mutter, ob er da ist. Ich bin drauf gefaßt, daß sie mit dem Finger auf mich zeigt und mir irgendwelche häßlichen, gemeinen Ausdrücke an den Kopf wirft, aber sie sagt bloß: »Nein, der ist nicht da. Aber wieso bist du denn zu Hause?«

»Ich hab Jean geholfen, ihre Sachen heimfahren«, sag ich. »Aber er ist doch letzte Nacht heimgekommen, oder?« Und weiß im selben Moment, daß ich 'n Arschloch bin, weil, wenn er nicht nach Hause gekommen ist, dann macht sie sich jetzt Sorgen.

»Klar, Schätzchen. Furchtbar spät, ich hab gehört, wie er gekommen ist.« Randys Mutter ist total nett. Die mag mich irgendwie, ich weiß auch nicht, wieso.

»Und wissen Sie, wo er jetzt ist?« frag ich.

»Du, der ist heute früh aufgestanden, hat seine Arbeit gemacht und gesagt, er kommt später wieder.« Sie lächelt. »Kann ich ihm was ausrichten?«

»Ja. Wenn Sie ihm vielleicht sagen würden, daß ich hier war?«

»Klar, wird gemacht. Und bevor du wieder rauffährst in den Norden, kommst du uns noch mal besuchen, ja?«

Ich versprech's ihr und setze mich wieder ins Auto. Scheiße. Ich fahr rüber zur Dairy Queen, zur Mühle. Als ob mein ganzes Leben auf einmal nur noch diesen einen Inhalt hat, daß ich durch die Gegend fahre und Randy suche. Auf dem Sportplatz ist er nicht, und im Park ist er nicht, er ist überhaupt nirgendwo.

Allmählich wird's dunkel, muß bald halb acht sein. Während ich am Stadtrand rumkutschiere, fangen die Zikaden an, in ihrem immer gleichbleibenden Rhythmus zu zirpen. Im Radio singt Bruce Springsteen *Thunder Road*. Ich hör den Song, und in meinem Kopf dreht sich alles um Jean. Ich wende und fahr nach Hause, ich hab Sehnsucht nach ihr. Das mit Randy, das hat Zeit bis morgen.

Als ich hinter ihrem Plymouth zum Halten komme, hör ich schon drinnen das Geschrei. Jean und mein Alter wieder mal. Vorne die Haustür ist offen, und der Lärm schwappt durch die Fliegentür. Ich renne zur Veranda und sehe Jean wie so 'n Schemen vorbeihuschen hinter der Fliegentür. Sie verschwindet die Treppe rauf, und am Drahtgitter erscheint Mamas Gesicht, angstverzerrt und kreidebleich. Sie kuckt 'ne Sekunde lang, wie ich auf sie zukomme, und dann sagt sie: »O nein, Ray.«

Sie will mir die schwere Holztür vor der Nase zuschlagen. Aber ich bin schon an ihr vorbei und seh die Beine von meinem

Alten mit schweren Schritten die nackten Treppenstufen hoch poltern. Ich kucke Mama an, aber sie dreht sich weg, als ob sie meinen Anblick nicht ertragen kann, und geht in die Küche, und plötzlich knallt's oben – ganz laut, wie 'n Schuß. Tausendmal hab ich das schon gehört, dieses Krachen wie von 'ner Explosion, wenn mein Alter die Tür vom Bad oder von 'nem Zimmer eintritt und die dann mit voller Wucht gegen die Wand donnert. Und im nächsten Moment ist die ganze Treppe von Geschrei und Gekreische erfüllt, das am Geländer runtergerutscht und runtergekollert kommt, voll auf mich drauf. Ich will hochrennen, muß aber erst an Mamas weißem Schaukelstuhl aus Kiefernholz vorbei, den Jean, eh sie nach oben gerannt ist, verkehrtrum vor die Treppe gezerrt hat, um dem Alten den Weg zu versperren. Neben der Couch steht 'n Tablett mit 'nem Glas Milch und noch irgendwas, das wie so 'n aufs Gesicht gefallenes Leberwurstsandwich aussieht.

Bis ich oben bin, hat er sie schon aufs Bett geworfen. Der ist nicht so besonders groß, mein Alter. Eher mittelgroß und unheimlich dürr. Und Jean ist kräftig gebaut. Aber diesem beißenden säuerlichen Geruch nach zu urteilen, den er ausströmt, hat er den ganzen Nachmittag lang gesoffen. Darum ist er so gemein und so aufgeputscht, und sie ist doch erst sechzehn. Ihr T-Shirt ist vorne von oben bis unten zerrissen, sie blutet im Gesicht. Von was, kann ich nicht erkennen. Aber sie schreit wie am Spieß. Die Stimme hat sie von unserm Alten, die hallt durchs Zimmer und durchs Haus und durch das ganze County. Und trotzdem holt keiner die Bullen. Das haben die Nachbarn sich schon lange abgewöhnt. Der Alte drückt ihr sein knochiges Knie in die Brust und hat gerade den Gürtel aufgemacht und zerrt den Reißverschluß an seiner Hose runter.

»Du verdammte kleine Nutte, du, du läßt doch sonst jeden ran, oder nicht?«

Sie schreit ihn an und sagt schwanzlutschender mamifickender Schweinefotzensohn zu ihm, die ganzen bekannten Ausdrücke, aber alle total durcheinandergebracht, so daß lauter neue rauskommen. Sie kratzt ihn und bearbeitet ihn mit den

Fäusten, wirft wie wild den Unterleib hin und her, um ihn abzuschütteln, daß er mit dem Kopf voran gegen die Wand knallt. Ich komm von hinten und nehm ihn in den Schwitzkasten, so daß er sie nicht mehr mit dem Knie festnageln kann. Ich reiß ihn hoch und zerr ihn zurück, und die Hosen baumeln ihm um die Knie. Und als ich ihn gerade mit aller Kraft in die Schrankecke schleudern will, wirft sich plötzlich Jean auf dem Bett nach vorne und rammt ihm ihren Kopf zwischen die Beine. Die Wucht, mit der sie sich auf ihn stürzt, haut mich buchstäblich um, ich geh zu Boden und laß den Alten los. Er schreit dermaßen laut, daß ich am liebsten unters Bett kriechen möchte und warten, bis alles vorbei ist. Weil, im ersten Moment denk ich, Jean hat ihm den Pimmel abgebissen. Aussehn tut's nämlich ganz so. Sie hat Blut im Gesicht, und er hält sich die Eier und tastet gleichzeitig nach seinem Gürtel. Und als er ihn hat, holt er aus und erwischt Jean mit der Schnalle an der Wange. Das Blut spritzt wie in so 'm Actionthriller. Sie kriecht in Deckung, springt vom Bett und rennt aus dem Zimmer. Ich setz mich schnell auf seine Beine, damit er nicht hinterher kann. Und dann weiß ich nicht mehr weiter. Füße poltern dumpf treppab, als ob 'n Baumstamm die Stufen runterkollert, und dann macht's quietsch, krach, wumm, wie wenn jemand mit hundert Sachen durch die Fliegentür auf den Hof donnert. Und dann herrscht Stille, keine Autotür, kein Motorengeräusch. Ich weiß nicht, wohin sie sich flüchtet, aber jedenfalls hat sie keinen Wagen genommen. Der Alte unter mir rührt sich nicht von der Stelle. »Geh deine Mutter holen«, sagt er, »sonst verblut ich noch.«

Und es sieht ganz so aus, als ob er recht hat. Der Pimmel ist zwar noch dran, aber Jean hat ihm 'n richtig großes Stück aus dem Oberschenkel rausgebissen, direkt oben, wo die großen Schlagadern sind. Und das blutet wie Sau. Ich ruf nach Mama, und da kommt sie die Treppe hoch. Sie heult immer noch, aber das ist wie 'n nervöser Tick oder als ob sie's schon gar nicht mehr merkt. Sie sieht mich gar nicht an, sondern beugt sich gleich runter und kuckt sich die Wunde an.

»Schnell, bring mir 'n Handtuch und das Wasserstoffsuperoxid«, sagt sie, ohne von seinem Bein aufzublicken. Ich geh ins Bad und schnappe mir das alte Handtuch mit den lila Rosen, das Mama mal als Werbegeschenk gekriegt hat, und das Wasserstoffsuperoxid und, wo ich schon mal dabei bin, auch gleich noch den Franzbranntwein. Dann geb ich ihr das ganze Zeug und geh aus dem Weg. Sie schmaddert die Wunde mit der ganzen Flasche Wasserstoffsuperoxid ein, und ich seh, wie die weiße Blasen schlägt, als ob sein Bein die Tollwut hat und Schaum vorm Mund. Und dann wickelt sie ihm das Handtuch ganz fest ums Bein.

»Das muß genäht werden«, sagt sie.

»Kommt ja gar nicht in Frage.« Das ist das erste Mal, daß mein Alter den Mund aufmacht, seit Mama ins Zimmer gekommen ist.

»Aber kuck doch bloß mal, Bill.« Jetzt weint sie wieder. »Das Blut kommt durch das Handtuch durch.«

Sie hilft ihm hoch, und ich nehm auf dem Weg nach unten noch 'n Stapel Handtücher mit, und dann setzen wir ihn hinten in meinen Malibu, und Mama setzt sich neben ihn. Ich muß ihn rüber nach Adrian in die Unfallklinik fahren, weil mein Alter sagt, in 'n richtiges Krankenhaus geht er nicht, und wir solln ihn am Arsch lecken. Mama hat nicht gefragt, was los war und wer ihn gebissen hat. Wozu auch? Ist ja schließlich sonnenklar, der Fall. Ich fahr extra langsam, aus Gemeinheit. Was der Alte wohl dem Doktor erzählen wird, wenn der wissen will, wie das passiert ist. Und während ich noch so grüble, sagt der Alte plötzlich: »Du kannst nichts dafür, Ray.«

Mama sagt, er soll still sein. »Am besten gar nicht drüber reden«, sagt sie. Aber sie hat mich noch kein einziges Mal angekuckt, seit ich ins Haus gekommen bin, jetzt auch nicht.

»Du bist 'n Mann«, sagt er hinter mir.

»Ach Gott, ach Gott«, jammert Mama, und ihr kommen schon wieder die Tränen.

»Aber das Mädel, die ist einfach 'ne Nutte«, sagt er, als ob er sich das immer wieder einreden muß. »Ich schätze mal, inzwischen weiß die ganze Stadt Bescheid, was sie da oben getrieben hat.«

»Bitte, Bill.« Mamas Stimme klettert immer höher höher höher rauf rauf rauf, richtig hysterisch.

»Wie soll sich denn deine Mutter noch in der Kirche sehn lassen? Wenn alle Leute drüber reden, was ihre Kinder angestellt haben. Hast du da mal dran gedacht?«

Ich hab die Hände in Zehn-vor-zwei-Position am Lenkrad. Ich fahre langsam. Die Augen auf der Straße.

»Wer hat dir das erzählt?« frag ich.

»Billy natürlich, Himmelherrgott noch mal!« platzt er raus. Er brüllt so laut, daß der Rücksitz bebt. Seine Stimme hallt peng peng peng durchs Auto und dann zum Fenster raus gefolgt von Mamas Schniefen.

»Billy hat gestern abend deinen Kumpel getroffen, der hat's ihm brühwarm gesteckt. Im Dewey's, und der ganze Laden hat mitgehört.«

Im Dewey's. Randy hat in seinem ganzen Leben noch keinen Fuß ins Dewey's gesetzt. Das weiß ich hundertprozentig. »Was denn für 'n Freund?« frag ich, ohne in den Rückspiegel zu kucken, damit ich sein Gesicht nicht sehn muß. Damit ich nicht gegen den krummen, knorrigen Eichenbaum fahre, der rechts vor uns auftaucht.

»Na Randy«, bellt er zur Wagendecke hoch. »Wer denn sonst? Wer hat euch denn dabei erwischt, wie ihr gerammelt habt wie so 'n Paar Katzen.«

»O Gott, Ray. Das ist doch nicht wahr, oder?« sagt Mama aus dem Fenster. »So was tust du doch nicht.« Der Alte faucht sie an wie so 'n in die Enge getriebener Vielfraß und haut mit der Faust auf die kunstlederbezogene Armlehne.

»Hat's doch selber zugegeben, das Luder! Hat sich noch nicht mal geschämt.« Er ist hochrot im Gesicht, und Mama wickelt ihm noch 'n viertes Handtuch ums Bein. *Na los, du Schwein, mach weiter. Brüll dir ruhig das ganze Blut aus dem Leibe.* »Aber der werd ich helfen! Diese Nutte! Der werd ich helfen!«

Ich fahr ein bißchen schneller, weil ich diesen Drecksack schleunigst aus meinem Auto raus haben will, weil, sonst bring ich ihn um. Mach 'n großen Schlenker um zwei Kinder auf Fahrrädern, die wie die Kaputten auf dem Randstreifen langrasen. Hinter ihnen wirbeln riesige Staubwolken hoch und bleiben über der Straße hängen. Und schreien tun die beiden, den Mund weit aufgesperrt, und sie lachen und machen einen Höllenlärm, genau wie Randy und ich früher immer. Und strampeln, so schnell sie können. Als wir an ihnen vorbei sind, bieg ich sofort wieder in unsre Spur ein.

Und dann sag ich zu ihm: »'n Scheiß wirst du!«

»Aber Ray, Schätzchen, ich ...« Mama versucht zu beschwichtigen, aber der Alte fällt ihr ins Wort.

Er: »Was hast du gesagt, Junge?«

Ich: »Du wirst sie nie wieder anrühren!«

Er: »Hast wohl lange keine Dresche mehr gekriegt, was?«

Ich: »Du wirst sie nicht mehr schlagen. Du wirst sie nicht mehr rumschubsen, nicht mehr auspeitschen, ihr keine Ohrfeigen mehr geben und dir auch nicht mehr von ihr am Pimmel –«

»Raymond Edward!« Mama tut so, als ob sie schockiert ist, als ob sie nicht ganz genau wissen würde, was dieses Schwein hier schon seit Jahren mit ihrer eignen Tochter macht. Die Nummer zieht bei uns nicht mehr, da kümmern wir uns gar nicht drum.

»Die wohnt in meinem Hause, diese Nutte, und darum werd ich ihr Manieren beibringen.«

»Das einzige, was du ihr bis jetzt beigebracht hast, ist Schwanzlutschen.« Ausgerechnet ich muß das sagen. Im Kopf seh ich's noch vor mir, wie Billy und ich damals mit Jean hinterm Geräteschuppen waren. Und was wir da gemacht haben. Und in dem Moment geht mein Haß auf den Alten total mit mir durch, denn das Gefühl geht einfach weiter, das bleibt dabei nicht stehn.

Von hinten kreischt Mama jetzt voll hysterisch: »Hör sofort auf!« Sie wirbelt da hinten neben dem Alten rum wie so 'n brünetter Schneesturm. Mama ist echt hart im Nehmen, man darf ihr bloß nicht die Wahrheit ins Gesicht sagen, das steht sie nicht durch.

»Fahr sofort rechts ran!« schreit der Alte. »Hast du nicht gehört, du Dreckskerl, du sollst rechts ran fahren!« Mit lauter Stimme. Mit fetter Stimme. Mit 'ner Stimme, die mich wie so 'n Vorschlaghammer in den Sitz rammt. Ich trete wie verrückt aufs Gaspedal, und drei Köpfe rucken hart nach hinten. Ortsanfang Adrian – wir kommen in die Stadt geprescht wie so 'ne wildgewordene Rakete.

»Wenn du sie noch einmal anrührst, bring ich dich um«, sagt jemand im Auto. »Wenn du noch einmal Nutte zu ihr sagst, bring ich dich um. Wenn du sie noch einmal so komisch ankuckst, bring ich dich um.« Und der das sagt, dem ist es ganz egal, daß er sich wie in 'nem schlechten Dirty-Harry-Film anhört. Eigentlich hört er sich gar nicht schlecht an. Der hört sich an wie einer, vor dem ich Angst haben würde.

»Aber vielleicht bring ich dich auch so um«, sagt der Typ, während ich sehe, wie die Tachonadel auf 170 geht. Mama und der Alte kleben an ihren Sitzen, als ob sie einer da drangeklatscht hat, als der Lehm noch feucht war. Und sie bleiben da kleben, bis wir mit kreischenden Bremsen vor der Notaufnahme der Klinik zum Halten kommen. Ich schalte den Motor nicht ab, ich steige nicht aus. Mama hilft dem Alten hinten raus, und eh sie noch halb an der automatischen Schiebetür sind, rausch ich schon wieder ab. Meinetwegen solln sie mit 'nem Taxi nach Hause fahren oder die ganze Nacht hier hocken. Meinetwegen solln sie hier verrecken.

So eklig war ich in meinem ganzen Leben noch nicht gewesen. Klar, ich bin schon öfter mal eklig gewesen, aber eher so, daß ich irgendwas nicht gemacht hab. Schon eklig, bloß halt auf so 'ne feige, verdruckste Art. Aber daß ich mich ganz offen eklig benommen hab, das war das erste Mal. Und plötzlich bin ich fast drei Meter größer als vorher. Ich bin 'ne Python, die sich auf dem Fahrersitz zusammengerollt hat. Haßmuskeln, vier Meter achtzig lang, die sich zum erstenmal genüßlich dehnen. Jetzt ist mir klar, warum Billy Schlägereien anfängt in der Kneipe und warum er Ginny Honey verprügelt, obwohl sie seine Frau ist und hochschwanger. So viel Gemeinheit, so viel Haß, wo soll man denn sonst damit hin. Ich fahr zurück nach Hause. Ich denk, verdammt noch mal, wie soll ich Jean bloß finden? Aber unten drunter ist die ganze Zeit der Gedanke, was ich mach mit Randy, wenn ich ihn treffe. Es ist nicht weit von Adrian bis nach Hause, aber immerhin weit genug, um mich die ganze Zeit zu ärgern, daß ich nicht rechts rangefahren bin und den Alten grün und blau geschlagen hab, wo ich schon mal die Chance hatte. In 'nem fairen Kampf hätt ich mir das nicht zugetraut, aber so, bei dem Blutverlust, da schon. Ich hab die Chance gehabt, aber ich feige Sau bin brav weitergefahren. So viel Haß und nichts, wo ich damit hin kann. Der Haß spannt mir die Adern wie Gitarrensaiten und dröhnt mir in den Ohren. Und wie ich jetzt wieder in die Stadt komme, hab ich das Gefühl, ich muß die Faust durch die Windschutzscheibe donnern, sonst fliegt mir glatt die Schädeldecke weg. Sonst platzen die Adern in meinem Arm und da kommen lauter zischende, knisternde, Funken sprühende Schwärmer rausgeflogen.

In diesem Zustand bin ich, als ich vorm Little Creek Party Store halte. Ich kauf mir 'ne Flasche Jim Beam und trink ein Drittel, dann geh ich wieder raus auf den Parkplatz. Das hat gut getan, jetzt zischt und knistert mein Blut nicht mehr ganz so schlimm. Ich fahr schön ruhig weiter und fange an, nach Jean Ausschau zu halten. Und schon wird die Welt so weit und leicht, der Alk fängt an zu wirken. Inzwischen bin ich schon 'ne sechs Meter lange Python, und je mehr das Zeug sich in mir ausbreitet, desto größer werde ich. Die Welt jenseits der Windschutzscheibe schrumpelt ein, zerläuft, wird leichter zu beherrschen. Ich hab sie im Griff. Ich hab alles im Griff.

An der Sunoco-Tankstelle halt ich an und laß Joe Lee volltanken. Ich hab irgendwie das Gefühl, daß der mich so komisch ankuckt. Ich überlege kurz, verkehrt der auch im Dewey's. Ich hab irgendwie das Gefühl, der kuckt mich so an, als ob er Bescheid weiß. Ich sag nichts, bis er zu mir ans Fenster kommt und ich ihm 'n Bündel zusammengerollte Einerscheine in die Hand drücke.

»Wieso bist 'n du eigentlich so 'n Fettsack, Joe Lee?« frag ich und kucke ihn mit Schlangenaugen an. Er sagt, ich soll aussteigen, damit er mir in meinen besoffenen Arsch treten kann. Aber die Tür ist verriegelt, und ich kurble rasch das Fenster hoch und rausche ab. Ich brauche einen, den ich kränken kann, nicht einen, der mich kaltmacht. Und darum hab ich 'n ganz schönen Zahn drauf, als ich auf die Main Street fahre.

Inzwischen ist es dunkel, und der Malibu schnurrt nur so über den Asphalt. Die Sterne sind auch schon da. Und die paar Wolken, die's gibt, sind ganz dünn auseinandergezupft, wie zerpflückte Watte. Alkohol am Steuer. Bei ihrer Freundin Pebbles ist sie nicht. Da mach ich gleich als erstes Halt, als ich wieder in die Stadt komme. Aber Pebbles ist nicht zu Hause, und ihre Mutter hat sie seit dem Abendbrot nicht mehr gesehn. Und Jean hat sie den ganzen Sommer nicht gesehn.

»Alles okay?« will sie wissen.

»Ja, bloß ... Mama will wissen, wo sie steckt«, sag ich so leise, daß sie mich wahrscheinlich gar nicht hören kann. Und als ich vorne von der Veranda runtersteige, mach ich noch mal ganz freundlich winke, winke. Wie ich's gelernt hab. Pebbles ist prima. Der ihre Mutter regt sich ja sonst doch bloß auf.

Jean suchen. Jean suchen. Vor mir die Ampel bei Dog 'n' Suds, direkt an der Stadtgrenze. Rot und gelbe Neoninsel in der Dunkelheit, parkende Autos mit den kleinen Tabletts, die aus den Fenstern ragen. Cheese Dogs, Pommes, Rootbeer. Ich kurble mein Fenster wieder runter, warte, daß die Ampel grün wird. Wie so 'ne Dunstwolke hängt der warme Ölgeruch im Neonschein. Fleckige, blasse, kauende Gesichter. Ich trink schnell noch 'n Schluck Jim Beam.

»Hey, Ray!« ruft plötzlich 'ne Stimme aus dem Neon. Ich dreh den Kopf rum, nehm die Hand hoch und schirme meine Augen gegen das grelle gelbe und rote Licht ab. »Ray Johnson!«

Drei parkende Autos 'n Stück weg vom Haus, da wo die Picknicktische stehn und die Dunkelheit anfängt, 'n halbes Dutzend Typen, manche kenn ich, manche nicht. Einer entfernt sich 'n paar Schritte von den andern. Die plärrende Musik aus einem von den Autos wird abgestellt. Der Typ dreht sich kurz um, dann kuckt er wieder zu mir her. »Ich hab deine Freundin gesehn heute abend.«

Die Meute hinter ihm lacht kurz und dreckig auf. Und die Ampel ist immer noch rot. Am liebsten möcht ich fragen, wo er sie gesehn hat, aber ich halt den Mund und versuch bis zehn zu zählen. Atme. Schaff's bis vier, dann brüll ich rüber: »Und wo?«

Da schwillt das Lachen an wie in so 'm Mückenschwarm. Der Typ brüllt was zurück von wegen sie betrügt mich mit meinem besten Freund, und dann sagt er noch was, aber das kann ich nicht hören. Das kann ich nicht hören, weil die so laut lachen und weil das grüne Licht »Los! Los!« schreit und weil hinter mir 'n Wagen ist, der schleunigst über die Kreuzung will, und ich möcht am liebsten fragen: »Was? Wie? Wo ist sie denn?« Weil, ohne sie komm ich mir vor, als ob ich hier mit abgehackten Armen durch die Gegend gondle. Mein Fuß tritt das Gaspedal durch, und der Dog 'n' Suds hinter mir wird immer kleiner. Ich hab so 'ne verdammte Sehnsucht nach ihr, daß ich auf dem schnellsten Weg nach Hause fahre. Mich nervt das Fahren. Und es nervt mich, sie zu suchen und sie einfach nicht zu finden. Scheiße. Ich nehm die Ausfahrt Cutler Road und trink die Flasche leer, die ich wie so 'n Baby auf dem Schoß liegen hatte. Mist, verfluchter, irgendwann muß sie ja heimkommen. Als ich so ungefähr zwanzig Meter vorm Haus bin, seh ich Randys MG, der in der Auffahrt parkt.

Sie betrügt mich mit meinem besten Freund.

Die Stimme von dem Typ und das Lachen hinter ihm, das alles tanzt in meinem Kopf 'n echten Hexentanz. Ist das der Grund, warum Randy so sauer war? Hat sie etwa heimlich 'ne Affäre mit ihm? Sie hat mir doch erzählt, er wollte mit ihr ausgehn, und sie hat nein gesagt. Jean würde mich niemals belügen. Aber andrerseits war sie diejenige, die gemeint hat, wir müssen heute heimfahren, ihn suchen, mit ihm reden. Was zum Teufel macht der Kerl in meinem Haus? Ist sie bei ihm?

Ich halte vorne vor der Tür, geh aber nicht gleich rein. Nicht, daß ich da reingelatscht komme und die beiden erwische und dann auch so dastehe und nach Luft schnappe wie Randy gestern. Ich dresche auf die Hupe. Ein langgezogner Schrei: Komm raus, du Schwein, beweg deinen Arsch!

Ich sitz in meinem Auto, neben mir die leere Whiskeyflasche. Den linken Ellbogen auf die Armlehne der Tür gestützt, die rechte Hand liegt oben auf dem Lenkrad. Zikaden. Und was seh ich? Jeans Gesicht hinter der Fliegentür, die Tür geht auf, und sie kommt raus auf die Veranda. Und Randy hinter ihr. Er kommt die Stufen runter und auf mich zu, während Jean auf der Veranda bleibt. Sie hat 'n weißen Verband links im Gesicht. Wer hat ihr den angelegt?

Und weil ich das sehe, weil sie zusammen aus der Tür kommen, red ich mir ein, das ist der Beweis. Alles, was ich über Jean weiß, zerplatzt auf einmal wie 'ne Seifenblase und ist weg. Alles, was sie den ganzen Sommer lang für mich gewesen ist, verschwindet gurgelnd in der Whiskeygosse. Mein Kopf ist völlig leer, bis auf zwei Sachen, die ich plötzlich weiß: Erst bring ich Randy um und danach sie.

Randy steht jetzt mitten auf dem Hof und ruft mir irgendwas zu. Runzelt die Brauen, will sich Gehör verschaffen. Aber ich drück immer noch auf die Hupe. Ihr Ton zerfetzt die Stille wie Maschinengewehrfeuer, wie Schreie von Menschen. Sie reißt den Leuten 'n Loch in den Kopf, wenn sie vor der Glotze sitzen oder draußen im Garten beim Bier. Das macht sie wütend, sie verkrampfen sich total dabei. Ich heb die Hand und zähl bis fünf, dann fange ich von neuem an zu hupen, das mach ich, daß die Leute kurz mal 'n paar Sekunden aufatmen können, bevor das Geheul wieder losgeht. Jetzt ist es nämlich doppelt unerträglich. Für manchen da draußen, der 'n schlechten Tag gehabt hat, ist es der Tropfen, der das Faß zum Überlaufen bringt. Der eine knallt 'n Stapel Teller auf die Küchentheke, der andre verpaßt seinem Hund 'n Tritt, und der dritte reißt seinen zweijährigen Sohn am Arm hoch und schleudert ihn quer durch die Stube.

Und was hör ich in den fünf Sekunden Stille? »Jetzt laß das doch endlich mal sein, Mann! Oder soll erst einer die Bullen rufen?« Und als ich nicht antworte, sagt er noch: »Na los, steig aus –« Und dann fängt das Gehupe wieder an und schneidet ihm das Wort ab.

Also kommt er weiter über den Hof auf mich zu und will die Tür vom Malibu aufreißen. Aber sie ist immer noch verriegelt von vorhin, wo ich Joe Lee abwehren mußte. Da packt er mich durch das runtergekurbelte Fenster am Arm, als wenn er mich auf die Art rausziehn will. Meine Rechte läßt die Hupe los und greift die leere Flasche am Hals. Ich schwinge sie rum, aber er sieht sie kommen. Duckt sich mit dem Kopf zur Seite weg, so daß ich ihn bloß an der Schulter erwische. Und diese verdammte unnütze Flasche prallt von ihm ab und landet im Gras. *Ein Wahnsinn. Ein Wahnsinn.*

Ich riegle also die Tür auf, lehn mich zurück und trete mit voller Wucht dagegen, daß sie ihn umschmeißt und er auf dem Arsch sitzt. Die Python dehnt ihren Muskel, und zack bin ich aus dem Wagen und stehe da und bin sechs Meter groß. Ich kuck auf Randy runter, der sich mühsam wieder aufrappelt. Stell mir vor, wie er's mit Jean treibt. Stell mir vor, was ich mit dem Alten hätte machen sollen, als ich die Chance hatte. Ich trete ihm mit aller Kraft in die Rippen, und dieser Tritt reißt ihn fast von den Knien, und dann kippt er auf die Seite. Kann sein, er versucht was zu sagen, keine Ahnung. Ich hole für den nächsten Tritt aus, diesmal in den Rücken.

»Scheiße, Ray. Das langt«, sagt Jean von der Veranda aus. »Der ist doch hergekommen, weil er sich entschuldigen wollte.«

Aber ich trete trotzdem zu. Randy rollt mindestens drei Meter von mir weg und richtet sich auf.

»Für was denn entschuldigen?« schrei ich zurück. Meine Stimme ist tief und laut wie so 'n schwarzer Fluß und gar nicht richtig meine Stimme. »Für was wollte er sich entschuldigen?«

»Dafür, daß ich's überall rumerzählt hab«, sagt Randy. Er zieht den Schwanz ein, aber ich kenn doch Randy. Ich weiß, der läßt sich nicht so einfach den Arsch versohlen, früher oder später zahlt er's mir heim.

»Ich scheiß auf dich, Randy«, brüll ich mit meiner neuen Stimme, der Stimme von meinem Alten. »Ich scheiß auf euch alle, verdammt noch mal.«

»Mensch, Ray«, sagt Jean und kommt von der Veranda runter. »Er hat sich doch entschuldigt.«

»Halt's Maul, du Flittchen.«

Sie bleibt unten an den Verandastufen stehn. »Sag so was nicht noch mal zu mir«, sagt sie.

Randy findet, daß das 'n günstiger Moment ist, um mir mit der Faust gegen die Schläfe zu boxen. Die Sternlein funkeln, und ich schweb so ungefähr fünfzehn Meter überm Erdboden. Von unten schreien Stimmen zu mir rauf. Ich mach die Augen auf und seh die beiden vor mir. Jean und Randy, und beide wollen sie mich töten. Ich schlage und trete um mich wie verrückt. Zwischen Fäusten und Ellbogen und Kinnladen fliegen Worte hin und her. *Dem werd ich's zeigen ... Mein Gott, Ray ... was ist denn bloß los mit ... verdammt noch mal ... bring euch um, alle beide.* Das geht so lange, bis einer Jean schlägt, sie so doll schlägt, daß sie zu Boden geht und nicht wieder hochkommt. Ich knie mich hin, und Randy macht erst mal Pause, hält sich den Unterleib und atmet schwer durch die Nase, dieses Arschloch.

»Jean?« sag ich, ohne ihr Gesicht zu sehn, weil sie die Hand davor hat.

»Um Himmelswillen, Ray«, sagt sie durch die Finger. »Was soll denn der Scheiß?«

»Warst du mit ihm im Bett?«

»Was?« Sie nimmt die Hand weg. Sie sieht wüst aus. Der Verband ist abgegangen, und sie sieht echt übel aus, neue Kratzer, mitten in den blauen Flecken von vorhin, und alles voll Blut. »Mit wem soll ich im Bett gewesen sein?«

»Na, mit dem da.« Ich deute mit dem Kopf auf Randy, der irgendwas murmelt von wegen ich hab sie doch wohl nicht alle.

»Himmel, Arsch und Zwirn«, sagt sie. »Wann hätt ich denn die Zeit haben sollen, mit dem auch noch ins Bett zu gehn?«

Das ist 'n Argument. Aber der Anblick von den beiden, wie sie zusammen rausgekommen sind auf die Veranda, der frißt mir wie Gift die Eingeweide auf. Und das Lachen von den Typen da vorhin beim Dog 'n' Suds.

»Lüg mich nicht an, verdammte Scheiße!« Ich schüttle sie grob an der Schulter.

»Hey!« Ihre Augen sehn mich an, klar und offen wie den ganzen Sommer lang. »Ich bin's, Jean. Ich lüg dich nicht an.«

Randy murmelt immer noch irgendwas vor sich hin, hält sich aber raus. Ich kuck ihr ins Gesicht. Es ist total verbeult, aber immer noch ihr Gesicht. Ich will, daß es mit uns beiden wieder so ist, wie's gestern war. Ich will meine Jean wiederhaben. Die richtige, die, der ich vertraue. Aber die, die ich da vor mir habe, bei der bin ich mir nicht sicher, wer sie ist. Ich will ihr glauben. Ich kämpfe mich durch den Alkoholnebel durch, versuch den Weg zu finden zu ihr.

Da sagt sie: »Wo warst du denn bloß, Ray? Wir haben dich überall gesucht.«

Und in dem Moment, wo dieses Wort aus ihrem Mund kommt, dieses »wir«, da stoß ich sie rückwärts ins Gras und steh auf. »Wir«, das sind sie und Randy. »Wir«, das sind die beiden ohne mich. Wie ich das höre, dreht sich mir der Magen um, und ich muß kotzen kotzen kotzen.

»Du verdammtes, elendes Flittchen, du!« sag ich zu ihr.

Und dann sitz ich plötzlich im Auto. Randy rudert mit den Armen und brüllt mir zu: »Halt! Bleib stehn! Wirst du wohl stehnbleiben!« Jean sitzt im Gras und sieht mich an, als ob sie's gar nicht glauben kann, als ob sie das alles überhaupt nicht glauben kann. Als ob ich irgendwie so 'n Alptraum bin, der wahr geworden ist. Mein rechter Fuß tritt das Gaspedal voll durch. Die Reifen suchen auf der Straße Halt, der Motor beschleunigt schneller, als er soll, die Gitarre im Radio spielt in voller Lautstärke. Und dann beweg ich mich, und der Wagen bewegt sich mit mir. Je näher ich komme, desto kleiner wird Randy, steht wie angewurzelt da im Scheinwerferkegel. Er sieht aus, als ob er die Schnauze voll hat, als ob er sagen will: »Was macht er denn nun wieder, dieser Arsch?«

Und genau in dem Moment, wo er's raus hat, erwisch ich ihn voll von vorne. Aber er liegt nicht unten drunter, wie ich dachte, er wird steil in die Luft geschleudert und fällt aufs Autodach und kollert drüber. Hört sich 'n bißchen so an, wie wenn ich durch die Waschanlage fahre. Wie diese stampfenden Bürsten von allen Seiten, wie 'n Hurrikan, der aus allen Richtungen gleichzeitig kommt. Dann knallt's zweimal, und dann fällt er hinten runter.

Ich hab das Gaspedal immer noch durchgetreten. Kucke in den Spiegel und seh, da liegt 'n Körper auf der Straße und rührt sich nicht. Jean sitzt im Gras und schaut zu, wie meine Rücklichter verschwinden. In mir ist 'n andrer Ray, der hinten an die Heckscheibe haut und schreit und bettelt, ich soll umdrehn und sie holen. Aber ich dreh nicht um. Und ich geh auch nicht vom Gas. Ich geh so lange nicht vom Gas, bis ich über die Staatsgrenze von Ohio drüberweg bin.

Ich war zwei Jahre weg. Hab 'n Job gefunden in Gary, Indiana, bin untergetaucht. Hab 'n paarmal an Harold geschrieben, aber der hat keinem verraten, daß er wußte, wo ich bin. Harold hat mir damals mitgeteilt, daß Randy nicht tot ist, sondern bloß zwei Wochen lang im Krankenhaus war und 'n Nagel in der Hüfte hat und humpelt. Harold hat mir damals mitgeteilt, daß Randy mich nicht angezeigt hat. Und daß ich frei bin und hingehn kann, wo ich will. Harold hat mir damals mitgeteilt, daß mein Alter mal wieder im Knast war und Mama sich von ihm hat scheiden lassen.

Trotzdem bleib ich weg. Ich bleib so lange weg, bis Jean die Highschool abgeschlossen hat. Inzwischen wohnt sie nicht mehr bei Mama, hat sich 'n Job gesucht, oben in Kelsey's Baumarkt. Hart ist sie geworden. So war sie früher nicht. Und mürrisch, aber sie hat so was um sich rum, wo keiner durchkommt. Und mit mir will sie auf gar keinen Fall mehr was zu tun haben. Am Anfang rechne ich so halb damit, daß sie's mir heimzahlt, weil, Jean verzeiht nie irgendwas. Aber nein. Billy besorgt mir 'n

Job bei O'Donnell's, und nach und nach gewöhn ich mich dran, mit Jean in einer Stadt zu leben, halbwegs lebendig. Das geht 'n paar Jahre so, bis ich Sally kennenlerne, und das war's. Das ist das Ende von der Geschichte. Und kein Wort von Jean. Kein Wort von alledem, bis gestern, bei ihr im Garten, als sie sich mir mal 'ne Sekunde lang geöffnet hat. Und dann die Tür gleich wieder zugeschlagen.

DREIUNDZWANZIG

Es ist kurz vor Sonnenuntergang. Samson sitzt im Gras, direkt auf der Grenze zwischen Hof und Garten, und kuckt zu, wie ich bei Taschenlampenlicht die grünen Bohnen wieder einpflanze. Ich weiß nicht, ob Sally noch gesehn hat, wie verwüstet der Garten war, eh sie weg ist. Aber der Gedanke, daß sie's noch gesehn haben könnte, ist wie so 'ne Wespe, die mir im Kopf rumfliegt und mich in die Augen sticht. Eigentlich muß Sally das Haus behalten. Ich weiß doch, wie sie die vordere Veranda liebt und den Fliederstrauch und die Waschmaschine im Keller und den Trockner und alles. Sie liebt die kleine Speisekammer, die von der Küche abgeht, und die Borde für ihre Glasfigürchen im Wohnzimmer zwischen den Fenstern. Und darum müßte sie hier wohnen bleiben, nicht ich. Ich nehm mir vor, daß ich ihr das morgen sagen werde (oder heute? wie spät ist es eigentlich?), wenn ich sie beim Begräbnis sehe. Und nachdem ich mich einmal dazu durchgerungen habe, geht's mir ganz schrecklich an die Nieren, den Garten so verwüstet zu sehn.

Und darum buddle ich jetzt die ganzen Holzstangen wieder Reihe für Reihe ein und bin schon beinah fertig mit den Bohnen, hab die Wurzeln wieder in die Erde gesteckt und die Ranken hochgezogen und sie um die Stangen und Schnüre rumgewickelt. Das ist, wie wenn man 'n Zaun baut, der aus lauter langen, spindeldürren grünen Schlangen besteht, und jedesmal, wenn ich mich umdreh und die Taschenlampe wieder neu befestigen will, rutschen mir die Dinger aus der Hand. Samson kommt nicht auf die Beete, weil er 'n kluger Hund ist und weiß, daß der Garten ab jetzt wieder verbotenes Terrain ist, auch wenn wir beide vor 'ner Weile noch zusammen hier drin gesessen haben.

Die Bäume verwandeln sich schon langsam in Scherenschnitte, schwarz heben sich die Äste vom Purpurhimmel ab. Jetzt bin ich nicht mehr müde. Kann mir auch nicht vorstellen, daß ich je wieder müde sein werde. Meine Hände sind voll Erde, weich und glatt, wie Puder, tief unter den Nägeln und in den Fältchen an den Fingerknöcheln, meine Hände fühlen sich wie die Hände von 'nem alten Mann an. Ich hab so 'n ganz klein bißchen Kopfweh, aber das hilft mir, mich auf das zu konzentrieren, was ich mache.

Mit den Tomaten bin ich fertig. Die mußten als erstes rein. Dann die Zuckererbsen. Darum hat's nämlich bei den Bohnen so klasse funktioniert, weil ich noch in der Übung war von den scheiß Zuckererbsen. Bei 'n paar Sachen bin ich mir nicht sicher, was es ist, weil, die sind einfach bloß grün mit Blättern dran. Bei denen pflanz ich immer alles, was gleich aussieht, zusammen ein und drück die Daumen, daß es gut geht.

Inzwischen sind die Bäume kompakte schwarze Schemen, nicht mehr bloß Scherenschnitte. Der Himmel ist dunkelpinkrosa und goldgelb und hier und da ist auch immer noch so 'n bißchen Purpur dazwischen. Jetzt im Dunkeln sieht der Garten kleiner aus. Ungefähr 'ne halbe Stunde, bevor das Licht gewechselt hat, haben die Zikaden endlich Ruhe gegeben. Exakt neun Sekunden lang war's totenstill, dann haben die Vögel losgelegt.

Ich geh rüber und hol den Schlauch, der an der Hauswand liegt, und passe auf, daß ich nicht auf Samson trete, der sich im Gras ausgestreckt hat und schläft. Ich dreh den Hahn auf, nicht zu doll, und sprenge den ganzen Garten, schön ordentlich, jede Pflanze einzeln. Geregnet hat's schon ewig nicht mehr, aber ganz schön frisch ist es hier draußen heute früh. Frisch und ruhig und friedlich, als ob ich ganz allein bin auf der weiten Welt. Noch 'ne Stunde oder so, dann wachen Harold und die andern auf. Unten in Tennessee stehn die Leute beizeiten auf, das weiß ich noch von damals, wenn ich da zu Besuch war.

Im Osten lugt 'ne kühle Sonne über die Baumwipfel. Der Himmel ist so milchigrosagelb wie manche Rosen. Der Tag kommt schnell. Ich dreh den Wasserhahn zu und leg den Schlauch fein säuberlich zusammengerollt an die Hauswand. Mir ist, als ob die letzte Nacht schon hundert Jahre her ist. Ich schau mich um, alles sieht fremd aus, weil's so normal ist, so vertraut. Samson liegt immer noch im Gras und pennt.

Es gibt keinen Grund, nicht ins Haus zu gehn und mich auch 'n paar Stunden aufs Ohr zu hauen. Aber ich rühr mich nicht von der Stelle, weil ich noch nicht fertig bin mit Nachdenken. Irgendwas flüstert in meinem Kopf, aber so leise, daß ich nicht hören kann, was es sagt. Es geht darum, was ich machen soll. Es ist meine innere Flüsterstimme, die mir sagt, was ich wirklich will, was ich in meinem tiefsten Innern wirklich will. Aber sie ist so leise, daß ich sie nicht hören kann, weil ich nämlich schon zehn Jahre lang nicht mehr auf sie gehört hab.

»Was?« sag ich in die rosagelbe Luft. »Was?« *Jean. Jean. Jean.*

Ich stell mir vor, was sie jetzt gerade macht. Es ist noch früh, aber ich weiß, sie ist bestimmt schon auf. Stellt dem verlausten Kater was zu fressen auf die Veranda, genießt die Kühle, weil's um die Zeit noch nicht so furchtbar schwül ist. Gießt sich 'ne Tasse Kaffee ein und sitzt am Küchentisch, von wo sie durch die Fliegentür rauskucken kann und dem verlausten Kater beim Frühstück zusehn. Sitzt ganz allein da an diesem stillen, friedlichen Morgen. Sitzt ganz allein am Tisch. Ißt vielleicht Cornflakes, oder Toast. Sie ist da, in diesem Augenblick. Während ich hier im Garten stehe. Ich kann sie sehn. Die Haare ganz verwuschelt an der Seite, wo sie drauf geschlafen hat. Wenn mein Arm lang genug wär, könnt ich rüberfassen und sie ihr glattstreichen. Sie ist ganz allein in der Stille des Morgens, wie jeden Morgen, seit damals, als sie von Mama weggezogen ist. Und selbst wenn ab und zu mal einer oben bei ihr schlafen sollte, dann säße sie frühmorgens trotzdem ganz allein am Tisch. Wie oft sie wohl schon dort gesessen hat und sich gefragt, was ich wohl gerade mache. Und wann ich wiederkomme. Jetzt dämmert's mir: Sie hat gewartet, daß ich wieder zu ihr zurückkomme. All die Jahre, und ich hab gedacht, es wär aus und vorbei. Ich hab gedacht, sie haßt mich, oder, schlimmer noch, sie empfindet nicht mehr für mich als für irgend so 'n Käfer, den sie zertritt. Und dabei hat sie die ganze Zeit gewartet, daß ich wiederkomme, daß ich wieder zu mir komme, wieder ich bin, der Ray, der's nicht ertragen konnte, länger als einen Tag von ihr getrennt zu sein. *Weil ich was in dir gesehn hab, das du gar nicht bist.* Doch, ich bin's. Genau das bin ich.

Und da passiert's. Exakt in dem Moment stoß ich drauf, und das ist wie so 'n gewaltiger Aufprall, wie wenn du nach 'nem Sturz aus dreitausend Metern Höhe auf die Erde knallst. Ich renne zum Truck, rutsch rüber hinters Lenkrad und lange nach dem Schlüssel. Er ist nicht da. Ich muß zu ihr, und der Schlüssel ist nicht da. Ich krieg die Panik, weil ich plötzlich fast zusammenbreche unter der Last der vielen Jahre, die ich verplempert hab, und immer, wenn ich 'n klaren Gedanken fassen will, drückt's mich runter und ich liege platt am Boden wie so 'ne Comicsfigur. Ich muß den Schlüssel finden. *Sie wartet auf mich.* Der ist im Haus, der Schlüssel. *Sie wartet schon seit zehn Jahren auf mich.* Schnell kucken, ob er in der Küche ist. *Warte, Jean!* Unter der Theke nachsehn, nichts. Auf dem Tisch nachsehn, da ist er ja. *Augenblick noch, Jean!*

Meine Sehnsucht nach ihr ist so schlimm, daß ich schon beinah dran ersticke. Als wenn mir irgendwas die Lunge wie so 'n Schwamm zusammendrückt und die ganze Luft rauspreßt. Ich bleib mitten in der Küche stehn und atme durch die Nase, wie Randy mir's beigebracht hat. Ich kann doch hier nicht einfach abschnappen. Ich muß mich in den Truck setzen und losfahren. Es sind ja bloß 'n paar Minuten zu ihr, an ihren Küchentisch. Aber wie ich so durch die Nase atme, riech ich plötzlich meinen eigenen Geruch. Wann hab ich eigentlich das letzte Mal geduscht? Ich kucke an mir runter und seh das ganze Blut an meinen Sachen. Ich mach den Kopf runter und schnupper unter meiner Achselhöhle, ob ich echt so übel stinke. *O Gott.*

In der Hand hab ich den Schlüssel. Scheiß drauf. Ich stürze aus dem Haus und setz mich in den Truck.

Vielleicht kommen wir nachher wieder her. Jean kann am Tisch sitzen, und ich kann mich duschen und mir meine gute Hose anziehn, und dann gehn wir zusammen zum Begräbnis. Pläne machen beruhigt die Nerven. Beim Anfahren fällt mir ein, ich hatte doch gestern 'n paar neue langärmelige T-Shirts gekauft. Ob die auch auf dem Hof liegen wie das ganze andre Zeug, das ich letzte Nacht von der Ladefläche runtergeschmissen hab? Ich muß ja nicht unbedingt in diesen blutverschmierten Klamotten bei ihr reinplatzen. Ist schließlich keine große Sache, 'n frisches T-Shirt anzuziehn. Ich trete aufs Gaspedal und sause los. Eine Hand am Lenkrad, und mit der andern tast ich nach der Plastiktüte mit den T-Shirts. Da fühl ich was Heißes an meinem Ohr. Das ist Samson, der mir seinen Atem ins Gesicht bläst. Er ist hinten auf der Ladefläche und steckt die Schnauze durchs Rückfenster rein. Putzmunter nach seinem Schläfchen. Ich kuck in den Spiegel. Irgendwas muß ich noch mit mir machen vorm Begräbnis. Und das ist heute, ach du lieber Gott. *Jean wartet.* Samson hechelt grinsend vor sich hin, die Zunge baumelt ihm zur Seite raus. Ich strubbel ihm kräftig übern Kopf und lache.

»Na, alter Junge, bist du bereit?« schrei ich. »Bist du bereit für das hier?«

Jetzt wird alles gut. Jean wartet auf mich, und ich bin schon unterwegs. Und jetzt, wo ich was unternehme, jetzt, wo ich was tue, drückt mich die Last auch nicht mehr platt. Jetzt wälzt sich das alles von mir runter und schiebt mich ordentlich an. Ich tret das Gaspedal noch weiter durch. Die Sonne kuckt mir voll ins Auge, zack, mach ich die Blende runter. Fühlt sich an, als ob mir die Lider wegschmurgeln, aber ansonsten ist alles in Butter. Alles in Butter. Die T-Shirts hab ich zwar immer noch nicht gefunden, und ich kann mich auch nicht dran erinnern, daß ich sie mit vom Truck runtergeschmissen hab. Ich beug mich vor und fasse unter den Sitz. Ich bin total geblendet von der Sonne, kann nicht die Straße sehn. Ich komm wieder hoch und reiß das Lenkrad rum, damit ich nicht im Graben lande. Ich bin ein bißchen schneller, als erlaubt ist, und das Heck schlägt seitwärts aus, so daß der Wagen etwas schlingert, ungefähr so wie Samson beim Laufen. Ich reiß das Lenkrad nach der andern Seite, gerate ins Schleudern und steig auf die Bremse. Bloß noch 'ne kurze Schlangenlinie, und schon ist alles wieder im Lot. Aber wie ich gerade die Hand vom Lenkrad nehmen will, da hör ich die Sirene hinter mir.

Ich fahre ran, und im ersten Moment denk ich, der will an mir vorbei, aber das glaub ich ja wohl selber nicht. Allmählich hab ich den Eindruck, daß das nie mehr aufhört, dieses Wettrennen zwischen Sheriff Keith und mir, aber dann kuck ich in den Rückspiegel und sehe, die da ausm Wagen steigt, das ist ja Sue. Die mit den hübschen Schultern, die mir Kaffee gebracht hat. Jetzt ist sie in voller Uniform, kurzärmeliges Hemd und diese fürchterlichen Hosen, in denen praktisch jeder Mensch 'n dicken Arsch hat. Ich denke, wenn ich Billy wär, dann hätt ich jetzt nichts zu befürchten, weil sie 'ne Frau ist. Aber dann schau ich mich mal kurz im Spiegel an und stelle fest, ich seh nicht gut aus. Wie spät ist es eigentlich? Wieso hab ich mir denn nicht meine Armbanduhr geschnappt, als ich zu Hause war? Und wo ist die überhaupt abgeblieben? Mein Schädel findet, daß das hier der passende Zeitpunkt ist, um höllisch loszubrummen. Ich klapp die Sonnenblende wieder hoch und warte.

»Guten Morgen, Sir«, sagt Sue im schönsten Bullenton.

Und ich: »Morgen.« Ich warte, daß sie mich erkennt, aber sie tut so, als ob sie mich noch nie gesehn hat. Wahrscheinlich geben sich die Mordverdächtigen bei denen im Büro die Klinke in die Hand, da kann man sich dann nach 'ner Weile nicht mehr an jedes einzelne Gesicht erinnern.

»Kann ich bitte mal Ihren Führerschein und die Zulassung sehn?« Am liebsten möcht ich ihr die Tür ins Kreuz hauen, daß sie umkippt und ihr die Faust in den Hinterkopf rammen. Aber ich weiß ja, das ist keine Lösung, und außerdem klemmt die Tür. Also geb ich ihr meinen Führerschein, der immer noch in meiner Geldbörse ist, die Gott sei Dank immer noch in meiner Hosentasche steckt. Aber als ich nach der Zulassung greife, ist das Handschuhfach auf einmal leer. Gähnend leer. Und ich seh ihn vor mir, den Haufen Papierkram und Karten und Müll, der zu Hause auf dem Hof liegt, neben der Stelle, wo ich den Truck geparkt hatte. Scheiße. Ich denk an Jean, die immer noch am Küchentisch sitzt, und auf einmal kriegt mein Magen Flügel und fängt an in mir rumzuflattern. Ich verschränke schnell die Arme überm Bauch, damit er nicht noch hier durch die Fahrerkabine schwirrt.

»Und die Zulassung, Sir?« sagt Robocop.

Und ich, indem ich ihren leiernden Ton nachäffe: »Die hab ich nicht bei mir, Ma'am.«

»Wie bitte?«

»Die hab ich nicht dabei.«

»So? Wo ist sie denn?«

»Zu Hause.«

»Sie sind verpflichtet, die Zulassung immer im Fahrzeug mit sich zu führen, Sir«, belehrt sie mich.

Und ich: »Echt? Ohne Scheiß?« Ich hab keinen Grund, das zu sagen, außer daß ich denke, die soll die Schnauze halten und mir, verdammt noch mal, 'n Strafzettel geben, weil, ich hab schließlich noch mehr zu tun.

»Verlassen Sie bitte das Fahrzeug!« Jetzt hört sich ihre Stimme hart und kalt an.

»Also hören Sie mal ... Sie wissen doch ganz genau, wer ...«

»Steigen Sie aus!«

»Die Tür klemmt. Ich muß zur andern Seite raus.«

»Kein Problem. Steigen Sie aus und kommen Sie vorne um das Fahrzeug rum!« Jetzt nervt mich die Alte aber wirklich, und es kann durchaus sein, daß ich Samson das beim Rüberrutschen auf die Beifahrerseite irgendwie zuflüstere. Er beugt sich weit von der Ladefläche runter, um 'ne ordentliche Nasevoll von der süßen Sue zu schnuppern, die ihm den Kopf tätschelt und wartet, daß ich aussteige.

»Folgen Sie mir bitte!« sagt sie.

Ich erkläre Samson, er soll hübsch bleiben, wo er ist, und dann gehn wir beide nach hinten zum Streifenwagen. In diesen

Hosen sieht ihr Arsch Tatsache fett aus und total unmöglich. Vielleicht ist sie ja darum so eklig. Aber die Schultern sind echt toll. Alle Achtung.

»Ich hab's eilig«, sag ich zu ihr.

»Sie müssen irgendwo hin?«

»Ja, zum Begräbnis.«

»Das Begräbnis fängt erst um eins an.«

Dazu sag ich nichts, aber jetzt kuckt sie richtig böse, als ob ich versucht hab, sie auszutricksen. Also erzähl ich ihr die Wahrheit und hoffe, daß sie das ein wenig besänftigt.

»Ich muß vorher noch mal zu meiner Schwester.« Sie will gerade in den Streifenwagen reinlangen, aber wie sie das hört, hält sie erst mal inne. Nur 'n ganz kleinen Moment, aber es ist mir nicht entgangen.

Ich muß vorher noch mal zu meiner Schwester. Ich atme wie verrückt durch die Nase und denk nicht an die Zeit, die ich dadurch verliere, daß ich hier auf der Straße rumsteh. Und nicht daran, daß ich jetzt schon fast bei ihr sein könnte. Und ich denk auch nicht daran, Sue den Hals umzudrehn, damit ich sie los bin.

»Wissen Sie, wie schnell Sie gefahren sind?« Sie holt so 'n Scheißding raus, so 'n Ding zum Testen, ob du was getrunken hast. Die geht mir echt auf den Sack, die Frau.

»Hören Sie, ich weiß, daß ich zu schnell war. Ich will Ihnen ja auch gar keinen Ärger machen.« Igitt, ist das 'n ekelhafter Ton, in dem ich das sage, fast so ekelhaft wie der ihr Anblick. »Es geht um 'ne dringende Familienangelegenheit.«

Die hält mir das verdammte Röhrchen hin und sagt, ich soll pusten. Aber ich bin doch gerade dabei, ihr was zu erzählen, also schieb ich das Ding erst mal weg von meinem Gesicht. Nicht direkt grob, aber auch nicht direkt sachte. Da drückt die doch auf die Hupe und fordert Verstärkung an. Und nun ist die Gefühlslage zwischen uns beiden echt angespannt. Sie erzählt mir, daß ich wegen Alkohol am Steuer festgenommen bin, und ich erzähl ihr, daß sie mich mal am Arsch lecken kann, weil, ich bin nicht besoffen. An dem Punkt fängt sie an, mich über meine Rechte zu belehren, und ich sag mir, ich sag am besten gar nichts mehr, das ist das Beste. Die blöde Kuh, die hört ja eh nicht zu, was ich zu sagen habe.

Mein Blick fällt auf das Namensschild, das sie am Hemd hat. Platt. Ich hab Lust, sie zu fragen, ob sie vielleicht 'ne Schwester hat, die Ella heißt, aber ich beiß mir auf die Zunge und sag kein Wort. Das scheint bei denen in der Familie zu liegen, die verdienen anscheinend alle ihre Brötchen damit, daß sie ihre Nase in die Angelegenheiten von fremden Leuten stecken. Ich denk mir 'n Plan aus. Wenn die Verstärkung anrückt, will ich so höflich und entgegenkommend sein, wie ich nur kann. Dann steht diese blöde Sue Platt nämlich doof da, so doof, wie sie tatsächlich ist. Als der zweite Streifenwagen ankommt, sitz ich schön artig hinten bei Sue Platt im Auto, die Hände auf den Knien, und schau drein wie 'n Engel. Ich hab mir sogar noch rasch mit Spucke und 'nem sauberen Stück T-Shirt das Gesicht gewaschen.

Der andre Officer ist jung, blond und pausbäckig, wie wenn er seinen Babyspeck noch nicht verloren hat. Die beiden reden 'ne Weile außer Hörweite. Dann kommt die Verstärkung und macht meine Tür auf.

»Ihr Hund da, beißt der?«

»Nur wenn er denkt, Sie wolln ihm was tun«, sag ich ganz freundlich.

»Naja, weil wir ihm nämlich 'n Stachelhalsband und 'n Maulkorb umlegen müssen, eh wir ihn in Gewahrsam nehmen können.«

»Was denn, ist der etwa auch festgenommen?« Es kommt 'n kurzer Lacher. Ich lege nach: »Ich versprech Ihnen, daß er nicht betrunken ist.«

Pausbäckchens Sympathien für mich steigen mit hundert km/h. »Das Problem ist, wir müssen erst mal beides beschlagnahmen, den Truck und auch den Hund.«

»Wenn ich Ihnen irgendwie behilflich sein kann, sagen Sie einfach Bescheid.« Gott, was bin ich reizend, und so vernünftig. Aber meine Gedanken schlagen unterdessen Purzelbäume und kreisen nur noch um die eine Frage: Wie komm ich hier raus? Wenn ich nicht in den nächsten fünfzehn Minuten zu Jean fahren kann, fang ich an zu quieken wie so 'ne gesengte Sau.

»Wie heißt er denn?« fragt Pausbäckchen.

»Samson. Das mit dem Stachelhalsband müßte klappen, aber 'n Maulkorb könnte schwierig werden.« Das sag ich alles bloß, damit er denkt, ich will mein Bestes tun, um ihm zu helfen. Aber in Wirklichkeit will ich erreichen, daß er die ganze Sache sausen läßt, weil's ihm zu stressig ist.

»Ach ja, schwierig?« sagt er und kuckt rüber zu meinem Truck, wo Sue Platt Samson am Kinn krault. Und der schlabbert ihr die Hände ab, der alte Speichellecker, treulose Tomate.

»Ist 'n guter Hund«, sag ich, »bloß das eine Mal, wo ich versucht hab, ihm 'n Maulkorb umzulegen, da hat er mich fast zerfetzt.«

Ich weiß schon, was Pausbäckchen jetzt denkt. Ich weiß genau, der möcht die ganze Sache am liebsten sausen lassen, weil's ihm jetzt schon total auf den Sack geht. Noch dazu, wo ich so nett bin und die Ruhe selber. Und obendrein stocknüchtern, obwohl die wahrscheinlich noch die Fahne von gestern nacht riechen können.

»Tja«, sagt er, »Stachelhalsband und Maulkorb, ist leider Vorschrift.«

Wieder beratschlagen sich Pausbäckchen und Sue Platt und wieder außer Hörweite. Sie kucken Samson an, dann mich, dann wieder Samson. Und mir läuft die Zeit weg, und es wird schon langsam heiß. Schließlich kommt Sue rüber, beugt sich vorne ins Auto rein und langt nach dem Funkgerät. Sie fordert 'n Abschleppwagen an. *Mist verdammter!* Und Pausbäckchen geht auch an seine Karre und macht den Kofferraum auf. Sue Platt versperrt mir die Sicht, so daß ich mich ganz schön verrenken muß, damit ich sehn kann, was er da macht. Er hat 'n Gewehr in der Hand. Verdammt noch mal, der Kerl hat 'n Gewehr in der Hand, und der geht damit rüber zu meinem Truck.

»Hey! Hey, Moment mal!« Ich will die Autotür aufmachen, aber sie ist verriegelt. Und Sue Platt geht einfach nicht ausm Weg, und ich muß mich rauslehnen, damit ich seh, wie er anlegt. Ich schreie und haue an die Trennwand zwischen mir und den Vordersitzen. Ich kuck zu Samson rüber und brülle, sie solln aufhören mit dem Scheiß, er ist total harmlos, ich versprech's ihnen, daß er total harmlos ist, sie solln ihm bloß nichts tun. In dem Moment hör ich den Schuß, und Samson hüpft 'n kleines Stück nach rechts. Er macht zwei torkelnde Schritte, kuckt sich nach mir um und fällt auf die Pritsche, wo ich ihn nicht mehr sehn kann. Ich kreische und hau mit 'nem Kopf an die Trennwand und trommle mit den Fäusten dagegen. Sue Platt legt das Telefon hin und zieht ihren Schlagstock raus.

»Du alte Fotze! Du miese alte Fotze!« kreische ich und brülle rum und schreie mir die Seele ausm Leib. »Ich bring dich um, du Aas! Ich brech dir den Hals, du alte Sau!« Jetzt ist mir klar, ich werde nicht zu Jean fahren. Ich ahne, daß was Schreckliches passieren wird und daß ich es nicht schaffen werde, zu ihr zu fahrn und sie zu retten. Schluß, aus, Ende, alles vorbei. *Samson.*

»Hey, Freundchen, wirst du wohl aufhören, mir zu drohen!« Sie schlägt mit dem Stock an die Trennwand und verfehlt um Haaresbreite meine Finger.

»Ihr habt meinen Hund umgebracht!«

Sie kuckt mich an, als ob ich nicht ganz dicht bin. »Das ist 'n Betäubungsmittel«, sagt sie.

Aber ich hör nicht, was sie sagt, oder es dringt nicht zu mir durch, ich sag bloß immer wieder, daß ich ihr ihren dürren Hals brechen werde und was sie für 'ne blöde Fotze ist. Bis sie mich anbrüllt: »Menschenskind, das ist doch ein Betäubungsmittel! Der ist nicht tot, der schläft!«

Und das dringt zu mir durch. Das dringt mir ins Ohr und macht 'n paarmal die Runde in meinem Kopf.

»O Gott«, mehr kann ich nicht sagen, ich schlaff bloß noch ab vor lauter Erleichterung und lehn den Kopf ans Fenster und fange an zu weinen. Und es ist mir vollkommen egal, wer mir dabei zukuckt und ob mir der Schnodder am Kinn runterläuft. Ich weine, ohne noch die Kraft zu haben, richtig laut zu heulen. Nur Tränen, die mir aus den Augen quellen und ziellos einfach so die Wangen runterlaufen.

Sue Platt geht weg vom Streifenwagen. Die ist sauer, weil ich so gemeine Ausdrücke zu ihr gesagt hab. Durch den Tränenschleier hindurch seh ich, wie Pausbäckchen Samson mit Stachelhalsband und Maulkorb in sein Auto rüberträgt. Sue Platt hält die Tür auf, und dann verstauen sie ihn zusammen auf dem Rücksitz. Der Hund läßt alles hängen, der ist total schlaff. Dann klemmt sie sich hinters Lenkrad von Pausbäckchens Wagen, und er kommt zu mir rüber. Ich wische mir die Tränen ab und schneuz mich in mein T-Shirt. Die Fahrertür geht auf, er setzt sich rein. Und ich werd nie vergessen, solange, wie ich lebe, daß ich Samson fast umgebracht hab mit meiner großen Fresse. Und darum besinn ich mich jetzt wieder auf meinen ersten Plan, und der heißt, immer schön die Klappe halten.

»Tut mir leid«, sagt Pausbäckchen. »Ich weiß schon, ist ein schwerer Tag heute für Sie und Ihre Familie.« Im ersten Moment wundert er sich, daß ich nicht antworte. Aber dann gewöhnt er sich an mein Schweigen. Samson und Sue Platt bleiben, wo sie sind, und warten auf den Abschleppwagen. Und wir fahrn los und ziehn an ihnen vorbei, ganz langsam. Durchs Fenster könnt man beinah meinen, wir passieren 'ne Unfallstelle. Aber irgendwie nicht wirklich, eher wie im Traum. Das einzige, was mich auf dem Weg zur Polizeistation ruhig bleiben läßt, ist der Gedanke, daß ich dort telefonieren darf, daß ich Jean anrufen kann. Und dann kommt sie mich abholen, zahlt 'ne kleine Kaution. Und dann kriegen wir auch Samson und den Pickup wieder und fahrn zu mir nach Hause, damit ich duschen und mich umziehn kann. Und dann können wir reden und sind rechtzeitig zum Begräbnis da, und alles wird gut. Das ist in dem Moment mein Plan, und der müßte eigentlich klappen.

Pausbäckchen macht die Anzeige fertig. Wegen Alkohol am Steuer und Widerstand gegen die Staatsgewalt. Ich sag nichts dazu, was mir nicht leicht fällt. Nach 'ner Weile kommt Sue

Platt rein und fängt an, ihren Bericht zu schreiben. Sie redet nicht mit mir und kuckt mich auch nicht an oder was. Der hab ich ganz schön auf den Schlips getreten, aber das ist mir egal. Dann darf ich endlich telefonieren, aber bei Jean geht keiner ran. Anrufbeantworter hat sie nicht. Nichts, bloß mein Herz, das mir mit jedem Rufzeichen einen Teilstrich tiefer in die Hose rutscht. Und da kommt mir auf einmal der Gedanke, daß ich mich irren könnte. Vielleicht hat sie ja gar nicht all die Jahre auf mich gewartet. Kein Schweigen auf der Welt ist so grausam wie die Leere zwischen diesen Rufzeichen. Vielleicht komm ich an, und sie sagt mir, scher dich zum Teufel.

Schließlich leg ich auf, und in meiner Brust bläht sich der schwarze Angstballon. Pausbäckchen sagt, ich kann noch 'n zweiten Anruf machen, aber ich weiß nicht, wen ich anrufen soll, wer wissen könnte, wo sie ist. Billy kann ich nicht anrufen, der ist tot. Sally kann ich auch nicht anrufen, die ist nicht mehr da. Und Joe Lee geht auch nicht, weil ich nicht weiß, was der dann macht. Randy, denk ich, aber das geht auch nicht. Der Dreckskerl hat gestern mit den Bullen geredet. Harold. Pausbäckchen macht mir noch mal 'ne Verbindung nach draußen und wählt die Nummer für mich. Wieder Rufzeichen, wieder dieses flaue Gefühl in der Magengegend. Ich kucke hoch auf die Uhr an der Wand. Schon viertel vor zehn. Ach du liebe Scheiße, so spät schon? Wo stecken die denn alle? Wahrscheinlich sind sie alle schon bei Mama. Bei Mama will ich aber nicht anrufen. Bei Mama anrufen, das will ich nicht.

Und Sheriff Keith läßt sich auch nicht blicken, die ganze Zeit kein einziges Mal. Ich möcht gern fragen, wo er ist, aber ich beiß mir auf die Zunge. Ich halte weitgehend den Mund. Pausbäckchen wählt die dritte Nummer für mich. Ich höre, wie bei Mama das Telefon klingelt und klingelt, und ich denk, das ist wie in der einen Folge von *Night Gallery*, wo die fremde Stimme antwortet.

»Hier bei Ed Lavoe.«

Pause.

»Wer ist 'n dran?« frag ich endlich.

»Hier ist die Schwägerin von Sherry.«

»Tante Evelyn?« quäke ich. Nein, Scheiße, meine Stimme hört sich an wie so 'n drei Oktaven zu hoher Furz.

»Ray?«

»Ja. Ich bin's.«

»Wir hatten schon Angst, daß dir was passiert ist«, sagt sie.

»Nein, nein, alles in Ordnung«, sag ich ganz locker, als ob ich nur mal so aus purer Nettigkeit anrufe. Sue Platt kuckt giftig zu mir rüber, als ob sie mir am liebsten den Kopf rumdrehn würde bis zum Anschlag.

»Ich wollte bloß mal hören, wo Jean steckt«, sag ich. Pausbäckchen und Sue Platt wechseln 'n Blick. Und das bild ich mir nicht bloß ein, das tun sie wirklich.

»Also hier hab ich sie nicht gesehn. Bleib mal kurz dran, ja, Schätzchen?« Ich höre Teller klappern und gedämpfte Stimmen, die durchs Telefon gewabert kommen. Irgendwo im Nebenzimmer lacht jemand. Ist 'n richtig schönes, fröhliches Familientreffen. Ich seh Mamas Küche vor mir, überall Keramikteller und Plastikbesteck und jede Menge Leute, die sie rumkommandieren kann. Ich horche, ob ich Jeans Stimme in dem ganzen Krach raushören kann, aber das ist hoffnungslos. Ich hab 'n trockenen Mund und muß 'n paarmal schlucken. Und ich hab keine Ahnung, was um alles in der Welt ich zu ihr sagen soll. Vielleicht einfach bloß, daß sie herkommen und mich gegen Kaution hier rausholen soll, und den Rest klären wir später.

Plötzlich knallt was an meinem Ohr, wie wenn am andern Ende einer den Hörer hingelegt hat, und dann sagt Mamas Stimme: »Ray?«

»Hey, Mama. Ist Jean da?«

»Nein, die ist nicht hier. Wo steckst du denn?«

»Ist Harold da?«

»Die haben gerade angerufen, daß sie unterwegs sind.« Das heißt, ich habe sie verpaßt. Scheiße. »Wo steckst du denn, Ray?«

»Mit mir ist alles in Ordnung«, sag ich, was eigentlich keine Antwort ist. Mir fällt einfach keiner mehr ein, nach dem ich sie fragen kann.

»Wo bist du, Ray? Kommst du her, oder was ist los?«

»Hör zu, Mama! Wenn Harold kommt, kannst du mir 'n Gefallen tun, ja?«

»Nämlich?«

»Mama?«

»Was ist denn? Ich versteh dich ganz schlecht.« Ich merk an ihrem Ton, daß sie mir gar nicht richtig zuhört. Die muß den Tellerverkehr regeln.

»Mama, sagst du Harold bitte, er soll auf dem schnellsten Wege zum Sheriff kommen.«

»Zum Sheriff«, schreit Mama ins Telefon. »Sag bloß, die haben ihn! Haben sie den Kerl etwa erwischt?«

Was? Was ist los? »Nein, Mama. Sei doch mal still! Die haben den Kerl nicht erwischt.« Aber sie ruft schon nach Ed. Sie ist ja total ausm Häuschen ist die.

»Mama?«

»Ich versteh dich ganz schlecht, Ray. Bleib mal dran!« Dann hör ich, wie sie Ed sagt, er soll mit mir sprechen. Und ich merke, wie Pausbäckchen und Sue sich Mühe geben, nicht zu lauschen.

»Ray?« Eds Stimme hört sich leicht genervt an.

»Hey, Ed. Kannst du mir 'n Gefallen tun?«

»Um was geht's denn?«

»Wenn Harold kommt, kannst du ihm bitte sagen, er soll sofort zum Sheriff kommen?«

»Haben sie den Kerl geschnappt, den, der's gewesen ist?«

»Ich bin festgenommen«, sage ich schließlich.

Lange Pause. Ich höre, wie Mama hinter ihm lauter Sachen fragt, wie wenn sie 'n Papagei ist und bei ihm auf der Schulter sitzt.

»Ed?«

»Augenblick, ich bin gleich da.« Und dann legt er auf. Und Schluß. Ein Klick, und schon sind die Keramikteller und der Familienlärm verstummt.

Und dann bin ich in der Verwahrungszelle, zum erstenmal im Leben. Ich überdenke meinen Plan, überleg mir, was ich mache und was, zum Teufel, ich Ed erzählen soll. Und weil mir der Kopf weh tut, leg ich mich 'n Augenblick hin. Bloß mal kurz die Augen zumachen. Ich versuch von hundert rückwärts zu zählen, damit ich nicht nachdenken muß und mein Kopf gleichzeitig beschäftigt ist. Ich zähle und zähle, aber dabei seh ich Jean vor mir. Wahrscheinlich war sie gerade unter der Dusche, als ich angerufen hab. Trägt sicher abgeschnittene Jeans und das »Detroit Lions«-T-Shirt, das sie damals in dem Sommer immer angehabt hat. Ihre Haare sind inzwischen auch länger. Wenn ich hinkomme, sind schon hundert Leute im Haus. Ich seh bloß ihren Hinterkopf in dem Geschiebe, aber dann dreht sie sich um und kuckt mich voll an und lächelt. Sie kuckt, als ob sie sich zu mir durchdrängeln will, aber plötzlich steht ihr Mann neben ihr, und sie lacht über irgendwas, was der sagt. Der alte Whaley erzählt mir was, und ich dreh mich um und frag ihn, wie spät es ist. Er gibt mir 'n Gewehr. Ich weiß, ich muß es schnell tun. Ich lege an und ziele. Ich hab vergessen, warum ich es tun muß. Und ich würde gern aufhören, aber ich kann nicht. Ich drücke ab, und da fliegt Jean hoch und über die Menge hinweg direkt auf mich zu. Blutüberströmt, denn ich hab sie am Kopf getroffen, kommt sie durch die Luft geflogen, streckt mir die Arme entgegen, sagt immer wieder meinen Namen. Und ich schreie, sie soll mich in Ruhe lassen.

»Mr. Johnson?« Ich wache auf und fahr hoch und spring von der Pritsche. Draußen vor der Zelle steht Pausbäckchen: »Alles in Ordnung?«

»Ja.«

»Wohl schlecht geträumt?«

»Ja.«

»Ach ja.« Er kuckt mich so richtig mitfühlend an, und dann sagt er: »Wenn Sie mir bitte folgen würden.«

Ich steh auf und kann überhaupt nicht die Schultern bewegen, weil ich mir gestern nacht die ganze Haut abgeledert hab, verdammte Scheiße. Und im Gesicht tut's auch weh. Ich folge Pausbäckchen denselben Weg wieder zurück, den wir gekommen sind, und dabei gehn wir auch an Sheriff Keiths Büro vorbei. Es hat 'ne Glaswand zum Korridor. Der Sheriff ist drin, steht mit dem Rücken zu mir und brüllt Sue Platt an, ich meine, der scheißt die regelrecht zusammen. Pausbäckchen treibt mich zur Eile an, aber vorher hör ich noch folgendes: »Ich fahr extra nach Adrian und besorg den Haftbefehl, und Sie vermasseln mir hier inzwischen –«

»Er war unterwegs zu ihr.« Sue Platt.

»– die ganzen Ermittlungen.« Sheriff Keith.

»Er war betrunken und aggressiv.« Sue Platt natürlich.

»Und wenn er Ihnen mit seinem Schwanz vor der Nase rumgewedelt hätte! Was Sie da gemacht haben, das ist ein Verstoß gegen –« Sheriff Keith.

Mehr krieg ich nicht mit, weil Pausbäckchen sich umdreht und mich mit sanfter Gewalt am Ellbogen packt. Der Junge sieht mir ganz so aus, als ob er in seiner Highschoolmannschaft auf der Stürmerposition gespielt hat, darum wehr ich mich lieber nicht. Außerdem hab ich genug gehört. Sheriff Keith hat sich 'ne Überraschung für die Familie Johnson ausgedacht, und die gute Sue war 'n bißchen voreilig. Und dieser Haftbefehl, für mich kann der nicht sein, weil, ich war's ja nicht. Sue hat sich offenbar gedacht, sie zieht mich ausm Verkehr, bis Sheriff Keith Jean hinter Schloß und Riegel hat.

An dem Punkt tret ich im Kopf ganz mächtig auf die Bremse und folge Pausbäckchen den Flur lang bis nach vorne durch. Da sitzt Ed in so 'm Plastiksessel und wartet auf mich. Im ersten Moment erkenn ich ihn gar nicht, weil er nicht neben Mama steht. Auf einmal sieht er aus wie 'n selbständiger Mensch, wie einer, der seine eignen Enkelkinder hat, seinen eignen Job, 'n großen Kreis von Freunden, die ich nie kennenlernen werde. Ich versuch mir vorzustellen, Ed wär jemand, den ich aus der Metallfabrik kenne. Wie ich ihn dann wohl finden würde? Wenn er nicht mit Mama verheiratet wär, ob ich ihn dann mögen würde oder für 'n Arschloch halten? Er blickt vom Boden auf und sieht mich an. Das ist das erste Mal, daß wir uns ansehn. Und ich spüre, daß er das gleiche denkt wie ich: *Wenn er nicht der Sohn von Sherry wär …*

»Hey, Ed.«

»Tag, Ray. Die Sache scheint sich erledigt zu haben«, sagt er und stützt die Hände auf die Knie, um sich beim Aufstehn abzustoßen. Pausbäckchen läßt mich fünfzig Formulare unterschreiben. Dabei stellt sich raus, daß die Anzeige zurückgezogen worden ist. Ich bin frei und kann gehn. Keine Kaution, kein Schein, damit ich Samson und den Pickup wiederkrieg, kein Strafgeld.

Ich verabschiede mich von Pausbäckchen und mache, daß ich mit Ed in die Vorhalle komme, wo 'n Kaugummiautomat steht und allerlei Plakate für das Schwein am Spieß, das die Polizei zu dem großen Volksfest am Tag der Arbeit braten will. Ich zähle die Minuten, bis ich mit Samson und dem Truck bei Jean vorfahren kann.

»Ray?« Das ist Sheriff Keith. Er holt uns ein. Ed, der schon halb aus der Tür ist, nickt uns bloß kurz zu und geht weiter, und sein Nicken heißt, er wartet draußen im Wagen. Ich fühl mich hier im großen und ganzen als die geschädigte Partei, und dieses eine Mal fällt's mir nicht schwer, den Mund zu halten.

»Ich muß mich wohl bei Ihnen entschuldigen«, sagt Sheriff Keith. Und ich sag nichts. Normalerweise würd ich sagen, ist schon gut, aber es ist nicht gut. Und es wird auch nicht gut, solange ich nicht aus diesem Haus raus bin und weiterfahren kann.

»Ich weiß ja, Sie haben 'n schweren Tag vor sich«, sagt der Sheriff. »Tut mir echt leid, die Sache hier.«

Ist 'n gutes Gefühl, nichts zu sagen. Sich nicht drum kümmern zu müssen, was er denkt, keine Angst haben zu müssen. Und plötzlich denk ich, scheiß drauf, weil, auf einmal hab ich wirklich keine Angst mehr, und da frag ich ihn einfach: »Wo warn Sie heute früh?«

»Ich mußte rauf nach Adrian«, schießt er butterweich zurück.

»Und warum mußten Sie nach Adrian?«

»Polizeiliche Angelegenheiten.«

»Sie waren wegen 'nem Haftbefehl da«, sag ich ihm auf den Kopf zu und traue meinen Ohren nicht.

»Tut mir echt leid, das Ganze«, sagt er wieder.

»Was tut Ihnen leid?«

»Ach naja«, seufzt er, und das hört sich fast so an, als ob er sich geschlagen gibt. »Auf der Straße sagen mir die Leute guten Morgen. Meistens denken sie drüber nach, wovon sie ihre Stromrechnung bezahlen sollen oder den Zahnarzt, damit er die Plombe ersetzt, die ihnen am Abend zuvor rausgefallen ist, als sie Schweinskotelett gegessen haben. Oder vielleicht überlegen sie auch, ob sie sich scheiden lassen sollen, oder warten, daß der Arzt anruft und ihnen sagt, ob's Krebs ist oder nicht. Ob man will oder nicht, das sind doch die Sachen, die einem insgeheim tagaus, tagein im Kopf rumgehn, Sachen, die man nicht laut sagt, Sachen, die nur einen selbst was angehn.«

Den bedrückt irgendwas. Ich kuck ihn an, kuck ihm die ganze Zeit voll ins Gesicht. Der kann nicht sehr viel älter sein als ich, auch wenn er schon so 'n großen Sohn hat. Wo mag der wohl herkommen, wie mag er seine Frau kennengelernt haben, warum ist er hier gelandet?

»Und dann passiert so was, dann wird einer umgebracht, und mit einem Schlag bricht alles hervor. Das gibt den Leuten 'n Freibrief, daß sie alles rauslassen dürfen, daß sie die Wahrheit sagen dürfen. Wie wenn man tüchtig eins auf die Rübe kriegt, und mit einem Mal kann man frei von der Leber weg reden, weil sich eh niemand mehr was vormachen läßt. Manche kommen an und erzählen mir, mit wem sie fremdgehn oder wieviel Geld sie sich borgen mußten, damit sie sich den neuen Laserdrucker kaufen konnten, oder daß ihre Tochter einmal die Woche nach Adrian zum Seelenklempner fährt. Die ganze Stadt ist wie so 'n Furunkel, der plötzlich aufgegangen ist.«

»Und für wen ist der Haftbefehl?« frag ich.

»Der Grund, weshalb ich Ihnen das nicht sage, ist einfach der: Ich möchte Sie da so weit wie möglich raushalten.«

Aha, nicht etwa, daß er kein Vertrauen zu mir hat, nein, nein, er will bloß mein Bestes.

»Ich muß los«, sag ich. Er drückt mir die Hand, als ob er's ehrlich meint. Ich tu das gleiche. Und ich mein es ehrlich.

»Die ist kein schlechter Kerl, die Sue«, sagt er noch. »Bloß diesmal hat sie was in den falschen Hals gekriegt.«

VIERUNDZWANZIG

Ich lauf in den Augustvormittag raus, der gleißt wie 'n andrer Stern. Ed kommt mit dem Buick vorgefahren, und ich steig ein.

»Wohin?« fragt er. Er meint, wo der Truck steht. Ich hol 'n Packen Formulare aus der Gesäßtasche, schau sie durch und nenne ihm den Namen von der Abschleppfirma. Ich hab unheimlich Jieper auf 'ne Zigarette, möchte aber Ed nicht seinen Wagen vollstänkern. Ich will das hinter mich bringen und dann nichts wie weg. Aber dann macht Ed plötzlich im Fahren 'ne Bemerkung, wo ich erst mal total von den Socken bin. »Vorhin am Telefon, als du gesagt hast, du bist festgenommen, da hab ich schon gedacht, du hast Billy umgebracht.«

Ich bin dermaßen platt, daß seine Worte gar nicht richtig bei mir ankommen, sondern irgendwie abprallen, an mir, an der Windschutzscheibe, am Lenkrad, wie die Ping-Pong-Bälle bei der Ziehung der Lottozahlen. Ich kann überhaupt nichts sagen. Wir fahrn die Sullivan Street hoch, die zur Abschleppfirma führt – und auch raus zu Jean. Die Morgensonne steht tief und läßt die Kühlerhaube so richtig saumäßig grell glänzen. Ich würde gern das Fenster runterdrehn und 'n bißchen frische Luft schnappen, aber Ed hat die Klimaanlage an. Bis zur Abschleppfirma sind's höchstens noch zehn Querstraßen oder so, aber er geht vom Gas und fährt auf den leeren Parkplatz neben Petersons Werkzeugladen. Ich denk mir, vielleicht soll er für Mama rasch noch was besorgen. Er parkt direkt vor der Backsteinwand, auf der oben in viereinhalb Meter Höhe diese gemalte Kaugummireklame dran ist – Beech-Nut Chewing Gum.

Ed dreht den Zündschlüssel rum und stellt den Motor ab, steigt aber nicht aus. Ich möchte, daß er schnell macht, weil's bis zu Jean bloß noch fünf Kilometer sind und ich von hier aus praktisch zu ihr laufen könnte. Doch nein, der rührt sich nicht von der Stelle, der Typ. Und da weiß ich, ich muß mir 'ne Gardinenpredigt anhören. Ich hefte den Blick auf das zweite E in Beech-Nut. Das Bild war schon immer da oben an der Wand, solange ich denken kann. Ich rechne fest damit, daß ich mir jetzt gleich anhören darf, ich hab Mama im Stich gelassen, und das, wo's gerade heute so wichtig für sie ist, daß ich stark bin und ihr beisteh, und was zum Teufel ich mir eigentlich dabei gedacht hab, in aller Herrgottsfrühe betrunken Auto zu fahrn, und weiß der Geier, was er mir noch alles unter die Nase reiben wird. Schade eigentlich, weil, ich hab gerade angefangen, Ed irgendwie zu mögen. Aber der muß scheinbar erst mal Mut fassen, denn er sitzt einfach da, kratzt sich am Knie und grübelt. Und allmählich sieht's schon fast so aus, als ob wir den ganzen Tag hier bleiben wollen, denn keiner von uns sagt was.

»Hör zu, Ed«, fang ich schliesslich an. Aber er legt gleichzeitig mit mir los und schneidet mir das Wort ab.

»Man muß doch davon ausgehn, daß es irgendwer getan hat, nicht wahr«, sagt er. Denn ein Unfall ist es nicht gewesen.« Er hält inne, als ob er 'ne Antwort will. Und ich sag, nein, es war kein Unfall. Die Sonne knallt auf die Beech-Nut-Reklame und brennt sie richtig in die mürbe Backsteinmauer rein.

»Ich weiß ja, daß bei euch nicht viel über so Sachen geredet wird«, sagt er. »Deine Mutter und du und deine Geschwister, ihr seid nicht gerade sehr diskussionsfreudig.« Ich bin drauf und dran, höhnisch aufzulachen, verkneif's mir aber.

»Und darum erwarte ich auch nicht, daß du mit mir oder jemand anders darüber sprichst.« Herrgott noch mal, was soll denn das? Ich starre stur gradeaus und verzieh keine Miene. Ich bring's einfach nicht über mich, den Kopf zu drehn und ihn anzukucken, nicht um alles in der Welt. Und an der Art, wie seine Stimme von der Windschutzscheibe abprallt, spür ich, ihm geht's genauso.

»Deine Mutter hat schon viel zuviel durchmachen müssen«, sagt er. Ich merke, wie mein Unterkiefer sich verkrampft, und fange an, bis zehn zu zählen. Eds Stimme klettert an den Zahlen in meinem Schädel hoch und runter. »Ich möchte nicht erleben, daß sie noch einmal verletzt wird.« *Zwei, drei, vier.* »Es ist schon schlimm genug für sie, daß sie Billy verloren hat«, sagt er. »Und das eine sag ich dir.« *Sieben, acht.* »Wenn jemand, den sie liebt, dafür ins Gefängnis muß, das übersteht sie nicht.«

Damit hatte ich nicht gerechnet. Mein Blick ist mittlerweile auf das G von Gum runtergerutscht. Genau in die Mitte hat irgend jemand 'n »Keep on Trucking«-Sticker gepappt, so einen, wie Billy an seinem Harley-Hut gehabt hat. Verdammt noch mal, was will denn dieser Ed bloß damit sagen? Ich könnt jetzt einfach aussteigen, zu Fuß zu meinem Truck laufen und mich 'n Teufel um ihn scheren. Aber ich rühr mich nicht vom Fleck. Bis er endlich knallhart auf den Punkt kommt.

»Ich hat immer etwas Geld im Haus, für Notfälle. Ich hab's mitgebracht.« Er kratzt sich 'n paar Sekunden am Knie und überlegt. »Ich möchte, daß du's an dich nimmst.« Ich warte, aber mehr sagt er nicht. Kratzt sich bloß weiter an Knie.

»Ich brauch kein Geld«, sag ich.

»Okay, du selber brauchst es nicht, aber vielleicht weißt du besser als ich, wer's sonst brauchen kann.« Er spricht so schnell, ich will ihn nicht unterbrechen. »Soll ich dir mal was sagen? Mir ist es egal, wer ihn umgebracht hat. Aber deine Mutter, also ...« Er spricht den Satz nicht zu Ende. »Nimm's einfach an dich. Und wenn es nicht gebraucht wird, kannst du's mir ja in vier Wochen oder so wieder zurückgeben.«

Ich glotze den »Keep on Trucking«-Typ an, die Kolbennase, den langen Bart, die bekloppten Augen. 'ne Wespe donnert an die Backsteinmauer, als ob das irgendwie Blumen sind, diese bekloppten Augen.

»Na gut«, sag ich nach 'ner Weile. »Ist in Ordnung.« Er zieht was aus der Brusttasche von seiner Windjacke raus und gibt's mir. Es ist 'n weißer, zugeklebter Umschlag. 'n Moment lang komm ich mir vor wie in so 'm Film. Oder wie Ginch Littlefield.

Jedenfalls nicht so wie im wirklichen Leben. Ich steck mir das Ding in den Hosenbund, unters Hemd.

»Das sind viertausend Dollar«, sagt er. »Nicht viel, aber dafür in bar.«

Mein lieber Mann, ich werd da gar nicht mit fertig, daß Ed viertausend Dollar bar im Hause hat. Und ich hab einmal mehr das komische Gefühl, daß ich den Burschen überhaupt nicht kenne.

»Danke.« Mehr kann ich nicht sagen. Ed startet den Buick, und die Klimaanlage pustet mir auf die nackten Arme, und ich fang dermaßen an zu bibbern, daß der ganze Sitz wackelt.

»Geht's dir nicht gut?« will Ed wissen.

»Doch, doch.« Aber mir geht's wirklich nicht gut. Ich spür den Umschlag am Bauch, und auf einmal bin ich auf der Flucht. Nein, ich bin schuldig. Jetzt suchen sie mich wegen irgendwas, und ich weiß nicht mal wegen was. Wir lassen die Kaugummireklame hinter uns und fahrn vom Parkplatz runter. Weder er noch ich haben ihren Namen ausgesprochen, aber wir wissen beide, daß außer mir nur noch eins von uns drei Geschwistern übrig ist.

Als wir bei der Abschleppfirma ankommen, steht mein Truck gleich vorne am Tor. Das ist im Grunde ganz okay, aber man kommt sich trotzdem irgendwie komisch vor, so klein und fremd, wie wenn man plötzlich nackt dasteht vor lauter wildfremden Menschen. Paul Jorgenson kommt mit den Schlüsseln an. »Hey, Ray«, sagt er. »Norm hat schon angerufen und mir gesagt, daß du kommst.«

Norm? Das muß Pausbäckchen sein. Der arme Kerl mit seinem ganzen Babyspeck und dann auch noch so 'n Name – Norm. Ich geb Paul die Papiere, die ich unterschrieben hab, und er hält mir mit seiner rechten Plastikhand die Schlüssel hin. Die echte hat er mit dreizehn in 'ner Erntemaschine verloren. Er ist mit Jean zur Schule gegangen, war eine Klasse unter ihr.

»Geht mich ja nichts an«, sagt er, »aber ist 'ne böse Geschichte.«

»Was?«

»Na das mit deinem Bruder«, sagt er.

»Ach so. Ja. Danke.« Hab ich etwa schon vergessen, daß ich für den Rest meines Lebens 'n toten Bruder hab? Ich geh rüber zum Buick, und Ed läßt sofort das Fenster runter.

»Ich bin so weit«, sag ich.

Und Ed: »Dann fahr los, wasch dich, zieh dir was Sauberes an! Bis bald.«

Und ich: »Ja, bis bald.« Ich steck die Hand ins Fenster und leg sie ihm kurz auf die Schulter. »Danke.«

»Keine Ursache«, sagt er. Ich tret 'n Schritt zurück, die Fensterscheibe geht wieder hoch, und der Buick setzt sich in Bewegung und biegt, wie von Geisterhand gelenkt, in die Sullivan Street ein.

Ich kucke mir den Truck prüfend von allen Seiten an, ohne recht zu wissen, was ich da eigentlich checke, und finde auch tatsächlich nichts dran auszusetzen, also probier ich mal die Fahrertür. Sie läßt sich mühelos aufmachen, geht wie geschmiert. Keine Ahnung, woher ich gewußt hab, daß es so ist, aber ich hab's gewußt. Ich probier's noch 'n paarmal. Alles wieder okay.

Ich steig ein und überschlage kurz, wie weit es bis zu Jean ist. Samson kann ich nachher abholen, wenn ich mit ihr geredet hab. Ich fahre los und will gerade auf die Straße raus, da seh ich Samson vor mir, wie er den Kopf gedreht hat und sich nach mir umgeschaut, direkt bevor er umgekippt und auf die Ladefläche gefallen ist. Scheiße. Die paar Sekunden. Und im Tierheim wird ja wohl 'n Münzfernsprecher sein, daß ich Jean anrufen kann.

Ich fahr also in westlicher Richtung und hab die Sonne im Rücken. Ist ja echt 'n Wunder, daß sie mich mal nicht so ekelhaft blendet. Mir geht's nicht so besonders. Der Knoten im Bauch ist immer noch da. Und jetzt hab ich auch noch so 'n kalten Schweiß auf der Stirn, wie bei 'ner Grippe. Aber mir fehlt nichts weiter wie 'ne Mütze Schlaf. Wie sich rausstellt, ist das Tierasyl gleich neben der Polizeistation. Gar nicht so dumm, den Tierknast direkt nebenan vom Menschenknast hinzubauen.

Ich geh rein und geb mir Mühe, seriös auszusehn, wegen der Frau hinterm Schalter. »Kathy« steht auf ihrem Namensschild. Für 'ne Kathy sieht die aber ganz schön alt aus. Sie kuckt mich hinter ihrer getönten Brille an, mustert mich ziemlich streng von oben bis unten. Die Brille ist Plastik, so eine wie Elvis die letzte Zeit vor seinem Tod getragen hat. An den Gläsern kleben oben in der Ecke kleine goldne Buchstaben. K. A. K. Kathy Ann Komenski. Katherine Angela Kirkland. Kathleen Arlene King. Wie auch immer, jedenfalls sind ihr weder mein blutbeflecktes T-Shirt noch der allgemeine Zustand meiner äußeren Erscheinung entgangen, der ihr sichtlich nicht gefällt.

Ich geb ihr meine Formulare, laß mir von ihr ein weiteres in die Hand drücken und füll's aus, setz mich hin und warte. Die haben da Infomaterial über Hundeadoption und Tollwut und lauter so 'n Scheiß rumliegen. Vorne ist überall 'n Bild von 'nem Golden Retriever und 'm Kind drauf. Meistens 'n kleiner Junge, manchmal auch 'n kleines Mädchen, aber immer mit 'nem Golden Retriever. 'm ziemlich doofen Hund. Ich mach die Augen zu und lehn den Kopf an das getünchte Mauerwerk aus Waschbeton. Denk drüber nach, was ich Jean sagen will, wenn ich endlich bei ihr bin. Ich hab keine Ahnung, was ich ihr sagen soll. Absolut keine.

»Mr. Johnson?«

Ich mach die Augen wieder auf und sehe Kathy, die mich hinter ihrer getönten Plastikgläserwand anfunkelt. Ich steh auf und gehe vor zum Schalter.

»Wann war denn die letzte Tollwutimpfung?«

»Weiß nicht, vor 'n paar Jahren.«

»Haben Sie darüber eine Bescheinigung?«

Es gibt so Wörter, die haben schon von vornherein 'n unguten Klang, »Bescheinigung« ist eins davon. Aber aus Kathys Mund hört sich's so an, als ob sie sagt: »Sie können gerne eine Handvoll Babykacke fressen.«

»Nein, hab ich nicht«, antworte ich.

»Ja, er muß doch aber eine Impfplakette haben«, sagt sie richtig schnippisch.

»Wenn er doch aber kein Halsband umhat«, sag ich. »Die hab ich zu Hause, die Plakette.« Irgendwo.

»Also, eins von beiden müssen Sie schon vorzeigen, entweder die Bescheinigung oder die Plakette.«

»Ich kann nichts vorzeigen, weil ich nichts bei mir hab. Ist alles zu Hause.«

»Ohne den Nachweis über die Tollwutimpfung kann ich das Tier nicht entlassen. Dann müssen Sie halt erst noch mal nach Hause …«

Ich sag zu ihr, das ist nicht irgend 'n Tier, der heißt Samson. Und ich sag zu ihr, wenn Samson nicht in einer Minute bei mir ist, kann sie was erleben. Ich erklär ihr, was Sheriff Keith dann mit ihr macht, und ich erklär ihr, was ich dann mit ihr mache. Vor lauter Schreck hüpft ihre Elvisbrille auf und ab. Ich bin ja selber ganz erschrocken, aber jetzt gibt's kein Zurück mehr. Ich zähl noch 'n paar mehr Sachen auf, die ich dann mit ihr mache, und das ist der Punkt, wo sie zum Hörer greift und auf 'n Knopf drückt und sagt, sie möchte bitte Sheriff McCutcheon sprechen. Und dabei läßt sie mich keine Sekunde aus den Augen und ich sie auch nicht. Ich möchte sie am liebsten fragen, ob sie mit Mädchennamen Platt heißt. Ich hasse sie. Ich hör nicht, was sie ins Telefon sagt. Ich hör überhaupt nichts, bloß das Blut, das zwischen meinen Ohren hin und her schießt. Inzwischen muß es auf halb elf gehn, oder sogar schon auf elf. Ich muß meine Schwester finden und meinen Bruder begraben, und die macht hier Sperenzchen wegen so 'm lausigen Hund.

»Ich will meinen Hund wiederhaben«, schrei ich wie so 'n zweijähriges Kind. Ich schmeiß 'n Pappständer für Herzwurm-Infos um, die Prospekte verteilen sich über den ganzen Schalter, und als sie zu Boden fallen, regnet's Golden Retrievers.

»Jetzt reißen Sie sich doch mal zusammen, Mister!« sagt Kathy und legt den Hörer auf.

In dem Moment geht die Tür auf, und 'ne Frau mit 'ner Leine in der Hand kommt rein. Sie kommt zum Schalter, latscht einfach über die Prospekte, und Kathy und ich, wir stehn wie angewurzelt da.

»Ich komme wegen Hoodoo.«

»Na, wunderbar«, sagt Kathy und lächelt so 'n Lächeln, für das ich ihr am liebsten dermaßen eine scheuern möchte, daß ihr der Kopf verkehrtrum steht. »Nehmen Sie doch bitte Platz.«

Die Frau setzt sich hin und packt die Leine auf ihren Schoß. Kathy dreht sich um und brüllt den Gang runter, sie sollen Hoodoo bringen. Ich möcht mal wissen, wieso die so brüllt, denn direkt hinter der offenen Türe, wo »Unbefugte kein Zutritt« dransteht, lungern 'n halbes Dutzend von ihren Kollegen rum und hörn zu, wie ich tobe.

»Ich will meinen Hund«, sag ich leise und mit so 'ner richtig fiesen Stimme, wie so 'n bockiges Kind.

Und Kathy, die auf einmal, jetzt, wo Publikum da ist, total freundlich tut, fragt profimäßig cool: »Wer ist denn, bitte sehr, Ihr Tierarzt?«

»Don Watersmith.«

»Seine Telefonnummer haben Sie wohl nicht zufällig bei sich?« Plötzlich hab ich so 'n komischen Geruch in der Nase. Ich kann nicht sagen, ob sie das ist oder ob ich das selber bin, auf jeden Fall stinkt's.

»Nein, hab ich nicht.«

»Na schön, warten Sie bitte einen Augenblick.«

»Krieg ich jetzt meinen Hund wieder?«

»Ja, wenn Sie endlich die Schnauze halten.«

Ich bin ein bißchen baff, daß die mir einfach so sagt, ich soll die Schnauze halten. Immerhin baff genug, um tatsächlich schweigend zuzukucken, wie sie die Telefonnummer von Dr. Watersmith raussucht. Man sollte meinen, die haben die Nummer irgendwo stehn, ist ja immerhin 'n Tierarzt. Der Geruch wird schlimmer, und ich hab so das Gefühl, daß ich das bin. Ich geh vorm Schalter auf und ab und geb mir redlich Mühe, die ganze Bude zu verstänkern.

Als sie sich gerade telefonisch die Tollwutimpfung bestätigen läßt, geht auf einmal an der Seite 'ne Tür auf und einer von den

Arbeitern kommt mit ’nem Tier auf dem Arm in den Warteraum. Er hat’s in ’n großes altes Handtuch gewickelt, damit er’s nicht direkt anfassen muß, weil, das ist nämlich die Quelle von dem Gestank. Und nicht ich. Ich hör auf, hin und her zu laufen, und kucke zu, wie der Arbeiter der Frau ihren Hoodoo überreicht. Sie zieht das Handtuch weg, und was da drunter zum Vorschein kommt, das ist das dickste Eichhörnchen, das ich je gesehn hab. Mindestens zehn Kilo, aber locker. Die Frau gibt lauter so komische Töne von sich, wie wenn sie mit ’nem Baby redet, so nach dem Motto »eideidei, der Hoodoo« und so, und dabei schmust sie rum mit dem Vieh und streichelt es, und das Biest stinkt, als ob’s irgendwas Totes gefressen hat, das es jetzt wieder ausfurzen muß. Und dann macht’s miau, und da seh ich, das ist gar kein Eichhörnchen, verdammt noch mal, das ist ’n Kater. Ein Auge fehlt, und hinten an der einen Hüfte ist das Fell total verfilzt und dreckverkrustet. Der Schwanz ist grau wie bei ’nem Eichhörnchen, nur etwa doppelt so dick. Total zerkratztes Gesicht, und das eine Bein ist krumm. Die Frau betuttelt ihn die ganze Zeit, und er sitzt bei ihr auf dem Schoß und macht ’n Buckel und sträubt sein räudiges Fell und hat das gelbe Auge halb zu.

Ich seh ihn an. Er sieht mich an.

»Wenn Sie dann bitte hier unterschreiben würden.« Das ist Kathy, scheißfreundlich. Die Frau hat dem ollen Hoodoo inzwischen die Leine umgemacht. Sie setzt ihn neben sich auf den Stuhl und kommt vor zum Schalter.

»Das ist jetzt das dritte Mal in fünf Monaten«, sagt Kathy. »Sie wissen doch, daß die Aufsichtspflicht gegenüber Haustieren gesetzlich festgeschrieben ist.«

Die Frau unterschreibt ein Formular. Sie hat perfekte Fingernägel. Sieht nach professioneller Maniküre aus. »Er hat mir das Fliegengitter am Fenster zerrissen«, sagt sie.

»Beim nächsten Mal müssen Sie aber Strafe zahlen.«

Die Frau lacht voller Mutterstolz. »Der reißt mir immer wieder aus, der kleine Racker.«

»Dann müssen Sie eben besser aufpassen«, sagt Kathy.

Ich schau rüber zu Hoodoo, der auf dem Stuhl hockt und der jetzt gleich von einem Knast in den andern gebracht werden wird. Und als die Frau der kessen Kathy den Kugelschreiber zurückgibt, schau ich mir ihren Unterarm an: total zerschunden, alte Narben, frische Kratzer. Sieht ja schlimm aus, und das bei den schönen roten Nägeln, als ob sie sich das selber beigebracht hat.

Kathy hat's anscheinend auch bemerkt. »Wär vielleicht das beste, Sie ließen ihn einschläfern«, zwitschert sie.

»Also hören Sie mal«, sagt die Frau und lacht Kathy aus. »Was würden Sie denn sagen, wenn jemand Sie gleich umbringen wollte, bloß weil Sie mal ein bißchen übermütig sind –« Sie unterbricht sich, kuckt mich kurz an und wird rot wie so 'n Ballon, der kurz vorm Platzen ist. »Entschuldigung«, sagt sie zu mir. Dann geht sie rüber und nimmt Hoodoo, der stocksteif bleibt, als ob er von innen mit Zement ausgegossen ist. Ohne ein weiteres Wort schießt sie zur Türe raus. Und ich seh gerade noch Hoodoos Mörderblick, mit dem er ihr über die Schulter schaut. Und dann bin ich wieder alleine mit Kathy, die mich von oben bis unten anglotzt, als ob ich den Hosenstall offen hab oder was. Die ganze Stadt weiß Bescheid, daß Billy umgebracht worden ist, bloß die gute alte Kathy hier, die kann nicht zwei und zwei zusammenzählen. Und dafür hasse ich sie irgendwie ein kleines bißchen weniger.

»Verdammt noch mal, jetzt geben Sie mir endlich meinen Hund wieder.«

Sie würdigt mich überhaupt keiner Antwort, schnappt sich nur einfach meine Formulare vom Schalter und rauscht eingeschnappt durch die Tür mit dem Schild »Unbefugte kein Zutritt« nach hinten. Am liebsten möcht ich schnell mal rausrennen und probieren, ob der Münzfernsprecher funktioniert, aber ich hab Angst, was sie mit Samson macht, wenn sie mit ihm rauskommt und ich bin nicht da. Vielleicht schneidet sie ihm die Kehle durch und läßt ihn auf den Fliesen hier verbluten. Ich greif in meine Arschtasche, aber Ginch Littlefield ist weg. Keine Ahnung, wo ich den gelassen hab. Ich setz mich wieder hin und lehn den Kopf an die Waschbetonwand. Mach die Augen zu und denk an die Sprenkel auf Sallys Eistüte, die Strähnen, die Deena in die Augen hängen, den toten, aufgedunsenen Waschbär draußen an der Abfahrt 10 bei Billys Haus. An Whaleys schwere zuckende rote Augenlider. Und daran, wie gern ich diesen Hoodoo Jeans unnützem getigertem Kater auf den Hals hetzen würde. An Bojo und daran, wie Lula ihm dann später in dem Sommer damals die Smaragdaugen abgekaut hat und wie Mama und Jean sie wieder angeklebt haben. Daran, wie Jean jetzt, in diesem Augenblick, draußen in ihrem Haus ist und auf mich wartet und wie ich hinten die Fliegentür aufmache, aber Billy ist schon da und sitzt am Küchentisch, und Jean steht an der Spüle und wäscht ab, und sie dreht sich nicht rum und kuckt mich an, nicht mal, als ich immer wieder ihren Namen sage, und Billy hat das Glas mit den roten Hühnern in der Hand und lacht und lacht, weil Jean jetzt auch tot ist.

Und ich fahr zusammen vor Schreck und hau mit dem Kopf an die Waschbetonwand und bin wach. Samson kommt durch die Tür, an 'ner Leine, aber die macht ihm der Arbeiter gleich ab, als sie im Raum sind.

»Samson«, sage ich, als ob ich ihn 'n paar Monate nicht gesehn hab. Er kommt angetrottet, macht neben meinen Beinen Platz und gähnt. Immer noch k. o. von der Betäubung. Ich kraule ihm das gute Ohr, und sein Schwanz schlägt auf die Fliesen wie so 'ne Fliegenklatsche. »Komm, mein Junge, wir gehn.«

Und dann verschwinden wir, ohne noch mal zurück zu schaun. Und falls noch irgendwelche Formulare zu unterschreiben sind, scheiß drauf.

FÜNFUNDZWANZIG

Das erste, was mir auffällt, ist, daß Jeans Truck nicht vorne vorm Haus steht, und hinten ist er auch nicht. Ich mach die Fahrertür auf und sag Samson, er soll im Wagen bleiben. Er klettert durchs Rückfenster auf die Ladefläche, streckt sich auf dem heißen Metall aus, grinst und ist froh, wieder 'n freier Hund zu sein. Als zweites fällt mir auf, daß ihre ganzen Blumen weg sind. Alles ist grün und kahl, keine bunten Feuerwerksgarben mehr, keine Farbtupfer. Abgeschnitten, allesamt. Spitzige Stengel ragen aus der Erde, den ganzen Weg rauf und oben an der Veranda. Keine hängenden Fuchsien, keine wilden Rosen, die am Spalier hochklettern. Alles weg. Ich mach das Fliegengitter auf und klopfe an den Rahmen der Küchentür. Keine Antwort. Ich dreh den Knauf rum, und die alte Holztür geht knarrend auf.

»Jean?« ruf ich ins Haus. Es ist so still wie 'n leeres Haus im Sommer. Im Abtropfkorb steht das Geschirr vom Frühstück, das hat sie da zum Trocknen hingestellt, daneben liegt, achtlos hingeworfen, 'n rotweiß kariertes Küchenhandtuch.

»Jean?« Sämtliche Fenster stehn sperrangelweit auf, in der Küche und im Wohnzimmer ebenso, Durchzug, sehr angenehm. Über der Spüle pustet er die gelben Vorhänge nach draußen, und über der Couch saugt er die weißen Gardinen nach drinnen, und dann läßt er sie wieder an die Fliegengitter klatschen, wie Fischschwänze. Ich geh zur Treppe und rufe ins Schlafzimmer hoch.

»Jean?« Ich warte. Nichts. Da renn ich hoch, nehm immer zwei Stufen auf einmal, und dann wird mir plötzlich schwindlig, und ich muß mich erst mal oben auf dem Treppenabsatz an die Wand lehnen. Die Tür zum Schlafzimmer ist offen. Auch hier wehende Vorhänge, diesmal blau und weiß gemustert. Das Bett ist gemacht, weiße Tagesdecke mit so 'm Noppenmuster, wie früher bei Mama. Ich stell mir vor, wie das wäre, wenn ich mich einfach hier aufs Bett fallen lassen würde und die Augen zumachen. Hier oben ist der Luftzug kühl und hat so 'n Gurkenaroma. Alles ist still und friedlich, und in jedem Raum rieche ich Jean. Was immer mich in den letzten vierundzwanzig Stunden wachgehalten haben mag, jetzt läuft's mir aus den Ohren raus, und ich möcht mich nur noch hinlegen und sterben, hier in diesem Haus, in diesem Schlafzimmer, auf dieser weißen genoppten Bettdecke.

Das ist das erste Mal, daß ich Jeans Schlafzimmer betrete. Die Vorhänge haben lauter blaue Windmühlen und Holzschuhe auf weißem Hintergrund. Frisierkommode aus Vogelaugenahorn mit passendem Spiegel obendrauf. Die muß sie selber abgezogen haben und neu furniert, sonst wär das Ding doch nicht so gut in Schuß, so alt, wie das schon ist. Steht nicht viel drauf, auf der Frisierkommode, bloß 'n Radiowecker, den ich mir näher ansehe. Er ist auf 6.00 Uhr gestellt. Aber eins springt mir sofort ins Auge, ein Foto, wo ich mit ihr drauf bin. Da sitzen wir in dem Haus in der Cutler Road hinten auf der Veranda und sind so ungefähr vier und sechs Jahre alt. Ich weiß nicht, wann ich dieses Bild das letzte Mal gesehn hab. Und plötzlich steht's da, alt und zerknittert, und wir beide starren mich an wie so 'n Paar Geisterkinder. Jean hat 'n gelbes Kleid mit weißen Tupfen an. Das hat sie damals in dem Sommer 'n ganzen Monat lang fast jeden Tag getragen, 'n ganz einfaches gelbes Kleid, ärmellos und 'n Rock, der ihr bis auf die verschorften Knie ging, aber sie hat immer gesagt, in dem Kleid, da kann ihr nichts passieren, das ist 'n Zauberkleid. Vielleicht hat sie recht gehabt, weil, wenn ich mich recht entsinne, dann ist damals in dem Sommer wirklich nichts Schlimmes passiert. Sogar im Bett hat sie's anbehalten. Hat brav ihren Schlafanzug angezogen, bis Mama kam und sie zugedeckt hat, und dann ist sie noch mal aufgestanden und hat sich das Kleid über den Schlafanzug drüber gezogen. Und als

Mama ihr's weggenommen hat, weil sie's waschen wollte, hat sie gebrüllt wie am Spieß. Und hat gesagt, Mama will sie töten.

Und da sitzt sie also in ihrem Zauberkleid und grinst mich von dem Bild an, sitzt neben meinem Geister-Ich auf der Veranda. Ich hab ihr den Arm um die sonnengebräunten Schultern gelegt, und Mama versucht uns dazu zu bringen, daß wir vernünftig kucken. Aber ich mach Schielaugen und bin total aufgedreht, und Jean gickelt und streicht sich den Pony aus der Stirn und zieht ihn glatt nach hinten und streckt die Zunge raus. Und genau in dem Moment, wo uns beim besten Willen keine Faxen mehr einfallen, drückt Mama ab, und da sitzen wir nun, lächeln und kucken in die Kamera. Ungefähr 'ne halbe Stunde nach diesem Schnappschuß sticht mich 'ne Wespe ins Ohr, und ich schreie so laut »Verdammt!«, daß Mama es hören kann. Sie geht mit mir ins Bad und wäscht mir den Mund mit Elfenbeinseife aus. Schrubbt mir die Zähne, so richtig von hinten, daß ich den Geschmack fast eine Woche lang nicht wieder loswerde. Als ich ausm Bad komme, wartet Jean auf mich und will sehn, wie schlimm es ist. Ganz doll schlimm, aber ich laß mir nicht anmerken, wie wütend ich bin. »Ein Glück, daß ich nicht Scheiße gesagt hab«, sag ich zu ihr. Und da macht sie sich vor Lachen in die Hosen, und das gelbe Kleid kriegt auch was ab.

Ich werf 'n Blick in die Kammer. Lauter Stühle ohne Sitzfläche, 'n Schreibtisch, an dem niemand arbeitet, und zwei nackte Schneiderpuppen. Ich geh wieder ins Schlafzimmer und schaue durch die blauen Windmühlen runter. Niemand da, nur der blöde getigerte Kater, der neben der Tür zur Scheune schläft, und 'n verrückter Vogel, der unter der großen Eiche, die mitten auf dem Hof steht, in einem fort auf und ab hüpft und die ganzen andern Vögel vollabert.

Ich renne die Treppe runter und geh wieder in die Küche. Reiß die Kellertür auf, aber von da unten schlägt mir nur der kalte, tintige Geruch nach Zementboden und Hundertfüßlern entgegen. Vielleicht ist sie drüben bei Ginny Honey und hilft ihr mit den Kindern. Das Telefon ist noch so 'n altes mit Wählscheibe. Es wirkt so ernst und so schwer, dieses Telefon, als ob es ewig hält. Und ungefähr so lange dauert's auch, bis ich alle sieben Zahlen gewählt hab. Ich halte mir den Hörer ans Ohr und schaue aus dem Küchenfenster. Ich seh den komischen Vogel, ein Rotkehlchen, immer noch um die dicke Eiche rumhüpfen, ständig auf und ab, wie so 'n Karussellpferdchen mit Glasaugen und wehender Mähne. Nach dem zweiten Klingeln nimmt jemand ab.

»Hallo?« Das ist Trish. Und sofort schießt mir alles durch den Kopf, was ich sie gerne fragen würde, wenn ich könnte. Aber ich kann nicht. »Hallo?« Diesmal eine Note höher, drängend.

»Hier ist Onkel Ray«, sag ich zu ihr.

»Ich hol meine Mama.«

»Nein, das brauchst du nicht«, bremse ich sie. »Ich wollte bloß mal fragen, ob Tante Jean bei euch ist.«

Kurze Pause. Und dann fragt das dünne Stimmchen eisig: »Wieso?«

»Weil ich sie noch mal sprechen muß vor dem Begräbnis.«

»Hat sie irgendwie Ärger?«

»Ach was. Ist sie da?«

»Nein.«

»Trish?«

»Hmm?« Ihr Stimmchen wird von Minuten zu Minute dünner.

»Kann ich dich mal was fragen?« taste ich mich ganz vorsichtig vor. Und das Rotkehlchen da draußen hüpft immer noch wie verrückt um den Baum rum.

»Weiß nicht«, sagt sie.

»Warum hast du eigentlich gesagt, daß du es warst?« Am andern Ende herrscht Kleinkinderschweigen. Ich seh sie richtig vor mir, wie sie die Brauen zusammengezogen hat und an einer Haarsträhne kaut. »Du bist nicht schuld«, sag ich.

Sie stöhnt genervt, als ob sie allmählich die Geduld verliert. »Ich hab's mir gewünscht. Jede Nacht.«

»Was hast du dir gewünscht?« Ich geb mir Mühe, sie nicht zu drängen, aber andererseits weiß ich, daß jeden Moment Ginny Honey reinkommen kann und einfach auflegen.

»In meinen Gebeten, jede Nacht. Hab mir gewünscht, er soll weg sein. Ich hab gemacht, daß er stirbt.«

»Du bist nicht schuld –«

Aber die Leitung ist schon tot. Ich leg den Hörer auf und gehe durch die Hintertür nach draußen. Drüben an der Eiche tschilpt und jault das Rotkehlchen wie verrückt. Es flattert und schlittert und zwitschert und ist vollkommen außer sich, und die kleine rote Brust buppert wie ein rausgerissenes Herz.

»Wo? Wo?« fragt es mit dem ganzen Körper, streckt die Flügel seitwärts aus und fliegt hoch hinauf in den Baum. Ich geh näher ran und sehe durch die Blätter ein leeres Nest. Und das Rotkehlchen hockt auf dem Rand und hält den Kopf schräg nach oben und reckt den Schnabel in die Luft.

»Wo seid ihr?« schreit es wieder und wieder. Wie ein Funksignal verbreitet sich sein Schrei nach allen Richtungen. Dann stürzt es kopfüber vom Baum herunter, gleitet einmal im Kreis über den Boden und landet schließlich wieder im Gras, an genau derselben Stelle wie vorhin.

»Wo?« sagt es leise.

Dann dreht es ruckartig den Kopf in meine Richtung und neigt ihn ganz weit zur Seite. Sieht mich an mit seinen Kieselsteinaugen, wie ein Pirat. Aber ich bin nicht das, was es sucht. Für so was wie mich hat es sich in seinem ganzen Leben noch nie interessiert und wird's wohl auch nie tun. Weder für mich noch für Jean oder Billy. Wir sind ihm vollkommen Wurscht.

»Wo?« flüstert es.

Und dann zwinkert es zweimal und fliegt wieder hoch zum Nest, und dann hört das Zwitschern auf. Kein Laut mehr, bis auf ein paar Blätter rundherum, die sich sacht berühren und ihm Trost zuraunen. Es ist tief unten im Nest verschwunden, wo man es nicht mehr sehen kann, und da wird es wohl auch so bald nicht wieder rauskommen.

†††

Jean hat keinen allzu guten Ruf hier in der Stadt. Nach dem, was ich so mitkriege, ist bei ihr immer vier, fünf Monate lang Ruhe, und dann sucht sie sich wieder irgend 'n Kerl und nimmt ihn über Nacht mit heim. Das sind keine besonders tollen Typen, aber sie muß sich halt mit dem begnügen, was gerade greifbar ist, und dann nimmt sie den Kerl also mit zu sich nach Hause, fickt mit ihm, macht ihm noch Frühstück, und das war's. Der erste, der mir das erzählt hat, war Al Halsey, dieser alte Wichser, den ich letzte Nacht im Dewey's beinah fertig gemacht hätte, wenn Joe Lee nicht im letzten Moment dazwischengegangen wäre. Er und sein Kumpel waren zusammen in der Bowling Bar, hat er gesagt, 'n paar Bier trinken und 'n bißchen quatschen mit ihr und noch 'n paar Leuten. Und sein Kumpel, der hat Jean dezent angemacht, und plötzlich steht sie auf und sagt: »Okay, gehn wir.« Und dann ist sie mit ihm losgezogen. Einfach so. Und 'n paar Wochen später trifft Al das alte Dreckschwein im Fahrradladen, und da erzählt der ihm alles haarklein, daß sie ihn mit zu sich nach Hause genommen hat und von der weißen Tagesdecke auf dem Bett und wie sie ihn gefickt hat, daß ihm bald die Schädeldecke weggeflogen ist. Und als er am Morgen aufwacht, hat sie ihm Spiegeleier gemacht und Würstchen und Toast mit Brombeergelee. Und wie er so bei ihr in der Küche sitzt, da denkt er, was er sich da bloß wieder eingebrockt hat, weil, der Mistkerl hat nämlich schon 'ne Freundin. Und nun hat er Angst, Jean könnte denken, daß er jetzt mit ihr zusammen ist. Und darum ißt er erst mal auf, und bei der dritten Tasse Kaffee ist ihm immer noch nicht eingefallen, wie er seinen Arsch retten kann, der alte Feigling. Und da sagt Jean zu ihm, es wird allmählich Zeit, daß er verschwindet, weil, sie hat zu tun, und er soll ja nicht auf die Idee kommen, sie anzurufen. Und er sagt, sie können sich ja vielleicht in 'n paar Wochen noch mal treffen, und Jean sagt nein, er soll sie nicht anrufen. Natürlich ruft er sie trotzdem an, und sie will nicht mit ihm reden. Aber sie war nicht etwa sauer deswegen oder zickig, hat er Al erzählt. Eher so, wie wenn man jemand fragt, ob er einem nicht 'ne gebrauchte Ackerfräse abkaufen will, und der andre sagt: »Nein, danke, kein Bedarf.«

Das war das erste Mal, daß ich so was gehört hatte. Inzwischen sind Jahre vergangen, und ich hab die gleiche Geschichte noch mindestens 'n halbes Dutzend Male erzählt gekriegt, immer aus zweiter Hand. Keiner traut sich, sie zu ficken und mir das ins Gesicht zu sagen. Ich erfahre so was immer bloß durch solche miesen Wichser wie Al Halsey. Und enden tut es immer auf die gleiche Weise, irgendwie abrupt, und keiner sagt am nächsten Morgen danke. So ähnlich wie Billys Theorie, daß ein klares Nein Wunder wirkt. Wir sind draußen bei mir in der Garage und reparieren den Vergaser von meinem Truck, und da erzählt er mir, wieso er jede Frau kriegt, die er haben will.

»Du darfst eins nicht unterschätzen«, sagt er: »Ein klares Nein kann Wunder wirken. Wenn du so 'ner Schnepfe sagst, sie soll dir, verdammt noch mal, vom Leibe bleiben, dann wird sie immer wieder angekrochen kommen, wie so 'n geprügelter Hund, bis du's ihr endlich besorgst.«

Ich weiß schon, daß er recht hat. Das Problem ist bloß, mir ist noch nie 'ne Frau so nah gekommen, daß ich ihr sagen konnte, sie soll mir, verdammt noch mal, vom Leibe bleiben. Und bei Sally hab ich viel zu sehr Angst gehabt, sie macht, was ich sage, und läßt sich nicht mehr bei mir blicken.

»Dein Problem, Ray«, sagt er zu mir und zieht dabei mit 'nem ölverschmierten Schraubenschlüssel 'ne Mutter fest, »dein Problem ist ganz einfach, daß du keinen Arsch in der Hose hast. Du bis schon immer 'n Weichei gewesen.«

Einmal frag ich Jean, ob das wahr ist, die ganzen Stories von ihr und diesen Typen. Wir sind bei Mama und Ed, essen Kuchen (deutschen Schokoladenkuchen) und Eis (mit Pecannüssen drin), weil eins von den Kindern Geburtstag hat. Zu den Kindergeburtstagen müssen wir immer kommen, da läßt Mama nicht mit sich handeln. Den Schein wahren, das kann sie, das war schon immer ihre Stärke. Es ist Frühsommer, und wir gehn mit unsern Tellern auf die Terrasse draußen vor der Küche. Sally ist drin und hilft Kyle, sein Eis vom Kuchen runter zu machen, weil schon alles aufgeweicht ist, und das macht ihn ganz hysterisch. Und Jean und ich, wir sitzen draußen auf der Terrasse und schauen zu, wie Ed Billy und Trish den Blumengarten zeigt. Billy hat die Hand auf Trishs Schulter, als ob er sie dran hindern will, einfach wegzufliegen, als ob sie davonschweben könnte, wenn er sie losläßt, erst zur Seite und dann nach oben, wie die Rosenblätter, die ihnen um die Füße wirbeln. Trish hat den Kopf gesenkt.

Ich sag zu Jean, daß ich so dies und das gehört hab, und ob das wirklich stimmt.

»Ja«, sagt sie mit Pecaneis im Mund. »Und?«

»Was denn, du fickst mit diesen Kerlen rum, und es macht dir überhaupt nichts aus, daß die ganze Stadt Bescheid weiß?«

»Und du fickst mit Sally«, sagt sie. »Das weiß doch auch die ganze Stadt, oder?«

Und ich: »Aber das ist doch ganz was andres.« Ed kniet am Boden, knipst mit den Fingernägeln alte Blüten ab und schaut nach Insekten. Billy sagt irgendwas, und Ed kuckt zu ihm hoch und lacht und nickt dabei. Was Billy wohl gesagt haben mag, daß Ed so lachen muß? Trish hat immer noch den Kopf gesenkt.

»Wieso ist das was andres?« fährt Jean mich an.

»Weil ich Sally liebe, darum«, sage ich und hab sofort eine Stinkwut auf mich, weil ich das gesagt habe. Aber sie sieht mich nur an, und ihre Augen sind rauh und grün und wogend wie das Wasser im See, wenn ein Tornado kommt.

»Ach ja? Wie schön für dich, Ray.«

»Du weißt schon, wie ich das meine.«

»Nein, weiß ich nicht«, sagt sie.

Ginny Honey kommt an die Fliegentür und ruft raus zu Billy, ob er seinen Kuchen zusammen mit dem Eis haben will oder lieber extra. Sie muß zweimal rufen, weil die drei da unten ganz am andern Ende vom Garten sind und er sich überhaupt nicht um sie kümmert. Jean macht sich ohne Schwierigkeiten über ihren Kuchen her, aber ich hab meinen Teller auf dem Schoß, und das Eis zerläuft, und alles wird ein einziger

Mansch, und das geht bei mir sogar noch schneller als bei Kyle. Mein Magen ist wie zugeschweißt. Billy schreit ja, zusammen mit dem Eis.

»Und du, Ed?« ruft Ginny über meinen Kopf hinweg.

»Für mich bloß Kuchen, bitte, das langt«, ruft Ed zurück.

»Dann kommt rein und holt euch eure Teller!« schreit Ginny Honey heiser, kuckt kurz zu Jean und mir rüber und verschwindet wieder in der Küche.

»Ich find das nicht gut«, sag ich zu Jean, nachdem Ginny Honey außer Hörweite ist.

»Was findest du nicht gut?«

»Na, du und diese Typen«, sag ich, ohne die drei da unten im Garten aus den Augen zu lassen.

»Es fragt dich aber keiner, wie du das findest.« Sie sagt das, als ob ihr meine Meinung so unwichtig ist, daß sie sich da nicht mal drüber aufregen kann. Und darum versuch ich's noch mal ganz unverblümt.

»Ginny Honey meint, die halbe Stadt sagt, du bist 'ne Schlampe.« Ich bin richtig fies, aber ich kann mich einfach nicht bremsen. Ich eß 'n Happen von dem Kuchen und hab das Gefühl, daß ich Sägespäne im Mund habe. Jean schirmt mit der freien Hand die Augen ab und schaut, genau wie ich, runter in den Garten.

»Und was sagt die andre Hälfte, was ich bin?« fragt sie mit hohntriefender Stimme.

»Ich schätze mal, 'ne Nutte«, sag ich. Aber weil ich den Mund voll Sägespäne habe, hört sich das so an, als ob ich gesagt hätte: »'ne Putte.«

Jean dreht sich verblüfft zu mir rum.

»'ne Putte?« sagt sie. Unsre Blicke begegnen sich, und da prusten wir beide los und müssen dermaßen lachen, daß mir bald der deutsche Schokoladenguß zur Nase rauskommt.

»Mensch, Ray, was bist du doch für 'n Arschloch«, sagt sie, als sie wieder etwas bei Puste ist. Da ruft Mama aus der Küche und will wissen, über was wir uns denn so amüsieren.

»Ray hat gesagt, ich bin 'ne Putte«, erklärt ihr Jean.

Keine Antwort aus der Küche. Und dann fragt Mama: »Eine was?«

Trish, die immer noch hinten im Hof steht, schaut zu uns hoch. Ed hat die Nase in 'ner weißen Irisblüte vergraben. Jean steht auf und geht in die Küche, verkriecht sich wieder in sich selber, weg von mir.

SECHSUNDZWANZIG

Ich steck mir eine an. Steh auf ihrem Weg auf den Steinplatten und frage mich, wo sie bloß sein kann. Und wenn Sheriff Keith sie nun schon festgenommen hatte, als ich ihn auf der Wache getroffen hab? Und wenn ich mich nun, seit ich da weg bin, von Minute zu Minute immer weiter von ihr entfernt hab? Und wenn ich sie doch noch finde, und sie will nichts mit mir zu tun haben? Ich verschränke mit einem Ruck die Arme und zieh kräftig an meiner Salem. Meine Finger tasten nach der Haut innen in meiner Ellenbogenbeuge. Ich kneif ganz fest rein und laß erst wieder los, als der ganze Arm kribbelt, als ob ich Ginger Ale in den Adern hab. Ich überzeuge mich noch mal, daß die Küchentür auch richtig zu ist, und dann setz ich mich wieder in den Truck. Schluß mit dem Unsinn, ich fahre jetzt direkt zu Mama und Ed.

Der Wagen springt nicht an. Ich versuch's noch drei-, viermal, kann's einfach nicht glauben. *Was soll denn der Scheiß?* Ich steig aus. Kann nicht mehr klar denken. Pfeife nach Samson, aber der ist verschwunden. Der Kater ist auch weg, da ist also nichts Mysteriöses dran. Die können sonstwo sein inzwischen. Herrgott noch mal, heute geht aber auch alles schief, und ich muß zu Mama. Ich renne im Hof rum, brülle nach Samson. Spring in den Wagen und versuch's wieder. Nichts, nur ein leises Wimmern, offensichtlich ist die Batterie verreckt. *Scheiße!* Ich steige aus und knall die Tür so heftig zu, daß sie unter Garantie nie wieder aufgeht.

Bis in die Stadt sind's drei Meilen. Wenn keiner anhält und mich mitnimmt, kann ich in etwa einer Stunde in Carter's

Diner sein. Und dann muß ich irgendwen finden, der mich so zirka eine Meile westwärts bringt, wo Mama und Ed wohnen. Es geht bestimmt schon auf Mittag oder so. Zu Fuß schaff ich das nie und nimmer. Bin viel zu müde und hab Hunger, ich bin müde und hungrig und total durcheinander. Ich weiß nicht mehr, wann ich wo sein soll, und, verdammt noch mal, wo ist eigentlich Sally? Wenn Sally bei mir ist, bin ich nie so durcheinander. Sally paßt immer auf, daß ich zu den richtigen Zeiten esse und schlafen gehe.

Ich laufe die sandige Auffahrt lang, schau runter auf die Stahlkappen an meinen Stiefeln, die bei jedem Schritt, den ich mache, auftauchen und wieder verschwinden. Es ist derselbe staubfeine, mit Kieselsteinen durchsetzte Sand wie am Randstreifen in der North Lake Road. Und auch hier sind diese feinen braunen Glassplitter mit untergemischt, Reste von kaputten Bierflaschen, wie Blutstropfen, genau wie oben an der North Lake Road. Wie lange ist das jetzt her? Zwei Tage? Oder drei? Vier? Warum hab ich Billy gesucht? In mir sind so viele Fragen, die ich ihm stellen will, und wenn ich ihn dann vor der Nase hab, fällt mir nichts Besseres ein, als ihm zu sagen, er soll sich zum Teufel scheren. Als Ginny Honey gekommen ist und gesagt hat, er ist tot, hab ich mich bloß gewundert. So, wie man sich wundert, wenn man Laub harkt, und plötzlich, mitten im Schwung, ist die Harke nicht mehr da. Wie wenn man ein Rosenspalier baut für die Seite von der Veranda, und wenn man gerade die dritte Leiste an den Querbalken nagelt, ist auf einmal das ganze Ding weg. Man kuckt runter auf seine leeren Hände und kann nicht zu Ende bringen, was man angefangen hat, und dabei dachte man immer, man hat noch endlos Zeit. Und dabei hat man die gar nicht, verdammt noch mal.

Ich hab gedacht, wenn ich nur eine Minute mit dem Sarg hätte alleine sein können, oben bei Snell's in dem Raum, dann hätt ich vielleicht mit ihm reden können, und dann wär's nicht mehr schlimm gewesen, daß er mitten im Schwung verschwunden ist. Aber das hat keinen Sinn. Ich werd nie mehr zu Ende bringen, was ich mit ihm zusammen angefangen hab.

Hinter meinen Augäpfeln spür ich die Tränen kribbeln, und ich laß sie rollen.

Billy war ein mieses Schwein, aber trotzdem war er Billy. Einmal hat er mich hinten vor der Garage mit 'ner Schachtel Salem von unserm Alten erwischt. Hat mir gezeigt, wie man Lunge raucht. Und zwei Stunden später, als mir schlecht war und ich beim Abendbrot kotzen mußte, hat er mich gedeckt und gesagt, in der Schule geht irgend 'n Virus um. Er hat dem Alten seine *Playboys* aus dem Müll gefischt und hat sie mir gegeben, wenn er sie durch hatte. Er hat mir beigebracht, 'n Baseballschläger auf die gleiche Art zu schwingen, wie die Raubritter früher diese Stachelkugel an 'ner Eisenkette geschwungen haben. Todsichere lange, flache Bälle, die direkt vorm Center Fielder runterknallen. Er hat mir in allen Einzelheiten erzählt, wie er zum erstenmal 'n Mädchen gefickt hat. Sandy Ottman, bei ihren Eltern auf dem Wohnzimmerfußboden, und im Fernseher lief *Saturday Night Live*, den Ton voll aufgedreht, damit sie keiner hören kann, und zwei Schritte daneben saß Sandys kleiner Kläffer, so 'n Mix aus Cocker Spaniel und Zwergpudel, und hat die ganze Zeit gewinselt und zugekuckt.

Umgebracht zu werden, das hat er nicht verdient. Egal, was er getan hat. Aber dann seh ich Trishs spitzes kleines Gesicht vor mir, ich seh ihre Augen, die mich anschauen, als ob sie glaubt, ich bin der nächste, der sich über sie hermacht. Das versteinerte Gesichtchen dieser Elfjährigen, die jetzt schon weiß, das ist das einzige, wozu sie gut ist. Hat die das etwa verdient?

Jean, was hast du getan? Ich hab's nämlich gewußt, ich hab's von Anfang an gewußt, Jean ist es gewesen, sie hat Billy umgebracht. Aber andererseits, wie denn? Nicht etwa, daß sie nicht die Kraft dazu hat. Billy war ja genau so 'n Hänfling wie ich. Jean kommt nach 'ner andern Linie in unsrer Familie, das sind Leute, an denen was dran ist, Leute mit Muskeln. Die hätte den armen Billy ohne weiteres wie so 'n Wurm auf dem Gehsteig zerquetschen können, kein Problem. Aber dieses

Gefühl, den Stein in der Hand halten, die Schwere, wenn er runtergeht – das kann ich mir einfach nicht vorstellen. Inzwischen hab ich die Auffahrt hinter mir gelassen und trete raus auf die Sullivan Road.

Ich schau nach vorn und seh Billy da liegen, halb im Straßengraben, halb auf dem Randstreifen. Sein Kopf blutet an der Seite, und das Blut läuft ihm über die Augenbraue, wie wenn 'n rohes Ei 'n Sprung hat. Er sagt Drecksau zu mir und daß er mich umbringt. Ich hol mit dem Fuß aus und pflanz ihm meinen Stiefel voll ins Gesicht. Da schießt ihm das Blut aus dem Mund, und er kullert ganz und gar in den Graben. Jetzt sagt er nichts mehr. Und plötzlich hab ich 'n Stein in der Hand, und ich hab mich in meinem ganzen Leben noch nie so glücklich gefühlt, so stark. Er hebt den Kopf. Ich reiß den Stein hoch, hoch über meinen Kopf, laß mich auf die Knie fallen und schlage mit voller Wucht zu. Er stöhnt und kommt nicht mehr hoch.

Ich hatte ihn aus dem Dewey's abgeholt, hatte ihm gesagt, Mama ist krank. Hatte gesagt, ich fahr ihn ins Krankenhaus. Er war sturzbetrunken und schwach. Und da hab ich die Tür an seiner Seite aufgemacht und ihn bei Tempo 160 rausgeschubst auf die North Lake Road. Und dann hab ich am Waldrand angehalten und ihn gesucht. Und ihn dort im Graben gefunden.

Und nun liegen wir schwer atmend hier im Unkraut.

»Tut's dir jetzt leid?« frag ich ihn.

»Leck mich am Arsch!« blubbert er wegen dem Blut und der Spucke, die ihm das Kinn runterläuft.

»Sag, daß es dir leid tut«, sag ich und fuchtle ihm mit dem Stein vor der Nase rum.

»Drecksau.« Er berappelt sich wieder, stützt sich mit den Ellbogen auf, kommt mit dem Kopf hoch – auf mich zu. Wieder saust der Stein runter, und seine Hand krallt sich an meinem Bein fest. Sie klatscht runter, und das hört sich an, wie wenn man einen Tontopf fallen läßt, der in ein Handtuch eingewickelt ist, der Knall ist gedämpft, und trotzdem weiß man, daß das Ding zerbrochen ist. Sie krallt sich fest an meinem Knie, und ich muß jeden einzelnen Finger wegziehen, damit er mich losläßt. Die Hand fällt in den Sand, und dabei wirbelt sie eine kleine Staubwolke auf. Ich hab so 'n leichtes Kribbeln im Arm, wie wenn da lauter kleine Ameisen drin laufen.

»Tut' dir jetzt leid?« flüstere ich, über sein Ohr gebeugt, so nah, daß ich das Blut riechen kann, das ihm über die Wange läuft und über den Hals. Ich merke, er will was sagen, weil, jetzt blubbert er wieder, und sein Mund schlägt richtig Blasen. Ich beuge mich noch weiter runter. »Jean?« sagt er. »Jean?«

»Ja, hier bin ich«, flöte ich ihm ins Ohr.

Er holt blitzschnell aus, wie 'ne Schlange, und greift mir in die Haare. Und zerrt mich runter, daß ich den Kopf rumdrehn muß und zu den Bäumen raufkucke. Und zu dem schwarzen Himmel mit den grauen Wolkenschlieren dahinter.

»Ich mach dich alle.« Seine Stimme ist nur noch ein feuchtes Zischen neben meiner Wange. Und ich hab immer noch den Stein in der Hand, kann aber nicht mehr zielen, weil er mir nach wie vor den Kopf rumdreht, aber irgendwie schaff ich's, den Arm seitwärts hoch zu kriegen, und schabe an seiner linken Wange lang. Und dann hab ich den Kopf wieder frei und richte mich auf und weiche aus, damit er nicht mehr an mich ran kann. Ich steck mir eine an, nehm mir 'n Moment Zeit. Er atmet feucht und rasselnd, und sein Gesicht ist ganz geschwollen und hat lauter verschiedene Farben.

»Schön unten bleiben, Billy«, sag ich zu ihm und klemm mir die Marlboro in den Mundwinkel. »Wir sind noch nicht fertig.«

»Mit wem redest du denn da?« Ich dreh mich um und seh Whaleys Truck neben mir am Straßenrand langschleichen. »Alles in Ordnung, Ray?«

Ich kucke genauer hin, in dem Truck sitzt Whaley. Ich dreh mich um und schau nach Billy, aber er ist nicht im Graben, und ich hab keinen Stein in der Hand, kein Blut, nichts. Ich geh einfach bloß die Sullivan Road lang.

»Wo hast du denn deinen Pickup gelassen?« schreit Whaley, als ob ich taub bin. Ich merke, daß er nicht die allerbeste Laune hat.

»Bei Jean«, sag ich. Ich hab 'ne trockne Kehle und 'n Kloß im Hals und hör mich an wie Clint Eastwood in *Für eine Handvoll Dollar*.

»Panne?« schreit er.

»Ja.«

»Steig ein!« Whaleys Truck is 'n nagelneuer Dodge Ram Charger. Ein Riesending. Fast so groß wie diese Busse, mit denen geistig zurückgebliebene Kinder zur Schule gebracht werden. Als ich die mächtige Tür aufreiße, frag ich mich, wo ich den Schwung hernehmen soll, um da hochzuklettern und mich auf den Sitz zu hieven. Ich lehne den Kopf einen Moment an das heiße Metall.

»Ist dir schlecht?« fragt Whaley nicht mehr ganz so laut wie eben.

»Ja.«

»Hier.« Whaley hält sich mit der linken Hand am Lenkrad fest und beugt sich rüber und streckt mir seine Rechte entgegen.

Ich lange hoch, er packt mich am Handgelenk und zieht mich in den Wagen. Sein Griff ist wie so 'ne Eisenklammer, als ob er auch so 'n Eisenhaken da dran hat, wie Paul Jorgenson zuerst hatte, damals als er mit dem Arm in die Erntemaschine gekommen ist, eh er dann die Plastikhand gekriegt hat. Wie so 'n Rotschwanzhabicht, der sich 'ne Feldmaus schnappt. Und schwupp, bin ich oben und rechne irgendwie so halb damit, daß Whaley mir jetzt gleich mit seinem Schnabel die Haut vom Leibe reißen wird. Er sieht mich mit seinen triefenden, rotgeränderten Augen an.

»Danke«, sag ich und laß den Kopf ans Polster fallen. Ich warte, daß er losfährt, aber wir sitzen einfach da.

»Mit wem hast du denn da geredet?« sagt er freundlich.

»Wann?«

»Na gerade eben, als ich gekommen bin.«

»Ach so.« Ich versuch zu überlegen. Mit wem hab ich da gerade eben geredet? Ich war am Straßenrand, hab irgendwas gemacht. Ach ja, richtig. »Mit Billy.«

Er nickt. Mein Magen murrt und knurrt und macht Verrenkungen wie so 'n mißvergnügter alter Grizzly, und ich muß aufhören, in Whaleys Triefaugen zu sehn. Sonst kotz ich ihm noch in seinen schönen großen neuen Truck.

»Ich fahr in die Stadt«, sagt er.

»Okay.«

»Wo willst du denn hin?«

»Zu meiner Mutter.«

»Soll ich dich hinfahren?«

»Ach Gott, Whaley.« Ich lehn den Kopf ans Fenster und mach die Augen zu.

»Okeydokey«, sagt er und läßt den Motor an. Die Karre hat 'ne Klimaanlage, so wie die von Ed, und darum sind die Fenster alle dicht. Ich zittre in der kalten Luft, die mich anpustet. Whaley sagt, ich soll die Lüftungsklappen zumachen oder sie so drehen, daß er angepustet wird. Ich betrachte mir das Armaturenbrett. Das Ding sieht aus wie 'n Cockpit von 'nem viersitzigen Kleinflugzeug. Ich bin nämlich schon mal mit so 'm Ding geflogen. Und darum fang ich lieber gar nicht erst an, rumzuprobieren und nach den Lüftungsklappen zu suchen.

Das Geld, das Ed mir gegeben hat, das Verbrechergeld in dem weißen Firmenkuvert, die viertausend Dollar in bar, die sind in meinem Truck. Ich hab sie ins Handschuhfach getan. Danke, Ed. Danke auf jeden Fall.

»Kannst du mich bei meiner Mutter absetzen?« frag ich Whaley. Ich hab vergessen, ob ich ihm schon gesagt hab, wo wir hinwollen.

»Alles klar.«

Irgendwie hängt so 'n komischer Geruch in dem Truck, außer dem Metallgeruch von der Klimaanlage. Wie Staub. Wie Zimmer riechen, in denen lange niemand drin war, irgendwie muffig und nach Staub. Ein bißchen riecht's wie Elizabeth Rollins, die tote alte Frau, die ich neulich an dem Abend gesehn habe. Sie war ungefähr in Whaleys Alter gewesen.

»Kennst du eine Elizabeth Rollins?« frag ich ihn.

»Nein.« Er legt die Stirn in Falten und denkt an all die Leute, die er kennt, und an die, die er nicht kennt. Was mich darauf bringt, an alle Leute zu denken, die ich nicht kenne. Und an die, die mich und Jean und Billy nicht kennen und sich vermutlich nicht groß dafür interessieren würden, wenn ihnen einer sagt, daß ich gerade unterwegs bin zu Billys Begräbnis und daß er umgebracht worden ist. Für die läuft das einfach bloß unter »Was sonst noch geschah«. Und auf einmal ist es mein ganzes Leben, der Anfang, die Mitte und das Ende von meinem ganzen Leben, und die lesen das vielleicht beim Frühstück in der Zeitung und blättern weiter zum Wetterbericht und verschwenden überhaupt keinen Gedanken da drauf. Und bei dieser Vorstellung fängt plötzlich mein Magen an zu rotieren. Der macht zur Zeit sowieso, was er will.

»Wer ist denn das?« möchte Whaley wissen.

»Wer?«

»Na, diese Elizabeth Rollins?«

»So 'ne Frau, die hat auch bei Snell's gelegen, ist am selben Tag wie Billy gestorben«, sag ich.

»Auch umgebracht?«

»Eher Altersschwäche, nehm ich an. Sie war ganz schön alt.«

»Wie alt?«

»So wie du.«

»Ach so, Elizabeth Sharpley.« Whaley nickt. »Ja, die hab ich gekannt.«

Wir fahren eine Weile schweigend weiter, sind schon fast in der Stadt. Whaley biegt links ab und fährt die Left Street hoch, die eigentlich bloß 'ne Sandstraße ist und 'ne Abkürzung, wenn man nicht großartig die Main Street langfahren will, zum Beispiel wenn man einen übern Durst getrunken hat und lieber die Schleichwege nimmt, um heimzukommen.

»Ich meine aber, auf dem Namensschild hat Elizabeth Rollins gestanden«, sag ich schließlich.

»Sie hat den Carl Rollins geheiratet, das war in dem Sommer, nachdem meine Schwester den Gil Fletcher geheiratet hat«, sagt Whaley. »Bettie Sharpley. War 'n hübsches Mädchen. Und jetzt ist sie tot.«

Ich erzähl ihm, wie ich neulich an dem Abend irgendwie per Zufall bei ihr gelandet war.

»Wann hab ich die eigentlich zum letzten Mal gesehn, die Bettie, das war … das war …, laß mich mal überlegen –«

Ich lasse Whaley überlegen. Schön, daß er sie gekannt hat. Dadurch kommt mir ihr Tod nicht mehr ganz so schlimm vor. Genau wie der modrige, staubige Geruch im Truck, der kommt mir auch nicht mehr ganz so schlimm vor, und die Tatsache, daß Whaley bald sterben wird, ziemlich bald sogar, und die Leute, über die ich gerade noch vor einer Minute nachgedacht habe, das dann noch nicht mal beim Frühstück lesen werden. Das kommt mir alles nicht mehr so schlimm vor, weil ich weiß, Whaley und Bettie Sharpley, die werden dann irgendwo sitzen und klönen, und es wird ihnen überhaupt nichts ausmachen, daß sie tot sind, jedenfalls nicht so wie Billy, dem das Totsein sehr wohl was ausmacht.

»Sie war katholisch«, sag ich.

»Ja, klar, das war sie.« Whaley nickt bedächtig, als ob es die größte Selbstverständlichkeit ist, daß die Frau katholisch war. »Ja, ja, klar. Und trotzdem hat sie die Scheidung eingereicht, verstehst du? Das hat natürlich 'ne Zeitlang ganz schön Gerede gegeben. Ziemlich lange sogar.«

Wir fahren am Little Creek Party Store vorbei.

Da bin ich doch heute schon mal gewesen. Oder gestern. Also jedenfalls vor kurzem, und Randys Bruder hat nicht Dienst gehabt.

»Und das in den dreißiger Jahren, verstehst du, wo sich noch kaum einer hat scheiden lassen. Jedenfalls nicht in unserer Stadt. Und bei den Katholiken, da ist das eh nicht drin, weil, für so was kommst du bei denen ja gleich in die Hölle.«

»Wer?« frag ich.

»Wie wer?« fragt Whaley zurück.

»Na wer in die Hölle kommt?«

Whaley überlegt einen Moment. »Keiner«, sagt er dann.

»Aber bei den Katholiken rausgeflogen ist sie. Und dann ist sie 'n paar Häuser weiter zu den Lutheranern gegangen, ich nehme an, weil die den Nonnen und Priestern heutzutage noch am nächsten kommen.«

Ich nicke langsam, und allmählich wird mir die Sache klar. Echte Katholiken werden nie von Snell's beerdigt. Hab ich doch gleich gewußt, daß mit der irgendwas nicht stimmt.

»Und wieso Scheidung?«

»Du meinst, die von Bettie?«

»Ja.« Ich freu mich richtig, daß wir jetzt über unsre Freundin Bettie reden.

»Weil Carl Rollins 'n fieser alter Scheißkerl war.« Mehr ist aus Whaley in dem Punkt nicht rauszuholen. Sie hat sich also von 'nem fiesen alten Scheißkerl scheiden lassen, und dafür sollte sie in die Hölle kommen.

»Immer noch besser, als wenn sie ihn umgebracht hätte«, sinniere ich.

»Und wenn, wär auch kein Drama gewesen«, sagt Whaley richtig laut. Er verzieht angewidert das Gesicht. Dieser Carl Rollins muß wirklich ein fieser alter Scheißkerl erster Güte gewesen sein.

»Ebenso fies wie Billy?« frag ich.

»Wie jetzt?«

»Na dieser Carl Rollins, ob der ebenso fies war wie Billy?«

Whaley drückt das Lenkrad mehrmals hintereinander mit seiner kleinen Krallenhand. Das heißt, er denkt angestrengt nach.

»Weiß ich nicht«, sagt er nach einer Weile. »Kann ich dir nicht mit Bestimmtheit sagen.«

Ich denk drüber nach, daß es kein Drama gewesen wäre, wenn Bettie den fiesen ollen Carl Rollins umgebracht hätte. Einerseits ist da dieses Gebot von wegen du sollst nicht töten und alles. Umgebracht zu werden, das hat niemand verdient, schon gar nicht jemand, den man liebt. So manch einer wird sagen, daß Jean bestraft gehört. Aber andrerseits, wenn du so 'n mieses Schwein hast, so einen, der die eigne Tochter fickt und dem's nicht mal leid tut, geschweige denn, daß er damit aufhören würde. Da wird dann wieder auch manch einer sagen, der hat's verdient, daß er umgebracht worden ist, und Jean müßte 'ne Belohnung kriegen.

Aber vielleicht gibt's ja noch was dazwischen. Zum Beispiel daß es kein Drama ist, was sie getan hat. Da kau ich dann erst mal 'ne Weile drauf rum.

»Jetzt haben wir's gleich geschafft«, sagt Whaley.

»Weißt du zufällig, wie spät es ist?

Whaley kuckt auf die Uhr am Armaturenbrett. Die hab ich doch glatt übersehn zwischen diesen ganzen Flugzeugzeigern.

»Kurz vor zwölf«, sagt er. Und da sind wir auch schon in dem Viertel, wo Mama und Ed wohnen. Das ist so 'ne ziemlich schick aufgemotzte Reihenhaussiedlung namens »Forest Glen Estates«, und die gilt als total toll, weil die Häuser alle 'n Stückchen zurückgebaut sind und davor stehn Bäume und in der Mitte ist so 'n kleiner künstlich angelegter See. Eigentlich bloß 'n mickriger Teich mit 'n paar Enten drauf. Und durch diesen Tümpel und die Bäume gibt's natürlich Mücken ohne Ende – kaum auszuhalten.

Ed hat sich 'n Grundstück ganz am Ende von der Siedlung ausgesucht und hat dadurch 'n etwa dreißig Meter langen Garten hinterm Haus. Er liebt seine Gemüsebeete und die Fuchsienstauden entlang der Terrasse und die Purpurwinde, die sich an dem Zaun aus Zedernholz am Ende der Auffahrt hochrankt. Er und Jean unterhalten sich immer über so Sachen, wie wann man die winterharten Pflanzen in die Erde bringen soll und wie zeitig man die Narzissenenzwiebeln stecken darf, und wenn du dann danebenstehst, bist du praktisch Luft, da kannst du genausogut reingehn und Football kucken. Ich muß an das Geld denken, das mir Ed gegeben hat. Ob er das wegen Jeans grünem Daumen gemacht hat? Kann ja sein, daß es 'ne geheime Bruderschaft der Gärtner gibt, so ähnlich wie die Freimaurer.

Whaley hält'n paar Meter vorm Haus, weil auf der Auffahrt und die ganze Straße runter schon jede Menge Autos stehn. Schöne Autos. Eds Buick seh ich nicht, aber 'n paar Lincoln

Town Cars und sogar 'n Cadillac. Außerdem etliche Minivans, einen dunkelgrünen Landrover und ein Stückchen die Straße runter, ein paar Wagenlängen von den andern entfernt, ein weißes Mustang-Kabrio. Aber 'n Pickup ist nirgends zu sehn.

Ich bedank mich bei Whaley fürs Mitnehmen. Er sagt, wir sehn uns in ungefähr 'ner Stunde wieder. Ich rutsche aus dem Monstertruck raus und merke, wie mich Whaley mit seinen rotgeränderten Augen ankuckt. Er scheint was sagen zu wollen.

»Was ist?« frag ich.

»Wir müssen die Toten betrauern«, sagt er, »das ist das einzige, was wir machen müssen.«

»Klar, Whaley.«

»Das ist alles. Mehr müssen wir nicht machen.«

»Wahrscheinlich.«

»Die Toten betrauern«, wenn ich so was höre, komm ich mir vor wie bei 'ner Radiopredigt von Oral Roberts. Aber mir ist schon klar, daß Whaley mir damit was ganz Bestimmtes sagen will, und darum lächle ich und nicke, damit er sieht, ich bin ihm dankbar. Und da lächelt er so richtig breit zurück, und die paar Zähne, die er noch im Mund hat, sehn ziemlich kräftig aus. »Um dich mach ich mir keine Sorgen, Ray«, sagt er. »Du kommst schon klar.«

Das nehm ich mir zu Herzen, ganz im Ernst. Weil ich mir da selber nämlich durchaus nicht sicher bin. Aber wenn ich weiß, daß Whaley an mich glaubt, das ist schon eine Hilfe. Er fährt los, und ich geh über die Rasenfläche vorm Haus und kuck mich unterwegs noch weiter um, falls ich Jeans Wagen übersehen haben sollte. Vielleicht kann ich Harold dazu kriegen, daß er mich mit dem Minivan … aber wohin? Verdammt noch mal, wo steckt sie denn bloß?

Ich geh durch die Garage durch und weiter nach hinten zur Küchentür. Denk mir, vielleicht kann ich kurz reinhuschen und Harold suchen und ihn fragen, ob er sie gesehn hat. Ich hör die ganzen Stimmen in der Küche. In der Garage stinkt's nach verdorbenen Hot Dogs. Ich schnuppere, wo das herkommt, und merke, das bin ich selber, der so riecht. Scheiße, ich kann auf keinen Fall da reingehn. Aber vielleicht hat Jean ihren Truck irgendwem geborgt. Vielleicht ist sie jetzt gerade dort in der Küche, und eine von den Stimmen, die jenseits der Tür durcheinander reden und summen, ist ihre. Ich reiße am Knauf, hol tief Luft und spaziere in die Küche.

Klapper klapper Judy kannst du bitte mal die Servietten nehmen flatsch ein Tischtuch über die Theke nein ich will aber das rote Mami Schinkenscheiben mit Bohnen und Zwiebeln jetzt aber schnell hoch mit dir hat jemand Sherry gesehn kleines Mädchen in grünkariertem Kleid kaut an nackter Ausschneidepuppe normalerweise bin ich vier Tage die Woche außerhalb unterwegs Ray deine Mutter sucht dich überall.

Keine Jean in der Küche rasch ins Wohnzimmer leiser die Stimmen nicht so schrill Zeitungsrascheln kann ich den Lokalteil haben wenn du fertig bist Ölgemälde von 'nem Weißkopfadler überm Sofa der Batsman ist gleich aus der hat schon drei und einen und Maren geht mal wieder spazieren bei wem soll eigentlich Tante Judy mitfahren die braucht doch den Rollstuhl der Dickwanst in der Sofaecke kuckt mich so komisch an Ray wo warst du denn?

Keine Jean im Wohnzimmer, also geh ich wieder raus und will ins Bad, 'n Augenblick Frieden haben, 'n Moment Ruhe, damit ich in meinem Kopf 'n klein wenig Ordnung schaffen kann. Aber der Knauf läßt sich nicht rumdrehn, und als ich's noch ein zweites Mal versuche, sagt die Tür auf einmal: »Ich bin gleich fertig.«

Ich warte also, daß die Tür fertig wird, steh auf einem Bein und lehne mit dem Rücken an der Wand. Im Gang hängen Bilder, Kolibris in Pink und Grün und Blau, alle mit Holzrahmen drumrum.

»Immer noch nicht fertig?« frage ich die Tür. Diesmal würdigt sie mich keiner Antwort, sondern geht einfach auf. Und vor mir steht so 'n niedlicher Rotschopf und kuckt mich an. Aber anstatt mir, verdammt noch mal, aus dem Weg zu gehn, schnappt sie sich meinen Arm und zerrt mich mit ins Badezimmer und schließt von innen zu.

»Ich bin die Nan«, sagt sie.

Und ich sag: »Hi.«

Und sie: »Wo wart ihr denn auf einmal gestern nacht? Ich hab euch gesucht.«

»Wir sind noch aus gewesen.«

»Ach Mann, Scheiße! Und wo?«

»Weiß ich nicht mehr.«

»Du stinkst.« Aber das meint sie nicht böse. Stimmt ja auch, ich stinke.

»Ich weiß.«

»Du brauchst 'n Bad oder so was.«

»Hast du Jean irgendwo gesehn?«

»Nein.«

»Ja, ist sie denn nicht hier?«

»Ich hab sie jedenfalls nicht gesehn.«

Ich setz mich auf den Wannenrand und versuche nachzudenken.

Draußen klopft jemand an die Tür.

»Sekunde noch!« ruft Nan zur Decke hoch.

»Ich kann nicht denken«, sag ich zu ihr.

»Ja.« Sie streicht mir über die Schulter und denkt selber. »Deine Mutter hat doch oben noch 'n zweites Badezimmer, oder?«

»Glaub schon.«

»Dann komm, wir gehn rauf! Hier unten sind zu viele Leute.« Sie will mich vom Wannenrand hochhieven. »Bist du betrunken?« fragt sie.

»Müde«, sag ich.

»Okay, komm mit! Hier, meine Hand, faß an!«

»Okay.«

Nan macht die Tür auf und quatscht irgendwen wegen Harold an, und dann geht sie mit mir den Gang runter bis zur Treppe. Und dann rauf, immer schön ein Bein vors andre setzen, hoppala. Da hätten wir erst mal 'n Schlafzimmer und dann noch 'n Schlafzimmer und dann 'ne zue Tür und dann 'ne offne Tür. Was für 'n großes Haus, so viele Zimmer. Wozu brauchen

Mama und Ed denn bloß so viele Zimmer? Da ist das Bad. Wow, ganz in Gelb. Nan klappt den Klodeckel runter und sagt mir, ich soll mich draufsetzen. Okay.

»Ich bin gleich wieder da«, sagt sie.

»Versuch mal, ob du Harold herholen kannst, ja?«

»Okay«, sagt sie. Sie macht die Tür zu, und ich dreh die Dusche an und fange an mich auszuziehen, zuerst die Arbeitsstiefel, dann die verschmierten Hosen, das arme alte blutbesudelte nagelneue langärmelige T-Shirt. Als ich nackt bin, klettre ich ganz vorsichtig in die Wanne und setz mich hin und laß das Wasser über mich drüberlaufen. Frieden. Und immer noch ist alles gelb, obwohl ich jetzt naß bin und Frieden habe. Die Fliesen, die Wanne, die Wände und die Vorhänge und das wuschelige Dingsda, das den Klodeckel umhüllt, sogar die Seife samt Seifenhalter, lauter verschiedene Gelbschattierungen. Ich bin auch gelb. Ich bin ein gelbes Küken, klein, gelb und still. Ich sitze unter dem fließenden Wasser und leg den Kopf auf die Knie. Denke an Mama. An das, was sie neulich an dem Abend bei Snell's gemacht hat, da hat sie mir die Haare zerstrubbelt und hat gesagt, wie sehr sie mich lieb hat. Ich bin 'n winziges gelbes Küken, und sie zerstrubbelt mir die Federn wie früher, als ich noch 'n kleiner Junge war. Und auf einmal sitzt Billy mit mir zusammen hier in der Wanne, schöpft sich mit beiden Händen Wasser in den Mund und spuckt's prustend wieder aus und furzt unter Wasser, so daß rund um ihn herum die Blasen an die Oberfläche steigen.

»Entschuldige, tut mir leid, daß ich zu dir gesagt hab, du sollst dich zum Teufel scheren«, sag ich.

»Kein Problem«, sagt er. »He, wolln wir U-Boot spielen?«

Und nichts geht schief. Wir sind noch klein genug, um beide zusammen in die Wanne zu passen, und wir spielen U-Boot. Billy und ich und Jean, wir bauen uns aus den Küchenstühlen eine Eisenbahn, während Mama den Fußboden wienert. Auf dem Plattenspieler singt die krächzige alte Patsy Cline, und Mama und Jean singen mit. Mama macht uns dreien 'ne große braune Papiertüte mit Broten zum Mitnehmen fertig, weil wir

’n Tagesausflug zum Cabbage Pond machen, wir Kinder ganz alleine. Wir wollen Jean zeigen, wie man Krebse fängt. Den ganzen Morgen machen wir Jagd auf Kaulquappen, und Jean pflückt Hahnenklee für Mama. Und als wir unsre Brote essen, haben wir jeder so ’n kleines Gesicht auf unsrer Serviette, das sagt: »Ich hab dich lieb.« Die hat Mama gezeichnet, als wir gerade mal nicht hingekuckt haben.

SIEBENUNDZWANZIG

Harold ist da. Harold hält mir 'n gelben Waschlappen hin. Ich sitze immer noch in der Wanne, und immer noch rinnt das Wasser an mir runter.

»Wo hast du denn bloß gesteckt, Ray?«

»Im Knast.«

»Echt? Hier, die Seife.«

»Die ist gelb«, sag ich zu ihm.

»Ja.« Er verschwindet hinter dem Duschvorhang. Ich mach mir Seife auf den Waschlappen und fange an, der zwei oder sogar schon drei Tage alten Schicht aus Dreck und Schweiß zu Leibe zu rücken. Schrubbe mich ab, von den gebrochnen Zehen bis rauf zum Bauchnabel.

»Harold?« Keine Antwort. »Nan?« Nichts. Ich kann nichts hören, weil das Wasser so laut rauscht. Also mach ich weiter, immer noch in der Wanne sitzend, rauf zum Gesicht. Ganz langsam um die rechte Schulter rum, immer schön sachte, weil doch da die kleinen Steinchen in der Haut drinstecken und ich die alle rauspulen muß. Vorsichtig über die drei Schnitte drüber, die ich mir gestern selbst verpaßt hab. Mann, bin ich 'n Wrack. Ich spül die Seife ab und stehe auf und suche nach dem Shampoo. Meine Haare fühlen sich an wie verhedderter Zwirn.

»Hey, Ray!« sagt Harold hinterm Vorhang.

»Ja?« Ich gurgle mit einer Handvoll Kräuteressenz und streng mich an, daß mir nicht schwindlig wird.

»Kuck doch mal bitte, welches du lieber willst!« Ich steck den Kopf raus und seh Harold mit zwei Hemden in der Hand dastehn. Das eine gelb, das andre in so 'm hellen Graublau, beide zum Knöpfen und mit kurzen Ärmeln. »Na, welches willst du?«

»Sind die von dir?«

»Von Ed.«

»Blau«, sag ich. Gelb hängt mir nämlich im Moment eher zum Halse raus. »Meinst du, das paßt mir?«

»Ja. Höchstens 'n bißchen weit.«

»Hmhm. Okay.« Ich seife meine Haare ein und setz mich, eh ich umfalle, schnell wieder hin. Dann nehm ich 'ne Handvoll Schaum und mach ihn mir ans Kinn und forme ihn so richtig spitz und ruf nach Harold.

»Hey! Hey, Harold!«

Er kommt zurück ins Bad. »Was ist denn?«

Ich steck meinen Kopf hinterm Vorhang vor und frag: »Wer bin ich?«

»Wer du bist?«

»Ja. Wer bin ich?« Ich wackle mit meinem eingeschäumten Kinn, um ihm 'n Tip zu geben.

»Keine Ahnung.«

»Abraham Lincoln.« Ich halt den Kopf wieder unter die Dusche und spül mich endgültig ab. Dann schnapp ich mir das gelbe Handtuch, das mir Harold über die Stange vom Duschvorhang gehängt hat, und rubbel mich von oben bis unten ab. Jetzt bin ich wach.

Auf dem Klodeckel liegen, fein säuberlich zusammengefaltet, braune Boxershorts und ein Paar schwarze Socken. Die zieh ich an. Jetzt seh ich aus wie mein Alter.

»Die hat Nan für dich ausgesucht.« Harold kommt mit 'ner Hose rein. »Ed sagt, das ist die kleinste, die er hat, ihm ist sie zu eng geworden.« Es ist 'ne dunkelblaue Baumwollhose mit Bügelfalte. Bügelfalte, damit seh ich immer aus, als ob ich vorne, wo der Pimmel sein soll, Hundezitzen hab, aber okay, okay. Nett von Ed, daß er sie mir borgt. Harold reicht mir das graublaue Hemd, das sich weich und seidig anfühlt. Die Hose hängt ein bißchen runter, wodurch die Hundezitzen halb am Knie sind. Harold gibt mir einen Gürtel, und das bringt's. Nan ist im Schlafzimmer und hängt Sachen in den Schrank zurück. Ich zieh mir meine Arbeitsstiefel an, und dann gehn wir zu ihr, damit ich mich zeigen kann.

»Sehr viel besser«, sagt sie. »Jetzt siehst du aus wie Ed.«

Die beiden scheuchen mich die Treppe runter in die Küche. Harold sagt, er will mal nachsehn, was mit Jim passiert ist. Wer ist denn Jim?

Nan sagt, sie nimmt mich nachher mit zum Bestattungsinstitut, alles schon geregelt.

»Hast du Jean heute schon gesehn?« frag ich Tante Lois, die gerade in eine Keramikkasserolle voll Reispudding kuckt und denkt, daß das Zeug aussieht wie lauter Maden.

»Die ist schon ins Bestattungsinstitut gefahren und macht den Blumenschmuck zurecht für die Zeremonie.«

»Das ist doch keine Hochzeit«, sagt Tante Weazy, die beide Hände voll hat mit sauberem Besteck.

»Sie wollte halt noch mehr Blumen haben, laß sie doch!« sagt Tante Lois zu Tante Weazy.

Bei Snell's. Bei Snell's ist sie also gerade. Ich dreh mich um und will Nan sagen, daß wir losfahren wollen, aber sie und Tante Weazy sind damit beschäftigt, mir was zu essen auf einen Teller zu tun.

»Komm«, sag ich zu ihr, »wir fahren los!«

»Erst mal mußt du was essen«, sagt Nan.

»Wir müssen los«, sag ich.

»Wenn du gegessen hast«, verspricht sie mir. Sie legt Messer und Gabel und eine Serviette auf den Küchentisch und stellt mir ein Glas 7-Up hin und einen Teller mit Essen. Ich hab keine Ahnung, was mit den ganzen Leuten passiert ist, die vorhin hier waren, als ich angekommen bin. Jetzt sind sie alle weg, bis auf die Tanten. Wahrscheinlich sind sie alle schon unterwegs zu Snell's.

Ich schieb mir eine ordentliche Gabel voll irgendwas in den Mund. Der Reispudding ist es jedenfalls nicht – Gott sei Dank. Ich kaue und kaue und schlucke und spül mit 7-Up nach, damit's auch drinbleibt. Als ob ich Sand in mich reinstopfe.

»Hey, Nan, ich bin soweit, wir können«, ruf ich, aber Tante Weazy sagt, ich soll den Mund halten.

»Wo ist eigentlich Mama?«

»Die ist schon vor 'ner ganzen Weile gefahren.«

»Und Ed?«

»Der ist gerade eben los mit Tante Judy und dem Rollstuhl.«

Verdammter Mist, alle Welt ist bei Snell's, bloß ich nicht. »Herrgott noch mal, wo ist denn Nan?«

»Willst du nicht noch ein bißchen essen?« Das ist jetzt Tante Evelyn, die Tante Weazy und Tante Lois beiseite zu drängen versucht, damit sie mich sehn kann. Aber die rücken gleich wieder zusammen, wie so 'ne Rosenhecke, genau wie neulich abends, als wir uns nach all den vielen Jahren wiedergetroffen hatten.

»Hört doch mal auf!« sag ich zu ihnen.

»Aufhören? Mit was denn?« fragt Tante Weazy.

»Das wißt ihr ganz genau. Also hört schon auf.« Tante Evelyn kuckt mich so komisch an. Sie hat die gleiche Brille wie die schreckliche olle Kathy im Hundeheim. Großes Plastikgestell, getönte Gläser, bloß ohne das goldne Monogramm in der Ecke. Oben am Kleid hat sie 'ne schief hängende Korallenbrosche. Die hängt einfach schief, die Brosche, an ihrem dunkelblauen Kleid. Auf einmal steigen mir zwei dicke Tränen in die Augen. Ob sie Onkel Jerry wohl noch geliebt hat, als er gestorben ist?

»Ich muß jetzt los«, sag ich zu der Korallenbrosche. Inzwischen halten alle drei Tanten den Mund. Ich kucke rüber zur Tür, die raus in die Garage führt, rüber auf die Straße, die in die Stadt führt. Gleich vorne an der Tür liegen ein Portemonnaie und 'n Schlüsselbund auf der Theke.

»Vielleicht geh ich schon mal raus und warte im Auto.« Ich lächle die drei breit an, damit sie sich keine Sorgen um mich manchen. »Okay? Sagt Nan, ich warte draußen im Wagen.«

Ich steh auf und geh zur Tür. Dreh mich kurz um, ob sie herschauen, aber sie haben sich schon wieder an die Arbeit gemacht und räumen die letzten Teller ab. Ich stoß die Tür auf, schnapp mir im Rausgehn das Schlüsselbund und taste unterwegs, welches der Zündschlüssel sein könnte. Auf dem Anhänger steht »Die tun was«, also ein Ford. Dementsprechend fange ich mit dem goldnen Taurus an, der ganz vorne in der Einfahrt steht. Nicht abgeschlossen. Ich steig ein, und die Kiste ist der reinste Ofen, schwitzende Polster, knallheißer Plastikschalthebel. Kurbelt den heute keiner mehr die Fenster runter? Ich muß die Tür offen lassen, damit ich überhaupt noch atmen kann. Der Schlüssel paßt nicht.

Ich steig wieder aus und geh rüber zu dem Crown Victoria auf der andern Straßenseite. Bei dem kann ich den Sitz nicht weiter nach vorne ziehn, weil alles automatisch ist, lauter Knöpfe, die alle erst funktionieren, wenn der Motor an ist. Ich rutsch also mit dem Hintern bis an die äußerste Kante vom Sitz und halt mich am Lenkrad fest und grüble, warum der Schlüssel nicht paßt.

Dann mach ich mich auf den Weg zu dem weißen Mustang-Kabrio, schmeiß mich rein, als ob's meines ist, dreh den Schlüssel rum und starte. Ich hab seit der Highschool in keinem Kabrio mehr gesessen, das letzte war der gelbe MG von Randy. Randy und ich und Jean, wie wir damals in dem Sommer an den See gefahren sind mit 'n paar Sixpacks auf dem Rücksitz. Als mir Jean ihr Feuerzeug zugeworfen hat und es hinten rausgeflogen ist und Randy angehalten hat und wir alle drei die Half Moon Road rauf und runter marschiert sind und 'n dunkellila Bic gesucht haben. Ich weiß nicht mehr, warum sie so an diesem blöden Feuerzeug gehangen hat, aber wir haben's tatsächlich wiedergefunden.

Ich fahr los, stadteinwärts, zu Snell's. Der Wind saust mir um den Kopf, und es ist heiß und riecht nach Keksen mit Bratensoße. Ich kneif die Augen zusammen und mach den Mund fest zu, ich will ja schließlich nicht noch mal 'n Käfer in den Hals kriegen. Meine Haare flattern rum und peitschen mir ins Gesicht, sie tanzen und sind ganz aufgeregt, weil sie noch halb naß sind und lose rumfliegen dürfen. Das graublaue Hemd klatscht mir an die Brust. Briefkästen huschen vorbei, freundlich und voller Möglichkeiten. Veranden mit Rundstrahlantennen und

Geranienkübeln. Ahornbäume mit angenagelten Schildern, wo draufsteht: »Trödel 1 Meile«. Alles sieht nett aus und wünscht mir das Beste.

Am liebsten möcht ich einfach bei Snell's reinstürzen, Jean schnappen und sie ins Auto schleppen und dann weiterfahren. Einfach fahren, vierzehn Tage vielleicht oder drei Wochen, und sehn, wie weit wir kommen. Und wenn wir Hunger haben, einfach bei 'nem Wendy's Drive-through ranfahren, und uns abwechseln, und wenn der eine fährt, dann kann der andre schlafen. Das scheiß Begräbnis sausen lassen und abhauen. Und wenn sie nicht freiwillig mitkommen will, dann fessele ich sie eben und schmeiß sie hinten auf den Rücksitz.

Jetzt bin ich in der Stadt und drossele das Tempo, fahr vorbei an Frauen mit kleinen Kindern in Sportwagen und Mädchen auf Fahrrädern. Wie spät mag's wohl sein? Ob's schon eins ist? Ich biege bei Snell's auf den Parkplatz ab und stell mich so hin, daß ich Nase an Nase mit 'nem grünen Vega stehe, und schalte den Motor aus. Neben der Tür sind zirka zwei Dutzend Harleys aufgereiht. Ach du Scheiße, die wolln die Biker-Eskorte machen und mit ihren Fahnen und dem ganzen Mist hinterm Leichenwagen herdonnern. Billy ist schon mindestens vier Jahre nicht mehr aktiv mit dabeigewesen, aber zu den Treffen ist er immer noch gegangen. Ich stell mir vor, wie die Lincoln Town Cars von der Reihenhaussiedlung losfahren, und auf einmal stößt so 'ne Stretched Limo mit 'm Bike zusammen, und peng, kippen sie alle nacheinander um wie lauter chromglänzende Dominosteine. Ich schau über den ganzen Parkplatz und da seh ich endlich, was ich die ganze Zeit gesucht habe. Jeans Truck. Plötzlich beißt mich die Angst mit ihren Reißzähnen wie 'n Grizzly. Und wenn sie nun nein sagt? Sie kann nicht nein sagen.

Ich schaue über das Meer von Motorhauben, die wie so 'ne leicht gekräuselte Wasserfläche in der Sonne glitzern und schimmern. Der Himmel ist heute so blau, wie er schon seit Wochen nicht mehr war. Die Luftfeuchtigkeit nahe null – trockene, knisternde Hitze. Alle Farben hart und klar: das Rot der Zinnien am Wegrand, das Schlangenblau der Benzintanks an den Motorrädern, der weiche grüne Rasenteppich draußen vor dem Bestattungsinstitut. Wie die Bilder in so 'm alten Sonntagsschulbuch, wo Jesus blaue Augen hat. Jean hat immer gesagt, die Farben sind draußen. An Tagen mit null Luftfeuchtigkeit, wenn alles bonbonbunt war, dann ist Jean vors Haus gerannt und hat gerufen, ich soll auch kommen, rauskommen und kucken, weil die Farben draußen sind. Und dann bin ich rausgerannt auf den Hof, und da waren sie tatsächlich, alle Farben der Welt, und haben geschrien, was das Zeug hält. Und die Welt war ganz bunt und hellwach, und wir wußten, das wird ein Tag voller Wunder. Denn wenn die Farben draußen sind, ist alles möglich. Und heute sind sie draußen, die Farben.

ACHTUNDZWANZIG

Drinnen bei Snell's umhüllt mich die Stille wie schweres warmes Wasser und dämpft das Lachen, das von unten hochdringt. Neben mir sagt 'ne Stimme: »Deine Mutter sucht dich.« Ich nicke und geh durch die Halle. Vorbei an dem Raum, wo Billy aufgebahrt ist. Da sitzen 'ne Menge Leute rum, aber keiner kuckt den bleigrauen Sarg an. Als ich reinkomme, seh ich gleich, mit was Jean den ganzen Vormittag lang beschäftigt war. Und jetzt muß ich selber lachen. Ich kann mir richtig vorstellen, wie Billy kopfschüttelnd neben mir steht und »so 'n verrücktes Luder« sagt und auch lachen muß.

Sie hat ihre ganzen Blumen zu Snell's gebracht. Die wilden Kletterrosen, die sie hinten an der Veranda hatte, hat sie allesamt auf den Sargdeckel gestreut. Um die Eisengriffe hat sie Lilien gewunden, den Sargsockel säumen Ringelblumen. Außerdem hat sie vier Säulen aus Gladiolen gemacht, wie Tischbeine, alles orange-pink-gelb-rot. Und nicht bloß der Sarg. In einer Ecke hat sie einen Fächer aus Bumskolben und kaktusartigen lila Disteln ausgebreitet. An den Fenstern hängen Sträuße aus Sonnenaugen und Goldrute. Der Raum ist ein einziges Blumenmeer.

Und auf allen leeren Stühlen liegen ein paar mit Zwirnsfaden zusammengebundene Blumen. Chrysanthemen, Zinnien, die eine oder andre wilde Sonnenblume. Ich schau mir die Leute an, die auf den Stühlen sitzen. Whaley hat 'n Sträußchen Astern, und da drüben seh ich Randy, der gerade ein Büschel Geranien wegnimmt, damit er sich hinsetzen kann. Auf jedem Stuhl liegt so 'n kleiner Strauß, und alles ist dabei vertreten, vom ollen blöden Habichtskraut bis hin zu Petunien. Jetzt weiß ich, wo sie den ganzen Vormittag gewesen ist.

Ich geh ein paar Schritte weiter in den Raum rein, und da seh ich Jean. Sie ist an der Seite, hinter den Stuhlreihen, und hat Kyle zwei Vasen in die Hand gedrückt, die er hochhalten soll. In beiden hat sie gleich viele Stiele von weißen Löwenmäulchen und steckt irgend so 'n grünen Farn dazwischen. Und als sie fertig ist, macht sie ihm mit dem Kopf ein Zeichen, daß er gehn soll. Er trägt die Vasen hinter den Stühlen vorbei und stellt sie rechts und links vom Kondolenzbuch hin. Ich hab sie die ganze Zeit nicht aus den Augen gelassen, aber sie entdeckt mich erst jetzt. Anscheinend lach ich immer noch, denn sie lächelt mich auf eine Weise an, wie sie's seit damals nie mehr getan hat. Seit sie aufgehört hat, mich zu lieben. O Gott, seit ich ein ganzes Leben voller Liebe in einer einzigen Nacht kaputtgemacht hab.

Ich geh hinter den Stühlen lang, ungefähr neun Schritte, dann bin ich bei ihr und nehme sie, fast noch im Gehen, in den Arm. Und sie stößt mich nicht weg. Sie drückt mich mit aller Kraft und legt ihren Kopf an meinen. Ich spüre, daß wir exakt im selben Rhythmus atmen, ganz genauso wie früher.

»Hey, Jean«, sag ich ihr ins Haar. »Die Farben sind draußen.«

Und die Antwort kommt leise und nah an meinem Ohr: »Alles ist möglich.«

»Komm, wir gehn«, sag ich und nehme ihre Hand.

»Noch nicht.« Sie hält meine Hand fest, geht aber nicht los. »Erst wenn's vorbei ist.« Sie ist felsenfest entschlossen, aber ich probier's trotzdem.

»Der Sheriff sucht dich.«

»Hier traut er sich nicht her«, sagt sie und zieht finster die Brauen zusammen.

»Aber sofort wenn's zu Ende ist, verschwinden wir, ja?«

»Ja«, sagt sie. Und ich geb ihr einen Kuß. Voll auf den Mund. Dort bei Snell's, vor allen Leuten, geb ich ihr einen Kuß. Und plötzlich bin ich wieder ganz und gar ich selber. Irgendwie hat Jean schon recht gehabt, als sie gesagt hat, sie hat in mir was gesehn, das ich gar nicht bin. War ich wirklich nicht, solange ich sie nicht hatte. Aber jetzt, jetzt hab ich sie bei mir, und über alles andre reden wir später. Wir stehn ganz nah beieinander und beobachten die Leute, die krampfhaft bemüht sind, nicht in unsre Richtung zu kucken. Die ersten zwei Reihen sind mit 'nem Seil für die nächsten Angehörigen abgeteilt. Ginny Honey sitzt schon da, rechts und links flankiert von ihren Töchtern. Ich dreh den Kopf und schau nach Jean, ob sie auch wirklich noch bei mir ist. Sie hat ein langes grünes ärmelloses Baumwollkleid an. Und ihre Schultern sind noch viel, viel schöner als die von Sue. Das Grün von ihrem Kleid paßt sich wunderbar in den Hintergrund aus Pflanzen und Blumen ein, und ihre Arme sind wie zwei Äste, ihr goldbraunes Haar wie Blüten. Ich schau ihr in die Augen, die genau so eisgrün sind wie Billys, und sie kuckt mich irgendwie so komisch an.

»Wo hast du denn das Hemd da her?«

»Von Ed.«

»Die Hosen auch?«

»Hmhm.«

Ich halte immer noch ihre Hand fest, ihre warme, trockene, kräftige Hand. Draußen auf dem Gang hör ich Mamas Stimme. Ed steht neben Mama, also da, wo er hingehört. Jetzt, wo ich Jean festhalte, so daß sie mir nicht davonschweben kann, komme ich endlich dazu, mich gründlich im Raum umzuschauen.

Drüben auf der andern Seite seh ich meinen Alten inmitten einer Gruppe von Männern stehn. In 'ner braunen Anzugjacke, die ihm viel zu weit ist in den Schultern. Er steht neben Veilchen LaVonn, der gerade mal wieder dabei ist, den andern 'ne Geschichte zu erzählen.

»Ochochoch!«

Ich beobachte ihn 'ne Weile. Den Alten, mein ich. Er sagt nicht viel. Steht da mit Veilchen, der fast wie 'n junger Kerl aussieht. Sein Blick gleitet über Jean und mich, huscht aber gleich wieder weiter.

Zwischen den ganzen Blumen von Jean sind überall noch welche aus dem Blumenladen. Körbe mit Gestecken, Kränze,

Vasen mit Sträußen, und überall kucken weiße Karten raus. In einer rosa Glasschale sind Toffees und rotweiß gestreifte Pfefferminzbonbons in Zellophanpapier, mit dem die Leute knistern knistern knistern, wenn sie sich eins davon in den Mund stopfen. Direkt an meinem Ohr hör ich eine Stimme leise flüstern: »Unser allerherzlichstes Beileid, Ray.«

Ich kuck mich um, aber es ist keiner da. Nur eine kleine Topfpflanze, die flüsternd auf dem Tischchen neben mir steht und ihre grünen Lanzen nach allen Richtungen ausstreckt. Es steckt 'ne Karte drin. »Bücherwurm.« Ich beug mich rüber, daß ich besser sehn kann. Tatsächlich steht da »Joe und Marva vom Bücherwurm«.

Wie ich das sehe, krieg ich richtig Gänsehaut. Joe und Marva kannten Billy ja gar nicht. Ich geh so ein-, zweimal im Monat bei ihnen vorbei, wenn ich in Adrian zu tun hab. Die haben drei oder vier von den alten Ginch-Littlefield-Bänden für mich bestellt, damit ich sie alle der Reihe nach lesen konnte. Ich betrachte die grünen Lanzen und bin erst mal etwas durcheinander. Die haben das meinetwegen geschickt. Nicht wegen Billy oder wegen Ginny Honey und nicht mal wegen Mama. Meinetwegen. Ich stoß Jean an und zeige auf die Karte.

»Wer ist denn das?« fragt sie.

»Freunde von mir«, sag ich und staune selber, wie sich meine Stimme anhört. Jean sieht mich an und zieht an meiner Hand, was so viel heißen soll wie »los, komm mit«. Wir gehn ganz langsam hinter den Stuhlreihen vorbei, rundherum, durch den ganzen Raum, und sehn uns jeden einzelnen Korb und jeden Kranz an. Manche sind schön, andre potthäßlich, aber Karten haben sie alle, und auf jeder Karte stehn die Namen von irgendwelchen Leuten. Viele davon kenn ich nicht, aber die meisten kriegen wir zusammen raus, Jean und ich. Ein kleiner Kranz aus gelben Rosen, »Mrs. Wagners Bibelkreis« – für Deena; goldbraune Astern mit einer kleinen Wachtel aus künstlichen Federn in der Mitte, »John und Gilda Keilman« (das sind die Eltern von Randy) – für mich; weiße Nelken mit 'ner blauen Taftschleife, »Die Belegschaft von Kelsey's Baumarkt« – für

Jean; eine Pflanze mit 'nem silbernen Kreuz drin, »Cindy und Tammy« – von Ginny Honeys Frisiersalon; rote Astern von Eds Pokerclub. Als wir halb durch sind, hab ich gecheckt, daß die meisten von diesen Blumen überhaupt gar nicht für Billy sind. Die sind für uns, für die Hinterbliebenen.

Ich schaue mir die Leute im Raum an. Zwei Reihen vor Mrs. Barnes, unserer alten Babysitterin, seh ich Jill Thompson sitzen. Neben Al Halsey (der übrigens zwei blaue Augen hat – ich muß ihm verdammt eins auf die Nase gegeben haben letzte Nacht) sitzt Rick, der Barmann vom Dewey's. Die Jungs von O'Donnell's sind auch da, die drei aus der Wickelei, die von neulich in der Nachtschicht, die mich an die Three Stooges erinnert haben. Und denen ist alles andre als wohl, und trotzdem sind sie da, mit Dahlien auf dem Schoß. Genau wie Paul Jorgenson mit seinem Plastikarm und Phil junior, der sich extra 'ne Vertretung fürs Postaustragen gesucht haben muß. Sogar Phil senior, der Frisör, über dem ich früher gewohnt hab, sitzt schwitzend in seinem dunkelkarierten Flanellhemd und mit Hosenträgern da, breitbeinig, damit sein Bauch Platz hat. Er lacht und nickt und hört dem ollen Whaley zu, der lauter Sachen erzählt, die absolut nichts damit zu tun haben, daß Billy tot ist. Aber er ist gekommen.

Ich fühl mich wahrgenommen. Als ob es gar nicht so ist, daß ich all die Jahre lang bloß als schwarzes Loch durch die Gegend gerannt bin. Es hat jemand gegeben, den die Leute gesehn haben, und dieser Jemand, das bin ich. Und heute sehn sie plötzlich mehr in mir als nur Ray Johnson, Sie wissen schon, der, der mit seiner eignen Schwester ... Mrs. Keilman sieht den kleinen Jungen, der sich beim Abendbrot den Kartoffelbrei durch die Zähne gequetscht und Randy damit so zum Lachen gebracht hat, daß der den ganzen Mundvoll Milch über den Tisch gespuckt hat und alles auf den Hackbraten rauf. Die Alte Mrs. Barnes sieht das Bürschchen, das mit seinen Kinderbüchern in der Ecke hockt. Phil senior sieht den Tolpatsch, der mit dem Rasenmäher über seinen Gartenschlauch gefahren ist, netter Junge, aber 'n bißchen dumm. Diese Leute haben mein ganzes verdammtes Leben gesehen.

Und nun kommen die Tränen, ein kleiner Bach, der mir an der Nase runterrinnt. Ich schnapp mir 'n paar Kleenex vom Tisch und wisch mir das Gesicht ab. Jean drückt mit aller Kraft meine Hand, aber es nützt nichts. Ich flenne, weil ich's gar nicht fassen kann, daß diese ganzen Leute hier sind, und zwar nicht wegen dem Klatsch und Tratsch oder diesem »ich hab ja immer gesagt, die taugen nichts« oder irgend so was. Die sind hier, weil uns was zugestoßen ist, und die wollen uns trösten.

Und jetzt setzt sich alles hin. Der Alte hinter Ginny Honey und Veilchen rechts von ihm. Plötzlich herrscht Totenstille. Ma und Ed sitzen vorne, mit Kyle in der Mitte. Jean und ich, wir hocken uns dahinter, in dieselbe Reihe wie der Alte. Bei mir auf dem Stuhl liegt 'n Sträußchen Wasserdost. Jean hat 'ne riesige Zinnie. Ich greif wieder nach ihrer Hand und nehm mir vor, sie nie mehr loszulassen. Auf dem Stuhl zwischen mir und dem Alten steht 'ne Kleenexbox. Ich zieh 'n paar Tücher raus und will sie Jean reichen, falls sie welche braucht, aber die verdreht bloß die Augen, und da knüll ich die Dinger einfach in meiner Faust zusammen.

Jetzt kommt 'n Mann im schwarzen Anzug und mit 'nem Kreuz um den Hals den Gang lang und tritt an das Rednerpult neben dem Sarg. Im Saal ertönen noch die letzten Huster, das letzte Zellophangeknister, dann ist Ruhe. Der Typ am Rednerpult sagt, er ist Pastor Hodges, und ich ahne schon, daß das wieder mal so 'ne fröhliche und durch und durch optimistische Trauerfeier wird, so mit lauter Versprechungen vom lieben Gott und wie toll es uns dereinst im Paradies gehn wird und daß wir uns schon drauf freuen können, wenn wir eines Tages auch so tot sind wie Billy. Warum können die nicht ausnahmsweise mal die Wahrheit sagen? Einfach aufstehn, die Arme hochreißen und rufen: »O Gott, das ist furchtbar! Das tut weh! Das ist unfair, Gott! Unfair ist das!« Aber nein, der Typ kommt uns mit Johannes 14,27 an: »Euer Herz erschrecke nicht und fürchte sich nicht.« Mit diesem müden ollen Scheiß speist der uns ab. *Unfair! Unfair!*

Ich brauch so etwa vierzig Sekunden, bis ich mich so weit an seine Stimme gewöhnt hab, daß sie bloß noch 'n Hintergrundgeräusch ist. Ein auf- und absteigender Rhythmus von Bla-blabla unter dem steten Summen der Stille. Ich konzentriere mich auf die kleinen Glühbirnen in den Tischlampen, die über den Teppich schleifenden Schuhsohlen, die schweren Vorhänge. Ich geb mir Mühe, nicht an Haftbefehle zu denken, durchzuhalten, bis wir hier raus sind.

Ich hab den Kopf gesenkt, damit keiner mein nasses Gesicht sieht. Meine Rechte knetet die Kleenex, die Linke die Hand von Jean. Ich dreh den Kopf ein ganz klein wenig, nur ein winziges bißchen, und schau mich im Raum um, weil ich sehn will, ob Sally da ist. Ich entdecke ihr braunes Haar. Auch sie hat den Kopf gesenkt und scheint irgendwas anzukucken, das sie auf dem Schoß liegen hat. Neben ihr sitzen auf der einen Seite Barb und auf der andern Berry. Berry sieht aus, als ob sie unheimlich traurig ist, ich bin mir bloß nicht sicher, warum. Mit wem hat die nur so viel Mitgefühl? Mit Sally? Mit Billy? Sie bemerkt mich und schaut mir voll in die Augen. Mit mir. Das bin ich, dem ihr Mitgefühl gilt. Ich dreh mich wieder nach vorne um, damit ich Sally nicht störe. Ich weiß ja, wie weit sie in diesem Moment von mir weg ist, wie sehr sie mich schon losgelassen hat. Und daß es für uns beide nicht die mindeste Chance gibt, wieder zusammenzukommen, ganz egal, was aus Jean und mir wird. Sally ist weg. Ich schließ die Augen und sag ihr Lebewohl, Lebewohl zu dem Schmerz, den ich ihr zugefügt hab, Lebewohl zu meiner Freundin. Und dann hör ich auf zu weinen. Einfach so. Ich hör einfach so auf zu weinen und laß den Trost in mich rein. Von Sally, Whaley, von allen hier im Raum. Und jetzt bin ich ruhig, ruhig und getröstet.

Ich kucke ganz kurz rüber zu meinem Alten. Er hat den Ellenbogen auf der Armlehne von seinem Stuhl liegen und stützt das Kinn auf die zur Faust geballte Hand. In genau der gleichen Haltung hat er bei Großvater Eddies Beerdigung dagesessen, als ich elf war. Das ist bei dem schon das Äußerste, was er an Gefühl zeigen kann. Er sieht weder Pastor Hodges an noch Billys Sarg. Er fixiert die ganze Zeit bloß Jeans Bumskolben in der Ecke, als wenn die jeden Moment explodieren und Bumskolbenwatte auf die ganzen Leute hier schneien lassen könnten.

Ich schau runter auf Jeans Hand, streichle ihre Finger mit meinem Daumen, spüre die Schwielen und die Nietnägel. Kleine Risse und Schnitte vom ewigen Hantieren mit Schwingschleifern und verrosteten Astscheren. Unschuldige Narben von der schweren Arbeit, der Arbeit mit den Händen. Ich betrachte meinen nackten Arm neben ihrem, die kleinen weißen Kreise und Halbkreise, mit denen er gesprenkelt ist, wie lauter zu- und abnehmende Monde. Manche sind Verbrennungen von Zigaretten, auch die, die mir Jean vor Jahren gemacht hat und die inzwischen verblaßt sind. Manche sind Schnitte von Taschenmessern oder von den Deckeln von Campbell-Suppendosen, von allem, was mir in solchen Momenten in die Hände fällt. Krank sehn sie aus und peinlich, die weißen Monde, neben Jeans starken, ehrlichen Narben. Ich versuch mir vorzustellen, wie Jean sich selbst verletzt. Das würde die nie tun. Nie im Leben. Die würde eher 'ne Klamotte nehmen und sie mit beiden Händen runterschmeißen und das, was sie quält, kurz und klein schlagen.

Ich schau hoch und seh mir ihr Gesicht an, die Sommersprossen auf der Nase, die Kinnlinie, die kleinen hellbraunen, wie Fähnchen wehenden Haarspiralen an ihren Schläfen. Es gibt auf der ganzen Welt kein andres Gesicht, das ich so gut kenne wie dieses. Sie dreht den Kopf und schaut mich an.

Der ganze Schmerz und die Verstörung über den Mord an Billy fressen sich wie ein Waldbrand durch alles durch, was in mir ist. Fressen sich durch all das Unterholz von damals, als wir noch klein waren, all das tote Holz der Erinnerungen. Sogar durch die großen, starken Bäume, von denen ich immer geglaubt hab, daß sie ewig leben und keine Sonne durchlassen. Alles brennt runter, bis nichts mehr da ist, bloß noch ein Luftzug, der über die leere Fläche fegt. Und Jean und ich, wir kucken uns nun an auf dieser leeren, abgebrannten Fläche. Und der Luftzug weht zwischen uns und trägt nur Liebe. Alles andre gleitet fort. Mama, der Alte, Randy, Sally, sogar Billy. Jetzt ist alles okay. Jetzt haben wir jede Menge Platz, nur Jean und ich, und alles wird gut sein mit uns.

Dann fängt die Orgel an zu spielen, ganz sanft und leise.

Und nun flennen sie tatsächlich allesamt, als ob das *Amazing Grace* sämtliche Schleusen geöffnet hat. Ich denk darüber nach, daß man durchaus sagen könnte, Billy ist ein Verdammter, noch stärker aber hab ich das Gefühl, ich bin der Gerettete. Wie wenn mich hier, inmitten all der Leute, die aus der ganzen Stadt gekommen sind, um ihr Beileid zu bekunden, irgendwie eine Gnade erreicht hat. Als ob ich eine Chance kriegen soll, noch mal von vorne anzufangen.

NEUNUNDZWANZIG

Der Pastor spricht noch ein paar Worte. Und dann ist es vorbei, und in zirka fünf Minuten können wir hier raus sein, Jean und ich. Die Leute stehn auf und schieben sich langsam an dem Sarg vorbei. Manche verharren 'ne Minute davor, manche legen nur im Gehen kurz die Hand auf den Deckel. Manche weinen. Die meisten starren auf ihre Schuhspitzen. Wie Soldaten bei der Parade, wenn sie an der Flagge vorbeimarschieren. Als ob der Sarg was Heiliges ist.

»Miss Johnson?«

Jean und ich kucken genau im selben Moment hoch, wie wenn unsre Köpfe an ein und derselben Schnur befestigt wären. Hinter Jeans Schulter ist auf einmal Sheriff Keith aufgetaucht. Er bittet sie, ihm doch bitte sehr zu folgen. Sofort hält meine Hand die ihre noch ein bißchen fester. Ich schau mich um. Am Haupteingang steht Sue. Und was ist mit den andren Ausgängen, zum Beispiel an der Seite? Aber da gehn die andern alle durch, wenn sie den Sarg zum letzten Mal gegrüßt haben. Also wird Pausbäckchen wohl entweder auf der Polizeistation Wache schieben, oder er ist draußen in der Halle, an der Tür, die ins Freie geht. Was für ein gemeiner Trick, sie hier drin zu belästigen. Ja, klar, ich hätt sie nehmen müssen und einfach rausrennen mit ihr.

Jean steht auf und folgt ihm durch die inzwischen fast leeren Stuhlreihen. Ich steh auf und geh ihnen nach, und unterwegs seh ich Mama, die sich auf ihrem Platz umdreht. Aber ich bleib nicht stehn, sondern geh einfach weiter hinter Jean her durch den leeren Gang.

»Jean?« ruft Mamas Stimme schrill hinter mir, wie so 'n Wasserkessel, der zu lange gekocht hat. »Jeannie-Baby?«

Plötzlich seh ich den Gesichtsausdruck von Sheriff Keith, und erst da wird mir klar, was hier eigentlich los ist. Der will sie nicht bloß verhören. O Gott, der hat nur eins im Sinn.

Inzwischen sind wir draußen auf dem leeren Flur. Jean ist anscheinend kein bißchen überrascht, höchstens enttäuscht. Hinter uns immer noch Mamas Kesselpfeifen, leicht gedämpft von dem Zischeln, mit dem Ed sie zu beruhigen versucht. Und dann sagt die Stimme von Sheriff Keith die Worte, die dem Ganzen Realität verleihen:

»… verhaftet …«

Und weit und breit kein anderes Geräusch. Wo sind die den alle? Wo sind die hin, die ganzen Leute, die doch extra hergekommen waren, um uns zu helfen. Ich sage nein, aber es kommt nicht aus mir raus. Ich hör bloß Sheriff Keith:

»… wegen Mord an …«

Die Sommersprossen stechen ab von Jeans bleichem, staubigem Gesicht. Ich verschränke die Arme vor der Brust und bohre meine Finger ganz fest in die Oberarmmuskeln.

»… alles, was Sie sagen …«

Und das sollte nun der Rest unsres Lebens werden. Das sollte unser neuer Anfang werden, unser Versuch, uns endlich das zu holen, was wir schon die ganze Zeit hätten haben sollen. Und nun nimmt uns das einer weg. Nun nimmt sie mir einer weg. Ja, verdammt noch mal, was hab ich mir denn auch eingebildet? Daß Jean und ich glücklich und in Frieden miteinander leben können, zusammen mit dem unnützen getigerten Kater und dem Weg mit den Steinplatten? Daß die Leute in der Stadt einfach vergessen, daß Billy umgebracht worden ist, weil er ja sowieso so 'n fieses Schwein war? Daß Mama kopfschüttelnd in ihrer Methodistenkirche sitzt und lächelt: »Tja, Kinder. Was kann man da schon machen?« Die blöde Wahrheit ist, ich hab nicht weiter gedacht als bis zu dem Moment, wo ich Jean finde. Als ob sich alles wie durch Geisterhand von selber regeln würde, wenn sie erst mal wieder zu mir zurückgekommen ist. Ich hatte keinen Plan, keine Vorstellung, wie ich ihr helfen kann, was ich tun muß, damit sie bei mir bleiben kann.

Sue greift sich hinten in den Gürtel und holt die Handschellen raus und läßt ganz viel Platz neben sich, richtig viel Platz, und weist mir den Weg nach draußen. Und da, in den drei Sekunden, die ich brauche, um die Distanz zwischen mir und meiner alten Feindin zu überwinden, reift mein Plan. Meine eine Hand donnert ihr mit voller Wucht gegen die Schulter, die Handfläche offen und flach, und haut sie um, so daß sie das Gleichgewicht verliert und die Handschellen wegfliegen, in hohem Bogen, wie zwei silberne Fische, die saltoschlagend durch die Luft schießen. Meine andere schnappt nach dem Gürtel, den sie um die Hüften hat, und zerrt die Pistole raus. Und nun hab ich die Waffe, und der Sheriff läßt Jean los, und Sue, immer noch taumelnd, knallt gegen die Wand und rutscht an der Tapete runter zu Boden.

Ich entsichere die Pistole, und Jean kommt einen Schritt auf mich zu. Ich kann nicht entschlüsseln, was ihre Miene ausdrückt.

Sheriff Keith greift nach ihr, und da reiß ich die Wumme hoch und halt sie ihm direkt vors Gesicht. Er hält inne und hebt die Hände hoch, ganz harmlos. Jean huscht an mir vorbei durch die Halle.

»Jeannie? Baby?« schrillt Mama, und dann schreit Mama auf, weil sie die Pistole sieht. Wo ist Ed? Verdammt noch mal, warum bringt er sie nicht zum Schweigen?

Ich seh Sheriff Keith den Mund bewegen, aber hören tu ich etwas andres. Nämlich den Alten, der über den leeren Gang gelaufen kommt.

»Herrgott noch mal, Junge, was soll denn das?« Er kommt auf mich zugerannt, so ein Wahnsinn. Der Arm mit der Pistole schwenkt zu ihm rüber, läßt ihn stehenbleiben, genauso wie vorher den Sheriff. Leute kreischen, aber ich seh sie nicht. Sind die um die Ecke? Die Pistole schwenkt vor und zurück, rastlos, wie so 'n Löwe in 'ner Sendung über Naturparks. Auf und ab, auf und ab, bereit, im nächsten Moment zuzubeißen.

Sheriff Keith winkt Sue, sie soll nicht aufstehn. Pausbäckchen kommt durch die Halle, aber der Sheriff sagt ihm, er soll bleiben, wo er ist. Vom andern Ende der Halle hör ich Jeans Stimme.

»Mach hin, Ray«, sagt sie.

Ich will hinter ihr her rennen, aber um mich rum sind diese ganzen Leute, und jeder bleibt nur gerade so weit weg, gerade so weit, daß er nicht gebissen wird.

»Ray«, sagt sie. Und ich folge ihr.

... ist bewaffnet ... o Gott ... sie sind da hinten ... jemand verletzt ... Satzfetzen fliegen hinter uns durch die Halle und zur Türe raus. Wir sind hinten am alten Personaleingang. Direkt davor parkt der Lieferwagen vom Blumenhaus Spillman. Es ist so wenig Platz, daß wir uns kaum vorbeiquetschen können. Und dann sind wir auf dem Parkplatz, und Jean ist schon halb an ihrem Truck, da kommt Sheriff Keith von vorne um das Gebäude rum mit Pausbäckchen im Schlepptau. Er hat seine Pistole draußen, und die Mündung ist rund und laut und grell und direkt auf Jean gerichtet. Sie dreht sich um, will sehn, wo ich bleibe, immer noch so weit weg vom Truck, und hinter mir aus dem Personaleingang kommt Sue.

»Verdammter Mist, Ray!« Sie hat die Trucktür aufgemacht, und Sheriff Keith zielt mit seiner Pistole, nimmt sie voll ins Visier. Ich renne, so schnell ich kann, aber ich schaff's nicht bis zu ihr. Ich seh mein Leben schon hier enden. Hier auf dem Parkplatz, der bringt sie um, uns beide, unsern Neuanfang. Meine Hand fährt hoch, und dann knallt es dicht an meinem Ohr. Seine Pistole fliegt mit einem Ruck hoch in die Luft, seine Hand sieht aus, als ob sie winkt, die Finger sind gespreizt wie bei 'nem kleinen Kind, das 'ne Sandburg glattklopft. Und dann wirbelt er rum, auf Pausbäckchen zu, und geht im dichten Gras zu Boden. Und Sues Waffe liegt heiß in meiner Hand. Endlich bin ich an der Fahrerkabine und schwing mich rein. Jean fährt rückwärts raus, den Arm auf meiner Rückenlehne, und ihr Haar führt sein Eigenleben und kringelt sich wie wild auf ihrem Kopf. Die Reifen quietschen wie in so 'm blöden Film, und sie wendet und wechselt den Gang. Ich schieße immer wieder in die Luft, damit die andern in Deckung bleiben und wir verdammt noch mal hier weg können. Ich schau mich nach der grünen Rasenfläche um, die jetzt schon so aussieht, als wär sie dreihundert Meilen weit entfernt. Pausbäckchen kniet da und beugt sich über eine im Gras liegende Gestalt. Er spricht in sein Walkie-Talkie, und er weint. Sein Gesicht ist ganz naß. Das Gesicht eines Kindes, das noch nie in seinem Leben jemanden gesehn hat, der ernsthaft verletzt ist. Und die Gestalt, die blutend im Gras liegt, das ist Sheriff Keith. Ich muß an den Jungen mit dem preisgekrönten Stier denken.

»Mein Daddy ist bei 'ner Schießerei hinterm Bestattungsinstitut ums Leben gekommen.«

Ich merke, wie mein Magen zugeht, und ich so 'n Geschmack nach rostigem Metall im Mund hab. Lehn mich ausm Fenster, weil ich denke, ich muß kotzen. Ich mach die Augen zu, aber das Bild ist immer noch da: Pausbäckchens nasses Gesicht und Sheriff Keith, der zusammengerollt im Gras liegt wie 'n großer schlafender Bernhardiner.

Weder Jean noch ich sagen ein Wort. Es ist fast so, als ob wir uns wundern, ob das alles wirklich passiert ist. Jean lenkt den Truck durchs Zentrum, saust gespensterhaft dahin, auf das Netz der Sandstraßen zu, die sich weiter nördlich durch die Wälder schlängeln. Es ist ganz still und ruhig, wie wenn man aus 'nem bösen Traum erwacht und sich nichts regt im Schlafzimmer.

Bald haben wir die Stadt hinter uns gelassen und fahren im Zickzack in nordostlicher Richtung. Jean will auf die I-96, und bis dorthin sind's gut zwei Stunden, wenn man Sandstraßen fährt.

»Glaubst du, ich hab ihn getötet?« frag ich sie schließlich.

»Wen?«

»Den Sheriff«, sag ich.

»Höchstens wenn die ihn da liegenlassen, daß er verblutet.«

»Echt?«

»Du hast ihn ganz weit oben an der Schulter erwischt«, sagt sie. »Ich hab gedacht, du hast ihn mit Absicht da getroffen.«

Wir schweigen eine Weile.

Dann sage ich: »Warum hast du mich angelogen?« Ich rede von dem Morgen bei mir auf der Veranda, als ich ihr in die Augen geschaut hab und sie gefragt: »Bist du's gewesen?« Und sie hat mir auch in die Augen geschaut und nein gesagt. Davon red ich, und das weiß sie auch.

»Warum hast du gelogen?« frag ich noch einmal.

»Weil du's gewollt hast, daß ich lüge«, sagt sie. Einfach so als Feststellung, ohne einen Streit vom Zaun brechen zu wollen. Und da kann ich nichts gegen sagen, weil sie recht hat. Ich wollte es nicht wissen. Ich war feige, wie immer. Sie fährt in gleichmäßigem Tempo, beschleunigt nicht mehr, geht aber bei den Eisenbahnschienen auch nicht groß runter vom Gas. Wir sprechen nicht darüber, wo wir hinfahren. Wozu auch, wo uns doch beiden klar ist, daß ja sowieso nur ein einziger Ort für uns in Frage kommt. Also fahren wir dorthin.

»Und du meinst wirklich, er kommt durch?« frag ich sie.

»Der Sheriff?«.

»Hmhm.«

Sie nickt und streicht sich die Locken nach hinten, die ihr in die Augen wehen. »Dem fehlt nichts weiter.«

»Lüg mich nicht an!« sag ich und kucke sie so lange an, bis sie zurückkuckt.

»Bloß 'ne Schulterverletzung«, sagt sie. »Ist nicht weiter schlimm.«

Ich denk darüber nach, und mein Magen entkrampft sich, und meine Lunge bläht sich wieder auf. Ich atme durch die Nase, langsam jetzt und ohne Mühe. Ich atme. Ich atme. Ich lächle.

»Hast dir 'n scheiß Zeitpunkt ausgesucht«, sagt sie. »Und dabei hab ich all die Jahre lang gewartet, daß du verdammt noch mal ausm Arsch kommst und aufwachst und was unternimmst.« Sie hat so 'ne kleine bittere Falte um den Mund, die sofort weggeht, wenn sie lächelt. »Aber du hast dir natürlich wieder mal den beschissensten Zeitpunkt aussuchen müssen.«

Ich antworte nicht, sondern lehne mich einfach zurück und nehme ihre Stimme in mich auf, saug sie auf mit Kopf und Kniescheiben und Fingernägeln.

Sie schaut zu mir rüber. »Scheiße, ey, Ray, mit dieser Knarre in der Hand hast du ausgesehn wie Jesse James«, sagt sie. Jesse James, das war ihr Held, als sie noch 'n kleines Mädchen war.

»Echt?«

Sie kichert leise vor sich hin. »Ohne Scheiß, ey, wie 'n Bankräuber.«

»Diese Sue, die blöde Kuh, der hab ich eins verpaßt, daß sie gleich auf 'n Arsch gefallen ist«, erzähl ich ihr.

Und da sagt Jean: »Mein Held!« Und dann lachen wir beide. Die Farben fliegen vorbei, die Sonne scheint, und wir haben den Tank voll Benzin.

»Wir haben noch 'n weiten Weg vor uns«, sag ich zu ihr.

»Stimmt.«

»Ich hab Hunger«, sag ich. Ha ha ha.

Und Jean: »O Mann, nicht schon wieder.«

»Ich muß mal.« Ha ha ha.

»Wann sind wir denn endlich da?« sagt Jean mit Kleinkinderstimme. Und wir wiehern vor Lachen. Fahrt zur Jagdhütte, die Kinder auf dem Rücksitz. Mama und der Alte vorne, beide gutgelaunt, weil sie eine Woche Urlaub haben. Ich sitz mit Jean und Billy hinten auf dem Rücksitz, wir zählen die Autos, die aus andern Bundesstaaten sind und rangeln uns um jeden Quadratzentimeter Platz auf unsrer Bank, wo jeder sein exakt begrenztes Revier hat.

»Mama, der stößt mich immer mit seinem Fuß an!«

Und so fahr ich mit Jean und Billy die Straße lang, und die Farben sind draußen. Wir winken den Trucks zu, und die hupen für uns. Wir klicken die Metallaschenbecher rein und raus, immer rein und raus, so lange, bis der Alte sagt, noch einmal, dann fährt er rechts ran und gibt uns 'ne Tracht Prügel. Wir weichen der Flugasche von Mamas Zigarette aus, die zu uns nach hinten weht. Ich mit Jean und Billy unterwegs zur

Jagdhütte. Da haben wir noch nicht gelernt, einander weh zu tun. Haben noch nicht gelernt zu hassen. Fahren die Straße lang. Wir haben unsre Chance, noch mal neu anzufangen, und wir ergreifen sie.

EPILOG

Ich sitze hinter der Jagdhütte auf der Veranda und beobachte die schwarzen Umrisse der Gänse, die auf dem Wasser schaukeln. Wir sind bis Manchester durchgefahren, immer über Sandstraßen, dann hat Jean an 'nem Foodtown gehalten, und da haben wir den Truck verkauft und uns dafür 'n glänzenden grünen Toyota Cressida mit Halbautomatik genommen. Und dann haben wir beschlossen, die I-96 doch lieber zu meiden und bis hinter McBain weiter auf Sandstraßen zu bleiben. Das hieß sechs Stunden Fahrt und zweimal Verfahren, aber wir haben's geschafft.

In St. Johns haben wir kurz bei McDonald's angehalten und vom Münzfernsprecher aus Randy angerufen. Ich hab nicht eine Minute lang drüber nachgedacht, ob ich ihm trauen kann oder nicht. Hab einfach den Hörer abgenommen und die Nummer der Auskunft gewählt. Hab ihn gebeten, schnell mal zu Jean zu fahren und das Geld aus meinem Truck zu holen, eh Sheriff Keith kommt und es beschlagnahmt und sich Samson schnappt, wenn er ihn findet. Jean hat gesagt, wegen dem getigerten Kater soll ich mir keine Sorgen machen, das ist sowieso 'n wilder.

Jetzt kommt ihre Stimme durchs Küchenfenster, nur 'n paar Schritte weg von mir.

»Jetzt komm schon, rauf hier, du Luder!« sagt sie. »Oder denkst du, ich mach Spaß?« Sie hat 'ne graue Spinne hinter die verdreckte alte Kaffeemaschine getrieben und will sie auf 'n langen Holzlöffel nehmen, damit sie das Biest nach draußen befördern kann.

»Das ist so groß wie meine Hand, das Biest«, sagt sie zu mir. »Ich kann richtig die Zähne sehn.«

»Spinnen haben keine Zähne«, sag ich und schaue ihr durchs Fliegengitter zu. Ich hab gar nicht gewußt, daß es hier bei uns in Michigan Spinnen von dieser Größe gibt. Jean antwortet nicht, sondern trägt das Monster durch die Hintertür ins Freie. Aber auf halbem Wege dreht sich das Biest plötzlich um und rennt den Löffelstiel hoch und auf sie zu. Da packt sie es mit der freien Hand, pflückt es vom Löffelstiel ab und schmeißt es runter ins Gras.

»Mistvieh!« murmelt sie.

»Selber«, hör ich die Spinne sagen, als sie ins Gras plumpst, und dann rennt sie weg.

»Jean?«

»Hmhm?« Sie will gerade wieder ins Haus gehn und bleibt mit einer Hand an der Fliegentür stehn.

»Warum warst du eigentlich bei unserm Alten?« frag ich sie.

»Hat er dir das erzählt?«

»Er hat gelogen und gesagt, er hat dich nicht gesehn.« Ich schau aufs Wasser und hab Angst, sie könnte wieder reingehn, ohne mir zu antworten. Aber sie schließt die Tür, lehnt sich dagegen und überlegt 'nen Moment.

»Ich weiß nicht, warum ich zu ihm gegangen bin. Ich hab irgendwie das Gefühl gehabt, daß ich sonst nirgends mehr hin kann.« Und dann schweigen wir beide und denken darüber nach, was sie gesagt hat. *Zu dir konnte ich doch nicht kommen.* Und dann spricht sie weiter: »Und außerdem wollt ich, glaub ich, daß er weiß, daß ich es war. Ich hab Angst gehabt, daß ich nie mehr eine Gelegenheit haben könnte, es ihm selbst zu sagen, ihm zu sagen, warum. Verstehst du?« Sie stößt mir mit dem Fuß ans Bein, lehnt immer noch am Türrahmen. »Er ist einfach in seinem Fernsehsessel sitzengeblieben, ganz lange, als ob er gar nicht mitgekriegt hat, was ich gesagt habe. Dann hat er gesagt, ich soll mich waschen gehn, hat mir saubere Anziehsachen gegeben und meine alten hinten im Garten verbuddelt.«

Mehr sagt sie nicht. Und ich auch nicht. Das eine weiß ich jetzt: Sheriff Keith mag sie mit den Fingerabdrücken überführt haben oder mit sonst irgendwas, aber der Alte hat ihm jedenfalls nicht dabei geholfen. Ich dreh mich um und schau sie an. Ja, vielleicht hat er ihr geholfen. Aber ich merke, daß sie trotzdem weit davon entfernt ist, ihm zu verzeihen und alles zu vergessen, was früher war.

Ein Wagen fährt vor. Es ist schon gegen elf, und wir haben kein Licht an (der Strom ist abgeschaltet), es sieht also so aus, als ob keiner da ist. Ich kucke vorsichtig um die Ecke. Und da springt auch schon Samson aus dem Fenster eines rostigen Impala und nimmt sich noch eben die Zeit, den Vorderreifen anzupinkeln. Ich komm nach vorne und trete ins Scheinwerferlicht, wo sich dichte Mückenschwärme tummeln. Als Samson mich sieht, kommt er schlingernd den Kiesweg hochgerannt und hat den Kopf ganz tief am Boden und knurrt und bellt verhalten vor sich hin.

»Na komm schon, Samson. Komm, du altes Arschloch von 'nem Hund.« Er wedelt so doll mit dem Schwanz, daß seine Hinterbeine schlenkern wie bei 'ner Hula-Hula-Tänzerin. Randy steigt aus dem Impala und kommt auf mich zugehumpelt. Er übertreibt das Humpeln, damit ich mich noch mieser fühlen soll als so schon.

»Hey, Randy«, sag ich und kraule Samson kräftig hinterm guten Ohr.

»Hey, Ray. Hey, Jean.«

Sie kommt hinter mir von der Veranda. Randy gibt mir den Umschlag von Ed.

»Danke, Randy.«

»Keine Ursache«, sagt er. Er sieht mich an, und ich überwinde mich und schau ihm in die Augen. Ich überwinde mich dazu. Er wartet, weil er weiß, daß ich mich bei ihm entschuldigen will, und da hat er zehn Jahre drauf gewartet.

»Entschuldige«, sag ich, »es tut mir leid.«

»Klar doch«, sagt er. »Das hier war im Truck.« Er gibt mir meinen Ginch Littlefield. Ich steck das Buch in die Arschtasche. Er sagt, er hat ’n paar Sixpacks hinten im Auto. Ich geh sie holen und setz mich mit ihm und Jean hinten auf die Stufen. Der Mond schickt uns seine Silberstrahlen übers Wasser. Ein paar Meilen weiter weg knattert ein Motorboot weiter die Seenkette rauf. Ich mach’s mir auf der Treppe gemütlich, ein paar Stufen über Jean. Sie lehnt sich zwischen meinen Beinen zurück und stützt sich mit den Ellenbogen auf meine Knie, wie wenn ich irgend so ’n Thron bin, wo sie drauf sitzt. Samson hat sich zu ihren Füßen ausgestreckt und hört mit gespitztem Ohr den Fröschen zu und den Zikaden.

»Und wo wollt ihr hin?« fragt Randy.

»Wissen wir noch nicht«, sagt Jean.

Und er: »Vielleicht nach Kanada?«

Und ich: »Keine Ahnung. Wie geht’s dem Sheriff?«

Und er: »Dem geht’s gut. Hast ihn an der Schulter erwischt.«

»Das haben wir uns schon gedacht«, sag ich. Jean schweigt. Die Hitze hat sich gelegt, und übers Wasser kommt ein leichter Wind. Randy redet, um die Lücke von zehn Jahren Sprachlosigkeit nach und nach zu schließen. Er hat ’n Kind mit einer aus Dundee, einer, die ich nie kennengelernt hab. Das hab ich schon gewußt, von Mama, daß er Vater geworden ist. Sehen tut er den Kleinen selten, überweist aber jeden Monat Geld. Wir reden über ’n paar von den Kollegen oben bei O’Donnell’s. Reden über seine Familie und über meine. Wir reden auch ein bißchen über Billy. Und wenigstens eine kurze Weile lang ist es wieder so wie damals, als wir noch jung waren, Gegrilltes gegessen und Bier getrunken und die Welt einfach draußen gelassen haben.

So gegen Mitternacht sagt Randy, er muß jetzt los, weil er morgen früh raus muß und er’s ja schließlich ganz schön weit hat bis nach Hause. Er läßt uns den alten Impala da, ’n Geschenk von Joe Lee, und fährt mit dem schicken Cressida bis Big Rapids und will ihn da loswerden und mit dem Greyhound heimfahren.

Als er weg ist, schließen Jean und ich die Jagdhütte zu und machen uns auf den Weg. Wir wissen wirklich nicht, wo wir hin wollen, nur die grobe Richtung, nach Westen. Wir wissen auch nicht, wie das Leben sein wird, das wir uns aufbauen wollen. Wo wir wohnen, als was wir arbeiten werden. Sicher wird die Polizei uns suchen, aber wir haben beide verdammt gut gelernt, uns unsichtbar zu machen.

Wir steigen ins Auto, Samson hinten rein und ich hinters Lenkrad. Jean kauert sich neben mir auf den Beifahrersitz. Sie schiebt sich eine Locke aus dem Auge und schaut lächelnd zu, wie ich den Rückwärtsgang einlege. Mir ist es egal, wer was getan hat oder was derjenige verdient hat oder was Recht und Gesetz ist und was Gerechtigkeit. Jean und ich, wir beide lassen all das hinter uns. Wir hauen einfach ab und lassen die Dinge auf uns zukommen. Diesmal bleiben wir zusammen und geben uns gegenseitig Halt. Wir hauen einfach ab.

Die englische Originalausgabe erschien 1998 unter dem Titel
Billy Dead bei Viking Penguin.

www.deuticke.at

Deutsche Erstausgabe

Umschlaggestaltung: Robert Hollinger

Umschlagfoto: © Photonica/Roxann Arwen Mills

Druck: Wiener Verlag, Himberg

Printed in Austria

ISBN 3-216-30478-7